Oskar Maria Graf · Anton Sittinger

SV

GESAMMELTE WERKE IN EINZELAUSGABEN

OSKAR MARIA GRAF

Anton Sittinger

Roman

Mit einem Nachwort von
Jan Hans

Süddeutscher Verlag München

Umschlagentwurf: Christl Aumann

Editorische Anmerkung:

Der satirische Roman des duckmäuserischen Postinspektors Anton Sittinger, der sich zwischen 1918 und 1933 aus allen politischen Ereignissen und Entscheidungen heraushalten will, erschien erstmals 1937 im Malik-Verlag (damals in London). Unsere Neuausgabe dieses in der Tradition des »Untertan« von Heinrich Mann stehenden Werkes von Oskar Maria Graf geht zurück auf die zuletzt 1969 gedruckte Ausgabe des Verlages Kurt Desch in München. H. D.

ISBN 3-7991-5947-9

Printed in Germany. Schrift: Palatino Antiqua.
Satz: Bruno Leingärtner, Nabburg.
Druck: K. Wenschow, München.
Bindearbeit: Hans Klotz, Augsburg.

Menschen wie Sittinger
gibt es in allen Ländern Abertausende …
In manchen Zeiten heißen sie
»du« und »ich« …

15. Kapitel des Romans

I

Irgendeiner unserer großen deutschen Philosophen vertritt die Ansicht, der Mensch ändere sich im Grunde genommen nie. Veranlagung und Charakter, kurzum das, was er inwendig mit auf die Welt bekommen habe, bleibe unwandelbar bis zum Tode.
Man wird zugeben müssen, daß der betreffende Philosoph eine geradezu gewaltige Auffassung vom Menschen schlechthin gehabt hat. Er löste den Begriff »Mensch« aus allem Weltgeschehen, er bestritt jede ändernde Beeinflussung von außen her. Mensch, das war für ihn etwas Einzigartiges, das war ihm das Höchste: Der bestimmende Gestalter des Seins.
Das muß übertrieben sein.
Für uns nämlich, die wir dem Alltag und der unbegünstigten Masse angehören – für uns ist der Mensch etwas absolut Abhängiges. Wir spüren es, einer wie der andere, wie uns das Leben, wie uns die Zustände umbiegen und verändern.
Warum also so eine Wichtigkeit mit der Veranlagung und dem Charakter? Ein Kind mag noch eigenbrötlerisch und widerspenstig gegen seine Umgebung sein. Die Jahre gehen dahin, schließlich ist dieses Kind ein Mädchen oder ein Jüngling. Gut, man schwärmt, man hat Ideen, die Welt rundherum scheint weit offen zu sein. Nur gemach, sie schließt sich ebenso schnell wieder! Mit den Enttäuschungen der ersten zerbrochenen Liebe weichen die Illusionen. Eine wehe, gallebittere Ernüchterung macht sich im Innern breit. Die harte Wirklichkeit steht auf einmal wie ein undurchdringliches Dickicht um den jungen Menschen, und vergebens rennt er dagegen. Er merkt allmählich, daß selbst die wildeste Kraftverschwendung, die unverdrossensten Anstrengungen und aller starrer Eigensinn

keinen Ausweg zu bahnen vermögen. Nur Anpassung, List und Kompromisse helfen manchmal weiter. Mag der junge Mensch auch Glück haben. Vielleicht bringt er es zu einer ausreichend bezahlten Stellung und verheiratet sich gut. Die Jahre vertröpfeln ohne besonderes Ungemach. Auf einmal aber stockt der Welthandel. Die Wirtschaftskrisen jagen sich, greifen unheimlich um sich und dringen bis in das kleinste Privatleben. Mit Hunderten wird auch der junge Mensch entlassen. Frau und Kind wollen ernährt sein, die Miete kann nicht mehr bezahlt werden, und die Not wird immer größer. Täglich gibt es zerreißenden Unfrieden in der Familie, im Elend zerbröckelt das einstige Glück, und der Hunger zerfrißt alles Gewesene. Ehemals war Liebe und Zusammenhalt zwischen den Eheleuten, jetzt empfinden sie einander als unbequeme Last und hassen sich schließlich. Einst, ja, einst war man ein Mensch mit bester Veranlagung: gutartig und in vieler Hinsicht begabt.
Was ist davon geblieben? Nicht einmal der Bodensatz davon. Und das, was man gemeinhin als Charakter bezeichnet, als was sieht man es jetzt an? Als schädliche Dummheit, die kein Stück Brot einbringt!
Oder, um endlich dem Postinspektor Anton Sittinger das Wort zu geben: »Was ist das schon – Charakter? Jugendwahn, weiter nichts! Die Menschen wissen nicht, daß erst ein Mann über vierzig, der alle Nackenschläge der Dummheit einigermaßen überstanden hat, so was annehmen kann ... Kann, sag ich! Außerdem ist Charakter auch was furchtbar Langweiliges, unter uns gesagt!«
Er pflegte dabei seine hochgewachsene, etwas üppige Frau Malwine scharf anzusehen, so, als habe er sich verraten und mißtraue ihr insgeheim. Doch ihre verständnislosen Augen verrieten weder ein Dafür noch ein Dawider, und darum schloß er meistens wie für sich: »Ein Mensch weiß überhaupt erst, was er will, wenn's abwärts mit ihm geht,

wenn's aufs Grab zugeht ... Dann nämlich kommt er auf das, was allein wichtig ist – aufs Nachdenken! ... Hm, Charakter? ... Überhaupt all dieser eingeredete Unfug, hm! ... Nachdenken ist alles! Bloß – man komme leider zu selten dazu ... Überhaupt nie! ... Ein reifer Mensch wie ich, der denkt, verstehst du? ... *Denkt!!*«

Dieses letzte Wort klang wie geschimpft. Etwas wie ein leichter Groll zitterte in ihm nach. Sittinger hob dabei den kurzen, wulstigen Zeigefinger wie ein dozierender Lehrer und furchte die Stirn. Seine kleinen, mausgrauen, tief hinter den aufgeworfenen Fettpolstern liegenden Augen spähten belebter als sonst durch die scharfen Brillengläser.

»Denkt, verstehst du?« wiederholte er. Malwine hielt nicht im Stricken inne, aber sie nickte. Er ließ seine fleischige, behaarte Hand auf den mit gelbgemustertem Wachstuch überzogenen Küchentisch hinabgleiten und zog kräftiger an seiner kurzen Pfeife.

»Ein reifer Mann wie ich«, begann er von neuem.

»Na! Na, Anton! ... Du ein reifer Mann, mit deinen knappen vierzig Jahren«, warf Malwine mit gutmütiger Ironie dazwischen. Sie strickte unentwegt weiter.

»Laß mich ausreden!« fuhr er sie leicht gereizt an und blies den dicken Qualm in die stickige Luft der Wohnküche. »Bei so jungen Tölpeln, da bleibt freilich nichts inwendig, wenn sie einmal was Böses mitmachen! Das verfliegt alles wieder! Unsereins aber, wir so in den Vierzigern, wir spüren so was bis ins Grab ... Bei uns bleibt's und frißt sich weiter. Es läßt uns nicht mehr aus! ... Ich, zum Beispiel, erleb's ja am klarsten mit meinen Hämorrhoiden ...«

»Tun sie dir wieder weh?« fragte Malwine besorgt.

»Unterbrich mich nicht immer«, raunzte Sittinger.

»Man fragt doch nur!« gab sie zurück und begann wieder zu stricken. Wie ein fügsames Kind schwieg sie. Er hielt eine kurze Weile inne, paffte etliche Male nervöser und fuhr beruhigter fort: »Einem jüngeren Menschen würd' das wahrscheinlich gar nichts ausmachen ... Na, was schon: Hämorrhoiden? ... Und mich? Mich können die Dinger trübsinnig machen! Sie tun gar nicht weh, aber ich weiß, nicht, ich weiß nicht – ich komme mir einfach wie invalid vor. Ich bin kein ganzer Mensch mehr!«

Malwine hielt sich zurück. Er blickte verdrießlich ins Leere. Eine gestockte Pause trat ein. Nur die altmodische Wanduhr tickte gleichmäßig.

»Hm, jaja, früherszeiten! Früher!« nörgelte er weiter. »Da ist man in seinem Urlaub nach Italien gefahren, und in drei, vier Wochen ist man wieder gesund gewesen! Aber jetzt? ... Mit diesem Krieg? ... Alles hat sich aufgehört, alles! Die Grenzen sind zu, alles hat sich verengt und verkleinert ... Man mag gar nicht nachdenken!«

»A–aber Anton!« konnte sich nun Malwine doch nicht mehr zurückhalten. »Wir hätten doch nie Krieg gemacht! Schuld sind doch die andern!« Und mit leisem Vorwurf setzte sie dazu: »Wie kannst du so daherreden, wo unsere Helden draußen an der Front soviel aushalten müssen!« Ein leichte Röte lag auf ihren Bäckchen. Heftiger bewegte sie die Stricknadeln. Ihr patriotisches Gefühl war tief verletzt.

»Na ja, na ja! Man sagt ja bloß!« wich Sittinger aus. »Natürlich sind die andern an dem ganzen Elend schuld! ... Wenn 's mich genommen hätten zum Kriegsdienst, ich tät' mit gleicher Pflichterfüllung meinen Dienst im Schützengraben, kannst dich verlassen drauf! Man sagt doch bloß!«

»Um so schöner wird's, wenn Deutschland erst gesiegt hat!« sagte Malwine fast schwärmerisch. Er hörte nicht hin. Zwar hielt er es in dieser Zeit manchmal für ratsam, patriotische Floskeln von sich zu geben, aber was kümmerte ihn der Krieg? Er war ihm zuwider wie alles, was in

sein bequemes Privatleben eingriff. Er grübelte in eine ganz andere Richtung und trommelte mit den Fingern auf die Tischplatte.
»Hm, wir sind ganz abgekommen vom Thema«, brummte er und fragte: »Wo waren wir eigentlich stehengeblieben? ... Ja, ja so – beim Charakter! Hm, ja, Charakter! Humbug! ... Wenn man einmal so alt ist, da kann man sich solche Extravaganzen nicht mehr leisten! Die zehn oder zwanzig Jahr', die man noch zu leben hat, die will man ausnützen ... Charakter gibt's für unsereinen nicht mehr, nur mehr Interessen ... Es ist nichts zu machen, man wird – ob man will oder nicht – vollkommener Egoist. Das Leben vergeht zu schnell, das hat man nicht bedacht ... Und was bleibt schon übrig? Denken, Nachdenken, weiter gar nichts ... Mir ist alles recht, alles Wurscht – bloß, man soll mich in Gottes Namen denken lassen!«
Er hatte nicht bemerkt, daß Malwine puterrot geworden war. Erregt strickte sie, strickte und strickte. Endlich schien er zu ahnen, daß er zu weit gegangen war, und meinte einlenkend: »Na ja, na ja, ich sag natürlicherweise nichts gegen eine gute vaterländische Gesinnung! Ich denke, du kennst mich? Ich bin als Beamter staatstreu ... Vaterländischer vielleicht als du! ... Das, was ich gesagt habe, das meine ich rein philosophisch, nur philosophisch! Aber davon verstehst du ja – leider – leider – leider – gar nichts!«
Er atmete schwer, klopfte seine ausgerauchte Pfeife auf dem porzellanenen Aschenbecher leer und stand auf. Wie ein Roß prustete er, denn er wog immerhin fast zweieinhalb Zentner, und dieses Dicksein machte ihm bei jeder Bewegung Atembeschwerden. Mächtig, wie ein breit nach unten auseinanderlaufender Fleischberg sah er aus. Sein kugelrunder, fast halsloser Kopf zeigte noch keine Spur von einer Glatze, und die angegrauten, kurzen, borstigen Haare verliehen ihm das Aussehen eines Igels. Die niedere Stirn war stets von dicken Furchen überzogen. Die dichten

Augenbrauen wulsteten sich wie verhedderte Hecken auf den Rändern der Brille, und die gesattelte Nase war verräterisch burgunderrot. Ihre weiten Löcher, an den Innenwänden gespickt mit spitzen Härchen, sahen aus wie zwei kleine, dunkle Tunnels, und der ungepflegte, volle Schnurrbart gab dem gesunden, hängebackigen Gesicht etwas Mürrisch-Martialisches.
Sittinger reckte und streckte sich und gähnte. Ihm war pudelwohl in seiner Haut. Er wünschte sich's gar nicht anders, als es bisher gewesen war. Alles Unbehagliche verstand er ungemein geschickt von sich abzuwälzen.
So ungefähr wie aus einem begabten Jüngling, der Kunstmaler werden will, zu guter Letzt ein Konditor, oder wie aus einer überspannten Haustochter, die einst als weltberühmte Sängerin auf der Bühne stehen wollte, am Ende eine tüchtige Köchin oder eine sorgende Zigarrenhändlersgattin wird – so war aus dem von Jugend auf philosophiebesessenen Bücherwurm Anton Sittinger ein gediegener Postinspektor geworden. Nur mit dem einen Unterschied: Er hatte immer noch die gleichen starken geistigen Interessen. Er las immer noch die seltsamsten Bücher. Wie er sagte, »nur die schwersten Philosophen mit absoluter Substanz«. Er verachtete allen »romantischen Krimskrams« wie etwa Romane, Erzählungen und dergleichen. Entdeckte er Malwine über einer Romanfortsetzung in der Zeitung oder über einem Buch, so warf er höhnisch hin: »Jaja, mach dich nur ganz dumm! Verschling dieses Zeug nur wie die Kuh das hingeworfene Futter! ... Diese verdammten Dichter sollt man alle aufhängen! Sie bringen bloß Verwirrung in die hohlen Köpfe!«
Ihm hatte das Lesen und Denken noch nie etwas geschadet. Er tat's gewissermaßen zu seiner Lust. Was ihn auch immer beschäftigte, er vergnügte sich daran. Er stand gleichsam über dem Gelesenen und Gedachten und zog aus aller Weisheit nie eine Nutzanwendung für sich. Er

spekulierte nur damit, und das befriedigte ihn vollauf. Darum konnte er mit seinem Leben zufrieden sein. Deswegen behagte ihm auch seine Ehe. Malwine war eine ausgezeichnete Hausfrau und Köchin und er ein starker Esser. Zudem liebte sie ihn beinahe abgöttisch. Mit knapp zwanzig Jahren hatte er sie als damals einunddreißigjähriger Mann geheiratet. Er war in fester Position, und sie brachte ein stattliches Vermögen mit. Jetzt noch, nach neunjähriger Ehe, sah sie zu ihm empor wie am ersten Tag. Voll Bewunderung und Verehrung. Er war für sie kein gewöhnlicher Dutzendmensch. Sie ließ ihn lesen, denken und reden und gab viel auf ihn. Mitunter, wenn er so seine Gedanken entwickelte, war ihr Gesicht mädchenhaft staunend. Gewiß war er schrullig, er trank auch hin und wieder zuviel, aber das gehörte eben zu ihm. Sie war versorgt und glücklich, alles lief in bester Ordnung, und vor der Zukunft brauchte man nicht zu bangen.
Sittinger schlurfte zur Tür und drehte sich noch einmal um.
»Ich leg mich jetzt nieder. Komm bald nach«, gähnte er. »Verdirb dir die Augen nicht so mit diesem ewigen Strikken bei künstlichem Licht ... Wirst es schon sehen, du siehst noch einmal genauso schlecht wie ich, wenn du so weitermachst.« Er wünschte ihr eine gute Nacht, und ohne einzuhalten, nickte sie. »Jaja, ja geh nur! Ich hab's gleich ... Sofort komm ich.«
Sie strickte warme Strümpfe für ihren Bruder Herbert, der als Hauptmann im Felde stand. Auch verschiedene Bekannte waren draußen und wollten versorgt sein.
Als sie jetzt allein war, hielt sie kurz inne und dachte nach. Wirklich, Anton hatte, wie sie das nannte, manchmal »direkt widernatürliche Ideen«. Nichts ließ er gelten. Nur an sich, immer an sich schien er zu denken, hm ...
Sie schüttelte rätselnd den Kopf und sah wieder scharf auf den Strumpf. Der arme Herbert, ging ihr durch den

Sinn, seine Frau ist sich zu gut fürs Strümpfestricken ... Wie hart die Wolle ist, auch schon Ersatz – jaja, so viele Feinde – wir müssen's eben schaffen – durchhalten ... Masche um Masche fing sie auf. Die Uhr tickte gelassen elf Schläge herunter. Mein Gott, ja, der Eibenthaler-Franz, hm, der ist nach Rußland versetzt worden, erinnerte sie sich bekümmert, da ist's bitter kalt ... Dem werd' ich das nächste Paar stricken ... Tausend Hände könnte man brauchen ...
Mit einem leichten Seufzer legte sie das Strickzeug hin und erhob sich endlich ... Was für ein Spruch hatte heute auf dem Abreißkalender gestanden?

Herz, nur nicht verzagen!
Was muß Deutschland alles wagen!
Da darf keiner nach sich selber fragen.

Das entsprach ihr. Fast träumerisch erklangen diese Worte in ihr, ohne daß sie sie sagte.
Als sie ins Schlafzimmer kam, fragte Anton raunzend: »Hast du auch den Gashahn zugedreht? ... Ganz bestimmt ja?«
»Jaja«, antwortete sie, und er wälzte sich auf die andere Seite.

II

Einmal in jenem trüben Kriegsherbst 1917 begab sich mit Sittinger etwas Seltsames. Es war an einem Sonntagmorgen. Malwine war schon in aller Frühe zum Lebensmittelhamstern aufs Land gefahren, denn zu damaliger Zeit gab es kaum mehr das Allernötigste für den täglichen Haushalt. Sittingers Laune jedoch hing ganz davon ab, wie er genährt wurde.

Es mochte gegen neun Uhr sein, als der Inspektor die Augen aufschlug. Eine vermummte Stille umgab ihn. Unten, beim Uhrmacher Mangst, ging ab und zu eine Zimmertür, und von nebenan, durch die Wände, drang dünnes Klaviergeklimper. Der schmale Hof war unbelebt. Sittinger starrte eine Weile schlafbenommen zum weißen Plafond empor. Es war, als kehre sein Bewußtsein erst nach und nach wieder. Es tat wohl, so warm und mollig dazuliegen. Er gähnte, daß die gespannten, unrasierten Kinnladen knackten. Dann griff er nach seiner Brille, die wie gewöhnlich auf dem Nachttisch lag, und setzte sie auf. Jetzt erst hatte er ein richtiges Bild von seiner Umgebung. Die Schnörkel der Stukkatur auf der Zimmerdecke wurden plastischer, der Staub, welcher sich daran festgesetzt hatte, bildete Schatten. Das ungemachte Bett Malwines lag verlassen da. Über die Messingstäbe am Fußende hing ihr zerknülltes Nachthemd, und der etwas verblichene Spiegel im gegenüberliegenden Schrank sah aus wie ein farbloses, bleiches Viereck. Es roch leicht nach Schweiß und Haarpomade. Der Inspektor wölbte sich ein wenig in die Höhe und schnaubte. Sein mächtiger Bauch hügelte die weiße Bettdecke zu einem runden Berg. Der Liegende konnte nicht darüber hinwegsehen. Nur die eingewebten Verzierungen des ausgewaschenen Damastes fielen immer und immer wieder in seinen Blick.

»A–a–ach, Gott sei Dank! Gott sei Dank, endlich einmal für sich!« brümmelte er und langte nach dem aufgeschlagenen Buch auf dem Nachttisch. Seine Züge verwichtigten sich im Nu. Seine Stirn ging mehr und mehr in Falten. Er hielt seinen geliebten Seneca in der Hand und murmelte die gelesenen Worte zufrieden vor sich hin: »Weshalb siehst du dich nach dem um, was dir vielleicht begegnen, aber auch nicht begegnen kann? Ich meine den Einsturz zusammenbrechender Gebäude. Einiges stürmt auf uns herein, aber es stellt uns nicht nach; siehe vielmehr auf das, was uns beobachtet, uns zu fangen sucht ...« Er hielt inne, und sein Gesicht wurde gelassen.
»Sehr richtig! Außerordentlich gut gesagt ... Tief! Tief! Tief!« grunzte er gleichsam vor Behagen und wollte weiterlesen.
Nun aber fing das Klavier von nebenan schier zu donnern an und störte ihn derart, daß er sich fluchend aus dem Bett wand. »Verdammte Bande, verdammte! Nicht einmal am Sonntag hat man Ruh ... Der Krieg hat noch viel zu wenig von diesem lästigen Pack vernichtet!« knurrte er und tappte, so wie er war, aus dem kalten Schlafzimmer.
In der geräumigen, leicht erwärmten Küche hockte er sich stumm auf einen Stuhl, zündete seine Pfeife an und grübelte unschlüssig in sich hinein. Senecas fröhliche Weisheit war entwichen. Mit dem Ärger über das dumme Klavierspielen fing das Nachdenken an. Seine Grämlichkeit nahm zu und zu. Er paffte erregter. Die Zeit verging, und die Wohnküche war zuletzt ein dichtes Nebelmeer. Er rührte sich nicht vom Fleck. Er glotzte nur hin und wieder auf so ein Möbelstück im Raum, auf den Küchenschrank, auf die vollgestellte Anrichte mit dem unabgespülten Geschirr, auf das schlissig gewordene Kanapee, auf die Herdplatte mit dem verkrusteten Kaffeetiegel, auf den wachstuchüberzogenen Tisch, dessen Ecken ausgefranst waren,

auf den mit Linoleum belegten Fußboden und durch die angelaufenen Fenster. Er sah den schiefhängenden Zeitungshalter vollgepfropft mit Zeitungen und Modeblättern Malwines, sah den Ausguß in der Ecke; eintönig tropfte der Wasserhahn ...

Das war also jeden Tag gleich. Das wird auch jeden und jeden Tag so sein, immerfort!

Sittinger ächzte. Die Uhr an der Wand tickte.

Das fing also stets an am Morgen: Der Wecker schrillt ab. Im Herbst und im Winter ist es gewöhnlich noch dunkel und kalt, im Frühjahr und im Sommer ist es heller und wärmer. Der Erwachende öffnet die Augen, döst kurz, vernimmt draußen in der Küche die geschäftige Malwine, gibt sich einen Ruck und steigt aus dem Bett. Dann geht er in das gegenüberliegende Bad.

»Guten Morgen, Anton! Gut geschlafen, ja?« sagt Malwine jedesmal, wenn er über den Gang huscht.

»Jaja, dank schön! Guten Morgen«, antwortet er gleicherweise. Alles, was kommen wird, weiß er schon im voraus. Während er sich wäscht, rasiert und zurechtmacht, denkt er in einem fort: Ach, warum kann man nicht ewig schlafen oder wenigstens im Bett liegenbleiben und nachdenken? Das Leben wäre so wunderbar, bloß – man läßt die Menschen nie zu sich kommen! Das ist das ganze Übel!

»Bist du bald soweit? Darf ich den Kaffee noch eingießen?« hört er Malwine flöten. Gestern, vorgestern, vor einer Woche und einem Monat flötete sie genau dieselben Worte. Neun Jahre lang sagt sie das nun schon! Es graut ihm. Eine fade Bitterkeit steigt in ihm auf. Er jedoch antwortet genauso: »Jaja, kannst schon! Gleich bin ich soweit.«

Dann endlich setzt man sich an den Tisch und trinkt Kaffee, redet gleichgültiges Zeug – nebenher vom Krieg, von der zunehmenden Lebensmittelknappheit, vom Wet-

ter –, und alsdann wickelt Malwine etliche belegte Brote ein und steckt sie in seine Manteltasche. Er sieht auf seine Taschenuhr, zieht sie auf und geht endlich.
Tag für Tag die gleiche Strecke Weges. Dann das warme, ein wenig nach Kaserne riechende Amtszimmer. Jeden Morgen die gleichen Gesichter, die unveränderten Akten und Bogen, dieselben Handgriffe, Bewegungen und Gesten, die bekannten Anfragen, täglich um die gleiche Zeit der Vormittagsimbiß, die Mittagszeit und daheim wiederum dasselbe. Hernach abermals der öde Dienst bis zum Abend und wieder die Wohnküche, in die er beständig, wie nach einem sinnlosen Gleichlauf, zurückkommt. Malwine plappert oder liest ihm etwas aus der Zeitung vor. Er hört nicht hin. Er versucht gequält einen Philosophen zu lesen, doch die Sammlung fehlt, die Augen sind müde, die Buchstaben verschwimmen, und Malwine hört nicht auf, ihn an eben diese schwachen Augen zu erinnern, fängt vom Lichtsparen an, wenn es spät und später wird, und beschwert sich über sein unausgesetztes Paffen. Er wird grantig und grantiger und läßt das Lesen bleiben. Man kommt ins Genörgel und streitet. Man legt sich schließlich grantig ins Bett. Noch lange liegt er im Dunkeln da, und alles ist leer, grauenhaft leer! Und inwendig bohrt und nagt es in ihm über den gestörten Feierabend, über den sinnlos zerronnenen Tag. Malwine schnarcht schon ein wenig. Die hat's gut, sie denkt nicht. Wie ein Tier lebt sie ihren Stiefel dahin, gesteht er sich, und Wut und Haß überkommen ihn, und weiß der Teufel, wann die Augen zufallen.
Eine unsagbare Traurigkeit überkam den Inspektor.
»U–und eines Tages bin ich womöglich blind«, plapperte er tonlos aus sich heraus, und die Worte rannen weiter: »Eines Tages wird meine Niere schlecht ... Hinlegen muß ich mich, hm ... Tja, u–und – und das war – das war dann alles.« Sein Körper sackte zusammen wie

eine teigige Masse. Halt und Kraft waren aus seinen Gliedern gewichen. Das schwache Glimmern im Herd war erloschen. Ihn fror. Seine Nase tropfte. »A–a–ach! A–a–ach!« stöhnte er. Schlecht war ihm bis ins Gedärm hinein. Die Kälte kroch an seinen Beinen empor, drang weiter, über den Bauch, über die Brust, bis zum Hals, über die Schultern und rann über die Arme hinab bis zu den steifen Fingerspitzen.

»Und für so was wird man auf die Welt gesetzt! Die Vergangenheit war nichts, die Gegenwart ist erst recht nichts und die Zukunft? Äh! Pfui Teufel!« stieß er wie angeekelt heraus und versuchte sich aufzurichten. Es gelang nicht gleich. Seine Beine waren eingeschlafen. Er spürte ein Prickeln unter der Haut wie Nadelstiche ins Fleisch und sank sofort wieder nieder. Er knirschte wehrlos und verwünschte sein ganzes Leben. Immer wieder, wenn er aufblickte, stand diese triste, jämmerliche Küche um ihn herum, beengte ihn und schnürte die Luft ab. Zuletzt verschwammen alle Gegenstände. Wie eine farblose, träge, gallertartige Masse sah alles aus. Und es war, als sei eine Wand eingebrochen, als sähe er in ein grenzenloses Nichts ...

Nach einer Zeit fand er endlich die Kraft zu einem lahmen Entschluß, ging ins Schlafzimmer und zog sich an. So zermürbt war er, daß er nichts anfangen konnte. Wie ein gefangenes Tier tappte er durch die Räume. Er war nicht imstande, den Ofen anzuheizen. Er konnte nicht sitzen, nicht denken, nicht lesen, und ohne Frühstück verließ er verzweifelt die Wohnung. In einer nahe gelegenen Gastwirtschaft aß er zu Mittag. Mechanisch schlang er alles in sich hinein, trank das Bier aus, trat ins Freie und trottete eine Zeitlang durch die herbstfeuchten Straßen. Er kam erst heim, als Malwine bereits in der Küche stand und Feuer anmachte.

»Na, weißt du! Ich renne und schleppe mich halbtot, bin

ausgehungert und verfroren, und du hältst nicht mal das Feuer!« warf sie ihm beleidigt vor. Am liebsten hätte er losgebrüllt, einfach sinnlos gebrüllt. Doch er sagte nur: »Ach was! Mir ist nicht gut. Schon den ganzen Tag nicht.« Ihre Gereiztheit schlug sofort in ein heftiges Besorgtsein um. Das war ihm noch mehr zuwider. »Ach was schon! Ein bissel Kopfweh hab' ich, weiter nichts!« brummte er ungut. »Mach schon kein solches Wesen davon ... Man denkt eben manchmal zuviel!« Sie nahm Rücksicht darauf und belästigte ihn nicht mehr mit Fragen.

Etliche Tage darauf mußte Sittinger sich wirklich hinlegen. Man sagt zwar, eine tiefe seelische Erschütterung könne einen Menschen auch körperlich krank machen. Beim Postinspektor schien dies dennoch nicht der Fall zu sein. Sein altes Leiden packte ihn wieder. Wahrscheinlich hatte er sich stark erkältet, als er an jenem Sonntag stundenlang im Nachthemd in der Küche saß. Seine Niere schwoll und schwoll, und der Arzt machte ein böses Gesicht nach der Untersuchung. Er war für eine Verlegung des Patienten ins Krankenhaus. Indessen, Sittinger sträubte sich derart hartnäckig dagegen, daß der Doktor nachgab.

Malwine war untröstlich. Sie schlief keine Nacht mehr und war immer auf dem Sprung. Sie zerrieb sich fast vor Sorge.

Der Kranke lag die meiste Zeit halbtotgeschwitzt im Bett, rührte sich nicht, röchelte matt und wurde immer bissiger. Dem Arzt glaubte er kein Wort, obgleich er sich nach seinen Anweisungen richtete. Er betrachtete ihn nur bei jedem Besuch mit Argwohn und verfolgte alle seine Gesten mit verschwiegenem Mißtrauen. Hatte Malwine draußen im Gang noch etliche Worte mit ihm gewechselt, so vernahm Sittinger sie wie ein bösartiger Untersuchungsrichter. »Lüg nicht! Was hat er gesagt? Sterben muß ich,

ja? Hoffnungslos, ja? ... Lüg mich nicht an!« fuhr er sie an. Das Geringfügigste stachelte ihn auf. Unausgesetzt murrte und knurrte er, und nichts konnte sie ihm recht machen.
»Na ja, Gott sei Dank, daß es bald dahingeht mit mir«, quälte er sie weiter. »Ist ja auch ganz gut so, ganz recht so! Was will ich denn noch als halber Krüppel auf der Welt? ... Nicht einmal lesen kann ich mehr, aa–ach! ... Da wär ich wirklich lieber draußen den Heldentod gestorben.«
Sie versuchte ihn zu trösten, doch er ließ sich nicht abbringen von seinen düsteren Gedanken. Schier verliebt war er in sein Grübeln. Malwine weinte zum Schluß, und das freute ihn. Grob fing er von neuem an: »Was flennst du denn schon? Du bist doch vollauf versorgt, wenn's mit mir dahingeht! Du kriegst meine Pension, und von deinem Vermögen kannst du dir ein nettes Landhäusel kaufen ... Hm, so wollt ich's auch mal haben!«
Sie zerfloß vor Verdrossenheit darüber. Sie bäumte sich auf gegen sein Höhnen.
»Aber – aber! Anton?! Wie kannst du bloß so was sagen? Anton?! ... Ich schwör dir, heut wenn du gesund bist, läßt du dich pensionieren, und auf der Stelle suchen wir uns was auf dem Land! Da–das ertrag ich nicht ... Nein! Das ertrag ich nicht!« Sie brach heulend auf sein Bett nieder. Er rührte sich nicht. Das Weinen störte ihn, aber befriedigt dachte er: Du sollst es auch nicht besser haben.
Er sagte nichts mehr. Nur seine Augen schwammen gläsern in den Höhlen.
»Anton? Anton?« wimmerte sie, und ihre Hand suchte sein stoppelbärtiges Gesicht. Er wehrte ganz sacht ab und schloß seine Augen. Bekümmert sah sie auf ihn nieder, als sie sich endlich aufgerafft hatte. Leise ging sie aus dem Zimmer. Er atmete beruhigter.
Pensionieren lassen? kroch es langsam in sein Hirn. Hm, ja, pensionieren lassen! An das hatte er eigentlich noch

nie ernsthaft gedacht. Irgendwo in ihm ruhte diese wohltuende Wahrscheinlichkeit, ruhte und ruhte und war bisher noch keine greifbare Vorstellung geworden. Hm, ich muß, scheint's, doch alt werden, kam ihm so nebenbei in den Sinn. Alt und klapprig, daß ich an das auf einmal denke.

Dann aber klang es plötzlich wie Musik in ihm auf: Pensionieren lassen, ja, pensionieren lassen! Und das berauschte ihn fast. Jäh, wie ein aufgescheuchter, fliehender Spuk jagte sein bisheriges Leben vorüber und zerfiel wie ein Kartenhaus.

Pensionieren lassen! Heraus aus der grausigen Misere! Kein Amt mehr, keine Abhängigkeit! Ganz frei sein! Leben für sich – wunderbar! Er schlug die Augen auf. Und von diesem Augenblick an hatte er keinen drängenderen Wunsch mehr, als möglichst bald gesund zu werden. Doch er verriet sich nicht. Im Gegenteil.

»Ah, was du schon daherredest! Pensionieren lassen? Hm, jetzt – in dieser Zeit!« murrte er Malwine an und hatte seine gewöhnliche grämliche Miene. »Pensionieren lassen? Jetzt, wo sie am liebsten jeden brauchbaren Menschen auswinden möchten wie einen nassen Strumpf ... Hm, wie du dir das vorstellst! Mich, ausgerechnet mich, mit meinen vierzig Jahren pensionieren ... Das erleben wir zwei nicht mehr!« Er wälzte sich ächzend auf die andere Seite.

»Es wird schon, Anton! Verlaß dich drauf! Der Krieg hört auch mal auf«, hörte er Malwine sagen. Höhnisch gab er zurück: »Jaja, wer's glaubt, wird selig.« Sie schwieg und wischte seinen schweißnassen Kopf ab. Alleingelassen fingen seine Gedanken wieder zu arbeiten an. Er war aufgewühlt und unsicher. Er wurde hin und her gerissen von der Stimmung des Augenblickes. Eine Enttäuschung wollte er auf keinen Fall erleben. Lieber gleich von vornherein alles schwarz in schwarz malen. Nein, nein, nur keine Illusionen und Hoffnungen. Wie von ungefähr durchzitterte ihn das Erlebnis jenes Sonntagmorgens in der kalten Küche.

Doch dieses »Pensionierenlassen!« sprang ihn von Mal zu Mal übermächtiger an. Er konnte sich nicht dagegen wehren. »Ah, jetzt? Jetzt? Ah, ausgeschlossen!« stemmte er sich dagegen. »Jetzt im Krieg?!«

»Krieg«, brümmelte er und war froh, daß Malwine nicht im Zimmer war. »Hm, dieser verdammte Krieg!«

Krieg! Krieg!!

Dieses kalte, karge Wort wurde dunkel und riesig. »Krieg!« – Das umstrickte ihn und seine schüchternen Hoffnungen. Alles, was er lebte, dachte und wünschte, ging darin unter. Eine Zentnerlast fühlte er auf seiner Brust. Er rang mit aller Lungenkraft nach Luft. Er umklammerte wie hilfesuchend die heiße Bettdecke. Am anderen Tag hörte er den Doktor zu Malwine sagen: »Die Krise, Frau Inspektor, die ist jetzt überstanden. Bei einiger Vorsicht bringen wir ihn bald auf die Beine, Ihren Herrn Gemahl.« Wenngleich dem Kranken das irgendwie wohltat, er brümmelte dennoch: »Und wenn schon! Die Misere geht ja doch weiter! Ewig weiter!«

Der Arzt hatte recht. Sittinger wurde bald gesund, und nach knappen zwei Monaten konnte er wieder Dienst tun. Doch er war ein veränderter Mensch. Die Erschütterung von damals in der Küche und der verhaltene Wunsch nach Pensionierung rumorten gleich stark, eine uneingestandene Ungeduld brannte ständig in ihm. Der tägliche Gleichlauf seines Lebens drückte ihn nieder. Der Dienst wurde ihm von Tag zu Tag lästiger. Die Misere stand unverändert um ihn. Sie wich nicht. Jeder Atemzug roch danach.

Nach außen hin gab er sich den Anschein des unerschütterlichen Beamten. Mißtrauisch verbarg er seine Wünsche. Wehe, wenn seine Frau von der Pensionierung sprach. So-

fort fiel er wahrhaft berserkerisch über sie her: »Ach was! Ach was! Humbug! Hirngespinste! Jetzt, wo das Vaterland das Letzte verlangt, muß einfach jeder seinen Mann stellen, basta! ... Was du dir schon einbildest! Ich sag ja! Ich hab es immer gesagt – Weiber haben nie eine Beziehung zu irgendeiner großen Idee! Nie! Die volle Suppenschüssel, das geregelte Versorgtsein, ja! Weiter reicht euer Verstand nicht! Jedes Weib ist im Grund genommen ein Haustier, weiter nichts!« Die fortwährende, fast krankhafte Verstellung wurde ihm zur zweiten Natur. Immer tat er gerade das Gegenteil von dem, was er wollte. Genauso sprach er. Und es schien ihn zu ergötzen, wenn Malwine, über derartig derbe Auslassungen gekränkt, dagegenredete. Dann schwollen seine Schläfenadern, und mit der größten Spitzfindigkeit, mit der arglosesten Bestürzung leugnete er alles ab, was er eine Minute zuvor gesagt hatte. Je hitziger die Diskussion zwischen ihm und seiner Frau wurde, desto mehr fühlte er sich in seinem Element. Er verstand es meisterhaft, sich so zu erregen, daß Malwine Angst bekam, es könnte ihn der Schlag treffen.
Dann gab sie verbittert nach und ließ ihn donnern. Er nörgelte noch eine Weile und schwieg schließlich mit ärgerlicher Miene. Doch nur ganz kurz verschnaufte er und begann alsbald wieder von neuem. Denn das Stummsein Malwines, ihr Nichterwidern, brachte ihn erst recht auf. Er witterte dahinter so etwas, als nähme sie ihn nicht mehr ernst, als belächle sie ihn womöglich. Dann begann er zu lamentieren: »Jaja, natürlich, natürlich! Über mich muß ja radikal alles hereinbrechen! Hat man schon nichts von seinem miserablen Leben, frettet man sich sowieso bloß noch halb invalid fort und will endlich nach Feierabend ausrasten – nein! Nein! Es darf keine Ruhe sein! Da geht's erst recht an! Da vergällst du mir jede Viertelstund ... Hmhm, ich möcht bloß wissen, warum ich nicht gestorben bin! Warum hast du mich eigentlich nicht ster-

ben lassen? Wie man nur seine Bosheit so weit treiben kann! So weit!« Das trieb er so lange, bis Malwine es nicht mehr aushielt. Sie brach aus sich heraus und schrie endlich schmerzlich auf. Zufrieden damit, dämpfte er mit aller Kunst seine Redensarten und konnte triumphieren: »Jaja, schrei nur. Schrei, daß es die ganze Nachbarschaft hört! Schrei nur! ... Nichts Schamloseres als ein Weib! ... Schreien kannst du! Wenn ich das tät! Hm ... Aber ein Weib hat eben keine Scham! Ein Mann könnte sich nie so benehmen! Er schämt sich!«

»Aber du bringst einen so weit!« zischte sie.

Er machte eine abweisende Handbewegung und schnitt resolut die Diskussion ab: »Gut, gut! Ich, ich bin schuld! Ich bin sowieso an allem schuld! Dafür ist so ein Ehemann immer gut ... Gut, gut, ich schweig, ich schweig! Ich schweige!« schrie er mit Nachdruck, und seine Augen funkelten ein wenig auf, wenn sie noch ein Wort sagen wollte. Er knirschte und zeigte dabei seine zerfressenen tabakbraunen Zahnstumpen.

Malwine ergab sich. Eine feindliche Luft blieb zwischen den Eheleuten. Das Leben war nicht mehr rosig bei den Sittingers.

Es war nur gut, daß Malwine alles schnell vergaß. In Minuten des Alleinseins entschuldigte sie ihren Mann vor sich selber: Mein Gott, er ist eben kein gesunder Mensch mehr. Die Zeiten sind ja auch danach! Hm, der Krieg wird doch in Gottes Namen auch einmal aufhören ...

Grübeln lag ihr nicht. Sie hing an ihrem Anton und verschmerzte alles.

III

»Eins kommt zum andern, und nichts geschieht von ungefähr. Wir alle sind nur Steine in einem Flußbett. Das ewige Wasser des Stromes wäscht über uns weg und treibt uns immer wieder ein Stück weiter. Zuerst ist es, als büßten wir dabei gar nichts ein. Stein sind wir, Stein bleiben wir. Allmählich aber schleift uns das unermüdliche Strömen doch ab. Wir bekommen eine andere Form, ändern sogar unsere Farbe und werden im Verlaufe der Zeit immer kleiner und kleiner.

Und zuletzt? Zuletzt sind wir winzige Kiesel auf dem Meeresgrund. Einer wie der andere kleingemahlen von der Urkraft des Elementes, alle gleich und gleich. Und ganz am Ende? Was sind wir da? Zergehender Schlamm im Nichts. Der billige Trost, daß bis dahin ja viel, viel Zeit vergeht, hilft wenig. Die Tatsache selber bleibt davon unberührt.«

Mit derlei Gedanken beschäftigt, saß Sittinger in seinem kahlen, staubigen, nur wenig erwärmten Amtszimmer und schnullte an seiner Pfeife.

Hm, jetzt wurden auch die Kohlen immer knapper.

»Sieg! Sieg! Und soundsoviel Beute!« hieß es, und dabei fehlte es an allem!

Sein verdrießlicher Blick fiel flüchtig auf die große Landkarte, die über dem Schreibtisch an der Wand hing. Ganz Europa zeigte sie. Alle derzeitigen Feldpoststandorte waren darauf markiert, und die kleinen bunten Fähnchen deuteten die Stellungen unserer Heere an. Rechts und links von der Landkarte, teils hingeklebt, teils mit Reißnägeln befestigt, bedeckten Plakate die Wand. Sehr bunt und figurenreich waren die einen, und »Tragt das Gold auf die Reichsbank« war ihr ständiger Schlußrefrain. Die anderen waren schwarzweiß. Die fetten Lettern darauf fügten sich zu Worten, diese wieder gliederten sich zu einfältigen Versen, und darunter wiederum war immer dasselbe zu lesen, nämlich:

»Darum zeichnet Kriegsanleihe!«

Der Krieg brauchte also nicht nur Helden. Geld vor allem kostete er, unsagbar viel Geld! Jeder einzelne Mensch mußte »opfern« und wurde ganz und gar ausgesogen. Gab er wirklich seinen letzten Goldring, den Rest seiner Spargroschen her, dann war er ein Patriot, aber – freilich auch zugleich ein Bettler. Und Bettler sind bekanntlich nirgends beliebt. Man empfindet sie als Plage und lästige Taugenichtse. Mögen sie auch noch so herzergreifende Lamentationen herunterleiern, man glaubt ihnen kein Wort.

»Darum opfert auch das Letzte!
Zeichnet Kriegsanleihe!«

fiel wieder in Sittingers Blick.

»Ja, freilich! Ja, freilich!« brummte er plötzlich in seinen Bart und erschrak fast darüber. Wie ertappt duckte er sich und lugte rundherum. Dann wurde er wieder ruhig, denn niemand hatte es gehört. Tatsächlich – eins kam zum andern! Ein Unstern schien über seinem Leben aufgegangen zu sein. Die kärglichste Gemütlichkeit, das geringste Nachdenken wurde ihm vergällt durch Dinge und Ereignisse, die früher gar nicht an ihn herangekommen waren. Auf dem holzigen Papier der amtlichen Bogen konnte kein Mensch mehr schreiben. Zwei Monate wartete er schon auf neue Schuhsohlen. Der Schuster hatte kein Leder. Zu einer neuen Litewka bekam er keinen Stoff. Auf den Kohlen-, den Brot-, Fett- und Milchkarten wurden die Rationen immer kleiner, eine Brühe von Ersatzkaffee und Blättertee mußte man sich zumuten, das Bier war dünn, alle Lebensmittel waren »gestreckt«. Täglich tauchten die sonderbarsten Gerüchte auf und beunruhigten den Inspektor aufs heftigste. Schlecht, wirklich sehr schlecht mußte es für Deutschland in diesem Krieg stehen. Draußen an der Front und herinnen im Land. Wohin man schaute, was man auch hörte – nichts funktionierte mehr wie früher; Mangel, Elend und Feindseligkeit herrschten im Kleinen und im Großen. Was das überhaupt noch werden sollte?!

Unheimlich wurde Sittinger zumute, wenn er Malwines unschuldige Zuversicht beobachtete, wenn er mitansehen mußte, wie sie bei jeder neu aufgelegten Anleihe eine größere Summe ihres Barvermögens zeichnete. Er fühlte dunkel: Mit jedem Tausender floß ein Stück seiner Zukunft davon.

Es war schwer, dagegen zu reden. Er war unschlüssig und überlegte. »Mein Gott«, sagte er. »Das Vaterland geht natürlich vor. Man muß seine Pflicht tun, du hast recht ... Wie's uns später geht, das ist ja nicht so wichtig.« Jedes Wort war gelogen.

»Meinst du vielleicht, daß die Anleihepapiere ihren Wert nicht behalten, Anton?« erkundigte sie sich.

Er zuckte mürrisch die Achseln und meinte abweisend: »Wert nicht behalten? Bin ich vielleicht ein Prophet? Wenn die Papiere nichts mehr gelten, ist auch der Staat futsch und wir natürlich mit ihm ... Das soll ein Mensch wissen, hm! ... Aber, bitte, laß mich in Ruh mit diesem Kleinkram!« Er war nur ein bissiger Feigling, der stets allem Direkten auswich, um zum Schluß immer recht zu haben. Auf solche Reden hin verminderte Malwine dann doch jedesmal die beabsichtigte Zeichnungssumme. Er hingegen sammelte seit langem insgeheim Goldstücke und versteckte sie. Er verriet ihr nichts davon.

Der kluge Mann baut vor, sagte er sich, und in bezug auf seine Frau schloß er: Deine Dummheit soll's auch nicht fertigbringen, mich zu vernichten. Er vertraute einzig und allein seinem spürsinnigen Argwohn.

Wahrscheinlich verlief für jeden Menschen in der aus-

gezehrten Heimat die letzte, bedrückende Zeit des Krieges so: Obgleich unsere Heere noch tief im Feindesland standen, hatte niemand mehr Vertrauen. Das Interesse an den endlos scheinenden kriegerischen Handlungen war längst erstorben. Die Erlasse der Regierung beachtete niemand mehr. Die unübersehbaren, zermürbenden täglichen Sorgen trieben selbst den biedersten Bürger dazu, sich bei jeder Gelegenheit über die strengen Strafbestimmungen hinwegzusetzen, um nur zum Nötigsten zu kommen. Nichts hatte mehr Bestand. Der Respekt vor der Obrigkeit wich mehr und mehr. Korruption, Schiebertum und Schleichhandel mit Lebensmitteln breiteten sich aus und wuchsen ins Ungemessene. Auf einmal war wieder jeder nur um sich besorgt und kapselte sich unbarmherzig vor dem Nächsten und Allgemeinen ab. Wie er über alle Mißlichkeiten hinwegkam, das war allein wichtig, alles andere galt nichts mehr: Vaterland nichts mehr, ja, sogar Sieg und Unterliegen nichts mehr! Überall gab es Unregelmäßigkeiten. Eine alles zersetzende, unaufhaltsame Angst vor dem Morgen, dem Übermorgen und vor der Zukunft hatte jeden einzelnen ergriffen. Die wenigen Satten waren unsicher und mißtrauisch, die vielen Hungrigen unbedenklich und aufsässig.
»Hm, tja, das hat's noch nie gegeben! In der Stadt machen sie Umzüge!« brachte Sittinger einmal mit nach Hause. »Tafeln tragen sie mit ›Friede und Brot!‹ ... Hmhm, und die Polizei kann gar nichts machen dagegen ... Saufrech ist die Bande! Wenn sie da auseinandergetrieben wird, sammelt sie sich woanders wieder und schreit: ›Nieder mit dem Krieg!‹ ... Hm, schauderhaft so was! Gleich Angst könnt man kriegen ... Und heut ist erzählt worden, sie sollen Lebensmittelläden radikal ausgeplündert haben ... Hmhm, sauber, sauber, so was! Wenn das so fortgeht, das kann nett werden! Da ist ja kein Mensch mehr sicher!« Er schüttelte immer wieder den Kopf und sinnierte.

»Dieser Mob! Dieser Pöbel!« warf Malwine verächtlich hin und stellte die dampfende Suppenschüssel auf den Tisch. »Diese Verbrecherbande!« Erst vorgestern hatte sie vier Pfund Fleisch ergattert. »Unsereins muß sich doch auch drehn und wenden, und doch geht's«, schimpfte sie empört weiter. »Eine Schande so was! Unsere armen Helden im Feld draußen müssen so viel aushalten! Wie sich die Leute bloß nicht schämen, pfui Teufel!« Sie sah auf Sittinger. »Langen dir die Nudeln, oder willst du die Suppe dicker? Ja? ... Komm, rück den Teller näher her ... Ist's genug jetzt, ja?« Und wieder verfiel sie ins Schimpfen: »Hmhmhm, daß da nicht einfach radikal eingeschritten wird, versteh ich nicht! Es sind doch bloß immer etliche Hetzer, die die Leute aufwiegeln.« Ihre leichtdurchäderten Backen bekamen eine erregte Röte. Sie schien tief verletzt.

Sittinger schob schweigend einen beladenen Löffel nach dem anderen in seinen aufgerissenen Mund. Auf den unteren Bartspitzen verhängte sich manchmal eine dünne Fadennudel, die er mit der Unterlippe herabholte. Er machte ein ernstes Gesicht. »Da, lies doch mal! So eine Frechheit! Direkt in den Rücken fallen sie unserem Feldheer! Streiken möchten sie! Hast du Worte! Dieses Gesindel!« zeterte Malwine und schob ihm die Zeitung hin. »Nicht zu glauben, einfach unfaßbar, daß da die Behörden zusehen!«

Der Inspektor überflog die dicklettrigen Schlagzeilen: »Das Resultat der gewissenlosen Hetze: Bevorstehender Munitionsarbeiterstreik! Schärfste Maßnahmen der Reichsregierung bevorstehend! Vernünftiger Teil der Arbeiterschaft gegen die Hetzer!« Er furchte die Stirn und schob das Blatt verärgert weg. »Ich mag gar nichts wissen.«

»Da kann man sich aber doch aufregen!« wollte seine Frau von neuem anfangen. Er murrte sie stumpf an. »So

wird's recht! *Du* mußt dich auch noch in so saudumme Sachen einmischen! Ich mein, wir haben grad genug Fretterei und Sorgen für uns selber! Was geht uns die ganze Politik an! Kannst du vielleicht was dran ändern?« –
»Nein, das nicht, aber ...«
»Was aber? ... Nein, ist mir genug! Jetzt verdirb mir nicht schon wieder den Appetit mit so dummem Zeug!« fiel er ihr ins Wort und sagte nichts mehr. Einsilbig verlief das Mittagessen.

Jeder Tag brachte nun größere Ungewißheiten. Wie aufgeschreckt war die Stadt. Gerüchte, Gerüchte, immer wieder Gerüchte. Auch die Zeitungen waren voll von aufregenden Nachrichten. Krawalle meldeten sie, Schießereien und Verhaftungen, schließlich wurden die Meutereien der Kriegsflotte bekannt. Es war nicht mehr wegzuleugnen: Das Volk, das biedere, gehorsame deutsche Volk hatte nach einem fast vierjährigen Krieg die Geduld verloren. Die Soldaten im Feld, die Arbeiter und Frauen in den Städten, die Bauern in den Dörfern wurden rebellisch. Die herrschende Klasse, die Nutznießer des Krieges erzitterten. Für sie wurde etwas Drohendes, bisher Unbekanntes sichtbar und fühlbar: die Kraft der Massen. Sie ahnten ihr Ende. »Man muß«, sagte ein hoher Generalstäbler, »dem Pöbel Zugeständnisse machen! ... Nur jetzt freundlich tun. Fällt die Kanaille drauf 'rein, ist's gut, hernach werden wir sie schon zügeln.«

Und jetzt ging's in überstürzender Eile: Kanzlerwechsel und Parlamentarisierung folgten. Doch das Volk fragte nicht mehr nach diesen »Zugeständnissen«, die Massen gerieten immer mehr in Bewegung. Nun sickerte auch die beängstigende Kunde vom Zurückfluten der Feldtruppen durch, vom Zerbröckeln der italienischen Front und von feindlichen Bombenflugzeugen über den Alpen. Plötzlich hieß es: »Waffenstillstand!« Doch die Spannung wurde nur noch größer dadurch. Das unruhig gewordene

Volk ging seinen eigenen Weg. Streiks und Hungerdemonstrationen wurden immer häufiger, da und dort flackerten schon offene Aufstände auf, die Rebellion der Unteren hatte begonnen. Jeden und jeden Tag brodelten schreiende Menschenmassen auf die Straßen. Polizei und Militär waren machtlos oder blieben untätig. Der alte Staat hatte die Kraft verloren. Die Aufständischen eroberten die Kasernen und öffentlichen Gebäude. Es war zu Ende mit der Macht der Herrschenden. Der König floh, die Revolution war da und überflutete alles.
»Je–jetzt ist's ganz aus! Jetzt können wir uns ruhig aufhängen!« sagte Sittinger im ersten Augenblick und watschelte in der Küche auf und ab. »Was will ich eigentlich jetzt noch? Was sind jetzt deine schönen Kriegsanleihen? Und was ist's mit meiner Pension? ... Aus! Aus, alles aus!«
Fast nirgends waren die Revolutionäre auf einen nennenswerten Widerstand gestoßen. Der Sieg aber, der ihnen so schnell und leicht zugefallen war, hatte etwas ungewiß Halbes. Er sah ungefähr so aus wie ein vom Feinde freiwillig geräumter Stützpunkt, eine verlassene Stadt, die den anstürmenden Truppen kampflos in die Hände fällt. Zuerst schien alles aus den Fugen. Rundherum stockte der Apparat des täglichen Lebens.
Sittinger, der bislang seinen gewöhnlichen Trott gegangen war, kam sich überrannt vor und war ratlos. »Dieses Chaos! Diese Verwirrung!« brummte er manchmal, nachdenklich in der Wohnküche hin und her gehend, und schüttelte benommen den Kopf. »Das verschlingt uns noch alle!« Aber – komisch – er ging am andern Tag in sein Amt, und siehe da, auch die Herren vom Schalterdienst, die Briefträger und Telegrammboten, alles erschien pünktlich wie immer.
Draußen auf den Straßen tobte der wildeste Wirbel. Die Republik war ausgerufen worden, die Betriebe standen

still, und die Arbeiterheere sammelten sich in den großen Sälen, kein Gesetz gab's mehr, keine Regierung, alles schien auseinandergeschnurrt und durcheinandergeraten zu sein, doch – die Post? Die ging. Sittinger faßte sich halbwegs. Der erste Schrecken war überwunden. Während Malwine wie geknickt über diese jähe Veränderung war, spielte er schon wieder den Sicheren.
»Was geht uns der ganze Rummel an!« wies er sie barsch zurecht. »Vaterland? Vaterland? Sehr schön so was, aber jetzt hat sich das einfach aufgehört, basta! Überhaupt ist das auch bloß so eine fixe Idee! ... Ich hab's immer gesagt, alle Ideen sind Humbug! Die Realität besteht darin: Ich bin nach wie vor Postinspektor! Meine Beamten sind auf ihrem Posten! Ob Monarchie oder Republik – der Postbetrieb läßt sich nicht einfach abschaffen! So dumm ist kein Staat, daß er sein geschultes Personal hinauswirft ... Das wär ja unerhört rückschrittlich! Eine Kulturlosigkeit wär das! Das wär ja buchstäblich ein Rückfall ins Mittelalter! Ha, hm! Noch viel weiter zurück! Ins Altertum! In die primitivste Vorzeit!«
Mannhaft stand er da, und nur schwer verbarg er eine Art von schadenfrohem Triumph. »Du natürlich, du hast dich wieder einmal gründlich verspekuliert mit deinem ewigen Kriegsanleihezeichnen! Ich hab ja nie was dagegen sagen dürfen ... Um Gottes willen, das Vaterland, hat's geheißen. Immer bloß das Vaterland! Jaja, dieses imaginäre Vaterland!« höhnte er und rieb sich die Hände. »Jetzt ist das Geld eben futsch! Na, wir haben's ja! Wir haben's ja zum Wegschmeißen! Du bist ja immer die Schlauere!«
Jedes Wort war berechnet.
»Ja – aber Anton? Anton? Da–das kann doch nicht sein! Das ist doch ganz unmöglich! Da wär ja alles hin! Da wär ja jeder zweite Deutsche ruiniert!« stotterte Malwine entsetzt. Schreckbleich war sie und bekam starre Augen. Von jung auf war sie gewohnt, zu haben und zu halten. Not

war ihr etwas völlig Fremdes. Fast drei Viertel ihres Vermögens, bare vierzigtausend Mark, sollten verloren sein? Wie auf den Kopf geschlagen sank sie auf einen Stuhl nieder. Er freute sich.

»Kann nicht sein? Hm, ha! Ha!« hämmerte er erst recht auf sie ein. »Ha, unmöglich? ... Dein Vaterland ist pleite, aus! Ob da jeder von uns ruiniert ist, das ist doch dem Staat wurscht! ... Und der neue Unternehmer, die Republik, die jetzt kommt, die pfeift auf die Schulden ihrer Vorgänger ... Weg ist weg! Ich hab's vorausgesehen! Dein gehabtes Geld kannst du dir schön sauber in den Kamin schreiben! Fürs Gehabt gibt der Jud nichts!« Die Schadenfreude knisterte förmlich in ihm.

»Ja! Ja, aber warum hast du denn nie etwas gesagt? Warum? ...« fuhr sie ihn wie entgeistert an. »Du bist doch der Mann!« Das machte ihn bissig. Er durchdolchte sie gleichsam mit seinen kalten Blicken.

»So? Ha! Ich bin der Mann? ... Ich? ... Ha! Jaja, im Maulhalten, da bin ich der Mann! *Dein* Mann!« belferte er. »Jetzt komm mir bloß nicht mit deinen bekannten Argumenten, mit deiner Weiberlogik! ... Hab ich vielleicht jemals was gegen das Vaterland sagen dürfen? Das wollt ich einmal erlebt haben! Ich danke, ich dank schön! ... Der Salat ist fertig, jetzt kann gedeckt werden!«

Malwine saß zerbrochen da. Leer blickte sie geradeaus, dann rannen langsam dicke Tränen über ihre Wangen. Sie wischte sie nicht ab, sie weinte nicht laut, sie schluckte nur in einem fort und ließ sein hemmungsloses Gedonner über sich ergehen. Er kam sich nach langer, langer Zeit endlich wieder einmal groß vor und wollte seine Überlegenheit ganz auskosten. Er ging ins Sticheln über.

»Weiber haben eben absolut keine Einsicht und Weitsicht ... Schlau und dumm sind sie und überlisten jeden Mann mit ihren plumpen Finten«, fuhr er fort. »Jetzt wirst du mir vielleicht endlich einmal recht geben und gescheiter werden, aber auf wie lang? Auf wie lang? ... Jetzt kann ich wieder den Karren aus dem Dreck ziehen. So geht's immer ... Das sind so die Freuden eines Ehemanns!« Er schielte lauernd und blitzschnell auf sie, als wolle er die Wirkung feststellen. Starr hockte sie da. Sie war geschlagen, gänzlich geschlagen. Sie seufzte nur und wischte sich die Augen aus. Er stockte. Nein, nein, der Triumph war noch viel zu klein für ihn! Er überlegte kurz. Sie sah ihn nicht. Er stapfte plötzlich resolut aus der Wohnküche und ging in das Schlafzimmer hinüber. Eine Sekunde lang hielt er den Atem an und lauschte angestrengt. Mißtrauisch spähte er auf die verhängten Fenster, besann sich abermals und lauschte noch schärfer. Nur Malwine weinte in der Küche.

Er ging an den nie benützten Kachelofen, öffnete vorsichtig die Messingtüre, bückte sich und griff hinab in das Dunkel. Er tastete und tastete und zog endlich zwei pralle Strümpfe aus der schwarzen Gruft. Sein Gesicht strahlte. Er verbarg die Strümpfe unter seiner weiten Joppe und kam in die Küche zurück.

»So! Da!« stieß er schnaubend heraus, flitzte hastig zum Fenster und riß den gelben Vorhang zu. Malwine hatte zu weinen aufgehört und blickte erstaunt auf ihn. Sie begriff nicht. Seine Bewegungen hatten etwas eigentümlich Geheimnisvolles.

»Da!« sagte er, wieder am Tisch angelangt, und schüttete die gesammelten Goldstücke rasch aus den Strümpfen. »Da siehst du, wie ich mich Tag und Nacht abgesorgt hab! Besser als du! ... Wir sind versorgt, Gott sei Dank! ... Ein Mann denkt eben!« Die Goldstücke blinkten. Er zitterte leicht. Malwine hatte sich immer noch nicht gefaßt. Sie wußte nicht, war's ein Spuk oder ein wirrer Traum.

»Genau tausendundvierzehn Stück sind's! Der Wert bleibt!« konstatierte er, und das endlich weckte sie auf.

»Tjaaaa – Anton? Anton?« stammelte sie halb hoffnungsvoll und halb verständnislos. »Anton? ... Ist ja gut, gut! Aber ans Vaterland hast du dabei nie gedacht, nie? Du als Beamter?!«
Das kam unvermittelt und traf ihn. Er wurde im Nu wutrot. Schon bereute er seine guten Regungen.
»So?!« zischte er. »Soso, das ist also dein Dank!? Reizend! Wunderbar!« Er begann fast zu schlottern und hob die geballten Fäuste. »Lüg nicht! Froh bist du, heilfroh! Mir machst du nichts vor mit deinem Vaterland, mit deiner Anständigkeit!« Aufgeregt ramschte er die Goldstücke wieder zusammen und ließ sie in die Strümpfe fallen. Wut und Erbitterung ergriffen ihn.
»Das hat man davon, wenn man sich um seine Familie sorgt! Gar nichts sollt ich gemacht haben! Betrogen sollt ich dich haben! Versoffen sollt ich das Geld haben!« schimpfte er knirschend. »Das ist dein Dank! Echter Weiberdank! ... Allmächtiger! So eine bodenlose Beschränktheit!« Er verknüpfte die Strümpfe. »Wer fragt denn danach, wenn wir ruiniert sind? Gibt uns jemand einen roten Heller? ... Herrgott, Herrgott, so was Widersinniges wie ein Weib soll's noch einmal geben! ... Ich sollt wahrscheinlich bettelarm dastehen, das wär dir lieber. Dann wär ich in deinen Augen der makellose Patriot, ja?! ... O Irrsinn! O Irrsinn!«
Fest umkrampfte er seinen behüteten Schatz und verschwand damit. Als er zurückkam, saß Malwine mit gefaßter Miene da.
»Du hast ja recht, Anton! Entschuldige«, sagte sie fast schuldbewußt. »Ich gebe dir ja recht, Anton!« Er machte nur etliche abweisende Handbewegungen. Er haßte sie in diesem Augenblick wie einen gefährlichen Feind. Saudummer Mensch, saudummer! Warum hast du auf einmal deine Karten aufgedeckt! sagte er sich argwöhnisch.

Jetzt hat sie dich in der Hand! Jetzt bist du ihr auf Gedeih und Verderb ausgeliefert.

Wirklich – eins kam zum anderen. Überall lauerten Fallen.

Er zwang sich und setzte seine Maske auf. Er verschloß sich wie ein Igel, der sich zusammenrollt. Nichts sagte er mehr von den Goldstücken.

»Ah«, meinte er, »sollen die roten Herren nur Wirbel machen ... Republik? Ein anderer Name für den gleichen Schwindel ... Das Bewährte hält sich ... Den Verwaltungsapparat brauchen sie genauso ... Ich hab keine Angst.« Er tat sicher und überheblich. Eindringlicher schloß er: »Bloß – misch dich nicht in die Politik ein, hörst du! Ich hab's dir immer gesagt ... Verstehn schon die Männer nichts, wieviel weniger dann die Weiber ... Überhaupt – Politik? Lauter Blech! ... Da meinen jetzt diese Idioten, sie drehn die Welt um, weil sie Revolution gemacht haben! Was ist das schon? Später stehn in den Geschichtsbüchern vielleicht drei Zeilen darüber. Das ist dann alles ... Ändern tun sie gar nichts! Nicht das geringste ... Die Menschen bleiben Pack, niedriges Pack!« Er redete, als wollte er seine üblen Gedanken damit auslöschen. Auf einmal aber kam es wieder gedämpfter aus ihm: »Tausendundvierzehn Stück sind's, daß du's weißt! Geh mir ja nie dran! Und ich bitte dich um alles in der Welt, laß nie was davon verlauten, nie, verstehst du!? Red überhaupt nicht soviel herum in dieser Zeit, mach keinen aufmerksam auf uns, verstanden! Hast du verstanden?« Er hatte beinahe ein flehendes Gesicht.

»Jaja! Wie werde ich denn! Anton?« Sie nickte.

Das entspannte ihn nicht. Einen gewaltigen Sieg über sie hatte er erhofft, und was war daraus geworden? Eine vielleicht nie wiedergutzumachende Niederlage für ihn.

Er bekam wieder sein gewöhnliches, grämliches Gesicht

und schwieg. Nur eine Unruhe nagte in ihm: Die Goldstücke.
Jeden Tag versteckte er sie woanders, und wenn er allein war, zählte er sie in aller Hast nach. Oft war er ganz konfus von dieser Sorge. Im Amt fiel ihn manchmal die Angst an, zu Hause beschnüffelte er jedesmal seine Frau unsicher, nachts im Bett fand er kaum noch den rechten Schlaf, wo immer er ging und stand – plötzlich schnürten ihm das Mißtrauen und der Schrecken die Kehle zu ...
Rundherum witterte er Verhängnisse. Am besten war es, von vornherein jeden Menschen als seinen Feind anzusehen.
»Schlecht«, gab er abweisend zur Antwort, wenn sich ein Bekannter nach seinem Befinden erkundigte.
»So, hm, warum? Gesundheitlich oder ...«, fragte der andere arglos. Vorsicht, Sittinger, Vorsicht! Was heißt das »oder«?
»Na ja, bei den Zeiten! Wem soll's denn da gutgehen!« wich der Inspektor aus.
»Ah, die Zeit! Die wird schon wieder anders«, tröstete der andere.
»Schlechter, ja! Noch schlechter wird's! Viel schlechter!« fauchte er geradezu berserkerisch, und das half endlich. Der Kerl ging seines Weges.
Gott sei Dank! Abgewehrt, sagte sich Sittinger. Diese Methode schien die richtige zu sein. Nur keinen heranlassen, keinen einzigen!

IV

Bei den Sittingers tauchte in jenen unruhigen Wochen, vom Felde zurückgekehrt, der ehemalige Jugendfreund Malwines, Franz Eibenthaler, auf und wurde zum Ärger des Inspektors alsbald täglicher, gewohnheitsmäßiger Gast. Franz war vor dem Kriege Prokurist bei der inzwischen eingegangenen Schirmfabrik Lederer & Co. gewesen und derzeit beschäftigungsloser Leutnant a. D. Malwine und er waren miteinander zur Schule gegangen und gleichaltrig. Später hatte der Hauptlehrerssohn dem Rentnerstöchterlein den Hof gemacht. Dazumal allerdings war er noch ein ziemlich unausgegorener, geckenhafter Taugenichts mit einer windig bezahlten Anfangsstellung, so daß sich Malwines Eltern, die Gozzingers, aus Furcht, diese Liebelei könnte eine gefährliche Dummheit werden, äußerst schnell für den weit gediegeneren Sittinger entschieden. Eine gesicherte Zukunft für ihre Tochter ging ihnen über alles, und Malwine fügte sich. Obgleich sich Franz das anfangs sehr zu Herzen nahm, die Jahre heilten ihn davon. Nach langer Zeit ergab es sich, daß er mit den Inspektorsleuten gut Freund wurde. Er kam ab und zu auf Besuch und traf Sittinger wöchentlich einmal am gemeinsamen Stammtisch. Während des ganzen Krieges hatte Malwine öfters kleinere und größere Liebesgabenpakete an den unverheirateten Eibenthaler geschickt, und sehr herzlich gehaltene Briefe waren der Dank dafür.

Franz war eine große, stramme Erscheinung. Schwarzhaarig, mit einem einnehmenden Allerweltsgesicht, immer glänzenden Augen und einem gepflegten, kleingestutzten Bärtchen unter der Nase. Sein Auftreten war forsch, leicht überheblich und siebengescheit. Er kannte alles, wußte alles und tat überall so, als sei er bewandert, selbst wenn er keine Ahnung hatte. Er zeichnete sich durch eine unwandelbare, heldische Militärgesinnung aus und konnte mit dem Zivilistischen nur noch wenig anfangen. Zuletzt war er einem Stab in der Etappe zugeteilt gewesen, wo er das Eiserne Kreuz I. Klasse erhielt. Zwar wußte niemand genau, wieso er zu einer solch hohen Auszeichnung gekommen war. Genug, er hatte sie und wußte sie gebührend zu rühmen.

Für die durch die Ereignisse in ihrem vaterländischen Empfinden tiefgekränkte Malwine war dieser Mann wie eine Oase. Sie setzte alles daran, dem existenzlos Gewordenen beizustehen.

Oft und oft war Franz zum Essen da, und meistens erschien er auch abends. Einen frischen, gesunden Luftgeruch brachte er mit, und rosig leuchtete sein Gesicht. Immer war er freundlich und heiter und bewies stets Takt. Mit bescheidenem Lächeln wehrte er ab, wenn ihm Malwine eine Mahlzeit anbot. Erst nach wiederholten Nötigungen griff er zu und entwickelte dabei einen starken Appetit. Er erzählte die interessantesten Dinge. Mit seinen zahlreichen, unkontrollierbaren Kriegserlebnissen fing er an, und bei den politischen Neuigkeiten landete er. Auf diesem Gebiet schien er auffallend gut Bescheid zu wissen. Glänzend konnte der Gast unterhalten. Mit Nachdruck gab er seine mutigen Ansichten von sich. Aufreizend und furchtlos redete er von den »roten Lumpen«, von der »hergelaufenen, landfremden, verkommenen Spartakistensippschaft«, und wacker stimmte ihm Malwine zu. Sie war wie neubelebt. Endlich ein Mann, ein Held, der ganz ihre Ansichten hatte!

»Es handelt sich ja vorläufig nur darum, die Demobilmachung reibungslos durchzuführen«, sagte er beispielsweise. »Augenblicklich kann man ja die rote Bande am Ruder lassen, aber wenn mal halbwegs Ordnung ist, dann fliegen diese Herren – eins, zwei, drei – hast du nicht gesehn!« Nebenbei streifte er seine augenblickliche,

beklagenswerte Lage, aber sofort verfiel er wieder in einen mitreißenden Optimismus. »So wie mir«, meinte er, »so geht's ja heute den besten deutschen Männern. Na, Schwamm drüber! Die Zukunft gehört ja doch uns!«
Entzückt lauschte Malwine. Sittinger wurmte sich. Er plagte sich zwar, ein ruhiges Gesicht zu machen, doch der Bursche ging ihm immer mehr auf die Nerven. Seine Politisiererei war gefährlich, und überhaupt, – der Inspektor sah unbemerkt zu Malwine hinüber. Ihre Wangen glühten fast. Sie war ein Aug und ein Ohr für den Herrn Leutnant. Aha! ... Soso, jetzt das auch noch! Es gab ihm einen Stich. Verfluchtes Weibsvolk! Jeder Windbeutel ist ihnen recht. Eine wie die andere ... Die beste ist zu schlecht für unsereinen ... Dummes Pack! Jedem Schwätzer und Hohlkopf erliegen sie!
Ehe man sich's bei so einer anregenden, lebhaften Unterhaltung versah, ehe man nachdachte, war der Abend verflossen, und Malwine seufzte jedesmal, wenn der Gast sich verabschiedete. Sittinger sagte nachher kein Wort. Er überlegte nur. So zuwider ihm diese Besuche waren, wohl oder übel mußte er sie anfangs hingehen lassen. Er konnte sich gar nicht dagegen wehren, denn stets, wenn er zu Hause ankam, war Eibenthaler schon da, oder es klingelte kurz darauf. Und Malwine war immer gleicherweise begeistert.
Und – schau, schau! – wie freigiebig sie auf einmal wurde bei diesem Mangel! Sie, die sonst so sparsame Hausfrau! Keine Viertelstunde waren die Eheleute mehr für sich. Nicht einmal an den Sonntagen blieb Eibenthaler unsichtbar.
Das war zuviel!
Noch mehr!
Weiß der Teufel, Sittinger bangte nicht nur in einem fort beklommen um seine wohlbehüteten Goldstücke, deren Versteck Malwine nie wußte! Weiber sind schwatzhaft!

gestand er sich mit steigendem Unbehagen. Ein Wort, diesem Kerl gesagt, und die Kalamität ist da! Und außerdem, ein Mann wie er hatte noch allerhand zu verlieren. Stellung und Verdienst vielleicht nicht so schnell, aber sein mühsam erworbenes Ansehen und vor allem – er roch ein solches Unglück gleichsam, wenn er Eibenthaler ansah –, vor allem das Weib! Gewiß, der Inspektor liebte Malwine schon lange nicht mehr, doch man hatte sich im Laufe der Zeit wohltuend zusammengewöhnt. Sie war für ihn der Inbegriff seines geordneten, bequemen Lebens. Nicht gesagt übrigens, daß man sich mit seiner Ehefrau nicht manchmal über Dinge unterhalten konnte, die niemand zu wissen brauchte. Im Grunde genommen aber blieb sie doch nur die verbilligte, verläßliche Haushälterin. In den ersten Jahren nach ihrer Verheiratung gab es noch die üblichen Zärtlichkeiten, dann verebbten diese Gefühle, und schließlich war es so geworden: In der Frühe den Kaffee auf den Tisch, mittags ein bekömmliches Essen und abends ein gemütliches Ausrasten in der warmen Stube. Und jetzt auf einmal, durch diesen dahergeschneiten Windhund von einem Eibenthaler, jetzt war auch diese Position bedroht.

Sittinger ging mit sich zu Rate.

Den aufdringlichen Gast einfach vor die Türe zu setzen, das war unmöglich. Krach und Geklatsch hätte es im ganzen Hause gegeben. Außerdem war der Kerl auch noch kräftig und gelenkig! Zudem: als gesetzter Postinspektor, als geachteter Beamter sich wie ein eifersüchtiger Tölpel mit so einem Subjekt raufen? Raufen! Undenkbar.

Nein, Sittinger tüftelte einen ganz anderen Kampfplan mit allen Finessen aus. Die Zwangswirtschaft bestand immer noch. Man bekam das meiste nicht. Das Geld fing auch schon an, langsam wertloser zu werden. Um das zu ergattern, was man zum Sattwerden brauchte, mußte man

nicht nur viel bezahlen, verschlungene Wege wissen und allerhand Beziehungen in Kauf nehmen, es kam auch darauf an, das Erwischte einzuteilen, damit zu sparen, es zu strecken, denn beim nächsten Male gab es diese Dinge womöglich nicht mehr, oder sie waren unerschwinglich. Malwine zerrannte sowie schon Tag für Tag, um etwas auf den Tisch zu bringen. Alle Erfindungsgabe mußte sie aufwenden, um es immer richtig zu erraten.
Hier setzte Sittinger ein. Kam nun Eibenthaler daher, gleich lud er ihn bereitwillig zum Essen ein. Das freute Malwine, allmählich indessen staunte sie, und schließlich wurde ihr unheimlich zumute, denn Sittinger drängte dem Gast geradezu das Beste in unbegreiflichen Mengen auf. »Nur zugreifen! Nur nicht genieren! Ach was, ach was, das geht schon noch! Ist doch da, damit's aufgegessen wird! Nur zugreifen! Zugreifen!« ermunterte er den Gast, und beiläufig fragte er seine Frau: »Wir haben doch noch da, Malwine, oder? ... Ist doch – soviel ich weiß – noch ein sehr schönes Bauchfleisch da? Du hast doch gestern erst vier Pfund Rindfleisch in Essig gelegt? Käs muß doch auch noch da sein, und Butter hat dir doch heut erst dein Lieferant gebracht? ... Jaja, wenn man so gute Beziehungen hat, hahahaha! ... Was ist denn das? Du bist ja heute so knauserig? Der Herr Eibenthaler hat gewiß noch Appetit, was? ... Ich muß schon sagen, heut war's sehr knapp, sehr knapp! Da wird's gut sein, du schneidest noch etliche Trümmer von unserem Bauerngeselchten 'runter ... Man muß sich ja rein genieren vor seinem Gast.« Es war peinlich. Er trompetete fröhlich wie bei einer Kirchweih und bot unablässig an. Malwine verfärbte sich und wußte nicht mehr, wo sie hinschauen sollte. Schamrot wurde sie. Erniedrigt kam sie sich vor. Eine harte Kugel stieg aus ihrer Magengrube, würgte in der Gurgel und blieb am Schlundende stecken. Auch Eibenthalers abwehrendes Lächeln wurde gefroren.

»Nein, nein, danke! Ich bin wirklich vollauf satt, Herr Inspektor! Ich kann beim besten Willen nicht mehr! Danke, danke, wirklich«, hörte Malwine ihn sagen, doch Sittinger ließ nichts gelten und schmiß ihm das letzte Stück Fleisch auf den Teller »Ah! Ah! Das bissel werden Sie schon noch zwingen! Bloß keine Ziererei! Das Trümmerl Fleisch lohnt sich doch nicht mehr aufzuheben.« Seine schmetternde Lautheit machte jeden Widerspruch zunichte. Lächelnd aß der Gast auch noch das letzte, und Sittinger belobigte ihn mit gespielter Jovialität: »So! So mag ichs! Das laß ich mir gefallen! Aufgeräumt muß sein, leer muß die Bratenreine sein, wenn man vom Essen aufsteht ... Sie haben im Feld draußen lang genug gedarbt und gehungert ...«

Wie er lügt! dachte Malwine. Wie er lügt! Vaterland? ... Er? Sie würgte den trockenen Ärger hinunter. Sie sah geschwind und unvermerkt auf ihren Mann. Wie eine riesige Qualle breitete sich sein Körper übers halbe Kanapee aus. Krebsrot war das satte Gesicht. Den Kragen hatte er abgelegt und die Joppe, die Weste waren aufgeknöpft, das Hemd klaffte vorne weit auseinander, so daß die dichtbehaarte Brust wie ein häßlicher, leicht sackender Frauenbusen bloß dalag. Seine dicken, kurzen Arme spannten den Stoff der Hemdärmel, und die fleischigen Hände sahen aus wie unentwickelte Tatzen. Schweißperlen standen auf seiner Stirn und Nase. Er schnaubte zufrieden und war fröhlich. Zu ihrer Wut kam zum ersten Male ein Ekel. Sie überwand sich aber, stand schweigend auf und deckte ab.

»So! So, jetzt hat die arme Seel eine Ruhe und der Popo Feierabend«, plapperte er, sich zurücklehnend, und zündete seine Pfeife an. Eibenthaler wischte sich mit der Serviette den Mund ab. Auch er steckte sich eine Zigarette an.

»Hm, leider, leider – Zigarren und Zigaretten rauch ich

nicht, ich bleib bei meiner bewährten Pfeife«, sagte Sittinger und wandte sich an Malwine: »Du könntest eigentlich auf alle Fälle einmal Rauchzeug mitbringen, Malwine ... Man kann nie etwas anbieten.« Durch die Rauchschwaden, die alsbald die Küche füllten, antwortete sie: »Davon verstehe ich nichts. Das mußt du besorgen.« Sie schluckte und schluckte und blieb die ganze Zeit still.

So ging das nun ständig. Malwine war wirklich nur noch das Dienstmädchen. Und das Schauerliche war: Gern hätte sie sich einige Minuten allein mit Franz darüber ausgesprochen, aber die Schicklichkeit verbot ihr das. Es war doch ganz und gar unmöglich, ihm etwa zu sagen: Bitte, versteh mich recht, mein Mann ... Bitte, sei so gut und iß nicht so viel, wenn er dir anbietet. Eine fast ohnmächtige Scham überkam sie. Sie behielt ihren Gram für sich.

Endlich, eines Nachts, als man sich im Schlafzimmer auszog, brach ihr zurückgedämmter Kummer über ihre Lippen. Zögernd, mit aller Beherrschung, fing sie zu reden an.

»Anton?« fragte sie beinahe zart, »Anton?«

»Ja, was willst du denn?« murrte er sie an.

Eine Sekunde lang sah sie ihn hilflos an. »Na, was denn?« Er wurde ungeduldig, und ein jäher Argwohn stieg in ihm auf.

»Du weißt doch, ich war nie geizig«, tastete sie vorsichtig weiter, und er wurde im Nu blaß. Goldstücke ... Verraten! schoß es durch ihn.

»Aber – aber, das geht wirklich nicht mehr, daß der Franz jeden Tag bei uns ißt! Das ...«, sagte sie und kam schon ins Stocken. Ihr Kinn zog sich zusammen. »Das können wir nicht mehr machen. Ich ... ich kann's nicht mehr!« Diese Worte flossen gleichsam wie lauwarmes Öl über seine Haut und drangen in seine Adern. Mit Gewalt mußte er sich zurückhalten, um nicht laut und boshaft aufzujubeln. Gleich hatte er sich wieder.

»Was?! ... Was sagst du?« tat er baß verwundert. »Was?! ... Jetzt versteh ich die Welt nicht mehr! ... Hab ich ihn vielleicht je eingeladen? Ich? ... Das – das ist doch dein Bekannter!?«
»A–aber Anton? Anton?« rief sie entwaffnet. Schmerzlich stand ihr Gesicht im Lichtschein. »Ach ..., a–ach ...« Sie konnte nicht mehr weiter. Er hingegen wurde springlebendig.
»Tja, offen gestanden, ich versteh dich nicht! Ich denk immer, du freust dich so darüber, wenn der Eibenthaler kommt?« beteuerte er scheinheilig und machte baffe Augen. Malwine ertrug dieses widerwärtige Versteckspiel nicht mehr.
»Anton ... Du verstehst ganz gut!« stammelte sie und sank auf einmal weinend auf das Bett nieder. »Ganz gut verstehst du mich! Verdreh doch nicht alles so! Ich kann's einfach nicht mehr leisten, und – und – und wir haben's doch einfach nicht ... Ich kann mich doch nicht aufreiben! Ich renn mich ja halbtot, bloß damit ich was auf den Tisch bringe, und du? Du wirfst ihm auf, als wenn wir's tonnenweis hätten! Du bringst mich in Verlegenheit vor ihm! Du schämst dich nicht ... Der reinste Pudel bin ich für euch zwei Männer! ... Kaputt geh ich dabei, u – o – aaach! Ich kann nicht mehr!« Hemmungslos heulte sie jetzt. Ihr ganzer Körper schlotterte.
Sittinger starrte sie wie erschrocken an und ließ erst einmal das Heftigste vorübergehen. Ha, hab ich dich endlich, endlich! züngelte es ihm wohltuend durch Herz und Hirn. Doch er tat bedrückt und wurde schließlich raunzerisch.
»Hm ... Wir können das nicht mehr machen, hahaha! Wir?« stichelte er. »Ich hab dem Eibenthaler meiner Lebtag nichts gewollt ... Grüß Gott, Adjö, habe die Ehre, ja, fertig! ... Ich bin noch nie für solche Besuche gewesen, im Gegenteil! Aber wie ich gesehen hab, du hast das gern, wie ich gemerkt hab, daß du dich gefreut hast, wenn er jeden

Tag gekommen ist, na ja – bin ich denn blödsinnig? –, ich hab gemeint, ich tu dir den schönsten Gefallen, hmhm! ... Und jetzt ist's wieder nicht recht, hm! Jetzt bin wieder ich an allem schuld! Natürlich, natürlich, so ist's ja immer!« Er tappte ungelenk hin und her und schüttelte seinen massigen Kopf. »Jetzt hör schon dein Flennen auf! ... Meint man, man tut dir was Gutes, da ...«
»Hör auf! Hör bloß auf! Ich weiß, wo du hinaus willst!« keifte Malwine plötzlich häßlich aus sich heraus. So was hatte sie noch nie gewagt. Er wurde bestürzt.
»Ich? Hinaus? ... Was soll denn das heißen? Gar nirgends will ich hinaus!« sagte er stehenbleibend und tat unschuldig. »Ich frag mich bloß, was wir jetzt machen sollen ... So einfach hinsagen können wir's ihm doch auch nicht, daß er wegbleiben soll.«
»Jaja, jaja! Ich versteh dich schon, jaja!« sagte sie gesammelter. »Mir willst du wieder alles aufladen! Ich soll ihm das Haus verwehren! Da hinaus willst du!«
Er war wütend, daß sie es erraten hatte, und das Streiten fing an.
»Soll vielleicht ich mit ihm einen Krach anfangen?« fiel er ein und verlegte sich auf das resignierte Lamentieren. »Ich! Natürlich, der Mann! ... Den ganzen Tag steh ich im Geschirr, und wenn ich heimkomme, geht dein Gebenz an! Herrgott, Herrgott, das soll ein Mensch aushalten!« Wieder ging er unbehaglich auf und ab. »Brauchst gar nicht so zu schreien und so hin und her zu rennen!« rief sie kalt.
»Jaja, freilich, freilich! Ein Mann darf ja bei euch Weibern überhaupt keine Nerven haben! Bloß ihr dürft das!« polterte er nun rücksichtslos. »Wenn ihr was verkuhwedelt habt, soll's der Tölpel von einem Ehemann wieder einrenken! ... T–ha, mir kommt's grad vor, als wie wenn du in diesen Herrn Eibenthaler verschossen bist!«
Das traf sie wie ein Hieb.
»Anton!?« schrie sie empört und schnellte empor. Puter-

rot war sie. »Anton? Was? Was sagst du?« Ein Zittern lief über ihren Körper, ihre Lippen standen starr offen, und ihre Augen flammten. Groß sah sie ihn an. Jedes Wimpernzucken verriet ihre Beleidigtheit. Er fühlte, daß er zu weit gegangen war und brümmelte schmollend: »Ist doch fast so! Sieht fast so aus!« Und ehe sie erwidern konnte, lenkte er ein: »Du weißt ganz genau, daß ich dir das nie und nimmer zutraue ... Eifersucht gibt es bei mir nicht! Aber wenn du schon so daherredest!«

»Pfui Teufel!« sagte Malwine nur noch. Doch sie atmete wieder. Er blieb stumm. Etliche Sekunden vertropften.

»Nette Ansichten hast du über deine eigene Frau! Sehr nette Ansichten!« sagte sie daraufhin verächtlich und zog sich aus. Blitzschnell lugte Sittinger auf sie und sah wieder weg. Feige wich er aus: »Das habe ich erwartet ... Ich sag lieber überhaupt nichts mehr. Dieser Kerl ist das gar nicht wert.«

»Wenn du es ihm nicht beibringst, dann sag's ihm einfach ich, verlasse dich darauf!« meinte sie resolut. So ernst war sie, daß er heimlich Angst bekam. Versöhnlicher brummte er: »Ah, wir brauchen ihm überhaupt nichts zu sagen. Du machst einfach nicht mehr auf, wenn es klingelt, basta! Wenn er drei-, viermal umsonst dagewesen ist, wird er schon merken, daß er nicht mehr erwünscht ist.«

»Meinetwegen braucht er nicht mehr zu kommen. Ich lege keinen Wert darauf, absolut nicht!« schloß sie.

Die Heftigkeit war verrieselt.

Sittinger behielt das letzte Wort: »Na, also! Wir haben wieder unseren Streit gehabt, gut! Und warum? Wegen irgend so einem hergelaufenen Herrn, der nichts zu tun hat und meint, er muß uns politische Unterrichtsstunden geben! Auswendig kenne ich sein Geschwätz schon! Übel wird mir schon jedesmal, wenn er anfängt! Und dafür, meint er, kann er sich bei uns einen Dauerkostplatz einrichten! Ein netter Charakter! Sauber, sauber so was!«

Er rollte sich ins Bett wie eine schwabblige Kugel, und alsbald röchelte er rasselnd im Schlaf.
Am anderen Tag in der Frühe, kurz bevor er wegging, sagte er wiederum: »Laß ihn nur ruhig läuten. Mach nicht auf, verstehst du? Laß überhaupt keinen Menschen in die Wohnung ... Dem ehrlichsten Gesicht ist nicht zu trauen ... Unsere Goldstücke sind in der Wohnung ... Denke daran!«
»Jaja, jaja, es nimmt's dir schon keiner!« stimmte ihm Malwine zu und war wieder ausgeglichen. »Geh nur zu, drei Viertel ist's schon.«
Kaum auf der Straße angekommen, bedrängte das Mißtrauen den Inspektor schon wieder. Nach allen Richtungen dachte er zugleich. Warum nimmt sie's so leicht mit dem Gold? Warum hat sie mich so schnell hinausgedrängt? Ob am Ende dieser Eibenthaler ... Tausendundvierzehn Stücke sind's tausendvierzehn, rann es durch sein Hirn. Wie eine geträumte Lotterienummer hatte er sich diese Zahl eingeprägt. Ewig nagte die Unruhe in ihm.

V

Eibenthaler kam in den nächsten Tagen öfter vor die Türe der Sittingerschen Wohnung. Vergeblich läutete er. In bester Erwartung setzte er, nachdem er auf den Klingelknopf gedrückt hatte, sein gewohntes Lächeln auf, zog noch schnell das Taschenspiegelchen und prüfte darin Gesicht, Kragen und Krawatte. Er ließ das Spiegelchen wieder verschwinden, zupfte etliche Male sein Jackett zurecht und war bereit. Alsdann aber wurde sein Gesicht verdutzt, endlich enttäuscht und zum Schluß sogar ein wenig beleidigt.

Malwine saß mit klopfendem Herzen in der Küche, rührte sich nicht und atmete kaum. Die widerstrebendsten Empfindungen tobten in ihrer Brust. Eigentlich hatte sie ihren Mann doch getäuscht. Unangenehm war ihr Franz gar nicht, ganz im Gegenteil. Er brachte eine erwünschte Abwechslung in ihr eintöniges Leben. Und wenn nicht das Gefrett mit dem Kochen, wenn nicht das viele Essen und nicht so eine schreckliche knappe Zeit gewesen wäre, weiß Gott! Eibenthaler war ein zu netter Mensch. Er hatte so etwas Gewinnendes auf den ersten Blick. Im Gegensatz zu Anton war er stets heiter und hoffnungsfroh. Seine Stimme klang männlich, aber keineswegs nüchtern rauh. Sie allein nahm schon ein für ihn.

Malwine stand immerhin bereits in jenem Alter, in welchem Frauen für geschickte Schmeicheleien sehr empfänglich sind. Unverbraucht fühlte sie sich, und mitunter hatte sie ein starkes Verlangen nach Zärtlichkeiten. Doch Anton? Sie schob diese Gedanken hastig beiseite.

Anton hatte für Weiblichkeiten keinen Sinn. Sie waren ihm lästig. Er schien auch nicht zu begreifen, was einer Frau gefiel. Wahrscheinlich wollte er es gar nicht. Er vernachlässigte sie und sich in allem.

Eibenthaler jedoch war immer nett angezogen, immer galant, und er verstand es ausgezeichnet, stets die richtige Schicklichkeit zu wahren. Er war zuvorkommend und dennoch von einer fast erregenden Vieldeutigkeit. Schon seine bloße Gegenwart übte auf Malwine einen unbestimmten Reiz aus.
Es klingelte einmal.
Ein Bettler, redete sie sich ein, obgleich sie nicht daran glaubte.
Es klingelte ein zweites Mal. Ich bin ja so allein, dachte sie und wurde auf einmal rot. Es klingelte wiederum.
Der arme Kerl! Sicher ist er durchfroren, ging's ihr durch den Kopf, und sie verspürte einen leichten Druck in der Herzgrube. Ihr Atem ging ein wenig stockend. Gespannte Sekunden lang lauschte sie angestrengt und mit einem fast bitthaften Wunsch. Reglos saß sie da. Es läutete abermals, zwei-, dreimal hintereinander, und alle Nerven knisterten unter ihrer Haut. Sie nagte an den Lippen und horchte und horchte. Endlich hörte sie dumpfe, zögernde Schritte die Treppe hinab und seufzte matt und weh.
Heut hätte er ja leicht mitessen können. Freilich, es ist nur Blumenkohl, aber es ist reichlich da, gestand sie sich und bereute nun sogar, daß sie Anton eine Szene gemacht hatte. Als sie jetzt aufstand, fühlte sie eine eigentümliche Schwäche in ihren Knien und um die Hüftgegend. Sie machte sich wieder am Herd zu schaffen, sie begann zu scheuern, aufzuräumen, zu stricken oder zu häkeln oder – nun ja, wie eben jeden und jeden Tag.
Wie aber leicht vorauszusehen war, es schickte sich noch öfter, daß Eibenthaler gerade vor der Tür stand, wenn Sittinger daherkam.
»Ah, endlich! Guten Abend, Inspektor«, grüßte Eibenthaler abgebrüht. »Endlich trifft man sich wieder einmal! Ich wollt grad auf einen Sprung vorbeikommen ... Ihre Frau scheint gar nicht daheim zu sein.«

Sittinger nahm die letzten Stufen keuchend und glotzte ihn verdutzt an.
»So? ... Do-doch«, stotterte er perplex, »doch, sie muß schon da sein!« Nicht ließen sie sich aufhalten, die Worte. Sie rutschten ihm wie schlüpfrige Fische durch die Lippen. Um nicht mehr aufschauen zu müssen, suchte er umständlich mit beiden Händen in seinen Hosentaschen nach den Schlüsseln und brümmelte gefaßt: »Na ja, wegen der vielen Bettler ...«
»Jaja, hm ... Gibt's ja jetzt massenhaft. Ich kann's verstehn, daß sie nicht bei jedem Klingeln aufmacht«, half ihm Eibenthaler aus der Verlegenheit. Wohl oder übel mußte der Inspektor ihn einlassen, und in der Küche war die Peinlichkeit jedesmal noch größer.
»Ach Gott, entschuldige, entschuldige, Franz! Wirklich, jede Minute läutet's«, log Malwine. »Wenn ich gewußt hätte, daß du es bist! Entschuldige ....« Sie sagte »Du« zu ihm. Sittinger blieb beim steifen »Sie«. Eibenthaler fand stets einen geschickten Übergang, und die Peinlichkeit war schnell verflogen.
»Ich wollt bloß mal schnell vorbeispringen! Ich bekomme wieder ein Kommando«, erzählte er. »Ich bin nie sicher, ob ich morgen noch da bin.« Man setzte sich.
»So? Fort kommst du?« fragte Malwine verräterisch, tat aber sogleich aufgeräumt. »Ein Kommando? Dann kann man ja gratulieren, was?« Er dankte ebenso. Malwine redete und redete, nur um keine Lücke hervorzurufen. Sie hütete sich dabei, ihrem Mann in die Augen zu schauen. Dieser aber verfolgte ihre Mienen und Bewegungen mit lauernder Spannung und blieb einsilbig. Er gähnte manchmal gelangweilt, doch das störte die Unterhaltung Malwines und Eibenthalers nicht. Als der Gast fortgegangen war, standen sich die Eheleute einen Augenblick lang gegenüber.
»Es muß ihm, scheint's, doch sehr schlecht gehen, daß er

so wenig Stolz hat«, meinte Malwine als erste. Sie dachte ganz anders, doch mit dem weiblichen Spürsinn fand sie heraus, daß dies die richtigen Worte für Anton waren. Der sagte nur: »Hm, schlecht? ... Dafür können doch wir nicht krank sein ... Ich möcht bloß bemerken, daß ich nicht schuld bin, wenn er hereingekommen ist ... Der Kerl hat ja die reinste Elefantenhaut.«

»Jaja, bau nur gleich wieder vor!« versuchte Malwine einen leichteren Ton anzuschlagen. »Du bist schon nicht schuld ... Meinetwegen kann er ja ab und zu kommen.«

»Gott sei Dank kommt er fort jetzt! Hoffentlich bald«, knurrte Sittinger.

Inzwischen verrannen die düsteren Wintermonate. Der Kampf um die Wahlen zu den Landtagen und zur Nationalversammlung war entbrannt. Erregte Versammlungen und mächtige Demonstrationen wechselten ab. Eine fortwährende Unruhe herrschte auf den Straßen, und eines Tages zischten Wellen der Aufregung von neuem hoch. Auf einem Platz rannten dichte Massen zusammen. Es wurde sekundenlang stumm, dann bellte ein schrilles Schreien. Gereckte Fäuste drohten, die Rolläden der Auslagen ratterten herab, ein unterirdisches Grollen lief durch die ganze Stadt, und im Nu war alles menschenübersät. Viel gefährlicher als in den ersten Tagen der Revolution marschierten die Massen auf.

Ein reaktionärer Leutnant hatte den Ministerpräsidenten Eisner niedergeschossen. Der Wirrwar wurde furchtbar. Diesmal übermannte die allgemeine Kopflosigkeit sogar die Beamten der Postanstalt, welcher Sittinger vorstand. Als es draußen so unerwartet rebellisch wurde, ließen sie alles liegen und stehen und stürzten auf die Straßen. Vergeblich versuchte sie Sittinger aufzuhalten, beschwörend redete er auf sie ein, und zuletzt schrie er aus Leibeskräften. Sie hörten nicht mehr auf ihn. Stehen ließen sie ihn, und im Nu waren sie weg. »Im Landtag haben sie auch drei erschossen!« rief einer. »Jetzt geht's los!« Im Landtag hatte ein Sozialist von der Tribüne herunter geschossen. Ein Abgeordneter sank tot um, zwei weitere wurden schwer verwundet.

Sittinger stand verstört im verlassenen Schalterraum. Sein ganzes bisheriges Leben brach jäh zusammen. Der Boden unter ihm wankte. Er glaubte zu versinken. Alles sah er doppelt und dreifach, und er konnte nichts mehr unterscheiden. An den vergitterten Fenstern vorbei lärmten und drängten sich unzählige Menschen und schrien drohend. Jedes Gesicht flackerte erschreckend entschlossen. Eine Scheibe wurde eingedrückt, die Scherben splitterten klirrend auf dem Steinboden, und jetzt wurden die anderen Fenster eingeschlagen. Das ist das Ende! dachte der Inspektor, zuckte zusammen und wurde totenblaß. Eine Lärmwelle übergoß ihn. Er stierte ratlos in die Menschenmenge. Sein Herz stand still. Seine Glieder waren wie gelähmt. »He! Auch so ein Hund!« brüllte jemand. Sittinger gab sich einen Ruck und lief wie ein Wiesel hinter die Schalter. Mit nie geahnter Schnelligkeit riß er zitternd ein Schiebefenster nach dem anderen herunter, schloß hastig die Kassen ab, jagte in sein Arbeitszimmer zurück, nahm Hut und Mantel, lief zum hinteren Ausgang und schlich auf Umwegen heimzu. Mit eingezogenem Kopf, Mantelkragen hochgestülpt, bebend vor Angst, schritt er fürbaß. Jeder Laut, jedes Geräusch erschreckte ihn. Fassungslos kam er zu Hause an.

»Je-jetzt ist alles aus! A-alles futsch«, japste er in der Küche und brach auf einen Stuhl nieder. Hut und Mantel hatte er nicht abgelegt. Alles Blut schien aus ihm gewichen, kalkweiß war er bis hinter die Ohren. Er schloß sekundenlang die Augen. Es schien ihm, als jagten die schrecklichsten Bilder, aufeinander, übereinander, an ihm vorüber. Er sah nichts. Doch wer lachte denn da unbekümmert, als sei gar nichts geschehen?

»Jaja, Inspektor, wir haben Sie schon erwartet! Gott sei Lob und Dank, daß Sie in dem Trubel unversehrt heimgekommen sind!« sagte der Eibenthaler selbstbewußt. »Nur Ruhe! Dieser saubere Herr Eisner, der Dreckjud, ist weg! Das andere Gesindel wird auch bald davongejagt sein! Nur Ruhe! Wunderbar geht alles! Jetzt natürlich wird die dumme Bande wirklich Revolution machen wollen – ganz programmäßig geht alles! Nur Geduld! Die Garnisonen stehen bereit, Zeitfreiwillige haben sich massenhaft gemeldet, alles bessere Kreise! ... Jetzt wird ausgeräumt, aber gründlich! Jetzt wird Ordnung gemacht in dem Saustall!« Geistesabwesend glotzte der Inspektor auf diesen Menschen. Kalt lief es ihm über den Rücken.
»Jaja, jaja! Wir wollen mal sehen, wer Herr im Land ist!« sagte Eibenthaler abermals und zog seine Hose stramm hinauf. Einen federnden Schritt machte er und rief so, als kommandiere er bereits eine kampferprobte Kompanie: »'ran an den Feind! Ohne Pardon! 'ran!«
Sittinger sah nur ein verschwommenes, lächelnd auseinandergelaufenes Gesicht und begriff nichts. Er wischte mit der Hand über seine Stirn. Da hörte er Malwine verzückt sagen: »Gott sei Dank, daß es noch Männer gibt, die Mut haben!« und wachte auf. Er bewegte seinen Kopf. Er spürte, daß er lebte.
»Tja, ich muß weg! Adjö, Inspektor, Adjö, Malwine! Nur ruhig Blut!« rief der wackere Leutnant, schlug die Hacken zusammen, und Malwine brachte ihn zur Türe. Der Bann war gewichen, Sittinger dachte hurtig: Aha, er kommt also doch, wenn ich nicht da bin! Warte! Er knirschte und stand auf. Als Malwine strahlend zurückkam, erschrak sie vor seinem Blick, seiner Miene.
»Ich – bin – ja so froh, daß du da bist!« brachte sie gerade noch heraus und fragte stockend: »Was hast du denn? Ist dir nicht gut? Was denn?«
»Gar nichts ist mir! Der Besuch war sein letzter, das sag

ich dir!« fuhr er sie an, und böse setzte er dazu: »Wenn er sich bloß nicht täuscht, der feine Herr Franz Eibenthaler! Wenn er sich nur nicht verrechnet!«
»Wieso? Warum?« fragte sie fast ängstlich, »was meinst du damit?«
»Nichts mein ich ... Was geht uns der Kerl an!« erwiderte er barsch. »Warten wir's ab. Es ist noch nicht jeden Tag Nacht.« Malwine wollte weiterfragen, er wies sie ab. Er war brummiger denn je. Er glitt wieder in die Wirklichkeit zurück.
Am anderen Tag stand er auf wie immer und machte sich zurecht. »Willst du denn etwa gar ins Amt gehen?« fragte Malwine und sah erstaunt in seine ausdruckslosen Augen.
»Was denn sonst? Was hast *du* denn gemeint?« knurrte er grob.
»Aber – es – es ist doch Generalstreik! Du kannst doch in die größten Unannehmlichkeiten hineinkommen«, versuchte sie ihn davon abzubringen.
»Kümmere dich um deine Sachen! Schwatz mich nicht an!« erwiderte er bissig und freute sich über ihre zunehmende Verängstigung.
»Aber Anton? Anton, um Gottes willen!« begann sie zu flehen. »Bedenke doch! Es wird doch geschossen in der Stadt! ... Nein, nein, das laß ich nicht zu! Ich laß dich nicht gehen! Die anderen Beamten gehen sicher auch nicht! Nein, das ertrag ich nicht!« Sie weinte und faßte seinen Mantel. Er schob sie weg und blieb unnachgiebig. Gern wäre er daheim geblieben. Nur aus Rachsucht gegen sie tat er es nicht.
»Ich bin Beamter!« rief er fast dröhnend und dachte dabei mit schauderndem Unbehagen an das Schießen in der Stadt. »Ich geh, fertig! Ich tue meine Pflicht und trompete sie nicht immer heraus wie dieser saubere Herr Eibenthaler, basta!« Ohne eine Antwort abzuwarten, stapfte er

davon. Malwine war außer sich, aber sie wagte der Leute wegen doch nicht, ihm nachzulaufen. Sie setzte sich zerknirscht auf das Kanapee, nahm ihr Andachtsbuch und betete. Durch ihr zitterndes Bangen, durch die grausigen Vorstellungen, die in ihr von Zeit zu Zeit aufstiegen, schwamm doch immer wieder das Bild Eibenthalers, verwischte sich, kam aber ebensooft wieder. Dann betete sie eifriger.

Die frühen Straßen, welche Sittinger durchwanderte, waren ziemlich menschenleer, leerer und stiller als sonst. Keine Trambahn fuhr. An den Plakatsäulen klebten die großletterigen Erlasse des Provisorischen Zentralrates. Der Schnee unter den Füßen knirschte. Ein vermummender Nebel hüllte die Gebäude ein. Erst wenn man ganz nahe vor ihnen stand, wurden sie deutlich.

Jetzt hat sie auch keine Ruhe, sagte sich der Inspektor. Da vergeht ihr der Übermut. Er kam stadteinwärts, und es wurde langsam belebter um ihn. Die Milchläden und kleinen Geschäfte in den Seitengassen waren schon offen. Ihr gelbes Licht blinkte in den brauenden Nebel. Auch Menschen wurden sichtbar. Stimmen kamen von da und dort. Die Kaffeelokale und Wirtshäuser leuchteten auch schon, und im Zentrum öffneten sogar die Kaufhäuser ihre Tore. Muß also doch nicht so gefährlich sein. Wo schießt's denn? dachte Sittinger. Alles nur Weibergeschwätz. Hin und wieder sammelte sich an einer Ecke ein Menschenrudel. Hitzige Reden schwirrten ineinander, wurden ein Raunen und schließlich wieder lauter. Sittinger kümmerte sich um nichts. Stumm steuerte er auf sein Postamt zu. Da war noch kein einziger Beamter. Er vertrat sich eine Viertelstunde lang die kalten Beine, aber immer noch kam niemand. Kriechend langsam verstrich die Zeit. Den Inspektor fror. Ungemütlich und widerwärtig war dieses Dastehen im Schnee.

Ein abgerissener Mensch lief aus einer Seitenstraße und

verteilte Flugblätter. Die Leute rissen sie ihm aus der Hand und lasen gierig. Sittinger erhaschte mit seinem Blick die Überschrift: »Rache für Eisner! Generalstreik!« Jetzt wurde es vor den Eingangstoren der Kaufhäuser lebhafter. Die Menschen stauten sich massenhaft, bewaffnete Rotgardisten kamen anmarschiert und wurden mit einem Beifallssturm empfangen. »'raus mit den Streikbrechern!« rief die Menge. Eine Gasse brach auf. Die Rotgardisten schritten hindurch und verschwanden im Warenhaus. Kurz darauf kamen die Chefs mit den Angestellten im Gänsemarsch auf die Straße. Schimpfworte, »Nieder«-Rufe empfingen sie. Drohende Fäuste fuchtelten. Die Chefs machten jämmerliche Gesichter und wollten Erklärungen abgeben. Das erbitterte die Menge noch mehr. Die Rotgardisten nahmen die vier Männer in die Mitte. Alsdann schlossen sich die Gittertore des Warenhauses. Unter lautem Lärm zogen Gruppen der Zuschauer mit den Rotgardisten weiter. Die Angestellten standen eine Zeitlang stumm da und schauten in die Luft. Niemand kümmerte sich mehr um sie. Langsam machten sie sich davon.

Vom Marienplatz herauf wälzte sich, lawinenhaft anwachsend, eine dichte Menschenmenge mit roten Fahnen und Transparenten. An der Spitze des Zuges fuhren vollbesetzte Lastautos mit eng aneinandergedrückten Bewaffneten und aufmontierten Maschinengewehren.

»Rache! Rache für Eisner! Nie-ie-der!« schrie es aus Hunderten von Kehlen. Die Hauswände schienen zu zittern. Wieder wie gestern sägten die Rolläden herunter. »Was ist? Was ist passiert?« fragte Sittinger einen vorübergehenden Arbeiter. »Wir lassen unsere Revolution nicht erwürgen!« sagte dieser. Furchtgepackt drehte sich der Inspektor um und machte sich auf den Heimweg.

Anfangs war es ihm nur darum zu tun, ungefährdet davonzukommen, allmählich jedoch, als es freier und leerer

um ihn herum wurde, überkam ihn eine fast hämische Bitterkeit. Er erinnerte sich wieder an Malwine.
Wieder muß sie recht haben! Verflucht! zürnte er. Heimkommen werde ich, und gleich wird sie anfangen: Gell, ich hab recht gehabt! Ich hab dir's gesagt ... Diese verdammten Weiber. Er verwünschte sie, diese »irrsinnige Revolution«, die ganze Welt und sich selber. Die Galle kam ihm hoch.
Dieser Tag aber hatte es in sich. Er war gleichsam pechbesudelt. Zu Hause angekommen – es war noch nicht neun Uhr – traf der verbrummte Inspektor abermals Eibenthaler in der Küche. Der große Held genierte sich nicht im geringsten. Ganz gewohnt stand er da. Er, der gestern so getan hatte, als stehe er heute schon im blutigen Kampf auf der Straße!
Sittinger verschlug's fürs erste buchstäblich das Wort. Eine sinnlose Wut peitschte alsdann durch seine Adern. Kreuzwichtig erzählte der Gast. Plötzlich fuhr der Inspektor barsch dazwischen: »Sagen Sie einmal, was wollen Sie eigentlich immer bei uns. Herr Leutnant?« Der verlor jäh alle Strammheit, Sittinger jede Beherrschung. »Bei uns in der warmen Küche, da scheint also Ihr Schlachtfeld zu sein, was? Sehr interessant! Und das, was Sie da in einem fort erzählen – ich mach Sie drauf aufmerksam –, das interessiert uns nicht im geringsten! Gar nicht! Gar nicht auch!« Er bebte. Malwine erstarrte. Eibenthaler fand immer noch kein Wort, eine Pause riß ein, Sittinger schnaubte und schrie, schrie: »Daß Sie's bloß einmal wissen, ja! Ihre Besuche verbitt ich mir!« Er zeigte seine Zahnstumpen und fäustete seine Hände. »Ihre politischen Weisheiten können Sie woanders verzapfen! Und jetzt – da! Da hat der Zimmermann das Loch hinausgemacht, da! Gehn Sie! Gehn Sie! Aber schleunigst!«
»Anton?« brachte Malwine über die Lippen. Vernichtet stand sie da, rot und blaß wurde sie zugleich. Eibenthaler

stotterte etliche unverständliche Worte, aber Sittinger ließ ihn nicht weiterreden. »Dankeschön! Danke – danke!« rief er mit einer abweisenden Handbewegung. Sein ganzer mächtiger Körper schlotterte.

»Ad-adjö!« sagte Eibenthaler nur noch, und weg war er. Eine Zeitlang füllte einzig und allein das Keuchen des wütenden Inspektors die geladene Luft der Küche.

»So! So!« brachte er bloß heraus.

»Anton? A-anton?« stammelte Malwine.

»Nichts Anton!« wehrte er ab. »Jetzt weiß ich, wie ich dran bin mit dir! ... Schau, schau! Geh nicht ins Amt, nicht, hast du in der Früh scheinheilig gebettelt, weil du ganz genau gewußt hast, dann geh ich bestimmt ... Jetzt ist's anders gekommen, wie du's ausgetüftelt hast!«

»Anton?! ... Ich verstehe nicht recht! *Was* meinst du?« Staunen und Empörung standen auf ihren Zügen.

»Ha! Wie ich das meine? Du verstehst nicht? Mich führst du nicht hinters Licht! Verstell dich nicht so! Ich kenne mich aus jetzt!« warf er hin.

Sie verstand wohl. Getroffen fühlte sie sich, doch sie wehrte sich instinktmäßig.

»Ja, beim Allmächtigen, ich versteh wirklich nicht!«

»So?« lugte er argwöhnisch auf sie. »So, verstehn tust du nicht! ... Es ist mir ja viel zu dumm, verstanden! Aber wenn ich daheimgeblieben wär, hättest du wahrscheinlich gesagt, ich sollte doch einmal nachschauen im Amt, bloß nachschauen. Und wenn ich's dann nicht getan hätte, wär ich der Feigling gewesen ... Nichts Falscheres als ein Weib!«

»Tja, a-aber Anton? ... Pfui Teufel!« Sie konnte sich nicht mehr zurückhalten. »Mir so was – pfui Teufel! Franz ist nur dagewesen, ganz zufällig – auf meine Ehre und Seligkeit! – ganz zufällig, weil er sich verabschieden wollte. Er hat gemeint, er trifft dich bestimmt!«

»Sosososoo! Ich verzicht auf seine taktvollen Freundlichkeiten!« schimpfte er weiter, und mit verhaltenem Triumph setzte er dazu: »Jetzt hat er mich endlich einmal verstanden, der Windhund!« Er schielte schadenfroh und listig auf sie und sagte: »Ich denk doch, dir ist das auch ganz recht, oder?«

»Hm ... So grob hättest du nicht sein müssen ... Diesmal kann er wirklich nichts dafür«, versuchte sie arglos zu sagen.

»Ich laß mir keine Vorschriften machen! Genug, genug jetzt!« schloß er, und sie hielt es für ratsam zu schweigen. Er war zufrieden mit seinem Sieg. Nach langer, langer Zeit ging er wieder in das Schlafzimmer und wühlte in seinen Büchern herum. Er griff hinter sie und ertastete die prallen Strümpfe mit den Goldstücken. Schnell ließ er die Jalousien herunter, leerte die Stücke auf die Kommode und zählte. Nichts fehlte.

Er kam mit ausgeglichenem Gesicht in die Küche zurück, setzte sich hin und las aus einem Band Schopenhauer. Malwine störte ihn nicht. Auf einmal las er laut und gelassen vor: »Erst im späteren Alter erlangt der Mensch ganz eigentlich das horazische nil admirari, das heißt die unmittelbare, aufrichtige und feste Überzeugung von der Eitelkeit aller Dinge und der Hohlheit aller Herrlichkeiten der Welt; die Chimären sind verschwunden ...«

So, als koste er einen tiefen, schier unwirklichen Genuß ganz aus, hielt er inne. Das Vorhergegangene war vergessen. Keine Revolution, kein Eibenthaler, nichts mehr existierte für ihn. Mit einem leichten Lächeln murmelte er: »Wie wahr das ist! Direkt wunderbar ... Und wie einfach! ... Wenn du einmal so weit kommst, daß du das begreifst, bist du genauso glücklich wie ich, aber leider, leider, du bist ein Weib. Da geht's noch lange her. Vielleicht begreifst du's überhaupt nie!« Er sah kurz gerade aus und meinte aufgeweckt: »Tja, und jetzt, sobald es ruhig wird, jetzt geh ich in Pension! Jetzt mach ich Ernst damit, verlaß dich drauf.«

Hätte man nicht meinen können, der Postinspektor sei in diesem Augenblick wirklich über alle Eitelkeit und Hohlheit dieser Welt hinausgewachsen? Er hatte ein abgeklärtes Gesicht. Eine glückliche Gelassenheit hielt ihn gefangen. Nichts focht ihn mehr an. Er war sich selbst genug. Jener große deutsche Philosoph mußte also doch recht gehabt haben mit seiner Behauptung, der Mensch bliebe innerlich im Grunde genommen immer gleich, und nichts könne ihn verändern. Jaja, die Philosophen!

VI

Eibenthaler schien nun tatsächlich ein Kommando erhalten zu haben. Er blieb verschwunden. Man hörte von der Aufstellung Zeitfreiwilliger-Regimenter. Gerüchte von einer gegenrevolutionären Bewegung in der zusammengeschmolzenen Heeresmacht machten die Runde.
Die alten kaiserlichen Generale konspirierten zielbewußt, während die Massen planlos rebellierten.
Sittinger kümmerte sich um nichts. Er tat seinen Dienst, so gut das ging, aber es war nur noch ein haltloses Weiterwerkeln. Die letzten Schrecknisse hatten ihn härter getroffen, als er zugab. Für ihn war die Welt aus den Fugen geraten und jede Aussicht auf Zukunft verweht. Malwines Bruder Herbert, der seit seiner Rückkehr aus dem Felde höherer Bankbeamter war, kam nun öfters mit seiner schnippischen, rotblonden Frau zu Besuch. Ihr rundes, stupsnäsiges Gesicht mit den dunklen Augen war sehr weiß, ebenso ihre Hände. Ihre Züge hatten einen leicht ordinären Ausdruck. Sie war groß und vollschlank und mochte ungefähr dreißig Jahre alt sein. Ihre Kleidung verriet einen gewissen Hang zu vulgärer Eleganz. Sie spielte die Dame, haßte die Arbeiter und alles »sonstige gemeine Gesindel« und redete überall mit.
Herbert war ein gediegener Vierziger, korrekt und trokken. Er sah nicht aus, als sei er der Herr im Hause. Er hatte dieselben Ansichten wie Malwine.
Dieses Dreigestirn und auch andere Bekannte Sittingers waren nicht bedrückt. Sie disputierten unangerührt und hoffnungsvoll, daß die gegenwärtigen Zustände nur von ganz kurzer Zeit sein könnten und bald einer besseren Ordnung weichen müßten.
»Ausgeschlossen! Deutschland ist doch nicht der Balkan«, sagte Herbert.

»Kein anständiger Mensch steht hinter dem Gesindel«, meinte seine Anna und puderte sich nebenher. »Ich wenn Mann wär, ginge sofort gegen die Roten.«
»Deutschland bleibt Deutschland. Zur rechten Zeit ist immer der rechte Mann gekommen«, schloß Malwine, obgleich ihr Anna zuwider war.
Sittinger konnte an all das nicht mehr recht glauben. Er erlebte Tag für Tag das Gegenteil.
»Ich weiß nicht«, warf er kleinlaut hin. »Grad ist's, als wenn man mich jedesmal in der Früh in die Fleischhackmaschine wirft, und abends komm ich zerwalkt und zertrümmert 'raus.«
Schon die Unordnung im täglichen Leben war widerwärtig genug. Daß die Trambahnen oft nicht fuhren, störte ihn am wenigsten. Er benützte sie nie. Er ging stets. Auch daß die Zeitung nur noch ab und zu in der Frühe kam, dafür aber meistens die »Mitteilungen des revolutionären Zentralrates« im Kasten steckten, war schließlich noch zu ertragen. Sittinger überflog höchstens einmal die dicken Überschriften. Der sonstige Inhalt interessierte ihn nicht. Damit befaßte sich Malwine und erzählte ihm dann die Neuigkeiten. Ob sie nun zu ihrer Romanfortsetzung kam oder nicht, war ihm gleichgültig. Sie verlor auch nie ein Wort darüber. Um so mehr aber klagte sie nunmehr über andere, weit ärgerlichere Mißstände. Zum Beispiel, daß die Weiber sich im Laden beinahe um die Milch gerauft hätten, stundenlang müsse man um Brot anstehen, und überall werde man scheel angesehen, weil man noch was Gutes auf dem Leibe trage.
»Takt und Anstand gibt's überhaupt nicht mehr!« empörte sie sich und erzählte von ihrem Schleichhändler-Lieferanten. » ›Na, gnädige Frau‹, sagte er heut ganz frech zu mir, ›na, wann Ihnen mein Butter und Fleisch zu teuer ist, nachher müssen S' halt verzichten auf den guten Mittagstisch ... Ich mein bloß! Andere können nicht einmal in die

Volksküch gehn.‹« Und nicht einmal was sagen dürfe man, wenn das Fleisch zerrig, wenn der sündteure Speck und das Schmalz ranzig wären.
Unheimlich knapp wurden auch die Kohlen. Jede Schaufel Feuerung mußte überlegt werden. Ein Scheit Holz bedeutete fast eine Rarität. Für Leute wie Sittinger: ein häßliches, ungemütliches Dasein in diesen Zeiten.
In Sittingers Postamt herrschte ein wüstes Durcheinander, denn einmal verkehrten die Züge, das andere Mal wieder nicht. Dadurch war oft gar nichts zu tun, dann wieder stauten sich Briefe und Pakete derart, daß sich kein Mensch mehr zurechtfand.
Drangvollste Unsicherheit lähmte die Entschlüsse. Lauernde Gefahren barg jeder Tag. Ängste folterten. Für einen geruhigen Augenblick mußte man dankbar sein, die nächste Stunde blieb ungewiß.
Schießereien gab es da und dort, unerwartete Verhaftungen erfolgten; heute kam dieser Erlaß heraus, morgen ein entgegenlautender, und immer wieder fragte sich Sittinger, nach wem man sich denn nun eigentlich zu richten habe: nach der Regierung oder nach dem Zentralrat?
Sittingers Untergebene erlaubten sich jetzt manchmal Ausfälligkeiten und Widerreden, die früher nie vorgekommen waren. Der Inspektor konnte nicht dagegen auftrumpfen. Ganz, ganz anders war es jetzt! Er mußte sich versöhnlich geben, um folgenschwere Reibereien zu vermeiden. Jederzeit lief er Gefahr, vom herbeigerufenen Arbeiter- und Beamtenrat gemaßregelt und womöglich auf dessen Veranlassung verhaftet zu werden. Völlig umgekrempelt waren die Verhältnisse. Die Unteren regierten, und die Oberen mußten sich fügen. Er wand sich nur mit Mühe durch all diese Schwierigkeiten und spielte den aufrechten Demokraten. »Na ja, na ja, natürlich, natürlich«, versuchte er sich anzubiedern. »Natürlich, dieses alte, absolut morsche System hat uns Beamte ja vollkommen

unselbständig gemacht ... Gut ist's, daß ich's noch erlebe, wie es jetzt anders wird.« Zwar war jedes Wort davon erlogen, doch mit einer solchen Legerität vorgebracht, daß man ihm vertraute. Aber so ein beständiges Auf-der-Hut-Sein kostete Nerven. Ein Nachdenken für sich gab es nicht mehr, nur noch ein schlaues Berechnen der Abwehr. Und unaufhörlich lag zentnerschwer Angst auf Sittingers Brust, denn täglich erfuhr er von Haussuchungen der Roten nach Waffen und dergleichen.

»Du«, raunte er einmal an einem Abend Malwine zu, »gib die Mineralwasserflaschen her. Da, da tu's hinein! Da drauf!« Er stellte eine kleine Kiste auf den Küchenboden und holte seine Geldstrümpfe. Der kalte Schweiß glänzte auf seinem Gesicht. »Ich trag's in den Keller hinunter! Komm, schnell! Gib die Flaschen her, damit's um Gottes willen keinem auffällt, wenn ich hinuntergeh.« Zuunterst legte er die prallen Strümpfe, steckte eine Taschenlaterne an und watschelte über die Treppen hinunter. Schon vor einiger Zeit hatte er insgeheim im Keller ein Loch ausgehoben, und nun legte er seinen Schatz hinein. Kunstgerecht preßte er die Ziegelsteine wieder drauf und trat sie nieder. Immer wieder lauschte er atemlos, immer wieder prüfte er, ob das Versteck auch unverdächtig genug sei, stellte die Flaschenkiste darauf, sperrte den Keller ab und keuchte die abgetretenen Steinstufen empor. »So! So, Gott sei Dank! Gott sei Dank!« schnaubte er wie erlöst in der Küche und sah Malwine scharf an. »Und halt mir den Mund, bitt ich dich! Geh ja nie in den Keller, nie, verstehst du!?« Sie versprach es. Es wurde ihm leichter.

»So«, kicherte er boshaft in sich hinein. »So, jetzt können sich diese Narrenhäusler meinetwegen gegenseitig die Köpfe einschlagen. Je mehr dabei zugrund gehn, um so besser.« Er rieb sich die Hände. Eine Lust zu politisieren fiel ihn an, doch er hielt sich zurück, weil Malwine bei

solchen Gelegenheiten meistens von der entschwundenen guten alten Zeit, von der Ordnung in der Monarchie und vom verlorenen Vaterland daherschwätzte. Solche Lamentationen waren ihm unerträglich. Gewiß war es vordem schöner gewesen, freilich neigte auch er zur soliden Monarchie, zutiefst aber war er weder für sie noch für die Republik und schon gar nicht für das jetzige Rätesystem. Er war einzig und allein für das, was ihn am wenigsten störte.
»Diese Hornochsen! Wie es bloß Menschen geben kann, die sich für derartige Dummheiten einsetzen! ... Was wird schon draus? Ein anderer Name, und alles bleibt beim alten! Irrsinn! Irrsinn – dein Name ist Mensch!« gab er von sich und plumpste nieder auf das Kanapee.
Niemand kam zum unscheinbaren Inspektor Sittinger und hielt Haussuchung. Schlecht und recht verging diese kriegerische Zeit für ihn. Zuckender Aufruhr lief über ganz Deutschland hin. Noske, der »eiserne Mann«, hatte sich mit den reaktionären Offizieren verbündet. Er ließ es zu, daß sie Landsknechtsregimenter gründeten. Wo immer die Arbeiter um ihre Rechte kämpften, wurden sie niederkartätscht. Leute wie Eibenthaler bekamen viel zu tun.
Als in den ersten Maitagen auf einmal Kanonendonner über die Münchner Häuser wegbrummte, als Schrapnells in der Luft platzten und zwischen den Regierungstruppen und den Räterepublikanern der erbitterte Endkampf um die Stadt einsetzte, damals blieb der Postinspektor Sittinger brav und still in seiner Wohnung. Wortlos saß er mit seiner Frau in der warmen Küche, und jedesmal, wenn das dumpfe Donnern die Fensterscheiben erzittern ließ, zog er den Kopf ein.
Drunten im Hof lärmten einmal Leute. Malwine wollte zum Fenster. Er riß sie derb zurück. »Weg! Weg, sag ich! Da bleibst du!«
Stampfende Schritte, dazwischen ätzend-scharfe militäri-

sche Befehle, dann wurde ein seltsam verdächtiges Knakken vernehmbar. »Weg! Weg aus dem Hof! Marsch!« rief eine schnarrende Stimme. Eine stockende Sekunde verging, dann kommandierte es abgehackt: »Feuer!« und eine prasselnde Salve krachte derart, daß man glaubte, die Häuser des ganzen Vierecks flögen in die Luft. Malwine ließ sich nicht mehr halten, lief zum Fenster und starrte in den Hof.

»Gräßlich! Sie haben einen Mann erschossen!« sagte sie tonlos. In der Tiefe schnarrte es. »Ab! Marsch!« Es klappte, und Marschschritte entfernten sich.

»Wahrscheinlich ein Roter!« raunte Malwine abermals. »Schauderhaft!« Die Fenster gingen auf, ein Gemurmel hub im Hof drunten an, und er füllte sich mit angstvoll ineinanderredenden Menschen.

Malwine sah deutlich: Ein Mann, wie ein Sieb durchlöchert, mit zerschlagener Hirnschale, lag auf dem blutbesudelten Pflaster. Etliche schleppten ihn weg. An den steif herabhängenden, langen, dünnen Beinen des Toten glaubte sie ihren »Lieferanten« Beigl zu erkennen.

»Furchtbar!« stammelte sie und schüttelte sich erschauernd. »P-hu!! ... Ich glaube, unser Butter-Beigl ist's gewesen ... Der war doch kein Roter! Schrecklich!«

»Aber ein Schieber! Was interessiert dich das!« zischte Sittinger halblaut und belferte ingrimmig: »Du bist ja immer fürs Aufräumen gewesen! Jetzt kannst du schaun, wo wir was zu fressen herkriegen!« Bösartig, wie ein verängstigtes Tier sah er aus.

»Anton? Hast du denn gar kein Gefühl mehr?« drehte sich Malwine schreckbenommen um. Das machte ihn noch fuchtiger.

»Krieg ist Krieg! Wer davonkommt, ist obenauf!« knurrte er. »Geh endlich weg vom Fenster, sag ich! Weg!« Malwine folgte. Eine lange Weile blieb es stumm zwischen den beiden.

»Hm, wirklich schauderhaft so eine Erschießung! Mich würgt's noch immer«, fand Malwine als erste das Wort wieder.
»Und so war's im Krieg alle Tag'! Mußt ja überall deine Nase drinnen haben! Wird ganz gut sein, wenn du eine Zeitlang keinen Appetit mehr hast«, knirschte Sittinger noch immer bissig, und seine Augen hinter den Brillengläsern funkelten. Sie wollte etwas sagen. In diesem Augenblick aber krachte es, daß die ganze Küche wackelte. Das waren die ersten Kanonenschüsse. Schonungslos bombardierte die Noske-Armee die von den Räterepublikanern besetzten Stadtviertel und Gebäude.
Sittinger hatte sich umfallen lassen und lag auf dem Kanapee. Malwine stand totenblaß und reglos da. Fern tackten Maschinengewehre, dünnes Geschrei kam von irgendwoher, Gewehrschüsse zirpten. Überall verteidigten sich die revolutionären Arbeiter heldenhaft gegen den Ansturm der reaktionären Truppen. Ihre Kämpfergruppen waren dezimiert und voneinander abgeschnitten. Sie besaßen keine Kanonen. Dennoch hielten sie stand bis zum letzten Mann, denn für sie war die Revolution die Zukunft und die Niederlage der Tod.
Die Sittingers lauschten atemlos, wie gelähmt. In einem Häuserviertel nebenan tobte wütender Kleinkampf. Die Revolution war ganz nahe herangerückt. Sie war also nicht bloß, wie Sittinger immer gemeint hatte, ein lebloser Begriff, nicht nur ein gleichgültiges Bücherwort. Erschrekkend fühlbar und greifbar war sie auf einmal und hatte alle Menschen erfaßt.
»Schauderhaft!« keuchte Sittinger nach einer Weile. »Wir sind einfach umzingelt.« Er wischte sich zitternd den kalten Schweiß aus dem Gesicht, aber er blieb liegen, wie er lag.
»Entsetzlich!« stöhnte Malwine ebenso.
»Jeden Augenblick können wir zugrund gehen und wissen nicht einmal warum! ... Scheußlich! ... A–a–ach, so ein

Leben!« ächzte Anton wiederum und räkelte sich vorsichtig. Er lauschte wieder angespannt.

Scharenweise mußten neugierige, unbelehrbare Menschen auf die Straße gelaufen sein. Bei jedem Knall trampelten sie schreiend und kopflos durch die Haustore und pferchten sich im Hof.

»Oje, oje! Da ist jeder hin! Das ganze Haus ist futsch!« verstanden die Sittingers einmal aus dem wirren Gebrumm da drunten. Kaum war es etwas ruhiger, da stießen diese Gaffermassen wieder auf die Straße. Das wiederholte sich oft und oft.

Erst nach Stunden wurde es ruhiger. Die Kämpfe hatten sich ins Innere der Stadt verzogen und ebbten gegen Abend langsam ab. Malwine und Anton aßen nichts. Der Inspektor erlaubte seiner Frau nicht einmal, das Licht anzuknipsen. Voll Unbehagen legten sie sich zu Bett. Keins konnte schlafen, keins sagte ein Wort, und endlos lang schien die Nacht.

Am anderen Tag ging Sittinger wieder ins Amt. Zu Hause hielt er es nicht mehr aus. Malwine war so besorgt, daß sie ihn begleitete. Er hatte nichts dagegen, wenn er auch darüber brummte.

Es schoß nicht mehr. Die Stadt schien ausgebrannt. Wüst sahen manche Häuser aus. Neben den Gewehreinschüssen sah man Granateinschläge in Wohnungen. Die Löcher zeigten das trockene Gemäuer, zertrümmerte Fensterstöcke hingen an den Fassaden herab, Glasscherben und Mauerstücke lagen auf dem Trottoir. Da und dort, vor einem zerstörten Haus, wartete ein Sanitätsauto. Eine stumme Gruppe abgehärmter Arbeiterfrauen blickte auf die Leichen, die man aus dem Schutt trug. Bittere, bedrückte Gesichter hatten diese Frauen, und keine sprach ein Wort. Sie senkten nur schweigend die Köpfe, wenn sie die Toten sahen ... Die Regierungstruppen hatten die Macht erobert.

Überall flitzten Patrouillen herum und nahmen Passanten fest, Einwohnerwehr-Männer machten sich wichtig, und das ganze bessere Bürgertum, das sich seit Wochen verkrochen hatte, stolzierte durch die Straßen. Frenetisch umjubelte es die Abteilungen der »Befreier-Regimenter«. Die teuersten Blumen flogen den anmarschierenden Soldaten zu; ältere Damen und würdige Herren mit Vollbärten verschenkten Zigarren, Zigaretten und Schokolade, und wo ein Zug Verhafteter auftauchte, da rann dieser gackernde, geifernde Haufen hin und überschüttete die zerschlagenen Gefangenen mit ordinären Schimpfworten, spie den Wehrlosen ins Gesicht, schlug und puffte auf sie ein.

Auf der breiten Ludwigstraße war das Leben besonders rege. Da kampierten die Maschinengewehrabteilungen. Um das Kriegsministerium waren Stacheldrähte gezogen. »Spanische Reiter« versperrten die Eingänge, und leichte Feldgeschütze drohten in die Luft.

»Sieh doch mal, Anton! Sieh doch! Wir haben gesiegt! Endlich, endlich!« rief Malwine wie verzückt und wollte schneller gehen, um sich unter die Leute zu mischen. Aber Sittinger tat nichts dergleichen. So oder so, ob rot oder weiß, die Menschen sind reißende Tiere, gestand er sich. Die Weiber sind reine Bestien ... Gestern grauste ihr vor dem Erschossenen. Wie weggewischt ist's heute, äh! Er verschluckte seinen Ekel und raffte sich schnell zusammen. Vorsicht, Anton, mache die richtige Miene! warnte er sich selbst. Zu Malwine aber sagte er knurrend: »Mach dich nicht so laut! Geh lieber heim und schau, daß du heut mittag was zu essen herkriegst! Warum bist du überhaupt mitgegangen? Wegen mir gewiß nicht! Bloß aus Neugier! ... Geh lieber heim! Du siehst doch, daß alles in Ordnung ist.«

Etliche beleibte Einwohnerwehr-Männer – Stammtischbekannte – lachten ihm entgegen: »Ah, Herr Inspektor?

Na, jetzt, wo wieder Ordnung gemacht ist, kann der rechtschaffene Mensch ja wieder seiner Arbeit nachgehen! ... Ah, die gnädige Frau! ... Sehr erfreut! Hahaha, haben S' gewiß Angst gehabt, Ihrem Mann passiert was, wenn er allein geht, was? Nein, jetzt können Sie ihn ruhig allein gehen lassen, keine Gefahr mehr!«
Sittinger plagte sich, eine heitere Miene zu machen und belobigte: »Jaja, Gott sei Dank, daß die rote Brut einmal ausgeräuchert ist! Jetzt kann unsereins wenigstens wieder frei schnaufen! Gott sei Dank!« Mit einigen freundlichen Worten verabschiedete man sich von den Herren. Das reine Gift schien im Inspektor zu kochen, so ärgerte er sich über Malwines Begleiten und ihr aufdringliches Getue.
»Da hast du es jetzt! Als Feigling steh ich vor allen meinen Bekannten da! Keinen Takt und keinen Verstand hast du! Schamlos blamierst du mich!« nörgelte er halblaut in sich hinein. Sie gerieten ins Gedränge. Schwirrender Lärm hüllte sie ein. Malwine wurde immer hingerissener. Er wand sich energisch los von ihr. »Amüsier dich allein!« stieß er ihr ins Ohr und verschwand eilsam. Sie hielt ihn nicht mehr auf. Wie auf einer Woge ließ sie sich selig von der allgemeinen Begeisterung forttragen. Ihre Augen suchten Eibenthaler. Trommelnd schlug mitunter ihr Herz, wenn sie einen herausfordernd einherschreitenden Leutnant erblickte. Doch der Gesuchte war es nie. Die Ungewißheit zerrte an ihren Nerven und erfüllte sie mit Bangen. Sie fragte und fragte und erfuhr endlich, daß Franz mit einer Formation in Augsburg zurückgeblieben sei. Enttäuscht machte sie sich auf den Heimweg.
Ganz kritisch kam Sittinger in seinem Postamt an. Alle Beamten waren bereits da und begrüßten ihn ergeben. Jeder von ihnen hatte ein unterwürfiges Gesicht. Nur schwer verbarg Sittinger seine Verachtung. Zugleich aber schwoll ihm der Kamm.
»So, meine Herren, der Wind hat sich gedreht, wie Sie

gemerkt haben werden!« sagte er vieldeutig, und mit scharfer Ironie musterte er die Beamten. In den Blicken, die er auffing, stand ungefähr: Sie werden doch nicht, Herr Inspektor? Haben Sie Mitleid! Er sperrte die Türe auf und rief: »Ich hoff, daß ich mich nicht mehr über Sie zu beklagen habe.« Er ging voran in die große Schalterhalle. Alles lief wie am Schnürchen, die Beamten verteilten sich auf ihre gewohnten Plätze, und er suchte sein Arbeitszimmer auf.

»Keiner hat Rückgrat! Pack! Pack!« murmelte er. Sich selber zog er nie in solche Betrachtungen mit ein. Er stand außer dem allen. Flughaft zogen die Erlebnisse seit gestern an ihm vorüber: die grausige Erschießung Beigls, das ohnmächtige Warten gestern in der Küche, die kriegerischen Formationen heute auf der Straße, die gedankenlose Begeisterung Malwines und der Bürger, und nun diese geduckten Beamten. »Was ist der Mensch?« philosophierte er. »Niederträchtig und grausam, wenn er überlegen ist, feig und kriecherisch, wenn's schiefgeht mit ihm, pfui Teufel!« Ganz von ungefähr fielen ihm die Räterepublikaner ein, die bis zuletzt verzweifelt kämpften, und er ertappte sich bei einer leisen Sympathie. Er war selber überrascht davon. Da klopfte es. »Herein!« rief er, und sein Gesicht wurde finster. Der Beamte vom Telegrammschalter tauchte im Türrahmen auf, machte viele Bücklinge und bat um Telegrammformulare. »Verzeihung! Wenn ich bitten dürfte, Herr Inspektor!« – »Da!« sagte Sittinger barsch und schob ihm die Bündel hin.

Von diesem Tag an war er unerbittlich gegen seine Untergebenen. Keinem war zu trauen, jeder war sein Feind, und allesamt verdienten sie nichts anderes, als beständig niedergehalten zu werden. Der Inspektor ließ seine ganze Macht walten und duldete nicht den geringsten Widerspruch. Das verschaffte ihm schnell wieder den altgewohnten Respekt. Zuerst trieben ihn eine rätselhafte Wut und

eine verbissene Menschenverachtung an, allmählich verlief sich alles in der sicheren Gewohnheit. Von Woche zu Woche wurde die Lage klarer. Eingeteilt und gleichmäßig verlief jeder Tag. Mit Umsicht regierte und arbeitete Sittinger wieder. Der Boden unter seinen Füßen schwankte nicht mehr. Eine Regierung gab Verordnungen wie ehemals heraus, das Allgemeinleben hatte ein stetiges Gesicht, beruhigt konnte man wieder an morgen und übermorgen denken und nüchterne Zukunftspläne fassen.
Wenn sich auch die Inflation allenthalben bemerkbar machte und erschreckend schnell anwuchs, Sittingers Leben vermochte sie nicht zu erschüttern. Mit einer Staatsstellung war er versorgt und aufgehoben wie in einem sicheren Hafen. Die Stürme, welche rundherum Existenzen vernichteten, berührten ihn wenig. Wo Not, Hunger und Elend allzu sichtbar wurden, schaute er weg. Aufdringliche Bettler, die Diebe und Einbrecher, dumme Schieber und kleine Betrüger fand die Polizei. Hungerdemonstrationen trieb sie mit dem bewährten Gummiknüppel auseinander, Revolten wurden erbarmungslos niedergeschlagen. Die Gerichte verurteilten unangefochten und hatten viel Arbeit. Der Wert des Geldes sank zwar stündlich, in ganz Deutschland brodelte um jene Zeit ein gewalttätiger Chauvinismus, weil die Franzosen wegen der Nichtbegleichung einer fälligen Kriegsschuldenrate Rhein und Ruhr besetzt hatten, doch der Staatsapparat funktionierte dennoch halbwegs. Die Exzesse der berserkerischen Patrioten wurden von den Behörden loyalerweise übersehen. Und ruhige, ordnungsliebende Menschen wie Sittingers brauchten nicht mehr um ihr Eigentum und um ihr Leben zu bangen.

VII

Das aber blieb schon so: Zwischen ganz privaten, kleinen, eingeredeten Triumphen und lächerlichen Niederlagen schien Sittingers Leben hin und her zu pendeln. Der ewig gleiche Trott und die Enge blieben. Zuweilen empfand er sie wie schützende Festungsmauern, die nichts Feindliches und Unangenehmes an ihn heranließen.

Manchmal aber haßte er diese Enge.

Einmal war Malwine sehr sonderbar, als er vom Dienst nach Hause kam. Er roch gleichsam, daß etwas nicht in der Ordnung war.

»Was hast du denn?« forschte er ärgerlich. Sie blickte ihn unschlüssig an und – wie lange war das schon nicht mehr geschehen! – errötete schamhaft. Er staunte mürrisch und schüttelte seinen massigen Kopf. »Was ist denn los? Red!« sagte er abermals fast befehlshaberisch. Die vergrabenen Goldstücke fielen ihm ein. Er trat vor sie hin und sah ihr scharf in die Augen. »Bist du im Keller gewesen?«

»Ach wo!« erwiderte sie und bekam eine beinahe enttäuschte Miene. »Was du schon immer denkst – nein – nein!« Sie stockte schon wieder.

»Na, Herrgott, was ist's denn dann?« Er wurde noch ungeduldiger. »Stellst dich ja an wie ein verliebter Backfisch!« Das vorletzte Wort trieb ihr eine Hitze auf die Wangen, die aber gleich wieder verrieselte. »Die Franzosen, diese Schufte, diese Räuber!« preßte sie auf einmal heraus. »Besatzung heißen sie das am Rhein und an der Ruhr! Wegnehmen, rauben wollen sie uns dieses urdeutsche Land! Alles wollen sie ...« Heftig erregt brach sie ab. »Ach was! Was geht uns die Politik an? Wir haben sie nicht gemacht und sind nicht verantwortlich dafür!« brummte Sittinger plump. »Rhein und Ruhr? ... Uns trifft's doch nicht! Laß mich in Ruh damit!« Er tappte zum Kanapee, da hörte er

hinter seinem Rücken ein Wort, das ihm einen Riß gab. »Der Franz hat geschrieben«, sagte Malwine. Er drehte sich um und schaute sie unverwandt an.
»Da, er läßt sogar dich grüßen. Er ist von seiner Partei ins besetzte Gebiet geschickt worden und kämpft dort.« Sie zeigte ihm den Brief. Ihre Hand zitterte dabei, und schon redete sie wieder weiter: »Zuerst hat er die Roten mit wegjagen helfen, jetzt setzt er dort fürs Vaterland sein Leben aufs Spiel!« Sie glühte schier. Sittinger las laut:

»Liebe Malwine!
Trotz allem muß ich Dir schreiben. Im großen Kampf um Deutschlands Befreiung und Ehre vergessen sich die kleinen Zwischenfälle und Ungerechtigkeiten. Ich habe dem Inspektor längst vergeben und bitte, ihn herzlich zu grüßen. Bis jetzt, der Kampf gegen die Roten war ein Kinderspiel, nun aber geht es gegen unsere stärksten Feinde, die Franzosen und die jüdische Weltherrschaft. Ich bin guten Mutes und sage Deinem Mann und Dir Lebewohl – wie immer

Dein Franz Eibenthaler.«

»Tha!« machte der Inspektor. »Tha, da schau! Er vergibt mir! Wie großzügig!« Und jäh überkam ihn die Wut. »Er vergibt mir! Er? ... Ein charakterloser Patron ist er, daß du es weißt! Wenn – dann hat er sich zu entschuldigen, der Kerl, der windige!« Er zerriß den Brief, zerknüllte die Fetzen und warf sie in den Kohlenkübel. »Unerhört, so eine Frechheit! Tut, als wie wenn ich ihn beleidigt hätte! Da hört sich doch alles auf!« Er wollte weiterdonnern, doch Malwine richtete sich groß auf und sagte fast majestätisch: »Anton? Er ist ein deutscher Mann! Er kämpft, und andere hocken daheim! Wie kannst du bloß so häßlich daherreden! Er ...«
»Er kämpft, weil er zu nichts anderem taugt!« zischte

Sittinger. »Himmelherrgott, jetzt wird's gut! Ich rede, wie ich will, verstanden! Vergafft warst du in ihn, weiter nichts! Der Brief ist der beste Beweis!«
Sie blieb sekundenlang stumm stehen.
»Wie du dich nur nicht schämst«, sagte sie nach einer Weile dunkel und schmerzhaft. »Statt daß Deutsche zusammenhelfen, feinden sie einander so giftig an.« Er hatte sich störrisch aufs Kanapee gesetzt und tat beleidigt. Ab und zu machte er eine abwehrende Handbewegung. Malwine zeigte sich diesmal seltsam mutig.
»Dein Vorwurf trifft mich nicht. Er ist zu niedrig«, sagte sie wiederum mit Würde. »Die Franzosen und die Juden wollen uns vernichten ... Wohin man schaut, überall hockt so ein Jude im deutschen Land und saugt uns aus ...«
»Tha ... Wo hast du denn diese neue Politik wieder hergelernt! Von den Lausbuben auf der Straße? Von diesem Herrn Hitler, ja? *Die* sind uns noch abgegangen! Die haben uns noch gefehlt zu unserem Glück! Zuerst haben die Roten den Wirbel gemacht, jetzt fangen die an! Ha, tha, die Juden saugen uns aus! Sie sind schuld an allem! An unserem Ruin! Hast du vielleicht schon ein einziges Mal bei einem Juden eingekauft? Hat er dich ruiniert? Hm, ich wär froh, wenn ich einen Juden wüßt, der uns für dein letztes Geld wertbeständige Valuten verschaffen könnt'! Sehr froh ...«
»Das ist bereits erledigt und anständig erledigt!« unterbrach ihn Malwine. »Herbert hat mir durch seine Bank alles besorgt. Kann nichts mehr passieren.« Das kam ihm unerwartet. Kurz glotzte er. Dann verwandelte er sich.
»So? So, der Herbert?« brummte er plötzlich versöhnlich. »Ich sag ja, ich hab's immer gesagt – ein grundanständiger Mensch! Ein durchaus korrekter Mann! Gott sei Dank, daß wir noch solche Charaktere haben, bravo!« Ja, noch mehr, jetzt machte er sogar das Zugeständnis, daß natür-

licherweise ein Jude immer auf seinen Vorteil aus sei. Man redete sich gewissermaßen wieder zusammen. Merkwürdig, Sittinger wurde immer sanfter. Er bekam ein unsicheres Gesicht und kratzte sich manchmal an der Schläfe. »Hm«, rückte er endlich heraus, »hm, der Herbert? ... Jaja, er ist ja Fachmann, hmhm ... Ich hab immer Respekt vor ihm gehabt, wirklich ... Hmhm ... wieviel Dollar hat er für den Rest 'rausgeholt?«

Malwine nannte die Zahl.

»Respekt«, lobt er Herbert. »Und das, sagt er, läßt sich machen?«

»Was machen?« verstand Malwine nicht.

»Ich mein ... Ich mein bloß«, tastete er weiter. »Ich mein, ob er so sichere Valuten verschaffen kann?« Malwine begriff immer noch nicht.

»Naja, unser Gold«, brachte er endlich heraus. »Wenn er das auch umwechseln könnte?« Er war ganz kleinlaut geworden. Malwine schlug vor, Herbert einmal zu befragen. An einem Sonntag saßen die beiden Ehepaare in der Küche, tranken Kaffee, und Sittinger war ungewohnt freundlich. Nach einigem unsicheren Zögern weihte er Herbert ein. Der sah ihn eigentümlich an. Vier Jahre war er an der Front gewesen, zweimal schwer verwundet worden. Auch seine Schwester Malwine hatte dem Vaterland geopfert. Und der Schwager? Sittinger spürte diesen vorwurfsvollen Blick deutlich. Eingeengt saß er da.

»Ich weiß ja, was du sagen willst, Herbert«, meinte er unbehaglich. »Aber sag selber, ist's einem Menschen, der auch sein Leben lang seine Pflicht getan hat, zu verübeln, wenn er bei so unsicheren Zeiten zuallererst an seine Familie denkt? Die gute Malwine und ich! Was haben wir uns gesorgt und gebarmt um euch im Feld draußen! Fast unser ganzes Geld haben wir hingegeben fürs Vaterland. Nichts hat man sich mehr gegönnt. Und jetzt, na ja, du warst so gut und hast dich um Malwines letzte Spargroschen gekümmert. Sonst aber, sonst wären wir glatt ruiniert, bettelarm!« Er verfiel in ein herzerweichendes Jammern. Seine Frau war gerührt, Herbert bekam ein zugängliches Gesicht, und Anna schaute uninteressiert drein.

»Schau, Herbert, ich bin ein kranker Mann! Durch und durch krank«, klagte er weiter. »Frag meine Frau, frag sie! Im Krieg war's schon so. Am Sterben bin ich schon einmal gelegen! Und jetzt? Wenn ich wirklich einmal das bissel Pension krieg, das ist für uns zwei Leute zum Leben zuwenig und zum Sterben zuviel.« Aus Eisen war Herbert nicht.

»Ich will's versuchen«, versprach er, und Anna sagte gönnerhaft herablassend: »Na, es wird sich schon machen lassen.«

Einige Tage drauf brachte Malwine in einem Köfferchen den Goldschatz in Herberts Wohnung. Noch einmal flehte sie ihren Bruder an. Anna ließ währenddessen die glänzenden Geldstücke durch ihre Hände gleiten. Sie klangen metallisch auf der Tischplatte. »Gott, was war das für ein schönes Geld!« sagte sie. »So etwas Solides.« Dann, als man sich zum Teetrinken hinsetzte, warf sie spöttisch hin: »Tausendundvierzehn Stück? Allerhand! ... Schön hat er gehamstert, dein Mann ... Das ist ja ein nettes Vermögen.« Malwine verbarg ihre Gekränktheit. Man unterhielt sich über gleichgültige Dinge und verabschiedete sich mit gutgespielter Liebenswürdigkeit. Als Malwine auf der Straße war, spürte sie noch immer die Bitterkeit auf der Zunge. Dieses eingebildete Frauenzimmer ... Von der muß ich mir so was sagen lassen! Und das alles wegen Anton! wurmte sie sich und kam ziemlich verstimmt nach Hause.

»Hast du auch noch mal genau nachgezählt? Tausendvierzehn Stück, ja? Hat's gestimmt?« empfing sie Anton.

»Jaja«, sagte sie nur.

Nach etlichen Wochen kam Herbert und brachte einen

hohen Betrag in Dollar. Mit gierigen Blicken sah Sittinger auf die Bündel. Fast unnatürlich freundlich drückte er dem Schwager immer wieder die Hand und dankte ihm.
»Na«, sagte dieser mit einer spitzen Ironie, »für die Zukunft ist ja gesorgt, Anton. Hoffentlich ladest du uns mal ein, wenn du als Pensionist auf deinem Landhäusl sitzt!«
»Aber das ist doch selbstverständlich!« rief der Inspektor aufgeräumt. »Einladen? Wenn ich's wirklich erlebe, daß sie mich pensionieren – euren Urlaub verbringt ihr jedesmal bei uns!«
»Selbstverständlich.« Auch Malwine nickte. Mit verborgenem Widerwillen dachte sie schon jetzt an ein Zusammensein mit Anna.
»Alles Gute! Hoffen wir das Beste«, wünschte ihnen Herbert beim Abschied. »Bald kommen ja auch die rechten Männer ans Ruder ... Das Judenregiment hört sich auf.« Sittinger hörte uninteressiert hin, dankte nochmals und dachte nur an seine Dollar. Malwine war schon seit einiger Zeit so hoffnungsfroh gespannt. Sie sagte zwar nichts, und er beachtete sie auch nicht weiter. Jeden Abend zählte er sein Geld und wurde heiter.
An einem Abend war es auffallend lebendig auf den Straßen. Ein geheimnisvolles Raunen ging von Mann zu Mann. Im Bürgerbräukeller hatten die »Vaterländischen Vereine« eine Riesenversammlung einberufen. Später hörte man, daß Hitler dort eine neue Regierung ausgerufen hatte. Malwine wollte absolut noch in die Stadt hinein. Ganz verändert und erregt war sie. »Ja, Herrgott, was treibt dich denn jetzt immer so 'rum?« fragte Sittinger wütend. »Was gehn dich diese Sachen an? Du bleibst da, basta!« In diesem Augenblick hörte man ferne Schüsse. Er erschrak. »Was ist denn das?« stotterte er. »Schon wieder Revolution?«
»Nein! Verstehst du denn nicht? Herbert hat's doch gesagt. Die unsrigen sind's!« belehrte ihn Malwine fliegend.

»Die unsrigen? Welche unsrigen?« Er verstand nicht. »Hitler und Exzelenz von Ludendorff«, klärte sie ihn auf und lauschte bangend. Es krachte wiederum so verdächtig. Ihr Herz schlug trommelnd. »Ach Gott, wenn sie bloß siegen! Gott, o Gott!«
»Also wieder Wirbel und Durcheinander!?« schimpfte er unangerührt. »Jetzt wird's mir bald zu dumm mit deiner Politisiererei ... Da bleibst du! Ins Bett gehn wir jetzt, aus! So ein Schwachsinn! Jetzt ist alles halbwegs in Ordnung gegangen, nein, wieder müssen sie krawallieren! Als wie wenn da was besser würde, hm! hm!«
Malwine schlief fast die ganze Nacht nicht. Auf den Straßen vernahm sie trappelndes Laufen und gewichtiges Ineinanderreden. Hin und wieder bellte jemand: »Heil Hitler!« und Männerstimmen antworteten ebenso. Schließlich klapperten Pferdehufe das Pflaster entlang, mehr, immer mehr.
»Deutsche Männer, heraus!« schrie eine jugendliche Stimme. Es zerbrach an den stillen Hauswänden. Malwine hatte die Hände gefaltet, fest ineinanderverkrampft, und betete inbrünstig flüsternd für den Sieg der »nationalen« Männer. Sittinger schnarchte rasselnd und blies dann wieder wie ein Blasebalg.
»Reichsregierung abgesetzt! Nationales Direktorium Hitler-Ludendorff-Kahr-Pöhner!« stand in der Frühzeitung, die Malwine mit glühenden Backen vorlas. »Also doch! Gott sei Dank! Es gibt noch eine Gerechtigkeit!« rief sie wie von einem Glückstaumel erfaßt. Auch Sittinger überflog die Schlagzeilen und beeilte sich. Er verbot ihr entschieden, aus dem Haus zu gehen. Auf der Straße sah es kriegsmäßig aus. Uniformierte Nationalsozialisten liefen herum, wurden aber schnell weniger. Auf dem Odeonsplatz stand ein Kordon berittener Schutzleute. Militär bewachte das stacheldrahtumsäumte Kriegsministerium. Neugierige, dumpf murrende Menschenhaufen massierten

sich da und dort und wichen johlend zurück, wenn die Polizei anrückte. Im Vorübergehen sah der Postinspektor verstörte Gesichter und hörte Worte wie: »Der Kahr, dieser Erzschuft, hat alles verraten! ... Niederträchtig, auf wehrlose Leute zu schießen! Neun Tote!«

Dickletterige Erlasse der Regierung Kahr wurden an die Litfaßsäulen geklebt, und Leute drängten sich um sie. »Bayern! Landsleute!« erhaschte Sittinger mit dem Blick. »Unverantwortliche Elemente wollten Deutschland in den Abgrund stürzen!«

Eine ruhelose Belebtheit wogte in der inneren Stadt. Da und dort verhafteten Schutzleute einen schreienden Burschen. Manchmal nahmen die Umstehenden eine drohende Haltung ein, aber sogleich tauchten weitere Helme auf. Die Geschäfte hatten zum Teil geschlossen. Kein Mensch konnte genau sagen, was los war. Erst im Amt, vor dem schon alle Beamten erschienen waren, erfuhr Sittinger, daß Hitler gestern den bayerischen Ministerpräsidenten Kahr überrumpelt hatte, als er in einer Versammlung sprechen wollte. Die Nationalsozialisten seien schwerbewaffnet in den Saal eingedrungen. Hitler habe mit dem Revolver zur Decke geschossen und die »Nationale Regierung« als eingesetzt erklärt. Hernach seien die Massen in die Stadt gezogen, aber am Odeonsplatz habe bereits Militär gestanden.

»Und hat geschossen, Herr Inspektor!« berichtete der Beamte Heindl. »Einfach in die Leute hinein ... Hitler soll verwundet sein, Exzellenz Ludendorff verhaftet ... Die Bewegung war zu schwach und vor allem – keine Waffen!«

Sittinger musterte ihn fest. Der Mann wurde unsicher. »Tun Sie Ihren Dienst! Ein Beamter hat sich nicht um Politik zu kümmern«, sagte der Inspektor, und alle hörten es. Sie sahen einander vielsagend an.

»War ja von vornherein eine verlorene Sache!« hörte Sittinger abermals und drehte sich nicht mehr um. Er war beruhigt. Schon im Laufe des Tages war der so pompös angekündigte Hitler-Putsch wie verweht. Kahr und der Reichswehrgeneral Lossow behielten die Macht. Hitler war geflohen, Ludendorff wieder freigelassen worden.

»Da, jetzt hast du deine nationale Revolution! Laufen davon, wenn's hart auf hart geht! Kein Hirn haben sie und keine Verantwortung ... Reine Lausbubenpolitik wollen sie machen«, redete der Inspektor seine zerknirschte Frau nieder und verbot ihr ein für allemal dieses »saudumme Einmischen in solche Sachen«.

Sittinger suchte seit einiger Zeit öfters den Augenarzt auf. Auch über neuerliche Nierenschmerzen klagte er. Mühsam schleppte er sich jeden Tag ins Amt. Immer häufiger meldete er sich krank, und schließlich schrieb ihm der Vertrauensarzt das ersehnte Attest.

Griesgrämig hockte er zu Hause herum und wimmerte Malwine die Ohren voll. Innerlich war er voll Spannung. »Ach, nie! Nie!« jammerte er. »Nie kommt's soweit! ... Krepieren lassen sie mich wie einen Hund! Ganz ordinär verrecken! Froh bin ich, wenn's einmal soweit ist.« Sie tröstete ihn und las ihm jeden Wunsch von den Augen ab.

»Mit Wirkung vom 1. Januar 1929 wird der Postinspektor Anton Sittinger in den dauernden Ruhestand versetzt!« stand einmal unter den kleingedruckten Amtsnachrichten des »Bayerischen Staatsanzeigers«. Sittinger las einmal, zweimal, fünfmal, zehnmal, und die Buchstaben wurden immer größer. Ein unwirklicher Rausch befiel ihn. Es war unvorstellbar: Jetzt – für – all – seine Lebenszeit – frei, unabhängig, sorgenlos!

»– in den dauernden Ruhestand versetzt«, las er. »Ruhestand?« Nun begann doch überhaupt erst das Leben! Das wahre Leben! Sein ureigenes Leben! »Ich hab's schon nicht mehr mit ansehen können!« sagte Malwine, als sie ihn immer wieder über dem Zeitungsblatt sah. Die funkelnde Freude in ihm verknisterte. Wie abwesend brümmelte er: »... in den dauernden Ruhestand, Ru-he-stand ...«, und langsam bekam er eine wahre Leichenbittermiene. Wehleidig heuchelte er weiter: »Hm, wie einen alten Grubengaul – jetzt, wo ich ein halber Krüppel bin! Jaja, der liebe Vater Staat! Wenn du völlig invalid geschuftet bist, wirft er dir kurz vorm Krepieren noch einen Knochen hin. Der Mohr hat seine Schuldigkeit getan, der Mohr kann gehn, aus!!« Er blickte wieder auf die kleinen Buchstaben. »Und das mißgönnen dir dann die lieben Verwandten auch noch!« Er spielte auf Herbert an. Er konnte nicht vergessen, daß dieser ihn damals, als er ihm seine Goldschätze verriet, erniedrigt hatte.

»Jaja, arm, bettelarm, das wär ihnen vielleicht grad recht!« brummte er. »Daß ich ein todgeweihter Mann bin, das glauben sie nicht!« Malwine suchte ihn davon abzubringen und meinte leicht und heiter: »Ach was, laß sie reden! Wir suchen uns was auf dem Land draußen und lassen uns von der ganzen Welt gern haben.« Doch er blieb bei seiner Grämlichkeit, obgleich er zusehends gesünder wurde, den besten Appetit entwickelte und auch trotz ihrer gutgemeinten Verwarnungen wieder zu lesen begann. Er war so sonderbar bedrückt. Tag für Tag las er die Notiz im »Staatsanzeiger«, wurde nachdenklich, wurde verbittert und schweigsam wie nie zuvor. Früh, mittags und abends lief er zum Briefkasten. Was für Post erwartete er denn? Es kam doch nur ganz selten eine Rechnung oder ein Brief. Meist waren nur Reklameblätter hereingesteckt. Eine ganze Woche, noch eine und noch eine verging so. Malwine konnte nicht begreifen, was ihn so verstimmte. Endlich brach es aus ihm heraus.

»Tja! Jaja, das ist der Dank des Vaterlandes!« rief er zerstoßen und verstört. »Bis zu mir hat's nicht mehr gelangt, scheint's. Bis jetzt hat noch jeder höhere Beamte bei seinem

Abgang von der Oberpostdirektion ein Anerkennungsschreiben bekommen, jeder! Für mich gibt's das nicht mehr! Mich behandelt man wie einen räudigen Hund, pfui Teufel, pfui, pfui! ... Ich geb ja nichts auf so was. Nein, nein, mir liegt gar nichts dran. Aber bin ich denn ein Garniemand? Ein pflichtloser Beamter gewesen? ... Pfui, pfui Teufel! Ah!« Bitterste Enttäuschung zeichnete sich auf seinen Zügen ab. Trübselig hing sein Blick in der Luft. »Das hat man davon! ... Mein Vorgänger, der Menzl, hat gleich zwei solche Schreiben bekommen bei seinem Abgang, eins von der Direktion und ein persönliches Handschreiben vom Verkehrsminister! ... Und was war er, der Menzl? Ein Schlamper, wie er im Buch steht! ... Jaja, Anton Sittinger, jaja, ein Haufen Dreck bist du! ... Und für so ein Lumpensystem hat man seine Gesundheit geopfert! ... Ich pfeif drauf! Ich pfeif auf alles!«

Alles war ihm verleidet. Immer unzugänglicher wurde er. Diese Zurücksetzung verwand er nicht. Stehengelassen, angefeindet und verachtet von der ganzen Welt kam er sich vor.

»Ich will nichts mehr sehen und hören! Keine Viertelstunde bleib ich mehr da! Fort, nur fort von da! Weg! Irgendwohin! Nur weg!« redete er auf Malwine ein, und im tiefsten Winter, bei schneidender Kälte, fuhren sie hinaus in die Umgebung. Nach langem Suchen fanden sie in Aubichl ein passendes einfaches Häuschen und kauften es. Sittinger wurde grimmig und ließ nicht locker, wenn Malwine Einwände wegen der zu schnellen Übersiedlung machte.

»Red nicht! Ich hab immer recht gehabt! ... Weg will ich! Nichts mehr sehn will ich von dieser verfluchten Stadt! ... Was, im Winter? Grad in der schlechtesten Jahreszeit zieht man in so ein Haus ein! Da zeigen sich gleich alle Fehler und Schäden, dann weiß man, wie man dran ist!« beharrte er. Sie wurde schließlich wehrlos. Schwer trennte sie sich vom Gewohnten. Still in sich hineinweinend packte sie. Jedes Stück, das sie von der Wand nahm, machte sie traurig. Jahre und Jahre hatte sie in diesen Wänden zugebracht. An jedem Fleck klebte irgendeine Erinnerung, und nun fing die Fremde an. Sittinger hatte auch in gewisser Hinsicht recht. Als sie – wenig beachtet von den Dörflern – sich's im neuen Heim ein wenig gemütlich machen wollten, da troffen die gefrorenen Wände vor Feuchtigkeit, die polierten Möbel schälten sich und bekamen Sprünge, die Wasserleitung funktionierte nicht, die Öfen mußten völlig neu gesetzt werden, und durch die verzogenen Fenster pfiff der schneidende Wind. Hetze und Arbeit gab es jeden Tag, und Geld, Geld und wieder Geld kostete die erste Instandsetzung. Zentnerweise fiel der Schnee. Unaufhörlich. Jeden Tag waren die Handwerker da. Nicht ein warmes, ruhiges Zimmer hatte man. Keine Gemütlichkeit kam auf. Die Leute waren fremd. Die kleinste Besorgung kostete Zeit. Unbehagen von Morgen bis in die Nacht hinein. Sittinger wurde immer unfroher.

»Da, da hast du's jetzt mit deinem Idyll! Mit einem Häusl und deinem schönen Land!« begann er zu nörgeln, denn jeder Handgriff war ihm zuwider. Linkisch stellte er sich an. Malwine hatte kaum Zeit, auf sein Gebrumm zu hören, und machte lieber alles selber. Sie rackerte sich halbtot, stritt sich mit den Handwerkern herum und kam ganz von Kräften. Er tappte zwecklos und überflüssig hin und her, hockte einmal da, dann wieder dort und wurde immer mißgestimmter. Gereizt höhnte er, wenn sie klagte: »Na ja, du verstehst ja alles besser! Du weißt alles und kannst alles, was will denn überhaupt *ich* da noch! ... Da hast du es jetzt! Das haben wir notwendig gehabt, als alte, kranke Leute noch von vorn anfangen! Ich hab's immer gesagt: Es kommt nichts Besseres nach!« Sie wurde kribbelig und überschüttete ihn mit Vorwürfen. Im Nu war ein heftiger Zank entbrannt. Die Handwerker bekamen schnell das

richtige Bild von diesen »Herrschaften« und trugen es im Dorf herum. Die Nachbarschaft lachte schadenfroh, der Respekt vor den fremden Leuten war schon verflogen, ehe man mit ihnen in Berührung kam. Eine gewaffnete Feindseligkeit gegen sie keimte auf.
»Saudumm, verstehst! Aber überall dreinreden! So mag ich's!« charakterisierte der Installateur die Sittingers und setzte dazu: »Aber wart nur, was die für eine geschmalzene Rechnung kriegen.« Er schüttete das volle Glas Kornschnaps in sich hinein, und der Krämer Wagerer gab ihm vollauf recht: »Jaja, Alois, nur reden lassen, die feinen Rindviecher! Bloß alsdann bei der Rechnung keine falsche Bescheidenheit.«
»Hinten und vorn keinen Dunst von was, aber schnauzen auch noch!« schimpfte der Hafner über Malwine und schloß: »Der leucht ich heim, wenn's ans Zahlen geht!«
Genauso hielt es der Glaser Penzinger. Er war der Frechste und zeigte sich von vornherein so widerspenstig, daß er mit der Inspektorin einen Riesenkrach bekam. Die unflätigsten Bezeichnungen warf er ihr an den Kopf. Hilflos schrie Malwine nach ihrem Mann. Dieser lag, in Wolldecken eingewickelt, im Bett und tauchte endlich blaugefroren und fluchend im Rahmen der offenen Schlafzimmertüre auf. Doch der Glaser hatte schon zusammengepackt und ging auf und davon. Das kaputte Glas war aus dem Fensterrahmen herausgenommen, die Scherben lagen auf dem Boden, und der beißende Schneewind jagte die Flocken in Gang und Stube. Malwine sank auf die dreckige Stiegenstufe und heulte wie ein Schloßhund. Sittinger hob verzweifelt seine kurzen Arme, schlug die Hände zusammen und rief: »Lieber der langsame Tod!« Ob er wollte oder nicht, er mußte hinübergehen in den nahen Bezirksort Amreiten, um einen anderen Glaser ausfindig zu machen. Erst tief in der Nacht kehrte er heim – und war zum ersten Male sanfter. Seine Augen glänzten glasig,

nur mit Mühe konnte er sich aufrecht halten, und er roch penetrant nach Alkohol und kaltem Tabak.
»Pfui Teufel, das auch noch! Und ich ängstige mich halbtot!« fuhr ihn Malwine an. Er stritt gar nicht. »Na ja, wär's ein Wunder bei dem Leben! Bloß aus Verdruß hab ich ein bissel mehr zu mir genommen«, brümmelte er, fiel ins Bett und schnarchte alsbald wie ein Walroß.
Am anderen Tag kam der bestellte Glaser. Er war viel freundlicher, aber um so teurer. Und die Nachbarn rundherum sagten: »Aha, aha! So eine Bagage ist das! Woanders nehmen sie die Handwerker her! Die Saubande!«
Die Miseren rissen nicht ab. Auf einmal zeigte sich, daß das Dach der Schneelast nicht standhielt. Die Ziegel brachen ein, ein morscher Balken splitterte auseinander, der Schnee fiel auf den Speicherboden, und die Feuchtigkeit sickerte durch die Decke des darunterliegenden Schlafzimmers.
»Ja, Himmelherrgott!« fing Sittinger giftig zu rasen an und rannte zum ehemaligen Besitzer des Häuschens.
»Das ist ja ganz gemeiner, glatter Betrug! Betrug!« donnerte er in sinnloser Wut, aber der Gärtner Wieseder meinte, bei so einem Winter könne alles passieren, nahm eine verdächtig drohende Haltung ein und wies dem Tobenden kurzerhand die Tür.
»Wenn Sie was von mir wollen, nachher können wir ja zum Gericht gehen!« sagte er grob, und schimpfend zog Sittinger ab.
Die Inspektorsleute strengten auch wirklich einen Prozeß an. Anton fuhr etliche Male in die Stadt und suchte einen Anwalt auf. Das war ihm eine willkommene Abwechslung. Er blieb fast jedesmal über Nacht aus, und am andern Tag kam er auch nicht gerade nüchtern nach Hause. Er log das Blaue vom Himmel herunter, wenn Malwine ihn zur Rede stellte, wurde seltsam gesprächig und zugänglich und erzählte im Brustton der Überzeugung von den guten Aus-

sichten, die der Anwalt sich in dieser Klagesache versprach. In Amreiten fand endlich die Verhandlung statt, und der Gärtner Wieseder bekam recht. Wieder war man einen Batzen Geld los und hatte nichts als Ärger gehabt. Das Umdecken des Daches konnte bei einem solchen Winterwetter nicht gleich bewerkstelligt werden. Der Plafond bröckelte immer mehr ab, der Schnee schmolz, die ersten Frühjahrsregen setzten ein, und eines Nachts brach mit einem dumpfen Knall ein großes Stück Verputz auf die Schlafenden. Mit einem Aufschrei sprang Malwine aus dem Bett, Sittinger schnellte empor, das Wasser troff ungehemmt auf den staubenden Mörtelhaufen hernieder.

»Ja, ja, Herrgott noch einmal, das ist ja die reinste Hölle! Das ist mein sicherer Tod!« jammerte der Inspektor und fuchtelte herum. Groll und Ratlosigkeit kochten gleich stark in ihm.

»Da! Da! Das ist dein Werk!« schrie er Malwine an. »Ein Landhäusl! Ein Landhäusl! hast du jahrelang geschrien! Ewig hast du dahergefaselt davon. Ich kann nicht mehr! Da soll ich gesund werden, da? Ich kann nicht mehr!«

»Wer hat gehetzt und gehetzt, daß wir aus der Stadt weg sind, wer? Du! Du Lügner!« plärrte Malwine haßtief.

»*Ich*? Ha, ich! Jaja, jetzt bin ich wieder an allem schuld! Ich, das kenn ich!« widersprach er verbissen. »Du hast das Landhaus aufgebracht, nur du! ... Wahrscheinlich willst du ja bloß, daß ich möglichst bald krepier in diesen ungesunden, kalten Löchern! ... Ha, ha! Ich? Jaja, natürlich! Das ist wieder so echt weiblich. Wenn's schiefgeht, hat alles der Mann gemacht! ... Ich halt's nicht mehr aus!« Sie rannten mit ihren Kleidern in die Stube hinunter. Malwine war kreideweiß und zitterte. Es fiel kein Wort mehr. Sie zogen sich an. »Ich, ich? Natürlich, ich!« belferte er plötzlich wieder. »Ich fahr in die Stadt zum Arzt! Ich bin todkrank!« Sie hielt ihn nicht auf. Mit nassen Augen sah sie durch die regenverrillten Fenster, als er durch den brauenden, grauen Morgen fortging. Erst nach zwei Tagen kam er wieder, diesmal jedoch empfing ihn seine Frau wirklich verfeindet. Dachdecker und Zimmerleute arbeiteten schon. Er fragte nicht einmal. Er war kleinlaut.

Matschig und regnerisch rannen die Tage dahin. Die Sonne wollte nicht aus den Wolken. Unsagbar langweilte sich der Inspektor. Es waren wohl etliche Pensionisten und Privatiers in Aubichl, aber er fand keinen Anschluß. Er hockte stundenlang in der Stube und starrte durch die Fenster. »Der langsame Tod! Der langsame Tod!« murmelte er. Alle Nachbarhäuser sahen verschlossen und unbewohnt aus. Nur die Kamine rauchten dünn.

»Hm, was ist jetzt eigentlich meine schöne Pensionistenzeit? Jeden Tag wart ich, bis es Nacht wird«, brümmelte er weiter. Seine Augen wurden immer schlechter. Er und Malwine warteten freudlos auf den Sommer.

VIII

Dann kam also dieser ersehnte Sommer und sah jeden Tag so aus: Das Frühläuten der zinnernen Kirchenglocken des Dörfleins war schon eine gute Weile verklungen. Längst waren die ersten Hahnenschreie verstummt. In den taunassen Baumkronen der Obstgärten, in den Büschen und Hecken schüttelten die erwachten Vögel ihr gelindes Frösteln aus dem Gefieder und begannen erst schüchtern, von Mal zu Mal aber belebter, ihr heiteres Morgenkonzert. In Aubichl wurde es lauter. In den Ställen rumorte das fressende Vieh. Die Kühe brüllten mitunter kurz und stumpf auf, die gierigen Säue grunzten plärrend ineinander, und das verschwommene Reden der Mägde wurde vernehmbar. Aus der dampfenden Stalltüre schob ein Knecht den quietschenden, hochbeladenen Düngerkarren auf den hohen Misthaufen und kippte ihn um. Ein anderer wieder zog die angeschirrten Pferde oder einen einschichtigen Ochsen aus dem Stall, spannte sie vor den leeren Wagen und fuhr um das Kuhgras. Mit gespreizten Beinen stand er auf dem knarrenden, scheppernden Wagen und schnalzte krachend. Der Krämer schloß seinen Laden auf. Das bimmelnde Glöcklein an seiner Türe zirpte, die Fensterläden der niederen Nachbarhäuser öffneten sich, hinter den Scheiben blinkte das gelbe Licht, am Herd stand die Bäuerin und schüttete den gemahlenen Malzkaffee ins brodelnde Wasser.

Draußen auf den saftigen Feldern und Wiesenhängen, die das Dorf umsäumten, schwangen die Mäher unermüdlich ihre Sensen, da und dort kroch auch eine metallisch knatternde Mähmaschine reihauf und reihab, die Rosse davor prusteten und wieherten leicht, wenn der Bauer auf dem federnden Bock sie von neuem antrieb.

Und über allem, hoch im bleichen, aufblauenden Himmel,

trillerten die frühen Lerchen jubelnd in die würzige, frische Morgenluft. Ein schmaler, langer, roter Streifen lag über dem Waldrücken von Bibloch, und endlich stieg daraus die riesige Sonne. Weithin verbreitete sie ihr strahlendes Licht und schob sich unmerklich schnell empor ins wolkenlose Gewölbe des Horizonts. Sie spiegelte sich in den tausend und aber tausend Tautropfen der feuchten Wiesen, daß es aussah, als breite sich rundum ein glitzernder, flimmernder Teppich aus. Ein unvergleichliches Gemälde!

Doch die Herrlichkeit einer solchen Idylle ist jedem gegönnt, der damit etwas anzufangen weiß! Alles in Ehren und alles zu seiner Zeit! Sonne hin, Sonne her!

Wo mußte ihr lästig stechendes Licht zu so früher Stunde jeden und jeden Tag ausgerechnet hinfallen? Immer gleicherweise unerwünscht hinfallen?

Auf das weißgestrichene Gesims des offenen Schlafzimmerfensters vom Postinspektor Sittinger.

Es war unbeschreiblich, wie listig, wie boshaft, wie widerwärtig und aufdringlich diese vielgerühmte Sonne sein konnte. Die Fensterläden zu schließen, um sich vor ihrem täglichen Überfall zu schützen, war unmöglich. Die Nächte kühlten kaum noch ab, und der Raum war klein und heiß. Sittinger wäre in Schweiß zergangen und vor Luftmangel erstickt. Malwine hätte jeden Morgen Migräne gehabt – und außerdem: sinnigerweise war in jedem Fensterladenflügel ein herzförmiges Luftloch. Durch dieses Ziel schoß die aufgehende Sonne gleichsam und zog stets zwei dicke, grelleuchtende Staubsäulen durch die dunkle Zimmerluft. Säulen, die aussahen wie die übriggebliebenen, glühenden, eisernen Tragbalken des Plafonds nach einem – vielleicht möglichen – Brand.

Der Erwachende sah entsetzt zwischen diesen Säulen hindurch in die leere, grausig dunkle Höhe und wußte nicht recht, war es Spuk oder war es Wirklichkeit. Unwillkürlich griff er an seinen schwammigen Leib, an seinen Kopf, sein Atem stockte, und erst allmählich begriff er die Täuschung. Das war entsetzlich! So schrecklich, daß Sittinger eines Tages kurzerhand die Fensterläden herunterriß und sie zerhackte. Malwine konnte ihn nicht davon abbringen. Aber was war damit schon gebessert? Auch die dichten Geranien, welche das Ehepaar nunmehr vor die Fenster pflanzte, halfen nichts. Durch ihre wirren Verästelungen stachen die Strahlen.

Ebensowenig nützte der dünne, dunkle Vorhang. Er bleichte alsbald aus, und die erbarmungslose Sonne verbreitete nach und nach ein seltsam bedrückendes, häßlich-bläuliches Licht im Zimmer.

»Malwine! Malwine«, keuchte der erwachte Inspektor und rieb seine brennenden Augen. »Malwine!« Er brüllte.

»Ja! Ja, Anton, was ist denn?« schrak seine Frau aus dem Schlaf.

»Diese Totenkammerhelligkeit – ich werde verrückt davon! Ich halt das nicht mehr aus!« jammerte er. Seine Nerven taten weh. Er richtete sich halb in die Höhe und ächzte wie ein Sterbender. »Der Vorhang muß weg! Ich werde glatt wahnsinnig! Totenkammerlicht? ... Ich mein in jeder Früh, ich liege ewig unter so einem verdammten, ekelhaften Hexenlicht! Ganz und gar blind werde ich noch!« Er hockte da in seinem klebrig verschwitzten Nachthemd und schnaubte beengt.

»Hast du schon wieder was! Schon wieder!« hauchte Malwine traurig.

»Schon wieder? Das auch noch!« knurrte er wütend, »das auch noch!« Mit grimmiger Hast wälzte er sich aus dem Bett. Da stand er, stöhnte kurzatmig, das Hemd spannte sich um seinen dicken Bauch, die haarigen Beine spreizte er auseinander, als wären sie falsch eingehängt, und knirschend fäustete er seine Hände.

»Das hat mir noch gefehlt!« polterte er. Malwine erwachte

ganz. »Ja, um Gotteshimmelswillen, was willst du denn noch? Was ist's denn? Schrei doch nicht so! Hört's doch die ganze Nachbarschaft!« Er war nicht mehr zu bändigen.
»Jawohl, die Nachbarschaft! Immer die anderen, bloß ich nie!« bellte er wie auf ein Stichwort. »Die liebe Nachbarschaft! Ist's noch nicht genug, was ich in diesem Nest schon erlebt habe!« Cholerisch fuchtelte er herum, griff an seinen heißen Kopf und fuhr sich durch die zerzausten Haare. »Rücksicht soll man nehmen! Rücksicht auf alles, wenn man auch krepiert dabei! Was gehn mich die Leute an!« Er wölbte sich, und seine Schläfenadern schwollen dick an. Hemmungslos laut zeterte er: »Jajaja, dieses idyllische Landleben, dieses wunderbare! Diese Ruhe, aach! Ein einziges Martyrium ist's für mich, und wem verdank ich alles, wem? *Dir!* Nur dir allein!« Er dröhnte wie eine eiserne Tonne, an die man einen Hammer schlägt. Er tappte flink zum Fenster, Malwine war machtlos. Mit einem jähen Ruck riß er den verhaßten Vorhang herunter und zerknüllte ihn. »Verflucht! Verflucht! Verflucht! Dreimal verflucht!« Entsetzt jagte Malwine aus dem Zimmer und rumpelte über die Stiege hinunter. Drüben, der Krämer Wagerer, der vor seiner Tür kehrte, hatte alles mit angesehen. Seelenruhig hielt er inne, sah schadenfroh und belustigt auf den berserkerischen Inspektor und lächelte. »Ah, guten Morgen, Herr Inspektor! Auch schon auf, ja? Und schon so lebhaft?«
Ohne ein Wort, wie angeekelt, drehte sich Sittinger um und watschelte ebenfalls aus dem Zimmer. Krachend schlug er die Tür hinter sich zu.
»Auweh«, lachte der Krämer breitmäulig. »Auweh, da drüben staubt's heut wieder!« Er griff wieder zum Besen und kehrte weiter.
Malwine ersetzte den blauen Vorhang durch einen gelben. Der sei dichter und verteile das Licht gleichmäßig, meinte

sie. Ganz ergeben in sein Schicksal schloß Sittinger: »Meinetwegen! Meinetwegen hängst du einen roten mit blauen Tupfen hin! Kannst auch gar nichts mehr hinhängen oder das Fenster zunageln! Ist ja ganz gleich, wie ich da heraußen zugrund geh!« Sie ließ ihn reden.

»Kann ja sowieso kein kultivierter Mensch ausschlafen in diesem Mistnest!« wetterte er stumpf weiter. »Kaum hat man halbwegs die Augen zu, schon geht der Krach an. Zuerst die Vögel, dann die Göckel, dann bimmelt drüben die Kirchenglocke, rundum fängt der Spektakel an, und hernach kommt die liiiiebe Sonne, und die Fliegen brummen dir um den Schädel! Wirklich, wirklich, – eine ausgezeichnete Erholung so ein Sommer für mich. Meinem ärgsten Feind wünsch ich das nicht!«

Sie brühte den Kaffee auf und schwieg standhaft. Er war noch lange nicht fertig.

»Na ja, wie ich schon gesagt hab, ich mach mich ja auf ein kurzes Leben gefaßt da heraußen. Alles hilft ja so schön zusammen, daß ich bald abkratz ...«, gällte er weiter.

Die Sonne war jeden Morgen da wie immer. Zuerst waren ihre Strahlen wie ein spitz zulaufendes Schwert, das alles durchstach, dann verbreiteten sie sich zu einem starren, gelben Band auf dem Zimmerboden, endlich zerflossen sie und füllten jeden Winkel mit Licht. Und dann kamen eben die Fliegen.

»Guten Morgen, Frau Inspektor!« höhnte Sittinger mit beißender Ironie zu Malwine hinüber. »Recht guten Morgen wünsch ich! Ausgeschlafen, ja? Nicht wahr, der reinste Jungbrunnen, so ein Landleben, was? Die beste Nervenkur!« Er rollte seinen unförmigen Körper auf die andere Seite und stierte schweigend auf die Kalkwand, bis seine Frau aus dem Zimmer war. Die ertrug alles. Was blieb ihr auch anderes übrig?

Ein Gutes schien aber der Sommer doch zu haben. Sittinger machte manchmal lange einsame Spaziergänge. Er liebte die Bewegung gewiß nicht. Doch wenn er ganz für sich die umliegenden kühlen Wälder durchstreifte, konnte er wenigstens ungehindert seinen Gedanken nachhängen.

Er ging meistens ohne Ziel dahin und blieb oft stehen. Tief atmete er, und eine fast träumerische Stimmung erfüllte ihn nach und nach. Wie weggeweht waren alle Miseren und Grämlichkeiten. Das sanfte, satte Grün tat den Augen wohl. Die summende Stille war Labsal für die Ohren. Langsam und sacht verrauchte der Sinn für das jämmerlich Wirkliche ...

Der Stehenbleibende sah hoch in die dunklen Baumkronen. Einige Strichelchen Himmel entdeckten seine Augen. Seine Brust wurde weit. Wie herausgehoben aus der feindlichen Welt kam er sich vor. Einfach, friedlich und groß umschloß ihn die Natur. Er erinnerte sich an die schönsten, glücklichsten Augenblicke seines Lebens und setzte sich auf einen Baumstumpf. Unwillkürlich redete er sonderbar getragene Worte in die Stille hinein.

Ein Reh stelzte übers Moos.

Er lächelte zufrieden. Ein Eichhörnchen lief daher, schoß hinter einen Baum und schaute ihn mit gespannten Augen an.

»Viecherl! Süßes Viecherl!« versuchte er freundlich zu locken und freute sich über die munteren Kapriolen des fliehenden Tierchens.

Wie durch dicke Schleierwände drang manchmal ein verschwommener Laut ferner Feldarbeiter oder ein Glockenschlag der Pfarrkirche von Bibloch.

Er war ausgesöhnt mit sich und der ganzen Welt.

»Nur die Natur ...«, murmelte er und – brach ab. Plötzlich spürte er ein Jucken in den Waden und auf den Oberschenkeln. Er schabte, und es biß ärger. Es kroch aufwärts ins Gesäß und zum Bauch. Er schnellte in die Höhe und sah sich von Ameisen überlaufen, schüttelte sich und

schlug mit den Handflächen auf Hosen und Jacke. Strampelnd fing er zu fluchen an: »Verdammte Scheiße! Himmelherrgott! ... Hm, da ist also dieser sogenannte liebe Gott, der alles richtig einteilt ... Ich danke schön! Das ist das Boshafteste, Hinterhältigste, was es gibt! Sogar das Ausrasten vergällt er einem!«
Dennoch, diese Spaziergänge waren ihm das liebste und brachten ihn wie von selber auf die Idee, sich ein Notizbuch zu kaufen und ab und zu seine Gedanken aufzuschreiben. Anfangs tat er das in aller Heimlichkeit. Ein Mensch jedoch, mag sich noch so sehr in sich verkapseln, völlig allein sein kann er doch nicht. Immer wenn der Inspektor eine besonders prägnante Tiefsinnigkeit notiert hatte, überkam ihn der Wunsch, sie einem Menschen mitzuteilen. Rätselhaft – der mürrische Mann begann auf einmal seiner Frau einiges vorzulesen, und diese spielerische Unterhaltung, wobei nur *er* redete, gefiel ihm ungemein. Er konnte dabei sogar manchmal heiter werden.
»Sag selber, hab ich das nicht gut ausgedrückt? Stimmt das vielleicht nicht? Ist das nicht durch und durch wahr?« fragte er Malwine, und diese, stolz und selig über seine wohltuende Veränderung nickte: »Ja, sehr gut, ausgezeichnet, Anton.« Sie verstand zwar das meiste nicht, aber sie vertraute auf seine Weisheit. Nun war er wieder ihr geliebter, umschwärmter Anton aus der glücklichsten Zeit ihrer Ehe.
»Ich glaub fast, du könntest dichten«, meinte sie einmal naiv begeistert und errötete dabei wie ein schüchtern verliebtes Mädchen. Er furchte die Stirn. »Ach was, dichten? Das ist lauter zweckloser Unsinn! Zum Dichten gehört nur ein großes Quantum niedriger Lügenhaftigkeit, weiter nichts. Das heißt dann Phantasie ... Früher waren solche Konsorten Hofnarren und bezahlte Spaßmacher, und ich wette, wenn heutzutage keiner ihre Bücher drucken tät, diese ganzen Dichter wären nichts anderes als lächerliche

Moritatensänger, die in den Dörfern herumziehen würden, oder sie wären verkommene Wirtshaushocker, die für etliche Glas Bier die Leute mit ihren Aufschneidereien unterhalten ... Ich phantasiere nicht. Ich denke. Da muß man streng bei der Wahrheit bleiben, das ist viel schwerer ...« Malwine begriff auch das nicht recht, aber sie war ganz seiner Meinung.
»Nur das Denken hat einen Zweck. Da kommt man zu Erkenntnissen ... Die Erkenntnis ist gewissermaßen der Extrakt der Erfahrungen, verstehst du! Der reine Extrakt, das Beste!« belehrte er sie weiter und wurde belebter. »Ein Mensch, der gründlich denkt, wird nie solche Albernheiten niederschreiben. Er sucht nur das Wichtigste ... Wie ich eben sag, das Beste ... Ein Denker braucht im Grund genommen gar nichts aufzuschreiben, wenn er Leute hat, mit denen er sich aussprechen kann ... Aber die hat man eben da nicht in dem Nest. Bloß deswegen schreib ich mir manchmal was auf ... Ein Mensch mit Hirn vertrottelt ja hier ...«
»Das kann ich gut verstehn, Anton, sehr gut ... Mir geht's ja auch so. Bessere Damen, mit denen man ein vernünftiges Wort reden kann, gibt's hier, wie mir scheint, überhaupt nicht«, stimmte sie zu ... »Jedenfalls kennt man sie nicht ... Jaja, für dich muß das oft recht arg sein, Anton ... Du müßtest Anschluß finden. Es gibt doch, soviel ich weiß, allerhand seriöse Leute hier.«
Das hörte er gern.
»Anschluß? Jaja. Aber der müßte sich von selbst ergeben, ganz leger«, tastete er in dieser Richtung weiter. »Man müßt eben öfter in die Wirtschaften gehn. Aber das magst du wieder nicht ... Da bist du dagegen, und ich bin froh, wenn ich meinen Frieden hab ...«
Auf alle Fälle wollte er sich für künftige Räusche rückversichern und setzte hinzu: »Ich denke noch mit Grauen dran, wie ich das letztemal ein bissel mehr getrunken

hab ... Oje, oje, da war der Teufel los bei dir!« Dieses spitze Erinnern tat Malwine weh, und mit leisem Vorwurf wehrte sie ab: »Aber Anton! Ich verbiete dir doch gewiß nie was! Wie kannst du bloß so was behaupten! Ich ängstige mich nur, wenn du gleich immer soviel trinkst. Das kann doch nicht gut sein für deine Gesundheit.«
Er war so weit, wie er sein wollte. Schon lange gierte er geradezu danach, einmal wieder gehörig zu trinken. Jetzt noch die richtigen diplomatischen Feinheiten, die so ein Weib dumm machen, und ich bin obenauf, kalkulierte er listig und schloß mannhaft: »Hm, Männer, wenn beisammensitzen, die müssen sich eben erst langsam zusammentrinken. Das versteht ihr Weiber nicht! ... Dazu gehören Kultur und Fingerspitzengefühl. Die richtige Legerität, der echte Geist – das kann erst aufkommen, wenn der Wein die Zungen lockerer macht ... Rausch und ein solches Trinken, das sind zwei verschiedene Dinge. Ein sinnloser Säufer war ich nie!«
Völlig besiegt, sagte Malwine: »Geh nur zu deinem Schöppchen, wenn du Lust hast!« Sie streichelte ihn zärtlich. »Geh nur, wenn du Anregung brauchst.«
Sogar küssen durfte sie ihn, und er fuhr mit der Hand übers Haar. Ganz weich schmiegte sie sich an ihn.
»Wirklich, du bist eine gute Haut, Malwine. Du verstehst mich«, lobte er sie. Ihr Herz schlug ein ganz klein wenig schneller. Das Blut rann leichter in ihren Adern.
Er schnupperte mit der Nase und fragte heiter: »Was gibt's denn heut, daß es gar so gut riecht? ... Hm, Gulasch! Sehr schön! Hoffentlich hast du's diesmal richtig gewürzt. Das letzte war zu flau.« Selig löste sie sich von ihm. Die Hausfrau in ihr erwachte. Mit größter Beflissenheit kochte sie weiter und deckte den Tisch. Er legte seine dünne Lüsterjacke ab und knöpfte das Hemd auf. Verschwiegen knisterte es in ihm. Wie ich immer sage – gleichzeitig schlau und dumm ist so ein Weib. Die kleinste Schmeichelei von

der Männerseite her, und all ihr Verstand ist wie weggeweht ... Kindische Haustiere, diese Weiber! Diese Gedanken schrieb er wohlweislich nicht auf. Als sie die dampfende Suppenschüssel auf den Tisch stellte, ermunterte er sich hurtig: Nur so weitergemacht, Anton! Das Leben ist nichts als ein ewiges Überlisten. Nur so ist das Zusammenleben mit einem Weib erträglich.

Laut aber sagte er: »Heut ist mir sauwohl! Ich glaub, das Landleben tut mir doch gut.«

»Ich hab's gewußt, Anton.« Sie lächelte glücklich und tat ihm die Suppe auf. »Ich habe es immer gewußt.«

Sie aßen ruhig und zufrieden.

Von diesem Tage an schaute der Postinspektor aufmerksam um sich. Er sondierte gewissermaßen das Terrain für seine Zwecke. Noch gab ihm der milde Spätsommer genug, aber die Abende wurden schon länger. Bald fiel der Herbst mit seinen unfreundlichen Regentagen herein, und dann kam der eintönige Winter mit den langen, langen Nächten. Da vermummt sich die Natur. Die Zeit dehnt sich. Es wird so still, daß man nach Abwechslung hungert. Die Menschen auf dem Lande kommen zueinander.

Was waren also in Aubichl für trinkfeste Männer, die für anregende Wirtshausunterhaltungen nach Sittingers Art in Frage kamen?

Sein nächster Nachbar war der kleine, rundliche Spielwarenfabrikant Greitler mit dem spitzzulaufenden Kopf, dem wackelnden Zwicker auf der kurzen Sattelnase und dem hurtigen Geschau dahinter. Er trug beständig einen abgewetzten, altmodischen grauen Bratenrock, warf beim Gehen seine Beine beinahe schlenkernd nach vorne, war – wie man zu sagen pflegt – »Peterl auf allen Suppen« und schien es in einem fort kreuznotwendig zu haben. In findiger Voraussicht hatte er sich schon als rüstiger Vierziger hier seßhaft gemacht, kaufte da ein Grundstück, dort einen Bauplatz, wieder woanders ein billiges Häuschen

und spekulierte unauffällig, aber sehr günstig damit. Die Leitung seiner nicht ertragreichen Firma in München überließ er mit der Zeit den zwei ältesten Söhnen. Das paradiesisch stille Aubichl mit seiner hügelig waldreichen Umgebung mußte eines Tages von vermögenden Pensionisten und Leuten, die sich zur Ruhe setzen wollten, entdeckt werden. Greitler tat alles dazu.
Zuallererst trat er, der Protestant, mit seiner ganzen Familie zum Katholizismus über und freundete sich mit dem Biblocher Pfarrer Eidberger an. Der war ein passionierter Obstzüchter und Bienenfreund. Greitler gründete mit ihm den »Obst- und Bienenzuchtverein Bibloch und Umgebung« und ward Schriftführer. Der Lehrer leitete den Gesangverein, und Greitler brachte es auch dort trotz seiner unbrauchbaren Stimme zum zweiten Baß. Überall machte er sich uneigennützig brauchbar. Keine Mühe für die Allgemeinheit schien ihm zuviel. Dem Bürgermeister schrieb er die Eingaben, den Nachbarn erklärte er steuerliche und juristische Angelegenheiten, und endlich brachte er die unbeweglichen, interesselosen Bauern der Pfarrei dazu, daß sie sich zu einem »Verschönerungs- und Fremdenverkehrsverein« zusammenschlossen. Freilich blieb die ganze Arbeit an ihm hängen, aber er tat sie gern. Er wandte seine geübte Beredsamkeit an, um jeden einzelnen zu überzeugen, er verfaßte die Zirkulare, ja, er scheute nicht einmal Geldausgaben, um die städtischen Behörden und das Ministerium auf den Bibloch-Aubichler Landstrich aufmerksam zu machen. Er lief von Pontius zu Pilatus, und siehe da, seine beharrliche Geduld brachte Rosen.
Zwar die paar Touristen und Fremden, die im Sommer herauskamen, ließen nicht viel Geld ab. Die Bauern vermieteten auch nicht gern und zeigten sich keineswegs freundlich. Aber – als erster erwarb der Oberstleutnant Grimmenmoser das ehemalige Apothekerhäusl zwischen Bibloch und Aubichl. Es gehörte seit fünf Jahren Greitler.

Im Frühjahr fingen Maurer auch auf der Breitwiese, droben auf der Waldspitze, zu graben an. Der Bürgermeister fuhr Kies aus seiner Sandgrube, aus Amreiten herüber brachten Lastautos Ziegelsteine. Herr Rentier Muggenthaler war einmal mit Greitler vor einigen Monaten auf der schneeigen Wiese gestanden, und schnell waren sie handelseins geworden.
Dann kam der Herr Hauptmann a. D. Schlicht. Drei-, viermal besuchte er Greitler. Endlich zog er in das nett gelegene, wenn auch bescheidene »Wäscherhäusl« am Dorfrand. Die alte Wäscherin Gleiminger war voriges Jahr gestorben und hatte keine Verwandten hinterlassen. Die Gemeinde wollte das baufällige Häusl nicht und war froh, daß Greitler durch Ankauf ihr einen hübschen Betrag zukommen ließ. Der Fabrikant ließ es instand setzen. Schlicht machte einen Mietvertrag auf drei Jahre mit Vorkaufsrecht. Wenngleich in Aubichl allerhand Neider waren, Respekt bekam man doch vor dem weitsichtigen Greitler. »Der hat eine Hundsnas'n«, meinten die Leute. »Der macht aus 'm Dreck auch noch Geld.« Die Bauern sahen ihm manchen Kniff ab.
Und dann ereignete sich einmal etwas Unerwartetes, Unglaubliches, das die Dörfler diebisch freute, weil sogar Greitler dabei leer ausging. Zum Krämer Wagerer kam an einem lauen Herbsttag ein fremdartig eleganter Mann. Von Gestalt war er mittelgroß und muskulös. Er hatte ein etwas pickliges, rundes, aufgedunsenes Schnurrbartgesicht, trug Lackschuhe und weiße Gamaschen, ebensolche Wildlederhandschuhe und einen sehr engen, taubenblauen modischen Anzug. Auf seinem Kopf saß ein runder, dunkelgrauer, steifer Hut. Man gewann den Eindruck von überbetontem Schick, wie er beispielsweise von Negern, die erstmalig europäische Kleidung tragen, bevorzugt wird. Besonders grotesk wirkten der ungewöhnlich hohe, steife Kragen, der vorne an den Ecken etwas ausgebogen

war, und die daruntergeknöpfte flammendrote Krawatte mit der haselnußgroßen Perle. Es handelte sich um den zirka achtunddreißigjährigen pommerschen Gutsbesitzerssohn Baron Gustav Heinrich von Ravél, von dem alsbald ruchbar wurde, daß er Millionen besitze.

Er trat in den kleinen Laden, brummte barsch seinen Namen und erkundigte sich ebenso schnell nach einer komfortablen, vermietbaren Wohnung. Wagerer, der Greitler schon deshalb nicht leiden konnte, weil er alles aus dem Bezirksort Amreiten bezog, wies ihn an die verwitwete Hauptlehrerin Ödenhuber, die ein villenartiges Haus an der Straße nach Bibloch hatte. Die Greisin krebste betulich weiter und zeigte sich wirblig zuvorkommend dem feinen Herrn gegenüber. Dieser hörte kaum auf ihr Gerede.

»Kostet?« fragte er kurz, als sie ihm die Vierzimmerwohnung im ersten Stock zeigte.

»Tja, ja wissen Sie, Herr – Herr Baron, mein Xaverl selig hat alles noch vor seinem Tod herrichten lassen ... Ja, hm, mein Gott, im Sommer krieg ich halt immer an die neunzig Mark ... Drei Monat nehmen's die Herrschaften immer, aber wann der Herr dauernd dableiben wollen«, plapperte die Hauptlehrerin und blinzelte durch ihre Brille.

»Gut! Zwei Jahre! Sind vierundzwanzig Monate à neunzig Mark, macht zweitausendeinhundertsechzig! Hier bitte!« schnitt ihr von Ravél das Wort ab und griff in seine Brusttasche. Die baffe Witwe glotzte wie vom Schlag gerührt und wackelte in einem fort mit ihrem alten, eisgrauen Kopf, als ihr der sonderbare Mensch die Banknoten in die zitternden Hände zählte.

»Sonstiges, bitte, stets auf einem Zettel! Reden taugt nicht!« sagte der Baron und ging, ehe sich die benommene Alte fassen konnte. Schon beim Anbruch der Nacht fuhr ein Auto mit einigen schweren Koffern vor das Hauptlehrerhaus. Die Leute standen neugierig da. Der Baron beachtete niemanden.

»Trab – trab! Marsch – marsch!« befahl er dem Chauffeur, und dieser schleppte das Gepäck in den ersten Stock.
Kein Wunder, nicht nur in Aubichl, in der ganzen Pfarrei munkelte man. Man hielt den sonderbaren Baron für einen dunklen Hochstapler, doch er bezahlte alles prompt und blieb ziemlich unzugänglich. Nichts war über ihn zu erfahren. Man gewöhnte sich schnell nach und nach an ihn und seine Marotten.
Winter und Sommer schlief er stets bis zum Einbruch der Nacht. Dann machte er lange und sehr sorgfältig Toilette und tauchte auf der Dorfstraße auf. Jeden Tag trug er einen anderen Anzug, andere Handschuhe und Stiefel. Er grüßte wortlos nickend und ging nach Amreiten.
Er schien überhaupt nur zwei Beschäftigungen zu haben: zu schweigen und unmäßig zu trinken.
Steif saß er am Wirtstisch, setzte stets studentisch abgezirkelt sein Weinglas an, führte es an die Lippen und trank es in einem Zug aus. Dann griff er unter den Tisch, holte die Kognakflasche und goß es von neuem voll. Nach zwei oder drei Gläsern Bier trank er nur mehr Kognak und konsumierte unglaubliche Mengen. Sein unreines Gesicht wurde mit der Zeit blaurot, der Hals schwoll und legte sich immer bedrohlicher an den engen, hohen Kragen, die Augen trieb es ihm heraus, fortwährend sah er düster drein und zuzzelte an seiner Virginia. Erst wenn ihm der Rausch bis ins Hirn stieg, stieß er hin und wieder abgehackte Sätze heraus, und das klang alsdann schmetternd wie auf einem Kasernenhof. Plötzlich brach er mitten im Wort ab, rutschte vom Stuhl hinunter und blieb steif wie eine Leiche liegen. Es war nichts mehr mit ihm anzufangen. Die erfahrenen Wirte legten ihn gewöhnlich vorsichtig vor die Türe. Nach einigen Stunden kroch er auf allen vieren weiter. Oft fanden ihn die Leute in der grauen Frühe völlig besudelt und zerrissen an einem Straßenrand schlafend. Einmal schiß ihm ein übermütiger Knecht in die

starr ausgestreckte Hand. Der Baron sagte nie ein Wort darüber. Die Dörfler hielten sich vor Lachen den Bauch und erzählten es überall.

IX

In Aubichl gab es nur zwei kärgliche Bauernwirtshäuser, die bestenfalls an den Sonntagen von den Dörflern besucht wurden. Viehhändler, Fuhrknechte und Hausierer kehrten manchmal ein, und an den langen Winterabenden kam es wohl auch vor, daß etliche Tarockrunden an den Tischen saßen und bis tief in die Nacht hinein spielten. Die nichteingesessenen, besseren Herren ließen sich nur bei feierlichen Anlässen, wie etwa einem Kriegerbegräbnis, einer Christbaumfeier oder einer politischen Versammlung im »Gasthaus zur Post« in Bibloch sehen und saßen dann neben den Honoratioren. Hauptsächlich aber verkehrten sie in den seriösen Lokalen drüben im Bezirksort Amreiten. Besondere Anziehungskraft übte auf sie die wohlbekannte »Rüdesheimer Weinstube« aus, in welcher zwei hübsche, kecke Kellnerinnen bedienten und es zu vorgerückter Stunde nicht an lockeren Gunstbezeigungen fehlen ließen.

Dort erschien an einem Herbstabend auch Sittinger und fand den langersehnten Anschluß. Er tat, als sei er ganz zufällig hier hereingetreten, setzte sich etwas zugeknöpft an die bereits sehr lebhafte Tischrunde, und die Herren, die ihn schon lange vom Sehen kannten, machten Platz. Jeder erhob sich, drückte ihm kurz die Hand und stellte sich vor. Der erste war der Baron. Er sagte stets seinen ganzen Namen.

»Gustav Heinrich von Ravél!« preßte er aus sich heraus und sank steif auf seinen Stuhl nieder. Auch hier hatte er seine Handschuhe nicht abgestreift, hielt mit der Rechten beständig seinen Römer umschlossen und streckte dabei seinen kleinen Finger gravitätisch seitab. Seine herausgedrückten Augen schienen unausgesetzt ins Nirgendwo zu blicken.

»Ah, ah! Sehr angenehm, sehr erfreut, Herr Inspektor – Greitler, mein Name! Wir sind ja Nachbarn«, meinte der Fabrikant und lobte weiter: »Das ist schön, daß Sie auch zu uns gefunden haben. Wir haben schon gemeint, Ihre Frau Gemahlin gibt den Hausschlüssel nicht her, hahaha! ... Bitte, bitte, da ist Platz, bitte!« Die emsigste Wichtigkeit schien schon wieder in ihn gefahren zu sein.
»Grimmenmoser! Freut mich!« Der schmalgesichtige, sackäugige Oberstleutnant a. D. richtete seine stangenlange, dürre Gestalt auf und nickte korrekt. Sein graues Stichelhaar war schütter; im verwitterten Furchengesicht, unter der spitzen Nase saß ein kleiner zugestutzter Schnurrbart. Er war halbwegs jägermäßig gekleidet. Solider Loden, wohin man sah.
Der bauchige Rentier Muggenthaler war schon leicht betrunken und lallte weiberhell: »Muggenthaler! Ausgezeichnet, daß wir Zuwachs kriegen ... Ausgezeichnet.« Sein dicker, roter Kopf steckte zwischen den breiten Schultern. Ganz kleine Schweinsäuglein hatte er, und sein Schnurrbart vereinigte sich mit dem grauen, gebürsteten Backenbart. Die geschwinden Bewegungen, die er ab und zu machte, paßten nicht zu seiner gemächlichen Erscheinung. Er schnalzte mit den Fingern und tätschelte erheitert der gutgewachsenen Kellnerin auf den strammen Hintern. »So, Wally, nur gleich wieder ein Viertel! ... Jetzt wird's gemütlich.«
Nur Hauptmann Schlicht fehlte. Er gehörte allem Anschein nach nicht zur gehobenen Klasse, und dann – er war seit einiger Zeit Leiter der vor kurzem gegründeten nationalsozialistischen Ortsgruppe, mußte sich »mit dem Volk vermischen« und hatte die geheime Aufgabe, den Turnverein in einen SA-Sturm umzuwandeln. Schlicht war immer in Geldkalamitäten und schon deswegen den »Besseren« nicht gut gesonnen. Er gebärdete sich mitunter äußerst aufsässig und »revolutionär«, wenn er einen

Rausch hatte, was übel vermerkt wurde. Zwischen ihm und Grimmenmoser stand nicht nur die Rivalität der höheren militärischen Charge. Der Oberstleutnant war Vorsitzender des Frontkämpferbundes »Stahlhelm« und Monarchist. Mit verschwiegenem Ärger sah er, wie seine Leute zu Schlicht überliefen.
Man rückte zusammen und prostete sich zu. Alle machten eine wohlgefällige Miene, und alsbald kam der netteste Diskurs in Fluß. Nur der Baron blieb ernst und schwieg unentwegt. Nicht ohne Staunen lugte Sittinger manchmal auf ihn, wenn er die Kognakflasche unterm Tisch hervorholte und sein ausgetrunkenes Glas vollgoß.
»Also im Vertrauen gesagt, Herr Oberstleutnant – ich hab mich neulich darüber mit dem hochwürdigen Herrn Pfarrer unterhalten. Der sagt, das kommt bloß daher, weil sich unter der roten Sauwirtschaft die Religion verloren hat«, meinte Greitler.
»Und die Disziplin ... Hätten wir heute noch das alte Heer und die zwei- oder dreijährige Dienstzeit, da gäb's das alles nicht«, erwiderte dieser und schloß militärisch: »Die Linkser müssen weg, ganz gleich, wo sie sitzen.«
»Ja ... Was war das doch für eine schöne, ruhige Zeit unterm Königreich!« brümmelte der Muggenthaler.
»Da hat der ordentliche Mensch gewußt, für was daß er lebt. Politik hat's da überhaupt nicht 'geben.«
»Und jetzt regieren uns Novemberverbrecher!« rief Grimmenmoser empört. »Irgend so ein hergelaufener Schalterbeamter, ein Herr Müller, spielt Reichskanzler! Skandal so was! Macht mit seinen Leibjuden diesen schäbigen Young-Plan und liefert unser ganzes Volksvermögen dem Feind aus! Unerhört!«
»Und wer muß dafür aufkommen?« sekundierte Greitler. »Der ehrliche, kleine Mann.«
»Jaja, die Juden!« meinte Muggenthaler. »Die Juden! Die wissen schon, wen sie hinlassen müssen. Die haben über-

all ihre Finger drin.« Er hob sein Gesicht und blinzelte der Kellnerin zu: »Gell, Wally, du magst auch kein' Juden, gell?«
»Na, na, der stinkt mir zu arg, Herr Kommerzienrat!« gab sie beflissen zurück, und die Herren lächelten. Das Kabinett mit dem Sozialdemokraten Hermann Müller wurde in Grund und Boden verdammt. Sittinger saß ziemlich unbehaglich da und suchte schon lange, sich in die Unterhaltung einzuschalten. Ganz von ungefähr fand er jetzt eine Erklärung dafür, warum er seinerzeit bei seinem Abgang kein Anerkennungsschreiben erhalten hatte: Aha, also die Roten! Dieser Herr Müller, aha! Ein Huscher grimmiger Bitterkeit flog durch ihn. Doch politisieren war ihm zuwider, außerdem war er mißtrauisch. Die Langeweile kribbelte in ihm. Er räkelte sich und sagte plötzlich unvermittelt: »Ein politisch Lied, ein garstig Lied!« Die Herren sahen auf ihn. Grölend rülpste von Ravél: »Hähähä-hä-höhöhö, überhaupt 'ne Schweinerei! Höhöhöhö, 'ne janz ordinäre Schweinerei!« Die anderen beachteten ihn nicht. Krachend goß er ein volles Glas in sich hinein. Ein leeres Lächeln zuckte auf seinem geblähten Gesicht und verhuschte. »Herr Baron, haben S' noch was?« fragte die üppige, große, rothaarige Kellnerin Fanny. Er hob schwankend die Flasche zum Licht und sah durch. »J-jjjawohl, bring man, bring, mein Schätzchen!« Sie verschwand hinter der Theke und brachte eine neue Flasche. Er erstarrte wieder. »Wie gesagt, früher hat's diese elendige Politik nicht 'geben«, murmelte Muggenthaler. »Königreich bleibt Königreich!« Der Oberstleutnant neigte sich an sein Ohr und flüsterte irgend etwas, worauf der splendide Rentier sofort antwortete: »Mein Wort! Was ich versprochen habe, geb ich, Herr Oberstleutnant!« Er unterstützte alle nationalen Vereine. Darum war er geschätzt. Das wiederum wurmte Greitler, der nicht so großzügig sein konnte. Seine Popularität litt empfindlich darunter.

»An Männern fehlt's eben!« sagte er jetzt. »Aufrechte Männer brauchen wir!«
Er wandte sich an Sittinger: »Sagen Sie's nicht auch, Herr Inspektor, die Weltgeschichte ist immer bloß von Männern gemacht worden? ...«
»Ich befaß mich nicht mit Politik«, wich der Angesprochene aus, nickte aber doch. »Jaja, natürlich, Weiber werden's nicht machen ...« Da lachte Muggenthaler auf: »Hahaha! Bravo, Herr Inspektor! Gut pariert! ... Ausgezeichnet, ausgezeichnet! Hahahaha!«
Greitler aber ließ das nicht auf sich sitzen. Schnell suchte er die Reste seiner einstigen Mittelschulbildung zusammen und holte zum Gegenschlag aus. »Na, ganz stimmt das auch wieder nicht ... Was wär's denn dann mit der Semiramis, der Dido und der Kleopatra? ... Und wenn wir beispielsweise die spanische Isabella, die katholische oder die russische Katharina, unsere österreichische Maria Theresia oder die Königin Victoria von England nehmen? ... Ich glaub fast, die könnten's mit verschiedenen Männern aufnehmen!« Er roch, daß dies bei Sittinger Eindruck machte, und setzte eifrig hinzu: »Und sogar heutigentags lobt man überall die Wilhelmine von Holland, weil sie ihr Land so ordentlich regiert ...« Das gab dem Gespräch eine andere Wendung, und jetzt erst wurde dem Inspektor wohler in dieser Gesellschaft. Er taute mehr und mehr auf.
»Uns fehlt eben ein Bismarck«, konnte Grimmenmoser noch einmal sagen, und der Muggenthaler erwähnte den alten ersten Kaiser Wilhelm nebenher, doch Sittinger und Greitler waren schon längst weiter.
»Im Prinzip natürlich ist die Welt immer vom Mann geleitet worden«, erhitzte sich der Inspektor. »Die paar weiblichen Ausnahmen bestätigen bloß die Regel ... Ein Weib sieht immer nur ihren kleinen Gesichtskreis, der Mann denkt in Jahrhunderten. Herr Oberstleutnant ha-

ben recht – Bismarck war unser letzter Deutscher, der so einen Kopf hatte. Heutigentags denken unsere Regierungsmänner – ich möcht fast sagen – nur noch weibisch ... Der kleinliche Staatshaushalt, das Verwaltungstechnische – wie die Steuern 'reinkommen, wie man da was 'rausschinden und dort was hineinbuttern kann, das ist ihre ganze Wahrheit. Genau wie eine Hausfrau mit knappem Monatsgeld ...« Martialisch klang es. Grimmenmoser glaubte einen brauchbaren Ton herauszuhören und stimmte würdig zu: »Ganz meine Meinung, Herr Inspektor. Ein Manneswort, ein deutsches Wort, prosit!«
»Na ja, na ja ... Ich seh's ja bei meiner Vereinstätigkeit«, mischte sich Greitler wieder in die Debatte. »Das ist wie bei einem Staatswesen im kleinen ... Wann ich nicht überall dahinter bin, geht's nicht ... Das kostet Nerven. Da geht's oft um Kopf und Herz, meine Herren ... Meine Frau meint immer, ich soll 's bleiben lassen ... Jaja, die holde Weiblichkeit hat nie was übrig für Männersachen. Da darf man nicht weich werden ... Wenn ich's so überdenke, Herrschaften, auch unsereins muß oft ein kleiner Bismarck sein. Alles bleibt an einem hängen, rein alles ...«
In diesem Augenblick bekam der Baron ein Aufstoßen, riß seine glasigen Augen ganz weit auf, starrte glotzend und stammelte: »Dir ha'm se wohl ins Jehirn jeschissen und vajessn zu ziehn, höhöhöhöhö-hä!« Keiner verstand es genau. Es war auch nicht mehr Zeit dazu. Von Ravél zuckte grölend und rutschte in die Tiefe. Die Männer rückten auseinander. »Der hat wieder einmal sein Quantum«, murmelte der Muggenthaler, und unberührt sah er auf Greitler und Grimmenmoser, der ein ganz klein wenig die Stirn runzelte. Unter dem Tisch fiel eine Flasche um, und der Baron schnarchte. Dem Postinspektor verschlug es fürs erste die Rede, aber beruhigend meinte Greitler: »Das ist immer so, keine Angst ...« Und die zwei andern nickten beredt.

»Ein Momenterl, die Herren ... Entschuldigung!« sagte der hünenhaft massige Wirt, und die Herren machten kurz Platz. Er beugte sich unter den Tisch und brachte die »Leiche« vor die Tür.

»Nur nicht stören lassen, bitte, bitte, nur Platz nehmen« bat er, und die Kellnerinnen bedrängten Greitler und Muggenthaler süßmäulig. Dieser bekam glänzende Augen und fuhr der Wally insgeheim zwischen die Beine. Tölpisch lächelte er dabei.

»Aber bleiben S' doch, die Herren ... Das sind S' doch schon gewöhnt!« bettelte die rote Fanny und drückte ihre umfängliche Brust näher an Greitler. Der warf einen flugsen Blick in ihren tiefen Brustausschnitt und wurde unschlüssig. Doch Grimmenmoser sagte: »Es ist Zeit ... Ich, meine Herren ...«

»Ich auch.« Sittinger schloß sich an. Die Kellnerinnen seufzten enttäuscht. Man brach auf.

Der Morgen graute schon, als die wankenden Zechergestalten Aubichl erreichten.

»Und nicht vergessen, Herr Inspektor! Jeden Donnerstag!« Damit verabschiedete sich Greitler von Sittinger. Kurz darauf bimmelte das Frühleuten ...

Drüben vor der Weinstube in Amreiten erwachte der Baron, richtete sich mühsam auf und stieß giftig aus sich heraus: »Idiotenbande! Bande!« Er stolperte, fiel wieder hin, kroch etliche Meter weit, kam wieder in die Höhe und torkelte in den Nebel.

Für einen beschäftigungslosen Stadtmenschen kann ein Winter auf dem Lande, in einem weltabgelegenen Bauerndorf, zum gelinden Martyrium werden. Zuerst freilich sieht man den fallenden Flocken von der warmen Stube aus behaglich zu. Auf die angelaufenen Fensterscheiben verirren sich hin und wieder vereinzelte Eiskristalle und zergehen hauchzart. Als blinkende Wassertropfen rinnen sie abwärts und hinterlassen eine strichdünne Spur, um dann im rissigen Holzrahmen zu versickern. Zuletzt ist die ganze trübe Fensterscheibe durchrillt. Draußen haben die Gartenpfähle kleine Hauben bekommen, in den braunen, leeren Hecken verhemmt sich das Geflock, auf die kahl ausgreifenden Baumäste legen sich riesige, dicke, weiße Raupen, und die dunklen Hausdächer sehen nach etlichen Stunden aus, als habe sich bauschige, fleckenlose Watte über sie gebreitet. Fast feierlich deckt der stumme Schnee die schmutzigen, trostlosen Flächen zu. Weit und weiß dehnen sie sich aus, und nur da und dort stellt sich ein dunkler, regloser Wald in den Weg.

Alles Laute ist verweht. Geräusch und Menschenlärm hören sich an, als kämen sie aus einer vielfachen Vermummung. Die Nacht fällt schnell und unerwartet wie ein stumpfer schwarzer Vorhang herab. Noch um acht Uhr früh denkt der Erwachende: Ach, es ist ja noch stockdunkel und dreht sich wohlig im warmen Bett um. Ein zähflüssiger Dämmer vermischt sich allmählich mit der Schwärze, und fröstelnd hellt sich der farblose Tag auf. Die Fensterscheiben sind auch gefroren und undurchsichtig. Erst nach und nach tauen sie auf. Die Menschen scheinen sich fürs erste ganz in ihre vier Wände verkrochen zu haben. Ihre Häuser stehen wie erstarrt da. Alles an ihnen ist zu: Tor und Tür und Fenster und Luke. Nur aus den Kaminen steigt dünn der Rauch. Außer den hungrigen Spatzen, die frierend um Brosamen betteln, rührt sich lange nichts. Ein Rudel Kinder trippelt einmal vorüber, um zur Schule zu gehen. Der Krämer kehrt vor seiner Ladentür den Schnee weg, ein altes Weib hatscht daher mit dem Einholkörbchen am Arm, ein Hund bellt auf, und Männer mit Holzhacken über den Schultern stapfen waldwärts. Später sieht man diesen und jenen Nachbarn den Schnee wegkehren, gemächlich fährt irgendein Bauer auf dem Schleipfschlitten Mist aus, reißt am Leitseil und schreit auf die Pferde oder auf den Ochsen ein, die

davorgespannt sind. Nach einer guten Weile gleitet das leere Fuhrwerk vorüber, und wieder nach einer Weile ein volles. Der Ochs davor hat den Rücken leicht gewölbt und läßt seinen ausdruckslosen Kopf tief nach unten hängen. Unentwegt macht er den gleichen, langsamen Schritt, und schwer schnaubt er dabei. Die Rosse hingegen biegen ihre Rücken bei jedem Zug, ihre prallen Bäuche dampfen vor Schweiß, und sie prusten, daß es wie feiner Rauch aus ihren geblähten Nüstern steigt. Vielleicht daß einmal ein fremder, schwerbepackter Hausierer vorbeigeht, daß eine Magd die störrische Kuh zum Stier treibt oder ein armes Weib einen Handschlitten mit dürrem Reisigholz vorüberschiebt. Es ist schon dämmrig, wenn die munter lärmenden Schulkinder heimkommen. Sie hüpfen auf der Dorfstraße herum und bewerfen sich mit Schneebällen. Man muß auch schon Licht machen. Der Mesner geht ins Kirchlein hinüber und läutet die Nacht ein.
Das ist der ganze Tag gewesen ...
Und so ist's heute, morgen, übermorgen, in einer Woche, in einem Monat, so kriechen der halbe November, der Dezember, Januar, Februar und meist noch der März dahin.
»Zum Auswachsen! Zum Trübsinnigwerden!« stellte Sittinger fest und ergab sich einem giftigen Betrachten. »Ich wette, ich bin überzeugt, kein Bauer tät einen Handstreich bei diesem Mistwetter! Er kann's bloß nicht aushalten so! Er hält's einfach nicht aus.« Nun schien er auch zu begreifen, warum die Leute an jedem Sonntag so vollzählig in die Kirche gehen.
»Aus Langeweile! Aus purer Langeweile glauben sie an Gott«, sagte er zu Malwine. Auch er ging manchmal zum Hochamt nach Bibloch und entdeckte dabei meistens alle seine Stammtischbekannten. »Aha, es geht also jedem so wie mir, genauso«, stellte er mit boshafter Freude fest. »Hm, da haben's die Pfaffen leicht. Da hat's jeder leicht,

wenn er nur Abwechslung bringt.« Er verstand auf einmal, warum sich Greitler so eifrig mit seinen Vereinsangelegenheiten beschäftigte, warum Muggenthaler so beträchtliche Beträge für vaterländische Theatervorführungen und Christbaumfeiern stiftete, warum Grimmenmoser den »Veteranen- und Kriegerverein« und den »Stahlhelm« leitete, weswegen der Hauptmann Schlicht hauptsächlich bei den jüngeren Bauernsöhnen und Knechten einen solchen Anhang gewann und an den Sonntagnachmittagen auf den verschneiten Wiesen regelrechte Felddienstübungen abhalten konnte, bei denen alle begeistert mitmachten. Es wurde ihm klar, warum der Baron so unmäßig soff. Diese fast hermetisch abgeschlossene, sture, träge Einsamkeit war der geeignete Boden für verstiegene Sonderlinge und Massenverrücktheiten.

Auch Sittingers Leben veränderte sich, ohne daß er es merkte. Er hockte oft drei, vier Tage ununterbrochen in seiner Stube und steckte nicht einmal die Nase vor die Tür.

»Komm, wollen wir nicht ein bißchen an die Luft gehen, Anton?« fragte Malwine. »Ewig und ewig so in der Stube hocken, das ist doch ungesund.«

»Ha, sonderbar vergnügungssüchtig bist du! Bei dem Wetter, bei dieser Eiskälte? Ich bin doch nicht glatt verrückt und hol mir den Tod!« fuhr er sie an.

»Aber es scheint doch die wärmste Sonne draußen! Siehst du's denn nicht?« meinte sie, und er blinzelte griesgrämig durch die Fenster.

»Das ist Gift für meine Augen! Da werd ich vollends blind!« redete er dagegen. Sie brachte ihm die Schneebrille. Er ärgerte sich über diese Störung, gab aber doch hin und wieder nach und ging mit ihr. Sie stapften ziemlich wortkarg und unbehaglich in der Gegend herum. Merkwürdig, sie wurde immer lästiger, wenn sie aufheiternd daherschwätzte: »Ah, ist das gut! Du mußt doch schon einen ganz stumpfen Kopf haben.«

»Mein Kopf ist immer klar! Klarer als du meinst«, warf er mißmutig hin, und endlich kehrten sie wieder um. Wie tief verzankt kamen sie zu Hause an.

»Gott sei Dank!« knurrte er und hockte sich wieder in seinen hohen Polsterstuhl. »Aber jetzt hab ich hoffentlich meine Ruh, ja?«

»Jaja«, gab sie etwas angebittert zurück, machte sich in der Küche zu schaffen und stopfte Strümpfe. Selten fiel einmal ein Wort, wenn sie so beisammen saßen.

Was tat er?

Hatte er denn nun nicht Zeit, unendlich viel Zeit zum Denken? Konnte er jetzt nicht Tag für Tag ungehemmt lesen?

Gewiß. Er blätterte auch in irgendeinem Philosophen, aber die Augen schmerzten alsbald. Er stierte auch oft stundenlang, doch es schien, als denke er überhaupt nichts. Diese Ruhe wurde ihm auf die Dauer unerträglich. Oft, ganz jäh, schnellte er vom Stuhl auf und durchmaß stumm und vermufft die Stube. Unvermerkt betrachtete ihn Malwine und bekam ein trauriges Gesicht.

»Tja, ich muß fort! Ich muß für mich sein!« brummte er, nahm Hut, Stock und Mantel und wanderte nach Amreiten. In der »Rüdesheimer« traf er fast immer den einen oder anderen von der Donnerstagsrunde. Man trank, trank, soff und soff, und es wurde ihm endlich leichter. Die Grämlichkeit fiel ab von ihm, und er wurde springlebendig. Die dümmste Unterhaltung bereitete ihm sichtliches Vergnügen, die fragwürdigsten Späße und ältesten Zoten belachte er schüttelnd. Je mehr er trank, um so lauter und ungenierter wurde er. Er begann heftig zu philosophieren und redete den sonderbarsten Unsinn daher. Das hatte den schier unglaublichen Erfolg, daß der Baron, der sich nie einem Menschen gegenüber aufschloß, schon nach wenigen Wochen auf »Du« mit ihm stand und hin und wieder auf sein Gerede einging. Dies schmeichelte

Sittinger ungemein und hob sein Ansehen bei den anderen Stammtischlern gewaltig. Vor Begeisterung darüber betrank er sich regelmäßig.

Eigentümlich aber, noch im schwersten Rausch fiel dem Inspektor auf, daß er bei den anderen Bekannten oft und oft ungewollt Anstoß erregte. Auf einmal schwiegen sie stockend, auf einmal sahen ihn scheele, fast lauernde Blikke an, die nichts Gutes verrieten. Dabei war er weder unflätig noch ausfallend gewesen. Er hielt inne, sann kurz nach, roch gleichsam nach allen Seiten, und allmählich kam ihm fast beklemmend zum Bewußtsein: Diese Menschen waren durch die Zeit und die Verhältnisse grundanders geworden. Er gehörte nicht mehr zu ihnen. Er begriff *sie* nicht, und sie verstanden *ihn* nicht. Noch vor etlichen Augenblicken waren sie heiter gewesen, jetzt – ganz plötzlich – wurden sie hart, feindlich und aggressiv-abweisend. Sie waren krank. Sie litten allesamt an – ja, an was eigentlich?

An einem Wochentag saß auch einmal der Hauptmann Schlicht mit ihm und von Ravél in der »Rüdesheimer«. Er war kein gern gesehener Gast, denn man wußte allerorts, daß er bei den meisten Wirten keinen Kredit mehr hatte. Allen seinen Anhängern war er Geld schuldig, und er genierte sich nicht, selbst bei Taglöhnern und Bauernknechten kleinste Beträge auszuborgen. Hatte er endlich zehn oder zwanzig Mark beisammen, dann tauchte er in diesem seriösen Lokal auf, um zu zeigen, daß er genauso »wer« sei wie die Herren Großköpfe, die verächtlich auf ihn hinunterschauten.

Er trank geschwind in sich hinein und gebärdete sich schon nach kurzer Zeit höchst aufreizend. Er schimpfte in den ordinärsten Ausdrücken auf die »Berliner Judenregierung« und verschonte auch die besseren Einheimischen nicht. Drohend sagte er zum Schluß: »Na ja, der ganze Schwindel hört ja bald auf! Da wird mit eisernem Besen

ausgekehrt, und Pardon gibt's nicht mehr! Da werden verschiedene unserer Herren, die's gar nicht erwarten, um einen Kopf kürzer gemacht!«
Der Baron saß steif da. Sein gedunsenes Gesicht verdüsterte sich. Auch Sittinger war angewidert.
»Jaja, Inspektor! ... Es wird Zeit, daß man sich politisch richtig orientiert«, fing der Hauptmann wieder an und lächelte hämisch. Das gab diesem einen Stich.
»Pw, scheußlich! Politik scheint jetzt schon epidemisch! Ein ekelerregender Bazillus, der jedes gesunde Hirn verblödet!« warf er plötzlich kühn hin. »Ich weiß nicht, Herr Hauptmann, ich bin an die dreißig Jahre Beamter gewesen und hab so was immer entbehren können! ... Königreich und Krieg, die Räterepublik und diesen heutigen Zustand hab ich mitgemacht und bin nicht dran gestorben ... Die Menschen bleiben eine unverbesserliche Sippschaft ... Sie mit Ihrem übersteigerten Nationalismus werden auch nichts ändern dran ...«
»So? Soso? So reden *Sie* daher?« vermahnte ihn der Hauptmann überheblich und sah frech hinüber. »Sie? ... Und das heißt sich ein deutscher Mann. Na, es wird gut sein, Sie sagen so was nicht weiter, Inspektor!«
Das erboste Sittinger. Die Wut schoß ihm in die Wangen.
»Ich red, wie ich mag!« schrie er unbedacht. »Politik geniert mich nicht, und die Ihrige schon gleich gar nicht!«
»Danke für die Auskunft! Wird vermerkt!« erhob sich der Hauptmann ruckartig und lächelte hinterhältig. Er strammte seine Gestalt, machte kehrt und ging.
Etliche Sekunden blieb es stockstumm. Der Wirt machte ein peinliches Gesicht und sagte begütigend: »Ah, den kennt man schon ... Er hat höchstens kein Geld mehr gehabt und sich einen guten Abgang sichern wollen.«
»Regen S' Ihnen nicht auf, Herr Inspektor!« schmeichelte

die hübsche Wally und zog das leere Glas weg, »den nimmt doch kein Mensch mehr ernst.«
»Ein ekelhafter Kerl, ein ekelhafter!« knurrte Sittinger, »nicht einmal seinen Wein kann man mehr ruhig trinken!« Da aber rührte sich der Baron und hob sein Glas. »Sehr jut, Anton! Aussssjezeichnet! Jestatte mir einen kolossalen Fetzen, werte Anverwandte einjeschlossen! Prost! ... Imma jib ihm uff die jottlose Schnauze!« Er lächelte verschwommen, und Sittingers Erregung verflog im Nu. Der Inspektor trank an diesem Tag sogar massig Kognak, und das freute den Baron aufrichtig.
»Anständiges Gesöff!« rühmte er. »Alles andere is Schwindel! Wat! Wasss? ... Besoffen? ... Besoffenheit jibts überhaupt nich! An so 'ne Sachen glauben bloß die Lahmärsche! Entweder man hält durch, oder man is 'ne Leiche! Prost, Anton!«
Schließlich fand sich Sittinger neben seinem Freund vor der Weinstubentüre liegen. Sein ganzer Körper war wie zu einem Eisklumpen erstarrt. Er richtete sich mühsam auf, und eine jämmerliche Nüchternheit überkam ihn. Er ließ den Baron ruhig liegen. Die drohenden Worte Schlichts fielen ihm ein. Er schwankte erst wie hinfällig von dannen, nach und nach aber lief er torkelnd, als fliehe er vor irgendwem. Er keuchte und schwitzte dampfend. Seine Glieder waren bleischwer, und immer wieder rang er die aufsteigende Schwäche nieder. Ganz verstört kam er zu Hause an.
Malwine hatte sich lange zurückgehalten, diesmal aber begann sie einen wüsten Zank. Er sagte gar nichts dawider. Beinahe angstvoll gedämpft, tiefernst hastete er heraus: »Sei ruhig, sei ruhig! Ich trink nie mehr, verlaß dich drauf! ... Ich lasse mich überhaupt nicht mehr blicken!« Und da erstarb auch ihr das Wort. Er brach schlotternd auf das Bett nieder und verkroch sich unter der bauschi-

gen Decke. Unruhig und erstaunt starrte seine Frau auf ihn nieder. Er aber schlief schon.
Am andern Tag war er krank und blieb liegen. Furchtbar hustete er und bekam kaum mehr Luft. Sie fragte vergeblich. Er aber wich aus und erzählte nichts. Sie pflegte ihn umsichtig und war die Liebe selbst.
»Und laß mir ja keinen 'rein zu uns, hörst du? Ich will keinen Menschen mehr sehen, keinen!« befahl er ihr öfters. Scheu und furchtsam war er. Er schien nicht mehr nachzudenken und beschäftigte sich nicht mehr mit den Philosophen. Was noch nie geschehen war, er verlangte nun jeden Morgen schon beim ersten Augenaufschlag ungeduldig die Zeitung, und man gewann den unbestimmten Eindruck, als suche er in all den Artikeln und Nachrichten, die er aufs genaueste durchlas, etwas, das ihn beständig beunruhigte.
Dieser plumpe Hauptmann Schlicht hatte ihn brutal in die Politik gestoßen. Er witterte wieder überall Feinde im Ungewissen ...

X

Langsam ging es auswärts, wie man das Winterende in solchen Bauerngegenden nennt. Die Sonne schien wärmer, und die Tage wurden länger. Regenvermischter großflockiger Schnee fiel noch ab und zu. Er blieb aber nicht mehr liegen und schmolz sofort wieder. Tiefe Rillen zeigten sich auf den glattgefahrenen Straßen, und darinnen rann schmutziges Wasser. Kahl und wie verrostet standen die reglosen Bäume und Hecken wieder da, und eintönig dumpf tropfte es von den Dächern. Wenn man von einem Hügel aus auf die dunklen Inseln in den weißen, kristallig blinkenden Wiesen und Ackerflächen hinunterschaute, das machte den Eindruck, als habe die fleckenlose Erde riesige, feuchte, häßliche Geschwüre bekommen.
Der Inspektor hatte Wort gehalten. Seit seiner Gesundung war er nie wieder ausgegangen. Weder spazieren noch in ein Wirtshaus. Zuerst war Malwine damit zufrieden, dann aber verstand sie ihn nicht mehr. Höchstenfalls in einer stillen, sehr dunklen Nacht stand er von seinem Lehnstuhl auf und stapfte, stumm, verstohlen und geduckt, ein paarmal um sein Häuschen. Dabei lauschte und spähte er ununterbrochen um sich herum und verschwand beim geringsten Geräusch hinter der Türe. Dann war er blaß und atmete fliegend.

»Was ist denn? Was hast du denn?« fragte Malwine.

»Nichts! Nichts, gar nichts!« wies er sie ab. Er hockte sich wieder hin und brummte tonlos: »Freiwillig ist man gefangen. Einsiedler müßte man sein! Aber wir haben uns ja mitten in ein Dorf hocken müssen.«

Sie bangte um ihn. So sonderbar war er noch nie gewesen.

An einem Tag las er in der Zeitung, daß das Kabinett Hermann Müller zurückgetreten sei. Der neue Kanzler

hieß Brüning. Das erschreckte ihn, ohne daß er sich's erklären konnte.
»Hat der Krämer nichts gesagt? Was sagen sie beim Gschwendtner?« wandte er sich an Malwine, als sie mit Milch und Frühsemmeln zurückkam. »Sagt keiner was?«
»Wegen was denn? Was ist denn passiert?« staunte ihn seine Frau an.
»Die Reichsregierung ist doch gestürzt? ... Einfach davongejagt worden!« übertrieb er und sah sie abwartend an.
»Gestürzt? ... Davongejagt?« Sie wunderte sich noch mehr. »Da merkt man doch hier gar nichts! Kein Mensch hat ein Wort darüber verloren.«
»Warten wir ab! Warten wir's ab, bis sie's alle wissen und begreifen, dann wird der Wirbel gleich losgehen!« warf er hin. Offenbar rechnete er schon in der nächsten Stunde mit den größten persönlichen Unannehmlichkeiten. Er blieb den ganzen Vormittag unruhig.
»Hm, davongejagt? ... Sie ist doch bloß zurückgetreten wie jede andere!« sagte Malwine, nachdem auch sie die Zeitung interessierter gelesen hatte. »Ist doch gar nichts passiert! Wir haben doch schon wieder eine neue Regierung! Da steht's doch groß und deutlich – Kabinett Brüning!« Fragend sah sie ihn an. Er machte eine wegwerfende Geste und spähte fortwährend durch das Fenster.
»Jaja, gar nichts passiert! ... Das kennt man schon! ... Du in deiner Naivität kannst natürlich nicht zwischen den Zeilen lesen! Wart erst ab, warte ...«
Doch er konnte schauen und schauen, die Dorfstraße blieb unverändert. Gleichmütig fuhr der Gschwendtner den Mist aus. Die Magd stand auf dem hohen Düngerhaufen und warf feste Gabeln voll auf einen leeren Wagen. Wie immer standen die Bäuerin und ihre großgewachsene Tochter vor den Hackstöcken am Reisighaufen und zerhackten die schweren Tannenäste zu kleinen Prügeln. Ein Kind lief einmal über die Straße und verschwand im

Wirtshaus, kam alsbald wieder zum Vorschein und trug einen vollen, schäumenden Maßkrug vorsichtig vor sich her. Wie jeden Tag kamen Frauen zum Krämer Wagerer in den Laden, und das Glöcklein schepperte. Da! – da kam der Greitler. Allem Anschein nach war er in Bibloch gewesen und hatte sich mit dem Pfarrer besprochen. Er stieß auf den Mesner, der aus seinem Haus trat, um zum Mittagläuten zu gehen. Die zwei Männer redeten schon und stapften langsam fürbaß. Der Inspektor nahm sie scharf aufs Korn. Aha, der Greitler disputierte sehr lebhaft, aha! Nun kamen sie am Fenster vorüber, und Sittinger spitzte die Ohren wie ein lauernder Luchs.
»Nein, nein, das geht nicht mehr!« hörte er Greitler. »Wenn beim nächstenmal nicht alle Bienenzüchter vollzählig erscheinen, gibt's keine Rücksicht mehr ... Wenn einer seine Pflicht und Schuldigkeit nicht tut, wird er einfach ausgeschlossen.«
Enttäuscht wandte sich Sittinger vom Fenster ab. War denn das, was ihn seit jener Drohung Schlichts geradezu auf die Folter gespannt hatte, nur eine Wahnvorstellung?
Er lauerte einen Tag, zwei Tage, eine ganze Woche, viele Wochen.
Vergebens! Nichts, gar nichts ereignete sich. Alles blieb beim alten und gewohnten. Jeder Tag war wie gestern. Dieses Dorf, diese stille, weitgespannte Gegend, sie schienen wahrhaftig gar nicht zu Deutschland zu gehören, überhaupt nicht zur fiebernden Welt, die – wie er doch beständig aus der Zeitung las – überall von Gärungen und Wirtschaftskrisen durchrüttelt wurde.
Das beruhigte den Inspektor nicht etwa. Das kränkte ihn. Der kräftige Auftrieb des Frühjahrs entfaltete sich währenddessen. Der Himmel brach weit auf. Sein frisches Blau verdrängte die Wolken. Die ersten Amseln trillerten im verjüngten Gebüsch, dann kamen die Lerchen, und

schließlich schmetterte an jedem Morgen das emsige Vogelkonzert. Wie neubelebt reckten sich die erstarrten Bäume und bekamen Blätter, die größer und größer wurden. Die kleinen, harten Knospen platzten und waren eines Tages Blüten.

»Notverordnung«, las Sittinger in der Zeitung. »Ernstes Verantwortungsgefühl und restlose Opferbereitschaft« forderte die Regierung von der deutschen »Gesamtöffentlichkeit« und von jedem einzelnen Staatsbürger. Einschneidende Maßnahmen kündigte sie an, Beschneidung der Arbeitslosenunterstützung und Einschränkung der Witwen-, Alters- und Waisenrenten.

»Die deutsche Nation steht vor einer schweren Entscheidung. Entweder Untergang oder Rettung aus der Krise und allmählicher Aufstieg«, hieß es in dem Leitartikel. Aber hier in Aubichl und Bibloch merkte man nichts davon.

Sittinger bekam plötzlich eine unerklärliche Wut, schüttelte sich, zerknüllte die Zeitung und warf sie in die Ecke. »Alles Schwindel und Phrase!« knirschte er, reckte sich zusammenraffend und tauchte wieder auf der Straße auf. Manchmal glaubte er freilich, es sähe ihn ein hinterhältiger Blick an, in welchem eine geheime Rachsucht glänzte. Doch auch das war dümmste Täuschung, lächerlichste Anwandlung einer verwirrten Feigheit, gestand er sich mannhaft, denn einmal fragte ihn der Krämer Wagerer, zu dem er jetzt öfter in den Laden kam, um einige Glas Kornschnaps oder Kognak zu sich zu nehmen: »Waren S' jetzt immer krank, Herr Inspektor? ... Was hat Ihnen denn gefehlt, daß man Sie gar nicht mehr gesehen hat?« Halbwegs betroffen schüttelte er den Kopf und antwortete: »Jaja, man wird eben alt ...«

»Jaja, Sie! ... Es gibt so Leute, für die ist der Winter das reinste Gift«, meinte der Wagerer und dienerte. »Aber der Herr Inspektor sehn sehr gut aus. Sogar voller.«

»Hm, Sie haben's schön, Wagerer«, wurde Sittinger zugänglicher. »Sie haben einen gesunden Beruf, aber wenn Sie einmal dreißig Jahre Beamter gewesen wären? Immer das Sitzen! Dieses ungesunde Zimmerhocken und Sitzen ... Ich kann Ihnen sagen, da spöttelt man über die sogenannten Staatshämorrhoidianer – ich sag Ihnen, diese Berufskrankheit ist das grausamste Martyrium ... Ich kann ein Lied davon singen.«

Sofort wurde der Wagerer interessiert.

»So, so, Hämorrhoiden? ... Hämorrhoiden haben Sie? Da erbarmen Sie mich«, sagte er teilnehmend. »Das hat mein Vater selig gehabt ... Oft hat er gar nimmer gehn können ... Jetzt wissen Sie, was dafür gut ist? ... Jeden Tag in der Früh ins eiskalte Salzwasser sitzen ... Hübsch lang ... Da zieht sie's zusammen.«

Solche einfachen Gespräche wiederholten sich oft. Sittinger wandte auch wirklich einmal die angeratene Kur an, konnte aber alsdann vor Schmerzen fast drei Tage nicht mehr aus dem Hause gehen. Als er dem Krämer davon erzählte, bekam dieser ein noch argloseres Gesicht, tat baß verwundert und drehte sich um nach der Schnapsflasche. Dabei verbiß er ein schadenfrohes Kichern und sagte, ein neues Glas eingießend: »Hm, jaja, Schmerzen macht das schon, aber es soll heilen ... So alte Volksmittel, die kann nicht jeder aushalten.«

»Das sind ja Roßkuren, reine Roßkuren!« lächelte Sittinger. »Das kann vielleicht ein primitiver Mensch aushalten, aber nicht ich ...«

»Prima – primet – primitiv? Was soll jetzt das bedeuten?« erkundigte sich der Wagerer mit einfältiger Unschuld. Das schmeichelte Sittinger.

»Primitiv? ... Na, einfach, urgesund, verstehen Sie? Absolut unangekränkelt von jeder sogenannten Bildung ... Keine Nerven, kein Schmerzempfinden, eisern innen und außen, fast wie ein Vieh«, belehrte er den wißbegierigen

Krämer und setzte leger hinzu: »Na, wie eben da auf dem Lande alle Leute sind ...«

»Jajaja, gesund, gesund sind wir schon ... Absolut, jajaja«, stimmte der Krämer schlau entgegenkommend zu. Dieser Mann gefiel dem Inspektor. Zu ihm gewann er mit der Zeit Vertrauen, und ganz unauffällig orientierte er sich bei ihm über die verschiedenen »besseren Herren«, die sich hier in dieser friedlichen Gegend eingenistet hatten und aus Langeweile oder aus noch verwerflicheren Motiven die Leute verhetzten und verwirrten. Sie und nur sie allein waren die eigentlichen Bazillenträger jener verhaßten »Epidemie, die die Hirne verblödete«. Das war unschwer zu erkennen. Keinen Landmenschen interessierte das Getriebe der Welt. Es gab nur wenige, die die Zeitung lasen. Ja, vielleicht, wenn von einem neuen Zeppelin oder von einer Ozeanüberquerung mit dem Flugzeug etwas drin stand, wenn irgendwo eine Mutter zwei Paar Zwillinge oder ein Kuh ein Kalb mit zwei Köpfen zur Welt gebracht hatte, und vielleicht noch landwirtschaftliche Ereignisse, das verfolgten diese ruhigen, unangefochtenen Menschen. Aber wer augenblicklich regierte, wie der neue Kanzler hieß, das wußten sie oft gar nicht. Jeder hatte seine Arbeit, war billigerweise auf seinen eigenen Vorteil bedacht, respektierte das Gesetz nur soweit, als unbedingt notwendig, und scherte sich um sonst nichts.

»Ah, der Schlicht!« sagte der Wagerer herabmindernd. »Ah, der narrische Depp mit seinem Militärspielen, ha! ... Vor dem Mannsbild, vor dem traurigen, haben doch bloß die paar Lausbuben Respekt, weil er sich mit ihnen abgibt ... Ein richtiger Mensch nimmt den kindischen Kerl doch nicht ernst ... Und überhaupt – unter uns gesagt, Herr Inspektor, wann er sich schon als Hauptmann soweit herabgibt und überall Schulden macht, pfui Teufel!«

Den Oberstleutnant Grimmenmoser rügte er weiter nicht. »Na ja, ein Militärschädel ist er ja auch, aber er zahlt sein Sach ... Ist ja auch schon ein alter Krauter.« Auch am Muggenthaler hatte er nicht viel auszusetzen, nur daß er deswegen überall spende, um möglichst oft genannt zu werden. Außerdem sei er in bezug auf die Kellnerinnen ein »ausrangierter Tapper«, dem seine Alte zuwider wäre. Der Greitler wurde allgemein als ein schlauer Fuchs angesehen, der mit seiner etwas lächerlich-wichtigmacherischen Vereinsmeierei ganz genau wisse, was gut und was abträglich für ihn auslaufen könne.

»Und der Baron? ... Jaja, der Baron, der ist ein Ding für sich ... Der spinnt eben! Ich kann ihn ganz gut leiden ... Einmal wird er halt sein ganzes Geld versoffen haben, dann schmeißt ihn die Gemeinde schon 'naus«, schloß Wagerer.

»Und ich? ... Was sagt man so über mich?« fragte Sittinger neugierig.

»Sie, Herr Inspektor, Sie sind ein reeller Mensch ... Da gibt's gar nichts zu reden«, versicherte ihm der Krämer bieder. Das hörte sich ehrlich an. Zufrieden trank Sittinger sein Glas aus.

»Man kennt die Landleute bloß nicht«, sagte er später zu Malwine. »Meiner Meinung nach sind sie der beste Teil der Menschheit ... So ein Mensch wie der Wagerer zum Beispiel ist mehr wert als diese ganzen besseren Herrn.« Nicht weiter verwunderlich also, wenn er immer öfter in den Krämerladen kam, und wenn seine Besuche sich immer mehr in die Länge zogen. Der Wagerer goß ihm fleißig Schnaps ein.

»Sie, Herr Inspektor?« wandte er sich einmal vertraulich an den Nachbarn.

»Ja, bitte?«

»Ich habe gehört, Sie kennen den Herrn Baron so gut.« Der Krämer rückte mit der Sprache heraus und machte das einnehmendste Gesicht von der Welt. »Wissen S', der soll doch soviel Kognak trinken ... Ich könnt' vielleicht

auch damit aufwarten, wann S' so gut wären und ein gutes Wort für mich einlegen täten ...«
Es tut immer wohl, wenn man von einem unterwürfigen Menschen bestätigt bekommt, wie einflußreich und überlegen man ist. »Na«, sagte Sittinger, »das wird zu machen sein ...« Er überlegte kurz, nickte noch einmal und meinte: »Der Baron ist ja so ein nobler Mensch ... Und wann ich ihm was sag, hört er drauf.« Freilich, so einfach, wie er es ausmalte, war das nicht. Er mußte deswegen unbedingt in die »Rüdesheimer Weinstube« nach Amreiten hinübergehen, denn nüchtern auf der Straße ließ sich mit von Ravél nichts anfangen. Er dachte mit einigem Schauer an die letzte Begegnung mit Hauptmann Schlicht dort drüben. Doch seine aufgeschmeichelte Eitelkeit siegte zum Schluß über all diese Bedenken.
»Ich laß mir von dieser Sippschaft keine Vorschriften machen!« begann er am anderen Tag gegen Abend in seiner Stube zu wettern. »Dieser windige Schlicht! Ha, wär ja noch schöner!« Er redete sich gleichsam Mut zu, und Malwine begriff nicht. Sie vermutete dunkel, er habe mit dem Hauptmann einen unliebsamen Streit gehabt, und hatte schon eine Frage auf der Zunge. Doch Sittinger ließ es gar nicht dazu kommen und polterte weiter: »Reines Verbrechertum ist das, was der Kerl treibt ... Alle Bauern beklagen sich, weil er jedem Knecht und Burschen den Kopf verdreht ... Zur Arbeit taugen sie überhaupt nichts mehr und bilden sich lauter so dummes Zeug ein ... Die ganze Jugend verhetzte dieses Subjekt! Und bei uns Alten will er's mit der Einschüchterung versuchen! ... Ha, das wird man ihm aber noch austreiben, dem Großsprecher, dem widerwärtigen!« In eine wilde Entschlossenheit hatte er sich hineingesteigert. Die Fäuste ballte er plötzlich.
»Hast du denn irgendwas gehabt mit ihm?« konnte seine Frau endlich fragen.

»Ah! *Ich?* ... Gehabt? Ich streite überhaupt nicht, das weißt du! Und solche Subjekte sind mir viel zu minderwertig«, warf er hin und legte seine Regenpelerine um die Schultern. »Meiner Meinung nach sind solche Faulenzer, so nichtsnutzige Schuldenmacher der größte Schaden für uns und für die Bevölkerung da heraußen! Dem gehört schon lange das Handwerk gelegt! Man müßt von Haus zu Haus gehen und vor ihm warnen ... Glatt aus dem Dorf gehört er hinausgetrieben, der Kerl! Dann hört sich das saudumme Politisieren gleich auf! Erst dann wird wieder Ruh ...«

»Aber Anton, du hast dich doch früher nie in politische Sachen hineingemischt?« meinte sie besorgt. Er blickte sie mannhaft an.

»Früher?! Da war's auch nicht notwendig! Jetzt ist das ganz anders! Jetzt geht's direkt um uns! Um uns ganz privat!« erwiderte er geheimnisvoll und schloß resolut: »Wenn sich der biedere, anständige Bürger nicht wehrt, kommen wir immer wieder ins Schlamassel!« Er nahm seinen Stock und stieß ihn hart auf den Stubenboden. Dann ging er.

Unruhig grübelte Malwine eine Zeitlang in sich hinein. Was war bloß auf einmal in Anton gefahren? Irgend etwas mußte er ihr schon seit langem verschweigen. Was hatte er eigentlich gegen Hauptmann Schlicht? Das war doch ein sehr nationaler Mann?

Sie konnte nichts Nachteiliges an ihm finden. Öfter war er ihr schon begegnet und stets freundlich gewesen. Einmal, zufällig beim Heimgang vom sonntäglichen Hochamt, hatte er sogar galant zu ihr gesagt: »Gnädige Frau, das Landleben scheint Ihnen sehr gut anzuschlagen ... Sie verjüngen sich von Tag zu Tag.« Außerdem war Schlicht der einzige, welcher der zurückgebliebenen Bevölkerung endlich beigebracht hatte, daß »an allem bloß der Jud schuld sei.«

Sie vergegenwärtigte sich den hageren Hauptmann, und – seltsam – er bekam eine kleine, entfernte Ähnlichkeit mit Eibenthaler. Eine undeutliche Wohligkeit durchfloß sie. Die Gesichter und Gestalten der beiden Männer verschwammen. Sie nahm ihre Geldbörse und nestelte einen zerknitterten Brief heraus. Jenen, den sie damals, als ihn Anton nach dem Lesen wutschnaubend zerknüllte und zerriß, wieder aus dem Kohlenkübel genommen, glattgestrichen und sorgfältig mit durchsichtigem Papier zusammengeklebt hatte.

»Liebe Malwine«, las sie, und ein spätes, wehmütiges Glück durchrieselte ihren Körper. Merkwürdig dauerhaft bleibt die Verliebtheit alternder Frauen. Allmählich verdichten sich die verwehten Erinnerungen daran zum inneren Kult.

Wo er jetzt sein wird, der Franz? träumte sie melancholisch. Vielleicht ist er schon tot? Gefallen im Rhein- oder Ruhrkampf fürs Vaterland ...

Ihr Herz wurde warm und schwer. Ihre Augen saugten sich an den ausgeblichenen Buchstaben des Briefes fest. Jeder Zug, jede Unregelmäßigkeit, das winzigste Häkchen, jeder nichtssagende Punkt, waren ihr vertraut. Dennoch überflog sie vieles und schien nur das zu sehen, was ihrem Gefühl entgegenkam: »Trotz allem muß ich Dir schreiben.«

Dir! Dir!

»Im Kampf um Deutschlands Befreiung und Ehre ... geht es gegen den Franzosen und die jüdische Weltherrschaft ... Ich bin guten Mutes und sage Dir Lebewohl – wie immer Dein Franz ...«

»Dir ... Lebe wohl ... *Dein!!«* Wie unsagbar hingegeben das klang.

Auf einmal floß über ihre Lippen das Wort »Franz ...!« Es klang leise und schmachtend wie eine seufzende Bitte ...

Beim Krämer Wagerer drüben zirpte jetzt das Ladenglöcklein, und sie erwachte beinahe erschrocken aus ihren Träumen. Sie stand auf und ging in die Küche hinaus, um das Sauerkraut auf den Herd zu stellen.

Was Anton nur gegen Schlicht hat? Er ist doch auch gegen die jüdische Weltherrschaft, dachte sie.

Es war schon Nacht. Die Regentropfen trommelten leise und regelmäßig an die dunklen Fensterscheiben.

Sittinger traf den Baron wie gewöhnlich an. An einem anderen Tisch in der verräucherten Weinstube saßen zwei jüngere Männer mit Breecheshosen und hohen, glänzenden Reitstiefeln; sie redeten manchmal raunend aufeinander ein. Er beachtete sie anfänglich nicht und versuchte in einem fort, seinem Stammtischfreund klarzumachen, weshalb er so lange nicht mehr dagewesen sei und was der unscheinbare Krämer Wagerer für einen ausgezeichneten Kognak habe. Er merkte nicht, daß der Wirt, als er dies vernahm, eine sichtlich verstimmte Miene bekam.

»Hat denn der Wagerer Ausschankkonzession, Herr Inspektor?« erkundigte er sich unvermittelt von der Theke aus. Sittinger drehte sich um und war ein wenig baff.

»Tja, hm ... Höchstwahrscheinlich! Sonst tät doch nicht jeder Mensch zu ihm kommen«, antwortete er.

»So, so! So, hm«, machte der Wirt nur noch. Da hörte Sittinger den einen der Männer am Nebentisch die Fanny fragen: »War überhaupt Hauptmann Schlicht schon wieder mal da?« Und das blieb in ihm stecken.

»Jaja, er kommt in der letzten Zeit sehr oft«, sagte Fanny. »In Aubichl gefällt's ihm, scheint's, nicht mehr.«

Der Angesprochene beugte sich mehr über den Tisch und meinte: »Schlicht macht gute Arbeit ... Tüchtiger Parteigenosse.«

»Na, hat ja auch schnell Karriere gemacht«, murmelte der andere. »Soll ja jetzt die SA-Führung für den ganzen Gau kriegen.«

»Interessant, hm! ... Kinder, Glück muß der Mensch haben!« schloß der Nebenmann.
In Sittinger fing jedes dieser Worte langsam zu brennen und zu stechen an. Nur mit größter Mühe konnte er seine Unruhe niederkämpfen. Er bereute bitter, daß er hier herübergekommen war. Eine rätselhafte Angst beschlich ihn auf einmal. Der Wein schmeckte ihm nicht mehr. Er schwor sich, nur noch zu Wagerer zu gehen. Die Politik, dieses unfaßliche Etwas, stand wieder greifbar drohend um ihn.
»Tja, ich wollt dir das bloß gesagt haben, Gustav Heinrich ... Probier's einmal«, sagte er um einen Ton gedämpfter. »Du wirst sehen, der Kognak vom Wagerer enttäuscht dich nicht ... Ich bin ...«, er lugte geschwind nach der Theke. Der Wirt war in die Küche gegangen. »... fast jeden Tag bei meinem Nachbarn«, wagte er jetzt erst zu schließen.
»Abgemachte Sache, Anton! Ehrensache!« knatterte von Ravél laut, daß der Inspektor ein peinlich bestürztes Gesicht bekam.
»Leider, leider – heut muß ich heim, entschuldige, Gustav Heinrich!« sagte er, rief die Wally und bezahlte.
»Wiedersehen, Anton! ... Fahr in den Orkus, du gottverlassener Ehekrüppel!« Der Baron drückte ihm die Hand und Sittinger plagte sich, darüber freundlich zu lächeln. Ziemlich kühl wünschten ihm der Wirt und die Kellnerinnen eine gute Nacht. Er war froh, als er im Freien war, und atmete tief auf. Sogleich beschleunigte er seine Schritte.
Der Himmel hing dunkel über den Feldern, als Sittinger aus dem Bezirksort hinauskam. Der aufgeweichte Straßenkot knirschte unter seinen schweren Stiefeln. Es regnete monoton.
»Gott sei Dank, es wird Sommer«, murmelte der Dahinwandernde. »Da hat kein Mensch mehr Zeit für die Politik

des Herrn Schlicht.« Düstere Vorstellungen durchzogen sein Hirn. Trotz seines schlechten Rufes gewann dieser aufsässige Hauptmann unauffällig an Macht. Seine Hetztätigkeit wurde zur Landplage. Vor einem Jahr noch, da kannten die Leute kaum den Namen Hitler. Jetzt prangten an den Hauswänden und Tennentoren, auf den Gartenzäunen und Wegweisern Hakenkreuze. Wie eine schleichende Pest war der Nationalsozialismus aus den Städten aufs flache Land geronnen. Da und dort in den Wirtshäusern unterhielten sich die Bauern schon über die »Nazi-Bewegung« und über die »Judensippschaft«.

»Jaja, der Hitler, der hätt schon das Richtige«, meinten selbst die politisch Uninteressierten unter ihnen.

Ausgerechnet in dieses Wespennest hab ich mich 'reinhocken müssen, sagte sich Sittinger, als er die ersten Aubichler Häuser erreichte. Er sah auf die verhängten, gelbleuchtenden Fenster des Wäscherhäusls hinüber. Da drinnen saß jetzt sicher der Hauptmann und tüftelte neue Finessen aus. Vielleicht notierte er sich auch grad die Namen der ortsansässigen Hitlerfeinde. Gelb und höhnisch und böse schauten diese kleinen Fenster in die tropfende Dunkelheit.

Malwine wunderte sich, daß ihr Mann so nüchtern und so früh zurückkam. Zugleich freute sie sich darüber. Nur daß er so einsilbig war, gefiel ihr nicht.

Am anderen Tag kam der Gendarm von Amreiten in den Wagererladen. Sittinger sah es und wurde jäh gespannt. Er ging nicht weg vom Fenster, und als nach einer guten Weile der Gendarm wieder auftauchte, suchte er sofort seinen Nachbarn auf.

»Was war denn jetzt das, Herr Wagerer? Was hat denn der wollen?« fragte er hastig. Aber die Miene des Krämers beruhigte ihn.

»Ha – hm, von einer unbekannten Seite, sagt er, von so einem siebengescheiten Herrn ist eine Anzeige gemacht worden, ob ich vielleicht Schnapskonzession hab«, meinte er wegwerfend hämisch. »Gefragt hat er, ob's wahr ist, daß bei mir Gäste auch nach Ladenschluß zum Schnaps da sind!« Sittinger wußte alles. Ein hitziger Strahl schoß in seine Herzgegend.

»Hahaha, man hat also so seine guten Freunde rundherum ... Ich brauch, scheint's, gleich gar keinen Verdienst mehr ... Da ist er aber sauber ausgerutscht, der Herr Gendarm! Die Konzession ist schon seit meinem Vater selig auf dem Geschäft«, redete Wagerer weiter, und dem Inspektor wurde leichter.

»So schäbige Angeber, pfui Teufel!« knurrte er teilnahmsvoll. Der Krämer beugte sich weiter über die Ladenbudel und sagte leiser, aber mit einem vieldeutigen Lächeln: »Hm, wissen S', Herr Inspektor, ich weiß schon, woher der Wind pfeift ... Ich bin nicht aufs Hirn gefallen ... Jaja, wann der kleine Mann auch einmal so einem feinen Herrn sagt, er soll so gut sein und seine Schulden zahlen, alsdann ist der Teufel los ... Ich kenn meine Pappenheimer! ... Der traurige Hauptmann vom Wäscherhäusl hat gemeint, er kann mir was einbrocken ... Naja, ich will mir's merken ...«

Sittingers Augen wurden groß.

»Wa-was? Der?« stieß er heraus. »Der Kerl!?« Endlich hatte er einen Verbündeten. Seine Bedrückungen zerfielen, die Ängste zerflatterten, ein warmer Mut stieg in ihm auf. Er streckte dem Krämer die fleischige Hand hin und drückte sie fest.

»Das ist dieses Gesindel, dieses schofle!« brach es aus ihm. »Den kleinen Mann ruinieren, wenn er sich nicht alles gefallen läßt! ... *Das* ist unser Ruin! Diese Sippschaft will wieder das große Wort führen und kommandieren! Der Kleine hat's Maul zu halten! So möchten sie Deutschland wieder haben, die Militärschädel, die windigen! Der Teufel soll sie alle holen, diese Lumpen!«

Der Krämer stimmte zu und zu. Das war auch seine Auffassung. Sie verstanden sich.
»Und mit dem Baron hab ich schon gesprochen, Wagerer ... Ich hoff, er läßt sich bald sehn ... Jetzt grad mit Fleiß!« verabschiedete der Inspektor sich. »Jetzt erst recht trink ich meinen Schnaps bloß mehr bei Ihnen!«
Empörung und Begeisterung funkelten in ihm. Wie Öl troff darin sein Haß gegen Schlicht. Ohne daß er's wußte – jetzt, dieses kleine Geschehnis hatte ihn unfaßbar aufgepulvert. Bislang war ihm die Politik zuwider gewesen. Er schob sie weg. Er fürchtete sie. Nun stand er plötzlich mitten in ihr, schier wie ein Kampfhahn in der Arena.

XI

Nun ist es ja ganz schön und recht, wenn ein Mensch sich in die Politik begibt. Aber das setzt gewöhnlich voraus, daß er weiß, was er will. Er muß sich darüber klarsein, auf welcher Seite er steht, welche Partei ihm gefühlsmäßig entgegenkommt und seine ungefähren Interessen verficht. Er tritt gleichsam aus seiner privaten Vereinsamung heraus, spürt schon beim ersten geringen Anlaß, daß er allein nichts erreichen kann und sucht Verbündete.

Sittinger verfolgte von jetzt ab die Zeitungen noch viel aufmerksamer. Es handelte sich dabei um jenes alteingeführte Tagblatt, das jedermann in Stadt und Land schon deswegen bezog, weil es alle amtlichen Anzeigen und die meisten Inserate hatte und im Gegensatz zu den anderen Blättern das beste Einwickelpapier abgab.

Sein sonstiger Inhalt war bieder und neutral, so wie ihn die mit dem derzeitigen Staat einverstandenen Aktionäre verlangten. Gelangten die Aktienpakete in andere Hände, so veränderte sich auch die Richtung, doch das merkten die Leser nicht, und es interessierte sie wahrscheinlich auch kaum.

Sie waren die Zeitung gewohnt. »Unabhängiges, parteiloses Tagblatt« stand nach wie vor unter dem eigentlichen Titel, und das war ihnen genug. Auch Sittinger behagte das. Er haßte die Parteien.

»Ich bin ein unabhängiger Mensch«, pflegte er zu sagen. »Meine politische Richtung gibt's überhaupt noch nicht. Mein Standpunkt ist einfach der gesunde Menschenverstand.«

Ihm war auch der Staat nicht recht, die Regierung genausowenig, und er schimpfte über die Sozialdemokraten und die Pfaffen, über die Junker und Industrieherren, am allergrimmigsten aber über die Nationalsozialisten.

»Ob Jud, ob Christ, ich dreh die Hand nicht um!« polterte er. »Der Mensch bleibt, was er ist, ein dummes, niederträchtiges, neidisches, gieriges, grausames, feiges ...«
»Na, na, was hast du denn noch alles?« fiel ihm Malwine ins Wort.
»Der Mensch steht viel tiefer als das Tier ... Das Tier hat wenigstens noch so was wie eine gesunde Vernunft«, meditierte er weiter. »Ein Tier bleibt friedlich, wenn es nicht angegriffen wird. Es lebt ruhig neben den anderen Tieren, frißt, pflanzt sich fort und will über keinen herrschen. Es ist nicht hinterhältig und gemein und hat keine fixen Ideen. Es ist von Grund auf natürlich ... Wird vielleicht ein Löwe seinen Nachbarn zerfleischen, weil er zufällig lauter brüllen kann? Hast du schon einmal gelesen, daß eine Eelefantenherde, die in ein Reisfeld einbricht, die anderen Elefanten, die schon drinnen sind, angreift? Sie denkt nicht dran! Jeder Elefant wird schauen, daß er noch was erwischt, fertig ... Und was machen die Menschen? Einer lauert bloß, wie er den anderen überlisten kann ... Das Geld haben sie erfunden, Gesetze haben sie ausgetüftelt gegeneinander, auf einmal haben sie Grenzen gezogen, und wer drüberhalb war, der war ein schlechter Kerl, ein Feind ... Und nachher sind die Kriege gekommen, das raffinierteste Massenmorden, das es gibt ... Freilich, gemütlich, ruhig und rechtschaffen zusammenleben, das mag kein solches Subjekt ... Wer heutzutage *dafür* ist, der kommt in Verruf ... Wirklich, wenn man nachdenkt, graust einem vor den Menschen!« Er hielt inne und schaute in die Luft. »Wenn's wirklich einen Gott gibt, und wir sind sozusagen sein Ebenbild, gute Nacht, der Gott muß ein schönes Monstrum von Bosheit und Wahnsinn sein.«
»Hm, seltsame Gedanken hast du«, sagte Malwine.
»Ganz natürliche! ... Die einfachsten von der Welt!« widersprach er ihr. »Du kannst bloß nicht denken. Du willst auch gar nicht!«

»Ich denke schon! Nur anders«, gab sie schüchtern zurück. Da lachte er höhnisch. »Ha, ein Weib und denken, ha! ... Anders? ... Das ist kein Denken, das ist Unsinn!«

Es war ein leicht durchregneter Aprilsonntagnachmittag. Drunten am Dorfplatz wurde es auf einmal lebendig. Aus allen Türen traten die Leute, von allen Seiten kamen halbuniformierte Burschen und Knechte zusammen, mit braunen Hemden und ebensolchen Mützen. Einige trugen blinkende Musikinstrumente, und ein Trommler stellte sich breitbeinig hin. Die Dorfjugend umzäunte den Haufen. Von lauten »Heil«-Rufen begrüßt, kam der Hauptmann Schlicht aus dem Wirtshaus, grüßte lachend und kommandierte. Der Haufen nahm militärisch-stramme Aufstellung, eine flammendrote Hakenkreuzfahne wurde in die Luft gestoßen, und die voranschreitenden Musiker schmetterten in ihre Trompeten.

»Marsch!« krächzte Schlicht, und der Zug marschierte nach einer Runde auf dem Platz durch das erheiterte Dorf. Die Kinder schauten spöttisch zu, antworteten nicht und blickten gleichgültig bei dem unausgesetzten »Heil«-Geschrei. Nur einige Mägde und Bauerntöchter hoben manchmal lässig den Arm und lachten ermunternd.

»Was ist denn das wieder für ein Rummel?« brummte Sittinger. Malwine war ans Fenster getreten und sah in gehobener Stimmung auf die Vorbeimarschierenden.

»Dieser Schlicht! Der Lump!« zischte Sittinger und fuhr sie an: »Geh weg! Der meint womöglich noch, wir applaudieren! ... Weg, sag ich! Weg!!«

»Heil! Heil Hitler! Heil!« plärrte es scheppernd draußen, und Malwine entdeckte gerade noch, wie Schlicht hämisch dreinblickte, wie etliche mit erhobenen Fäusten gegen die Fenster drohten. Die Tritte dumpften, und ins Schmettern der Musik mischte sich rauhes Singen: »Die Fahne hoch – die Reihen fest geschlossen!«

Es rann weiter, das Dorfberglein hinunter, Bibloch zu.

Jetzt erst wagte Sittinger aufzustehen und fragte wiederum: »Was soll denn das zu bedeuten haben? ... Da muß doch was Besonderes passiert sein?« Malwine wußte auch weiter nichts. Sonntags holte der Gschwendtnerbub die Zeitung auf der Post und brachte sie erst gegen Mittag. Da stand drinnen, daß der Nationalsozialist Frick in Thüringen Innenminister geworden war. Aber das lasen ja nur jene Leute, die so etwas überhaupt ernst nahmen: Sittinger, Malwine, der Schlicht und die anderen sogenannten »Zugereisten«. Die eingesessenen Bauern und Handwerker im Aubichl-Biblocher Geviert interessierten sich nicht dafür, sie hatten grundandere Interessen und Ansichten. Sie dachten langsam, waren tief mißtrauisch gegen alles, was nicht sie direkt betraf, und sie handelten nach einer eigenen, sehr listigen Logik, die ein Fremder nie begreifen konnte. Für die Dörfler wurde erst dann etwas wichtig, wenn sie sahen, hörten und spürten. Dann schauten sie zuallererst einmal genau hin, wer denn der Urheber dieses »Etwas« war, und fragten sich gelassen und nüchtern: »Haben wir einen Vorteil davon?« Das war bei ihnen seit Urväterzeiten schon so. Ganze Zeiten lang hatten sie sich neben der üblichen Religion an die Monarchie gewöhnt, als aber – wie sie sich ausdrückten – »die Revolution den König abgeschafft hatte«, trauerten sie ihm nicht sonderlich nach. Es blieb zwar ein dünner Bodensatz von monarchistischer Gesinnung in ihnen, weiter aber nichts, denn die Republik hatte immerhin den Krieg beendet und dem Bauern bis jetzt nicht weh getan. Es ließ sich halbwegs auskommen mit ihr. Politik war für die Landleute seit jeher etwas Weitabliegendes, etwas, das mit ihrem Leben und Trachten nicht das mindeste zu tun hatte, etwas Fremdes, ja, sogar Feindliches, ein unkontrollierbarer Schwindel der »besseren Leute«, die die harte Arbeit nicht kannten und bloß ab und zu versuchen wollten, die Bauernschaft für ihre Zwecke auszunützen. Geruhig hörten die Bauern die verschiedenen Parteiredner, die in Wahlzeiten auf die Dörfer kamen, an. Sie gaben ihnen auch hin und wieder recht, aber sie blieben bei der Meinung, die ihnen als nützlich erschien. Jedenfalls aber hatten sie gegen Menschen ohne schwielige Hände, die weder ihre Sprache redeten, noch ihre Gewohnheiten hatten, eine verschwiegene, unausrottbare Abneigung.

Durch Reden und Zeitungen oder mit so lärmenden Aufzügen, wie der Schlicht sie inszenierte, war bei den Aubichl-Biblocher Bauern nichts zu erreichen. Im Gegenteil, sie sagten ziemlich herablassend und spöttisch: »Ah, der abgetakelte Militärschädel, der! Der kann halt das Kommandieren nicht lassen und will sich, scheint's, wieder einen einträglichen Posten verschaffen, der Windbeutel, der notige! ... Bei uns hat er da kein Glück! Wir riechen schon, wo er hinaus will!« Sie fanden auch weiter nichts Arges daran, daß die jungen Burschen und Knechte für die »Soldatenspielerei« eingenommen waren. Der Gschwendtner meinte: »Na ja, wenn die jungen Knöpf bei der Arbeit genauso schneidig bleiben, alsdann hat's ja nichts auf sich.« Sie beurteilten den Aufmarsch ungefähr wie eine lustige, unterhaltsame Gaudi. Das änderte sich freilich in der darauffolgenden Nacht ein wenig.

Im Gasthaus zur Post in Bibloch nämlich hatten die Mannen Schlichts eine laute Feier veranstaltet. Der Hauptmann hielt dabei eine schneidige Rede und drohte: »Langsam und zäh schreiten wir mit Hitler zum Sieg! Wer nicht mit uns ist, der wird weggefegt. Ich möchte es verschiedenen sagen, jetzt ist's noch Zeit, sich unserer nationalen Bewegung anzuschließen!« Spät nachts hatte es im Dorf Spektakel gegeben. Die besoffenen Burschen entdeckten einige sozialdemokratische Klebezettel an den Telegrafenstangen und Hauswänden, die am Nachmittag fremde Radfahrer angebracht hatten. Die Burschen brüllten mordsmäßig und rissen unter wilden Drohungen die Zettel ab, malten große Hakenkreuze an die Wände und schreckten durch ihr Lärmen die Schläfer auf, die aus den Fenstern herausschimpften. Die Aubichler waren verärgert. Der Gschwendtner jagte einen Knecht aus dem Haus, weil er in der Frühe aus seinem Rausch nicht heraussah und aufsässig streiten wollte. Sittinger kam zum Wagerer und war blaß.

»Einen doppelten Korn ... Mir ist schlecht«, sagte er düster und eingeschüchtert. »Hm, schlafen hab ich überhaupt nicht können von dem Radau.« Er schüttete den Schnaps schnell in sich hinein und verlangte noch einen.

»Ha, die Rotzbuben! ... Ist ja das reinste Fastnachtspiel!« meinte der Wagerer unerregt. »Jetzt hat er halt einmal wieder Geld, der Schlicht ... Einen Brandrausch soll er gehabt haben.«

»Sie«, sagte Sittinger eindringlich, »Sie, wenn sich da die rechtschaffene Bürgerschaft nicht rührt, das wird noch einmal ein ganz gefährlicher Saustall!«

»Ah, vernünftige Leut' machen doch da nicht mit«, erwiderte der Krämer gleichmütig. »Wenn sie's zu bunt treiben, die Lauser, nachher wird ihnen schon der Riegel vorgeschoben.«

»Von wem denn?« fragte Sittinger beunruhigt.

»Von wem? ... Na, da zeigt einfach der Bürgermeister alles an«, sagte Wagerer ruhig. »So junge Knöpf, die werden gleich dasig, wenn einmal der Gendarm kommt.«

»Aber, Sie haben's doch gelesen, in Thüringen ist so ein Nazi jetzt Minister geworden«, redete Sittinger hartnäckig weiter. »Passen Sie auf, auf einmal geht's bei uns auch so, und keinem Hitlermenschen passiert mehr was ... Da müßt, meiner Meinung nach, unbedingt die Bauern- und Bürgerschaft dagegen auftreten.«

»Hamhm, von uns hat doch keiner Zeit«, meinte Wagerer wiederum. »Unsereins ist vier Jahre im Feld gestanden, da hat man für diese Soldatenspielerei nichts mehr übrig ...

Sie, jetzt hat der Schlicht seine Schulden bei mir zahlt, was sagen Sie da? Er selber ist nicht her, er hat die alte Weberin mit'm Geld geschickt ... Er schämt sich, scheint's, doch ... Oder er hat ein schlechtes Gewissen wegen dem Gendarmschicken.«

Diese Abschweifung war Sittinger gar nicht recht. Doch soviel er auch reden mochte, der Wagerer wich immer wieder aus und wollte nichts von einer solchen Politisiererei wissen. Enttäuscht trank der Inspektor sein Glas aus und ging. Daheim, als er so in sich hineindachte, sprang ihn auf einmal ein vages Mißtrauen an. Er warnte sich im stillen: Krämer bleibt Krämer, genauso wie Wirt Wirt! Die Kundschaft will er sich halten, weiter nichts! Es wird gut sein, ich verplappere mich nicht mehr! Weiß der Teufel!

Der Mai prangte blüten- und blumenreich in den Obstgärten und auf den Wiesen. Die Saatfelder wuchsen prall heran, und die Wälder wurden dichter. Der Inspektor versuchte es wieder mit seinen einsamen Spaziergängen. Doch nur selten kam er in eine ausgeglichene Stimmung. Scheu sah er manchmal hinter sich, um sich, und dann umspannte er den gebogenen Griff seines Spazierstockes fester. Oft wurde er tief traurig bei diesem Alleinsein.

Den Menschen ist nicht zu helfen. Sie wollen's gar nicht anders, schloß er seine Betrachtungen. Mit Gewalt schüttelte er die Bedrückung ab und dachte bitterboshaft: Ach was! Ganz recht so! Sollen sie nur wieder in Dreck und Elend und all den unsicheren Wirbel hineinsausen, wenn's nur mich nicht trifft! Dann überlegte er alles mögliche und kam doch zu keinem rechten Resultat. Zuletzt war er noch unsicherer.

Er stand auf einer Lichtung. Der Wald fiel hier hangabwärts und verlief in einem saftigen Wiesental. Drüben die saftgrünen Hügel wellten sich in den klaren Himmel. Von unten herauf drang das gleichmäßige Rauschen eines Baches. Ein Hund bellte.

Er ging willenlos weiter. Durch die weitauseinanderstehenden Bäume schimmerte das kalkige Weiß einiger einsamer Häuser. Das war die Einöde Buchholzen, die er von früheren Spaziergängen her kannte. In einem netten, gepflegten Haus wohnte der Jäger Ritzlinger, daneben der Häusler Hinteregger mit seinen fünf Kindern und den drei mageren Kühen im Stall. Bei dem hatte er ab und zu einen Laib Bauernbrot gekauft, weil das so trocken und roggig echt schmeckte. Dabei war er manchmal mit dem Kleinbauern oder mit der Bäuerin ins Gespräch gekommen. Offene, freundliche Leute waren es. Der Ritzlinger hingegen gab sich verschlossener, grüßte korrekt und wechselte auch einige nebensächliche Worte, blieb aber immer der gehobene Staatsangestellte.
Als Sittinger aus dem Wald trat, reckten die spielenden Hintereggerkinder jäh die Köpfe, schauten und rannten scheu ins Haus. Der Hund fing wilder zu bellen an und riß an der Kette. Das großgewachsene, schlanke Jägerstöchterlein, das im blühenden Obstgarten Wäsche zum Trocknen aufhing, hielt auch einen Augenblick inne und sah auf den Herankommenden, der schon das schmale Sträßlein, welches an den Häusern vorbeilief, erreicht hatte. Sittinger grüßte, und sie nickte. Er ging über den flachgefahrenen Vorplatz und trat in das niedere Haus. Im dunklen Gang rumpelten die Kinder, auseinandergescheucht wie ein Spatzenrudel, über die knarrende Stiege hinauf.
»Was ist denn schon wieder, Lausfratzen?« Die Bäuerin öffnete die Stubentür und vergaß das Kauen, als sie Sittinger bemerkte.
»Grüß Gott, Hintereggerin ... Bin's bloß ich«, sagte der, und sie ließ ihn in die Stube. Sie und der Bauer machten Brotzeit und grüßten freundlich, ohne dabei im Essen einzuhalten. Sie hockten um den Tisch, verzehrten große Trümmer Brot und löffelten gemeinsam Milch aus einer

irdenen Schüssel. Mit »wie geht's, wie steht's« fing das gemächliche Gespräch an. Der Inspektor setzte sich auf die Ofenbank, und man redete weiter.

»Tha, ja, das was wir jetzt für eine Regierung haben, das ist ja ganz was Unverschämtes ... Da sagen s' ewig, der jetzige Reichskanzler, der ist ein ganz ein katholischer, ein recht ein religiöser Mensch, aber wir spüren nichts davon ... Vorgestern ist vom Finanzamt ein Beamter dagewesen und, sagt er, wenn die Grund- und Bodensteuer nicht in vierzehn Tag zahlt wird, nachher muß er pfänden lassen ... So ein legerer Mensch ist er gewesen, ganz handsam ... Er kann auch nichts dafür, sagt er, er muß's machen, das ist Vorschrift von der neuen Regierung ... Und wenn S' das ganze Haus aussuchen, Herr, sag' ich, Sie finden keinen Knopf Geld, ich hab's einfach nicht ... Ja, sagt er, so was ist ihm nicht neu, das glaubt er mir gern ... Das Elend, sagt er, das wo er heutzutag unter uns Bauern zu sehen kriegt, das schreit zum Himmel ... Und gemeint hat er, eine solchene Regierung, die kann sich nicht lang halten ... Das muß bald ein End haben ... Der Hitler, hat er gemeint, der macht's gleich besser, wenn s' ihn hinlassen ... Der Hitler, sagt er, der ist ganz und gar für uns Bauern ...«

Sittinger schaute in das faltige Bartgesicht des ausgedörrten Häuslers. Gleichmütig sahen die Augen drein. Grob und langsam kauten die malmenden Kinnladen. »Jaja, das hat er gesagt, der Hitler ... Jaja, Hitler soll der Herr heißen«, meinte die Bäuerin und murmelte weiter: »Aber so haben s' ewig gesagt, und nachher ist's erst noch schlechter worden ... Es kommt nichts Besseres nach.«

»Der Hitler, Hinteregger, das ist der Allerärgste ... Der verspricht alles, und halten tut er nichts.« Sittinger konnte sich nicht mehr zurückhalten. »Der? ... Das ist überhaupt gar kein Bayer, das ist ein Ausländer ... Ein Böhm oder ein Österreicher. Man kennt sich nicht aus mit ihm ... Der macht bloß Krawall, und lügen tut er wie gedruckt ... Da,

hm, da hat euch der saubere Herr Beamte was Nettes eingesagt ...«
So heftig hatte er es gesagt, daß die zwei Bauersleute innehielten und ihn fragend anschauten.
»Soso, ein Ausländer ist er? ... Soso? ... Jaa, aber die wo jetzt regieren, die nehmen ja uns Bauern direkt den letzten Pfennig ... Das sind ja ganze Räuber!« meinte der Hinteregger.
»Jaja, beim Vieh müßt er's pfänden«, warf die Bäuerin hin. »Beim Vieh, hat er gemeint, der Beamte ... So weit ist's jetzt schon!«
Darauf wußte der Inspektor auch nichts zu sagen. Ob es denn so schlecht stehe mit ihm, erkundigte er sich beim Bauern, ob er denn nicht vielleicht Geld aufnehmen könnte? Hätte doch geheißen in der Zeitung, zur Entschuldung von Mittel- und Kleinbauernbetrieben seien staatlicherseits gewisse Summen ausgeworfen worden.
»T – ha, ha ... Unsereins und ein Geld kriegen!? ... Jaja, unser Nachbar, der Ritzlinger, ist schon einmal daherkommen und hat gemeint, ich könnt Geld aufnehmen ... Er hat auch so was erzählt, jaja ... Und nachher bin ich zum Herrn Pfarrer nauf ... Ja, sagt er, Hinteregger, das geht ... Und nachher hab ich unsern Bürgermeister gefragt ... Jaja, sagt der, schon, Hinteregger, aber der Haken ist der, das Geld ist sündteuer ... Zehn und zwölf Prozent, sagt er, kost's ... So was kann kein Mensch 'rauswirtschaften ... Er hat mir recht abgeraten, unser Bürgermeister ... Gesagt hat er, Hinteregger, das steht alles aufm Papier und hört sich recht schön an, aber unsereins geht bei so einer Beutelschneiderei glatt zugrund ... Das Geld kriegen bloß die ganz Großen ...« erzählte der Häusler, und Sittinger wurde immer ratloser und kleinlauter.
»Hmhmhm ... Ein Elend! So ein Elend! ... Wo man hinschaut Not und Elend! Zum Grausen!« stimmte er zu.
»Und der Hitler, haben s' gesagt, der will's machen, daß

unsereins überhaupt keinen Zins mehr zahlen braucht«, wußte der Hinteregger. Das pulverte den Inspektor wieder auf.
»Ha, lauter Lug und Trug, Hinteregger! ... Das steht auch bloß aufm Papier! Versprechen kann man alles! ... Das Papier ist ja geduldig!« warf er ein und stand auf. Eindringlich, mit gerecktem Zeigefinger belehrte er die zwei Leute: »Ich bin kein Politiker! Mich kümmert der ganze Schwindel gar nichts, aber *das* weiß ich, der Hitler, wenn der ans Ruder kommt, der ruiniert uns alle! ... Der versteht überhaupt nichts! Ein windiger Malergesell ist er gewesen, und jetzt reißt er 's Maul auf ... Bei so einer schlechten Zeit, da kann's keiner so schnell besser machen ... Der Hitler? Der will bloß seinen schönen Posten, und nachher drangsaliert er den kleinen Mann erst recht.«
»Jaja, jaaaja, so sind s' alle ... Da haben S' wohl recht, Herr Inspektor«, stimmten die zwei Leute zu, und die Hintereggerin packte ihm einen Brotlaib in den Rucksack. Von einem plötzlichen Mitleid ergriffen, gab er ihr fünf Mark dafür und meinte: »Ein bissel was ist's auch, wann ich mehr könnt, ich gäb's gern ...« Häusler und Häuslerin dankten ihm herzlich. Als er aus dem Haus trat, bemerkte er die mageren Kindergesichter platt an die Stallfenster gedrückt. Mit großen, neugierig-scheuen Augen musterten sie ihn. Er ging rasch weiter, noch unsicherer und verwirrter als er gekommen war. Unwillkürlich brummte er vor sich hin: »Also der Brüning ist nichts, der Hitler ist nichts, die Roten mag auf dem Lande überhaupt kein Mensch ... Monarchie will auch niemand mehr! Ob der Staat so oder so heißt, ist egal, wenn er nur eine Besserung der Lebensverhältnisse bringt ... Hm, und keine Partei gibt es, die das wirklich kann. Sie sagen es alle, aber niemand glaubt ihnen mehr ... Hat auch jeder Mensch recht, alle lügen sie! ... Jeder verspricht, und wenn er an der Macht ist, geht's nur ihm gut ... Ihm, ja, und seiner

Clique ... Hm, an wen soll man sich eigentlich halten, an wen?« Seine Gedanken rumorten, und immer tiefer geriet er in diese Ausweglosigkeit. Skeptisch, immer skeptischer dachte er: Hm, Politik, was ist das eigentlich? Nichts weiter als die Fähigkeit, möglichst viele Menschen zu übertölpeln. Sie dumm zu machen! Sie besoffen und blind zu machen, damit sie mitgehen! Mitlaufen wie bei einem sinnlosen Sturmangriff ... Fürs erste braucht es einer gar nicht besser zu machen, glaube ich ... Er braucht nur in allen die Illusionen erwecken, es wird besser. Die dumme Masse braucht bloß wieder Optimismus! ... Op-ti-mismus! Ja, das ist's ... Hm, aber das Leben ist kurz, und die Menschen sind erbärmlich. Sie sind sich selber feind ... Wenn man nachdenkt, wie kann einer da noch optimistisch sein? Er muß lügen und betrügen, daß sich die Balken biegen. Früher oder später kommt man ihm doch auf seine Schliche, und dann gibt's immer wieder ein Debakel für alle. Eine düstere Verzweiflung erfaßte ihn.

»Nein!« stieß er plötzlich laut aus. »Nein, ich mag nichts mehr wissen! Was geht mich der ganze Dreck an!« Er straffte sich entschlossen und merkte, daß er am Waldrand stand. Am Ende der leicht hängenden Wiesen und Äcker lag Aubichl. Warm wehte ihn die Luft an. Die Blumen und blühenden Obstbäume prangten. Die Häuser standen still da wie immer. Verschlossen und sinnend kam er zu Hause an.

Da lagen zwei Briefe. Der eine war ein amtliches Schreiben, worin ihm mitgeteilt wurde, daß auf Grund einer Verordnung der Reichsregierung seine Pension um zehn Prozent gekürzt worden sei.

»Hm, Saubande! Schwindlergesellschaft!« knirschte er. »So eine gewissenlose ... Was schaust du denn? Warum bist du denn so blaß?« Er staunte seine Frau an. Ihr Gesicht war verstört.

»Da, lies doch erst einmal den andern Brief! Alles bricht

auf uns herein«, seufzte sie auf. Er entfaltete den Bogen. Die Beamtenpensionskasse, in die er dreißig Jahre seine Monatsbeiträge abgeführt hatte, erklärte sich außerstande, fernerhin die Rentenbezüge auf gleicher Höhe zu halten, und fragte an, ob er mit einem Drittel zufrieden sei. »Die unerhörte Finanz- und Wirtschaftskrise hat auch unser Institut nahe an den Ruin gebracht. Nur allerstrengste Sparmaßnahmen und die gemeinsame Opferbereitschaft aller unserer altbewährten Mitglieder«, las er und hörte, wie Malwine leise zu weinen anfing. Er geriet außer Rand und Band.

»Opferbereitschaft!« schrie er wie entsetzt. »Ha, ihr Verantwortungsgefühl! ... Räuber, ganz gemeine Räuber sind sie! ... Unser Geld, das Geld der ehrlichen Beamten haben sie verwurstelt! ... Gestohlen! Diebstahl, Raub, Verbrechertum!« Er japste nach Luft. Er griff mit seinen Händen aus und ballte sie: »Mein schwerverdientes Geld! Hin! Weg! ... Ruiniert sind wir! Ruiniert!«

Er schnaubte und starrte. »Tja, ja, das ist doch unmöglich. Das kann doch nicht sein!« Er hatte ein Geschau, als habe ihm jemand einen todbringenden Stich versetzt. »Da – da fahre ich morgen hinein in die Stadt! ... Ich laß mich nicht abspeisen! Das will ich sehen, ob der ehrliche Mann nicht recht kriegt!« polterte er und schimpfte weiter: »Ha, die Krise? ... Da haben sie das richtige Wort gefunden, die niederträchtigen Schwindler, diese Schieberbande! ... Haben *wir* die Krise gemacht? ... Dahinter verkriechen sie sich, die Lumpen, diese Kassenräuber! ... Morgen fahr ich!« Er bebte wie ein Schlagflüssiger, der jeden Augenblick umbrechen kann. Er konnte nicht schlafen und schimpfte die ganze Nacht. Auch Malwine schloß kein Auge. Wie gerädert kroch er in der Frühe aus dem Bett und war immer noch gleich erregt. Er zog seinen besten Anzug an. Da brachte ihm Malwine tränenzerflossen die Zeitung.

»Zusammenbruch der Beamtenbank! Pensionskasse zahlungsunfähig! Wahrscheinliches Eingreifen der Reichsregierung!« stand in Balkenschrift auf der ersten Seite. Er las fliegend und sank auf das knarrende Bett nieder. Schon lange seien Unregelmäßigkeiten vorgekommen, erfuhr er aus dem Bericht. Hunderttausende von Mitgliedern seien zum Teil um ihre letzten Spargroschen gekommen. Eine Kompromißlösung, wonach die Kassenverwaltung ihren Einzahlern ein Drittel der Bezüge vorgeschlagen habe, sei nicht angenommen worden. Das Reich lege sich ins Mittel, und eine amtliche Untersuchung sei im Gange.
Sittingers Gesicht wurde kalkweiß und sehr sonderbar. Er schlug sich mit der flachen Hand auf die Stirn und brummte tonlos: »Ja, hm, ja, bin ich's denn noch?« Er riß die Augen weit auf. »Oder bin ich verrückt? ... Was ist denn das? Diese Schufterei hat mir direkt das Hirn 'rausgewunden ...« Er klatschte und tastete immer wieder auf seine nasse Stirn. Ganz starr blieb sein Blick.
»Hm, ich glaub, es ist aus mit mir, aus«, murmelte er kalt und fühlte seinen Puls. Kaum merklich bewegte er seinen dicken Kopf. »Es ist aus.«
»Anton?« fragte Malwine erschrocken. Er rührte sich nicht. Er schien langsam zu erstarren.
»A-anton? Um Gottes willen, Anton?!« schluchzte sie jäh auf und umschlang seinen reglosen, ungeschlachten Körper. »Anton? ... Nein, nein, nicht, nein! Du! Du!! ... Wir haben ja noch! Wir ... nein, nein! ... Ach, aach, nein, nicht! Lie-lieber Anton! Antonchen? Nein, du! Wi-wir-wir haben doch noch, wir sind nicht ganz verloren, du! ... Anton!« Laut und zerstoßen heulte sie und rüttelte an ihm. Ihr heißes Gesicht drückte sich an das seine. Ihre dicken, hemmungslosen Tränen benetzten seine Backen. Hilflos und verzweifelt streichelte sie in einem fort über sein schütteres, graues Haar. »Antonchen? Lieber, guter ...« Die Feuchtigkeit in seinem Gesicht weckte ihn merkwürdi-

gerweise auf. Er schnaufte wieder. Das riß sie erst recht hin.

»Anton, schau doch! Anton! Wir sind nicht verloren ... Dann muß eben das meine herhalten ... Gern, gern!«

Sie weinte und streichelte noch zärtlicher über die runde Kuppel seines Kopfes. Sie küßte ihn, ohne daß er sich wehrte. Ihre ganze Innigkeit war aufgebrochen. »Schau doch, du weißt doch, zwölftausend liegen noch auf der Bank vom Herbert ...«

»Das kommt mir sofort 'raus! Auf der Stelle!« befahl er plötzlich, und sie atmete erlöster. »Jaja, wie du willst.«

»Alle sind sie Räuber! Jetzt ist's schon so weit, daß man sein bissel Geld wieder im Strumpf verstecken muß! Ganz ausrauben laß ich mich nicht! 'raus! 'raus tust du's!« beharrte er, und sie nickte willenlos. Er richtete sich ächzend auf. Und meine heimlichen achttausend auf der Bodenkreditbank, Gott sei Dank, sie ahnt nichts, durchflog es ihn. Kein Wimperzucken verriet ihn. Wahrscheinlich errechnete er in aller Hast, daß er mit der Pension und diesen Summen immer noch verhältnismäßig sicher zu leben habe, und er gewann wieder männliche Fassung.

»Du siehst, ich hab mich überwunden«, sagte er fast emphatisch. »Ich laß mich nicht vernichten! Aber 'raus muß das Geld, sofort 'raus! Strauchrittertum und Faustrecht, die reinste Anarchie ist angebrochen! ... Untergang, Untergang! Einer frißt den anderen auf ... Keine Rücksicht gibt's mehr bei diesen Zeiten! Schreib sofort an Herbert! Du kündigst dein Guthaben, fertig ... Sobald wie möglich fährst du hinein und holst das Geld, wenn's nicht schon zu spät ist! Setz dich, schreib, schreib!« Sie folgte sofort. Ihre fliegende Feder kratzte auf dem Papier. Er tappte hin und her und war wieder völlig bei sich. Unablässig überlegte er, wie er's mit *seinem* Geld halten sollte. Damals, als Herbert die Goldstücke umwechselte, hatte er diesen Entschluß gefaßt, denn auf niemand war Verlaß. Seither hob er ab und zu, wenn er in die Stadt kam, zwei- bis dreihundert Mark ab und versoff sie. Malwine belog er ständig. So einteilsame Hausfrauen brauchten nicht alles zu wissen. Sie rechneten oft lästig genau, dann kam womöglich ein dummes Gezänk heraus. Schließlich werden solche Weiber mißtrauisch und betrügen einen ebenfalls in Geldangelegenheiten, sagte er sich.

»So, da, willst du lesen?« fragte Malwine. Er lehnte ab. Sie steckte den Brief ins Kuvert und brachte ihn zum nahen Postkasten. Als sie heimkam, wollte sie erneut zärtlich werden.

»Ach, Anton, ich bin so froh! Ich hab mich so geängstigt ... Du mußt zum Arzt gehen«, bat sie ihn. Er drängte sie leicht weg, aber er war ihr dankbar. Sie hatte ihn auf einen sehr guten Gedanken gebracht.

»Ja, mir ist der ganze Humor vergangen. Ich fahr morgen zu meinem alten Spezialisten hinein ... Das hier heraußen sind lauter Roßärzte«, stimmte er zu. Sie war mit allem einverstanden.

Vor dem Weggehen am anderen Tag sagte er: »Zum Herbert geh ich nicht. Ich will keinen Menschen sehen. Das mußt du machen ... Ich bleib über Nacht aus.«

Sie war ruhig und zufrieden.

Alles ließ sich leichter regeln, als er angenommen hatte. Gleich nach seiner Ankunft in der Stadt begab er sich zur Bank, kündigte sein Geld, füllte die nötigen Papiere aus und für den anderen Tag wurde ihm die Summe versprochen. Hm, anscheinend steht doch noch alles fest, gestand er sich, und da das Straßenbild wie gewöhnlich belebt war, wurde er gelassener. Er ging in ein großes Bräuhaus und aß zu Mittag. Das Bier schmeckte ihm ausgezeichnet. Die Menschen rundherum machten unbekümmert heitere Gesichter. So war es nachher im Kaffeehaus und später in der Weinkneipe, in der er bis tief in die Nacht hinein trank. Es kam ihm nur vor, als redeten die Leute ausnehmend oft über Hitler und gegen die Judenherrschaft, doch die gemächlichen Spießbürger an seinem Tisch verloren darüber kein Wort, aßen und tranken massig und unterhielten sich leger mit ihm.

Als er durch die dunklen Straßen torkelte, um in sein einfaches Hotel zu gelangen, fiel einmal ein großes rotes Plakat in seinen glasigen Blick. Das fahle Licht der Laterne ergoß sich darüber. Er zog seine Augenbrauen zusammen und blieb wankend stehen.

»Ei-eibenthaler«, las er und wurde ein wenig nüchterner. »Oberleutnant Franz Eibenthaler, Inhaber des E. K. I, spricht am Donnerstag, dem 14. Juni, abends acht Uhr, über ›Lebenslänglicher Vasallenstaat oder freie Nation‹ «, entzifferte er und sah das schwarzglänzende Hakenkreuz über dem Text. Es gab ihm einen Ruck. Er besann sich und fuhr mit der Hand über seine Stirn. Jaja, es stimmte. »Juden ist der Zutritt untersagt« und »Einberuferin Nationalsozialistische Deutsche Arbeiter-Partei, Gau Südbayern« stand da.

Der säuernde Wein stieß ihm auf. Seinen mächtigen Körper riß es nach vorne. Die Fersen hoben sich, mit den gespannten Zehenspitzen konnte er sich gerade noch aufrecht halten und ins Gleichgewicht bringen. Er sah nach links, sah nach rechts, horchte angestrengt, es blieb weitum still. Er spuckte auf das Plakat. Es klatschte dünn auf. Schnell und gerader ging er weiter.

Am anderen Tag sah er viele solcher Plakate. Ob er wollte oder nicht, er mußte immer wieder hinschauen. Wie ein Magnet zog ihn der verruchte Name Eibenthaler an. Hm, Oberleutnant nennt er sich, der Lump, gällte er sich.

Auf der Bank bekam er sein Geld. Es hielt ihn nicht mehr in der Stadt. Vorsichtig verstaute er seine Banknoten in allen Taschen.

Kein Wort erzählte er zu Hause. »Nichts weiter . . . Meine Nerven brauchen Schonung«, log er und ging hinaus ins

Schlafzimmer, um sich auszuziehen. Es war erst ein Uhr mittags. Malwine trachtete beflissen, noch schnell etwas auf den Tisch zu bringen. Während sie in der Küche drunten herumarbeitete, wickelte er droben seine Geldscheine in ein Taschentuch und steckte sie vorläufig in die Tasche ihres Pelzmantels.

XII

Ein lauer Juliabend war niedergegangen. Wundermild duftete die schwere Luft. In den Obstgärten verhing sich das erste Dunkel. Die Vögel verstummten nach und nach. Nur vom kleinen Weiher her, der hinter dem Mesnerhaus lag, drang ein eintöniges Froschquaken. Da und dort dengelte noch ein Mäher seine Sense. Metallisch verhallten die letzten Schläge. Am glattgespannten, spärlich besternten Himmel tauchte die blasse Mondsichel auf. Die Fenster der umliegenden Häuser wurden gelb, und im Dorf breitete sich geruhige Feierabendstille aus.
Nach einem langen Spaziergang saß Sittinger in der ungelüfteten, dichtverhängten Wohnstube und wußte nichts Rechtes mit sich anzufangen. Malwine war in der Frühe in die Stadt gefahren. Endlich, endlich, nachdem Herbert und Anna einmal in ihrem eigenen Auto zu Besuch dagewesen waren und sie wegen ihrer sinnlosen Geldängste ausgelacht hatten, endlich war Malwine erlegen und versprach, das gutverzinste Bankguthaben dennoch abzuheben. Gerade weil Herbert als nunmehriger Ressortchef für inländische Konten so überheblich dagegen geredet hatte, beschloß Sittinger das Gegenteil. Malwine zögerte und zögerte. Er machte ihr die Hölle heiß. Alle Mittel waren ihm recht.
»Ein Schwindler ist der Herbert nicht, nein, bitte, das hab ich nie behauptet! Das sag ich nicht«, fing er unanfechtbar zu verdächtigen an. »Aber, hm, einen Adler-Luxusviersitzer haben sie, hm! ... Ich weiß nicht, ich meine bloß! So was kann man sich doch bloß gestatten, wenn der Verdienst darnach ist. Und irgendwo muß das Geld doch herkommen? Sein Vermögen wird er nicht angegriffen haben, wie ich ihn kenne ... Solche Spesen gehen doch bekanntlich auf die Kundschaft.« Er wußte, daß seine Frau die schnip-

pige Anna haßte, und probierte es in dieser Richtung. Er murrte über ihre aufdringliche Kleiderprotzerei und minderte alles an ihr herab. Derartige Kritiken wirken immer. »Die ist den Herbert nicht wert. Die verdirbt ihn«, sagte er über die mißliebige Schwägerin. Eine Frau müßte kein Weib sein, wenn sie für eine solche Herabwürdigung nicht empfänglich wäre. Es ist schon so, eine mag die andere nicht, und jede ältere sieht sich durch die jüngere verdrängt. Kurzum, Malwine ließ sich überzeugen.

Gefestigt hatte sie vor ihrem Weggang noch gesagt: »So, Anton, die Fleischsuppe, das eingemachte Kalbfleisch und der Reis reichen bis übermorgen bestimmt. Brauchst bloß immer alles auf dem Spirituskocher anwärmen ... Bier steht im Keller. Auch Käse und Rauchfleisch ... Wirst du auch richtig essen? ... Ich muß ja bei Herberts bleiben. Das ist nun mal nicht zu umgehen ... Na gut, ich laß mich schon nicht mehr umstimmen, hab keine Angst ...«

Jetzt stummte er abgespannt in sich hinein und hatte gar keinen Appetit. Nur seine Kehle war trocken. Er stieg in den kühlen Keller hinunter, um sich Bier zu holen. Dort, in einem Mauerloch, verpackt in einer blechernen Tabakschachtel, war sein Geld versteckt. Einen Ziegelstein hatte er kunstfertig davorgestellt. Überall räumt sie. Die Kleider bürstet sie. Im Speicher kramt sie von Zeit zu Zeit ... Wenn ein Brand entsteht, bis er zum Keller herabkommt, ist's noch lange Zeit, kalkulierte er. Den läßt sie auch in Ruh ...

Das trübe Licht der schwachen elektrischen Birne fiel vom niederen Gewölbe. Er ergriff zwei Bierflaschen, trat kurz an die Mauer und prüfte sie. Der Ziegelstein war unverrückt. Er stapfte nach oben, nahm aus der Küche einen Krug mit und kam wieder in die Stube zurück. Er knipste das Licht an und goß das Bier ein.

»Verflucht, hoffentlich wird sie nicht wieder weich«, brummte er nach dem ersten kühlen Trunk. »Dumm genug ist sie.« Das Bier in seinem Magen strahlte eine wohltuende Kälte in alle Gedärme.

»Herrgott!« kam es über seine Lippen, und Eibenthaler fiel ihm ein. Eine Sekunde lang sah er geradeaus in die Leere. Dann knirschte er ärgerlich. Da klopfte jemand an die Fensterscheiben. Er fuhr erschrocken zusammen und drehte sich um. »Ja! Wer ist da?« fragte er hastig.

»Herr Inspektor, ich bin's, die Wagerer-Elis«, antwortete die Magd vom Krämer. »Der Herr Baron ist bei uns und sagt, Sie sollen 'rüberkommen.« Im Nu gleimte Sittingers Gesicht auf.

»Ja, ja, sofort komm ich«, gab er freudig an und schüttete das restliche Bier in sich hinein.

Also doch! Ein guter Zufall, ein schöner Tag, dachte er zufrieden, als er kurz darauf die Fensterläden zuzog und die Haustüre verschloß. Belebt kam er zum Nachbarn. Der schloß eben seinen Laden und sagte gedämpft: »Gehn S' nur in die Kuchel, Herr Inspektor. Ihr Herr Freund sitzt schon drinnen ... Bittschön.«

In der heimeligen Küche waren die Fenster verhängt und die Läden zugezogen. Die Elis und die alte Wagererin saßen am Herd und stopften Strümpfe. Die junge Krämerin, eine dralle Person mit flachem Gesicht und dunklem Haar, hatte sich eine saubere, weiße Schürze vorgebunden und löffelte etwas geniert ihre abendliche Kaffeesuppe aus der umfänglichen Tasse. Der Baron saß stumm und steif auf dem Kanapee, das kognakgefüllte Wasserglas vor sich. Aufgeräumt kam der Wagerer herein und sagte lachend: »So, Herr Baron ...«

»Gustav Heinrich von Ravél!« verbesserte ihn dieser mit komischer Störrigkeit.

»Ah, ja, entschuldigen S' ... So also, Herr Gustav Heinrich von Ravél, da ist Ihr Herr Freund ... Nehmen S' nur Platz, Herr Inspektor, bittschön, bittschön! ... Einen doppelten Korn, ja?« dienerte Wagerer einnehmend.

»Nein, Kognak!« sagte Sittinger aufgeheitert und begrüßte den Baron: »Also, Gustav Heinrich, also das ist mir ein besonderes Erlebnis, eine ganz große Freude ... Na, und was hab ich gesagt – der Kognak ist besser.«
»Alle Hochachtung! Danke!« schnarrte der Baron mittenhinein, nahm seine Virginia aus dem Mund, hob das Glas, und krachend schier rann der Schnaps durch seine bewegte Kehle. Die Alte schaute, die Elis machte ein spitzbübisches Gesicht, die Krämerin verbarg eine leichte Verwunderung und der Wagerer grinste gemütlich: »Jaja, meine Ware lobt sich selber ... Der Herr Inspektor wird's wissen.« Er ging an seinen zusammengebastelten, wohlklingenden Radioapparat und drehte daran. »Wenn die Herrschaften vielleicht ein bissel Musik wollen?«
»... Reichstag ist heute aufgelöst worden. Neuwahlen sind voraussichtlich für September ...«, kam es aus dem Lautsprecher. Sittinger stutzte jäh und hob den Kopf. »Wawas? Was?«
Der Krämer drehte gefälligerweise zurück, und noch einmal ertönte es: »Die Regierung Brüning ist zu einer Kabinettsitzung zusammengetreten. Die Stimmung in Regierungskreisen ist zuversichtlich. – Schluß der heutigen Tagesmeldungen.«
»Quatsch mit Soooße! Weg mit dem Lärm!« wehrte der Baron ab.
»Bitte, bittschön«, sagte der Wagerer und schaltete ab. Er setzte sich wieder an den Tisch und zündete seine Pfeife an. Sittinger war blaß geworden und starrte wie abwesend vor sich hin. Gleich einer sich plötzlich zusammenballenden Gewitterwolke zog ein tolles Durcheinander von Ängsten und Zweifeln durch sein aufgescheuchtes Hirn. So huschhaft schnell ging das, daß er nichts erfassen konnte. Erinnerungen und bedrückende Schrecknisse der letzten Zeit vermengten sich – Schlicht, die Kundgebung für Frick, Hinteregger, die zusammengebrochene Beamten-

pensionskasse, Eibenthalers Wiederauftauchen –, alles ergrellte in ihm und verrann wieder im Dunkel einer peinigenden Ungewißheit. Er spürte, wie sein Blut rumorte und das Herz unregelmäßig schlug, und schüttelte sich, als er das zweite Glas geleert hatte. »Pwprwrwr, ää – chch ...«

»Was ist's denn, Herr Inspektor? Schmeckt er nicht?« fragte der Wagerer.

»Doch, doch! Der brennt richtig«, log er. »Geben Sie noch einen zum Abgewöhnen!« Die alte Krämerin stand auf und wünschte allen eine gute Nacht, die junge stellte die leere Kaffeetasse auf den Herd und wechselte mit der Elis einige lispelnde Worte.

»Jestatte mir uff die Damen ein janz Spezielles!« prostete der Baron, und die lächelten ihm nickend entgegen. Er griff unter den Tisch, schüttelte die Flasche und bestellte geräuschvoll eine neue. »Man her mit der Batterie! ... Nur so ist det Leben scheen.« Flugs verschwand der Krämer.

»Anton?« stieß von Ravél heiser heraus.

»Ja?«

»Du bist 'n widerwärtiger Gauch! 'n falsches Aas!« polterte der Angetrunkene: »Du läßt mich alleene sauf'n pfui Spinne! ... Herr Jastwirt, jeben Sie man ein andres Glas für den Herrn!« Und er schenkte das herbeigebrachte Wasserglas ein. »Na, nu mach mal keene Zickn, ho-rupp, 'ran! ... Ruck-zuck! ... Bravo, det is 'n Mannestrunk!«

Sittinger sah seine gläsernen Augen in denen seines Kumpans schwimmen, und wie ein einschläfernder Dunst stieg die Unwirklichkeit in seinen Kopf.

»Der Herr Baron, – ah, der Herr Gustav Heinrich von Ravél sind ein Meistertrinker!« sagte der Krämer glucksend. »Allen Respekt!« Der Angesprochene lächelte dunsig, und seine Züge verloren mehr und mehr den Halt.

»Die Welt ist ein Jammerta-tal! Ei-ein leeres Loch«, plapperte Sittinger, und sein leerer Magen rumorte hörbar. Er

rülpste. Der dicke Schweiß stand auf seinem roten Gesicht.
»Und, ja, ha, und das Leben, hat mein Vater selig immer g'sagt, das ist eine Hühnerleiter, hahaha, jaja!« versuchte der Krämer sich dem Ton anzupassen.
»'n Kinderhemd, von oben bis unten bekleckert ... Pardon, meine Damen!« brach ihm der Baron ins Wort und nickte den zwei Weibsleuten taktvoll zu. »Kleine Entgleisung meinerseits!« Wieder lächelte er blöde. Unter dem Tisch fiel eine Flasche um. Schnell beugte sich Wagerer. »Gott sei Dank, ist bloß eine leere«, sagte er, worauf von Ravél nur ein kurzes »Nu wenn schon!« herausstieß und seine Beine ausstreckte.
»Sumpf – Sumpf – Sum –« schwamm durch Sittinger, und es war ihm, als versinke er langsam in einem gurgelnd-nachgiebigen, glitschigen Boden. Er sah nichts mehr. Alles um ihn drehte sich. Etwas unter ihm knarrte wie splitterndes Holz. Er hörte ein sonderbar scharrendes Geräusch und noch eine lange Weile wie von weit her Wortfetzen. Als er aufwachte, brannte die Sonne schon lichterloh um ihn. Er lag auf dem Bauch vor seiner Haustüre und war vollauf bespien und besabbert. Wie Jauchegeruch stieg's aus seinem aufgerissenen Mund. Wie er hierher gekommen war, wußte er nicht. Er riß sich in die Höhe, fand seinen Schlüssel und sackte mit der ganzen Schwere in die offene Haustüre. Sein Kopf brummte schmerzend, als habe man ihn mit Fäusten traktiert.
Den Baron hatte der listige Krämer vorsichtigerweise bis vor das Mesnerhäusl geschleift und dort liegenlassen. Da mündete nämlich die Amreitener Distriktstraße ein. Den ganzen Tag waren beim Inspektor die Fensterläden geschlossen. Die Leute glaubten, die Herrschaften seien verreist, Sittinger schlief wie tot und wachte erst auf, als der Mond schon schien. Sein ganzer Körper troff von Schweiß, und eine fliegende Schwäche fühlte er in den Gliedern.

Er rieb fort und fort an seinem Kopf und döste unschlüssig. Immer noch kam es ihm vor, als wäre er nicht da. Die Biblocher Pfarrkirchenuhr schlug elfmal. Erst nach und nach erwachte er halbwegs. Jämmerlich war ihm zumute. »Sterben! Sterben wär das beste«, brummte er wie zerbrochen. Endlich trat er an das Fenster, hakte die Läden aus und atmete tief die erfrischende Nachtluft ein. Er sah verloren ins sternige Firmament, in die schweigende, dunkle Unendlichkeit.

Sterben – so einschlafen, ohne wieder aufzuwachen, dachte er schwer. Dann wär alles aus, alles – und gänzlich widerstandslos gab er sich diesem Wunsch hin. Welt- und lebensüberdrüssig erwachte er auch am anderen Morgen und ärgerte sich bei dem Gedanken, daß heute seine Frau wiederkäme. Was will sie eigentlich von mir? Überhaupt, ich will keinen Menschen! Nichts, gar nichts mehr möcht ich um mich! Weit weg, weg möcht ich! Verkriechen wär das beste, grämte er in sich hinein, und dabei erinnerte er sich, daß er einmal gelesen hatte, Menschen vor dem Tode hätten solche Fluchtgedanken. Das sei der Anfang des sicheren Absterbens.

Dennoch fing er an, seinen dreckigen Anzug auszuputzen, und Malwine erfuhr nichts von all dem Geschehenen. Sie war lieb und nett zu ihm und hatte das Geld mitgebracht. Geschäftig erzählte sie, was Herbert für ein Gesicht gemacht und was er gesagt habe, wie die Schwägerin sich mokiert habe. Und Inventurausverkäufe seien jetzt in der Stadt, so billig wie nie bekomme man die schönsten Sachen. Ein Dutzend Handtücher, Geschirrtücher, eine hübsche Tischdecke und ein einfaches Leinenkleid packte sie aus und hielt es an den Körper. »Sieh mal, ist das nicht nett? Steht mir gut ... Und so dauerhaft ist der Stoff. Echtes Leinen ... Ganz fest.«

Merkwürdig aufgetan war sie. Nicht einmal seine Brummigkeit fiel ihr sonderlich auf. »Es stimmt auf Heller und

Pfennig ... Noch hübsch ein Batzen Zins ist dazugekommen, und alle Herren auf der Bank haben mich gefragt, warum ich denn das Geld abhebe. Ob ich vielleicht nicht zufrieden sei mit der Bank. Frau Inspektor hin und gnädige Frau her war ich, aber, nein, nein, hab ich mir gesagt, diesmal soll Anton seinen Willen haben«, schwätzte sie weiter, während er die gebündelten Banknoten zählte.
»Und sonst? Sonst ist gar nichts in der Stadt drinnen?« forschte er.
»Sonst? ... Nein, gar nichts«, gab sie arglos zurück. »Was soll denn auch sein!«
»Ist doch der Reichstag aufgelöst?« warf er hin.
»Ja, der!« meinte sie gleichgültig: »Davon spricht kein Mensch. Sie sagen bloß, Hitler kommt bald zur Macht.« Das letzte klang schon anders.
»So, es spricht kein Mensch davon, aber das weißt du auf einmal«, stocherte er mißtrauisch.
»Na ja, das heißt's eben ... Heißen tut's viel.« Sie verlor ihren guten Humor nicht. Eine Zeitlang ging dieses Kreuzverhör noch so hin und her. Endlich beruhigte sich Sittinger. Sie mußte, allem Anschein nach, doch nichts von Eibenthaler gehört haben. Er wurde wieder einsilbig. Einmal trat er ans Fenster, verschränkte die Arme auf dem Rücken und sagte seltsam tiefsinnig: »Hm, das Leben ist gar nicht furchtbar, – furchtbar ist bloß das Weiterleben.«
»Was philosophierst du denn da schon wieder, Anton?« meinte sie sanft. Er drehte sich um und sagte in anderem Ton: »Jaja, das beste wird's sein, wir kaufen uns zum Geldaufheben eine feuerfeste Kassette.« Sie stimmte zu.
Draußen auf der Straße ging der Hauptmann Schlicht vorbei. Mit einem Seitenblick streifte er Sittingers Fenster. Er kam offenbar von der Posthalterei, die sich in der Schlezlwirtschaft befand, und trug eine schwere, dicke Papierrolle unterm Arm. In der einen Hand hielt er einen aufgeschlagenen Brief, in dem er interessiert las.

Der Gschwendtnerknecht, der gerade ein frischbeschlagenes Pferd von der Schmiede heimführte, grüßte ihn freundlich lachend: »Grüß Gott, Herr Hauptmann, gibt's bald was?«
»Jaja, schon in den allernächsten Tagen, Hansl ... Heil Hitler!« erwiderte der Angesprochene nickend. »Sturmangriff auf der ganzen Linie ... Munition ist schon da!«
»Heil Hitler! Das läßt sich hören«, rief der Knecht im Weitergehen zurück.
Deutlich verstand es Sittinger, er ahnte nichts Gutes.
»Jetzt wird dieser Kerl wieder umtreiben«, brummte er. »Aber die Bauern haben jetzt massenhaft Arbeit. Wenn er die stört, wird seine Herrschaft bald aus sein.«
»Wen meinst du denn?« fragte Malwine, denn sie hatte den Hauptmann nicht gesehen.
»Wen denn schon? ... Diesen windigen Schlicht!« knurrte er. Sie wußte, wenn sie hier im geringsten widersprach, war der Streit da. Schweigend deckte sie den Abendbrottisch auf. Gleich hatte sie das neue Leinenkleid angezogen. Gut stand es ihr zu Gesicht. Blühend sah sie aus.
Während er Blatt für Blatt vom safttr äufelnden Rettich verspeiste, las er beiläufig: »Hm, da schau ... Die Untersuchung in der Angelegenheit der Beamtenbank hat ergeben, daß der Fehlbetrag über zwei Millionen beträgt. Direktor Auzinger und Oberbuchhalter Menzenberger befinden sich immer noch in Haft. In Haft? ... Vierteilen soll man sie, diese Lumpen! Aufhängen wär viel zu wenig!« schimpfte er. Die größten Grausamkeiten fielen ihm ein. »Zwangsarbeit mit eisernen Ketten an Händen und Füßen! ... Blutschwitzen müßten diese niederträchtigen Schufte, damit sie wissen, wie's den Bestohlenen weh tut!« Er verschluckte sich, kam ins Husten und spie den ganzen zerkauten Rettich aus sich heraus. Blau lief sein Kopf an.
»Um Gottes willen! Aber, aber!« Malwine sprang auf und holte ein Tuch.

»Aber! Was aber?« fuhr er sie erschöpft an, als sie zurückkam. »Wenn ich erstick, willst du mich auch noch verbessern.« Er schnaufte schlotternd, und seine Sackaugen tränten.

Sein Husten ebbte ab. Grantig aß er weiter. Er argwöhnte noch immer, daß sie von Eibenthaler etwas erfahren oder ihn getroffen hatte. Warum war sie denn so ausnehmend gut aufgelegt? Immer wieder musterte er sie insgeheim.

»Da hab ich doch vor etlichen Tagen recht was Sonderbares gelesen«, begann er geradezu schnüffelnd. »In Ulm hat man drei aktive Reichswehroffiziere verhaftet, weil sie Hitlerpropaganda im Heer betrieben haben ... Das scheint eine ganz schiefe Sache zu sein ... Gleich ist alles vertuscht worden ... Ins Heer hat sich doch noch nie eine politische Partei hineingemischt.«

»Soso, hm ... Ich hab gar nichts gelesen«, antwortete sie nebenher. Offenbar dachte sie an ganz andere Dinge. »Ins Heer gehört auch die Politik nicht«, sagte sie genauso.

»Komisch, komisch, – aber grad dieser Herr Hitler, der meint, er hat das Privileg dazu! Grad diese Nazi, die ...« Er brach unvermittelt ab. Er vergaß sogar das Kauen. Er hatte den vorübergehenden Baron erspäht, der eben im Wagererladen verschwand. Ein gelinder Schreck befiel ihn. Er war in tausend Nöten.

»Was ist denn?« fragte Malwine.

»Ah, nichts! Gar nichts!« verstellte er sich. »Dieses Brot wird auch immer schlechter! Magendrücken kriegt man davon.« Er schluckte und legte den Rest der abgeschnittenen Scheibe weg. Er rang schwer mit sich. Vielleicht kam gleich wieder die Elis, um ihn zu holen. Er hörte ganz zu essen auf.

»Hitler ist ein echt nationaler Mann ... Er meint's ehrlich«, sagte Malwine, und das war ihm ein willkommener Anlaß.

»Jetzt fang du mir schon wieder zu politisieren an! Ich danke! Steh'n einem sowieso schon jedesmal die Haar zu Berg, wenn man die Zeitung liest.« Er stand auf. »Mag er sein, was er will, der Hitler – ein Ausländer, ein Österreicher ist er! Deutschland geht ihn gar nichts an! ... Eine Hitze ist das, kaum zum Aushalten! Ich geh noch ein bißl an die Luft. Willst du mitkommen?«
»Ja– ja, gern! ... Willst du denn nichts mehr essen?«
»Ich hab keinen Appetit mehr«, lehnte er ab, und seltsamerweise hatte er es sehr eilig.
Als sie an den Dorfrand kamen, sahen sie Bauernburschen und Knechte beim Hauptmann Schlicht aus und ein gehen. Hinter den Vorhängen waren Schatten. Mitunter trug so ein herauskommender Bursch eine große, lange Papierrolle und machte hurtige Schritte. Ziemlich lebhaft ging es in der Hauptmannsstube zu. Lärmend und lachend unterhielten sich die Burschen drinnen, aber man verstand kein Wort. Sittinger bekam ein düsteres Gesicht und sagte nichts.
Auf den Feldern stand schon ein schwacher Dunst. Da und dort mähte einer das Kuhgras für morgen. Gleichmäßig bog sich seine Gestalt, und leise knirschend sang die Sense. Wie eine reglose, dunkle Wand zog sich der Wald droben am Hang gen Bibloch.
»Man sollt eigentlich bloß mehr abends spazierengehn. Am Tag ist's fast schon unerträglich«, sagte Sittinger.
»Ja, wunderbar ist's jetzt ... So schön und friedlich«, meinte Malwine. Ab und zu bückte sie sich nieder und pflückte eine Blume. Zuletzt hatte sie einen großen Strauß.
»Sieh mal, hübsch! ... So frisch und lustig.«
»Und übermorgen ist er gut für den Misthaufen ... Geh nicht so weit in die Wiesen ... Das haben die Bauern nicht gern«, schloß er.
Sie machten sich erst auf den Heimweg, nachdem rundherum alles undeutlich geworden war ...

XIII

Was war denn mit der sonst so ruhigen, noblen Frau Inspektor geschehen? Mit merkwürdig geschwinden Schritten kam sie zum Wagerer in den Laden und war fast außer Atem. Ihr Gesicht war hochrot. Bald lächelte sie kurz, dann wieder erstarrten ihre Züge. Den üblichen Morgengruß vergaß sie.

»Jajaja, wie immer«, hastete sie abwesend heraus. »Meine Frühstückssemmeln, ja, und ein Päckchen Kaffeezusatz, ja ... Und – und ein Pfund Zucker, bitte.« Sie schien das Einpacken kaum abwarten zu können. Ganz kribbelig nestelte sie ein Fünfmarkstück aus ihrer Börse, der Wagerer rechnete zusammen und gab heraus, doch sie ließ das Wechselgeld liegen und wollte weg.

»Aber Frau Inspektor, da! Sie kriegen doch noch was!« Beinahe erschrocken strich sie die Nickel- und Silberstücke ein. »Danke, danke!« Schon schwebte sie aus dem Laden.

»Hmhmhm, die alte Gans hat scheint's der Rappel packt!« brummte der Krämer kopfschüttelnd.

»Guten Morgen, Frau Inspektor«, grüßten die Schulkinder. Sie gab nicht an. In trippelndem Laufschritt rannte sie zum Gschwendtner ins Haus, um die Milch zu holen. In der verrußten Bauernkuchel standen die Weberin und die alte Mesnerin und warteten mit ihren Kübeln. Sie redeten in ihrer langsamen Art miteinander.

»G'sagt hat er, der hochwürdige Herr Pfarrer, g'sagt hat er das, wo die letzt'n in d' Kirch' nei sind, die sind auch die letzt'n in Himmel 'nein«, plapperte die Weberin und konnte darüber lachen. »Recht was Lustig's ist er oft, unser hochwürdiger Herr Pfarrer ... Recht was Legers! Gar kein Stolz hat er nicht.«

»Jaja, dafür tragt der neue Kooperator seinen Kopf recht hoch ... Man möcht meinen, was er wunders ist«, meinte die Mesnerin. »Nichts kannst ihm recht machen, wenn er bei uns eine Filialmess'n liest ... Der Hiasl jammert recht über ihn ... Wenn ein geistlicher Herr so einen Stolz hat, das gehört sich nicht ...«

»Er wird *auch* alt, Mesnerin! Er wird sich auch die Hörner abstoßen«, sagte die Weberin.

Die Inspektorin mischte sich heute nicht ins Gespräch. Sie konnte nicht ruhig warten. Ihr ganzer Körper war unablässig bewegt, schier so wie die Krone einer Birke, in die ein leiser Wind greift. In ihrem Gesicht zuckte es, ihre Augen funkelten jäh und glänzten dann wieder wie tief beseligt. Die Ungeduld rumorte in ihr. Immer und immer wieder sah sie auf die Stalltür, ob sie denn noch nicht bald aufginge, ob denn die Bäuerin und die Magd nicht bald die frischgemolkene Milch brächten.

»Dauert das heut aber lang«, sagte sie und machte einige Schritte.

»Jaja, die jungen Leut laßt der Bettzipfel nicht aus«, lächelte die alte Weberin gemächlich. »Zu meiner Zeit ist man in der Früh um zwei schon auf 'm Feld g'wesen.«

Endlich kamen die Melkerinnen, und gleich hielt die Inspektorin ihren Kübel hin. Im Nu war sie draußen. Ihre Schritte wippten elastisch. Von Zeit zu Zeit huschte ein Lächeln über ihr Gesicht. Gleich aber wurde sie wieder ernst. Freude und Bedrängnis mußten in ihr kämpfen.

Was war das nur?

Vor der Haustür zögerte sie kurz. Sie lauschte, ob Anton schon auf sei. Ihre volle Brust hob und senkte sich ein paar Male. Ein leiser Seufzer entstieg ihren Lippen. In der Küche hantierte sie wie neubelebt, aber dennoch zerstreut. Sie vergaß die Milch aufzustellen, und der kochende Kaffee rann über. Die Semmeltüte wurde naß. Der Zukker, den sie rasch hingestellt hatte, fiel auf den Boden. Das Papier platzte, und die weißen, viereckigen Stücke klapperten auseinander.

»Ach Gott, ganz durchgedreht bin ich«, murmelte sie, beugte sich nieder und sammelte sie.
»Was hast du gesagt? Was ist's?« fragte Anton, der eben über die Stiege heruntergekommen war, und sah durch die halboffene Küchentür. Sie hob ihr Gesicht und wurde rot wie ein ertapptes Dienstmädchen.
»Nur-nur so, nichts, nichts!« stotterte sie geschwind und klaubte wieder weiter.
»Guten Appetit! Der Zucker wird recht!« brummte er, tapppte auf dem Gang weiter und trat in die sonnenhelle Stube. Keine Tischdecke war noch aufgebreitet. Sie kam eilsam hereingelaufen und sagte etwas von »zu spät aufgewacht« und entschuldigte sich in einem fort.
Er schwieg und las die Zeitung. Die Tassen klapperten. Endlich kam sie mit dem Frühstückstablett und goß den duftenden Kaffee ein. Seltsam gehemmt sah sie manchmal ihren mürrischen Mann an. Er beachtete sie nicht weiter. Kein Wort fiel.
»Anton? Anton«, sagte sie, und schon stand wieder dieses verräterische Rot auf ihren Backen. »Anton, am Sonntag ist in Bibloch eine Versammlung.« Abwartend verharrte ihr Blick auf seinem Gesicht.
»Versammlung? ... Ja, und ...? Was interessiert mich denn das?« warf er hin.
»Ganz große Plakate sind überall angeschlagen im Dorf«, fuhr sie fort und wurde auf einmal blaß. »Ich-ich kann's gar nicht glauben, der Eibenthaler spricht, der Franz!« Offen blieben ihre Lippen stehen.
»Wa-wass? Was? ... Wer spricht?« brach es aus dem baffen Sittinger. »Der Eibenthaler?«
»Ja«, nickte sie verdächtig verschämt und verstört zugleich. »Ja, auf den Plakaten steht's ganz groß.«
»Hm«, machte er. »Hm, das hat noch gefehlt!« Kurze Sekunden lang dolchte er mit seinen kalten Blicken auf sie ein. »Der lebt auch noch und macht sich mausig, haha!«

Sie schloß die Lippen. In ihr brannte es lichterloh. Sie wußte kaum noch, wo sie hinschauen sollte. Mit aller Kraft versuchte sie regelmäßig zu atmen. Ganze Wortkaskaden sammelten sich auf ihrem Gurgelende und blieben wie eine würgende Kugel dort liegen. Ihre Finger, die die Kaffeetasse berührten, zitterten.

»Und da gehst du natürlich hin, was? Da willst du dich zeigen?« fragte er. Willenlos nickte ihr Kopf.

»Das willst du tun?!« zischte er böse und nahm sie noch härter aufs Korn.

»I-ch möcht ihn doch bloß reden hören ... Bloß hören, was er sagt«, brachte sie endlich wieder heraus. Kleinlaut klang es. Hilflos blickte sie drein.

Er trank schnell seinen Kaffee aus, schob die Tasse weg und wandte sich ab. »Der Appetit ist mir schon vergangen.« Auch sie brachte nichts mehr hinunter. Eine stumme Weile saß sie noch da, dann deckte sie wieder ab. Sie blieb in der Küche und bekam nach und nach nasse Augen. Etliche dicke Tränen rollten über ihre Wangen. Sie hörte, wie die Haustüre zuflog, und sah Anton aus dem Vorgärtchen gehen. Ganz matt brach sie auf einen Stuhl, stützte mit beiden Händen ihren Kopf und weinte still ...

Währenddessen ging der Inspektor durch das morgenbelebte Dorf und entdeckte überall die großen Plakate mit dem Hakenkreuz. Ganz unauffällig sah er manchmal hin und spielte den Gleichgültigen. Ja, da stand wieder dieses protzige Wort »Oberleutnant a. D. Franz Eibenthaler, Inhaber des E. K. I«, und als Vortragsthema war angegeben: »Was bietet Adolf Hitler den Bauern – Nährstand und Nation.«

»Deutsche Bauern! Brüder des ehrlichen Nährstandes! Zwölf Jahre schmachtet unser unbesiegtes Sechzigmillionenvolk in Ketten. Der Feind von außen preßt uns Jahr für Jahr Millionensummen ab. Jeder einzelne Deutsche muß nach dem Versailler Schandvertrag den Franzosen und Negern Blutzins bezahlen. Der Verrat der roten Novemberverbrecher hat unser blühendes Land ruiniert, hat die Wirtschaft vernichtet und für jeden einzelnen Zukunft und Aufstieg verrammelt! So wollte es der jüdische Weltherrscher, der Vampir, der gewissenlos Existenzen und Völker vernichtet, auf daß er profitiert!« hieß es im Text, und immer wieder schrien die dicken, fetten schwarzen Lettern: »Deutscher Bauer! Juden und Marxisten regieren dich! Verbrecher besteuern dich! Ehemalige Rucksackspartakisten und Zuchthäusler arbeiten an deinem Ruin!« Zum Schluß wurden Hitler und der Nationalsozialismus als einzige Rettung empfohlen. »Die ehrliche Arbeit des Bauern ist verachtet! Jüdische Bankherren lauern auf jeden zugrunde gegangenen Bauernhof und ramschen ganze Länderstrecken ein! Ewiges Sklavenleben für dich und deine Kinder und Kindeskinder soll dein Los sein, deutscher Bauer!

Erwache! Nur mit Adolf Hitler kann dein Weg sein! Deutscher Bauer, steh auf! Schüttle deine Sklavenketten ab! Die Notverordnungsregierung Brüning bringt nur noch größeres Elend über dich! Für Freiheit und Brot! Für die Ehre der Nation! Für die Zukunft des echten deutschen Nährstandes! Heil Hitler!« bellten die Buchstaben förmlich. Und was war am Ende zu lesen? »Nationalsozialistische Deutsche Arbeiterpartei – Gauuntergruppe Bibloch und Umgebung – der Einberufer: Schlicht, Hauptmann a. D.«

Selten blieb ein Dörfler stehen. Ein junger Knecht ging einmal vorüber, hörte zu pfeifen auf und lachte lustig: »Jaja, der hat's ... Das stimmt!« Keck sah er auf den Inspektor. Hinterhältig grinste er, als wollte er sagen: Du dicke Sau, dich bringen wir auch schon noch in Trab, wart nur!

Die Sonne stieg hoch und höher. Dampfend heiß wurde es. Benommen und ziellos wanderte Sittinger dem Wald zu. Er sah nicht nach links und nicht nach rechts. Da kroch also mitten in der sommerlichen Arbeit, mitten in diesem nützlichen Frieden der politische Krieg daher. Warum wehrte sich niemand dagegen? Gab es denn überhaupt keinen vernünftigen Menschen, einen beherzten Mann, der diesen hohlköpfigen, frechen Friedensstörern Einhalt gebot?

Kein Mensch weitum, außer den von Schlicht aufgehetzten Grünschnäbeln, wollte doch mit der Politik was zu tun haben! Warum kamen denn nicht wenigstens gleicherzeit andere, besonnenere Parteien daher und klärten auf? Ja, in solchen Wahlzeiten gab es je eine Versammlung der katholischen »Bayerischen Volkspartei« und auch eine der Sozialdemokraten. Aber das war auch alles. Die Kommunisten konnten hier nicht Fuß fassen. Kein Wirt gab ihnen einen Saal. Sie konnten nur still und zäh Einzelagitation betreiben. Die Hitlerleute dagegen schlugen durch ihre zahlreichen lärmenden Kundgebungen jede Konkurrenz.

Warum überließ man diesen widerwärtigen Radaumachern so leicht das Feld?

Sittinger begriff es nicht. Er kam vom Hundertsten ins Tausendste. Eigentlich – und das verwirrte ihn gänzlich –, eigentlich fand er sogar vieles richtig im Text des Plakates. Jawohl, betrogen und belogen war man. Diese Brüningregierung verschlechterte jedes kleine Leben. »Verbrecher besteuern – Zuchthäusler regieren – arbeiten an deinem Ruin –« erinnerte er sich. War es vielleicht nicht so mit seiner Pensionskürzung, mit dem schändlichen Bankrott der Pensionskasse?

Es war ihm, als surrten Peitschenhiebe auf seinen Kopf. Er reckte ihn erschöpft in die heiße Luft. Er stieß seinen Stock fester in den staubigen Boden. Aber diese Hitlerleute sind ja Narren und auch bloß Schwindler! wehrte er ab. Und jetzt erst fiel ihm Eibenthaler wieder ein und dann Malwine. Ein leichter Taumel überhuschte ihn. Dieser

Kerl, dieser Mensch verfolgte ihn geradezu wie ein böses Schicksal. Er mengte sich immer und immer wieder in sein Leben, ganz unerwartet und unangreifbar!
»Herrgott!« ächzte er und trat unter die ersten, schattenden Fichten. Ein wilder Strudel durchbrauste ihn. Die schrecklichsten Ahnungen stiegen auf: Sicher, meinen damaligen Hinauswurf hat er nicht vergessen. Er weiß, Hitleranhänger bin ich absolut keiner, das Gegenteil bin ich. Er wird sich rächen, wenn Zeit ist. Wenn er's noch nicht weiß, so erfährt er's jetzt, daß wir in Aubichl sind! Und da tauchte Malwine in seinem hetzenden Gedankengemeng auf.
Sie wird schon sorgen dafür! wütete er im stillen. Nicht, nicht hat sie ihn vergessen, diese alte Gans! ... Diese Satansweiber! ... Sie ist noch mein Tod, sicher, ganz sicher! ... Ich mag tun, was ich will, sie halbtot reden – für Hitler ist sie! Nicht auszurotten ist diese irrsinnige Dummheit aus ihrem Dickschädel! ... Sie liefert mich ans Messer! Mit der unschuldigsten Miene »Ach-ach!« Er lehnte sich an einen Baum und schnaubte schwer. Eine alles überströmende Rachsucht peitschte in seinen Adern das Blut zum Herzen. Er sackte auf den Boden, und sein schwirrender Kopf sank haltlos auf seine Brust.
»Erledigt, Anton, erledigt! Gleich aufhängen wär am besten!« knirschte er, und für eine Weile wurde es nachtschwarz vor seinen Augen. Nur eine leere Tasse Kaffee hatte er zum Frühstück getrunken. Sein Magen rebellierte. Speiübel wurde ihm. Er begann zu schlucken und zu schlucken, und diese Beschäftigung erlöste ihn einigermaßen.
Hat denn ein Mensch wie ich das nun alles nötig? lahmte ein Gedanke durch ihn und kroch weiter. Muß ich mir meine letzten Lebensjahre so vergällen lassen? Und von wem? Von einem dummen Weib und von irgendsoeiner imaginären Sache, die sich Politik heißt! ... Das geht mich

doch alles gar nichts an, radikal gar nichts! Warum laß ich mich blödsinnig davon machen?
Das beruhigte ihn vollends. Ganz allmählich formte sich ein Entschluß daraus.
»Warte!« brummte er schadenfroh und richtete sich leicht gekräftigt auf. Er ging nach Hause. Böse blinkten mitunter seine listigen, kleinen Augen hinter den Gläsern. Das Mittagessen schmeckte ihm sehr gut. Er erwähnte kein Wort über Eibenthaler und das Plakat, und ihr schien das recht zu sein.
»Da, Herbert und Anna haben sich für den ersten August zu Besuch angemeldet«, sagte sie eingeschüchtert und schob ihm den Brief hin. »Sie wollen vierzehn Tage bei uns verbringen und dann noch ins Gebirge gehen.« Er sah gleichgültig hin und las nicht einen Buchstaben.
»Das interessiert mich nicht. Das sind ja deine Verwandten«, meinte er unangerührt und hatte eine abgebrühte Miene. Ehe sie etwas antworten konnte, stand er auf, ging ins Schlafzimmer hinauf und kam mit den Banknotenbündeln herunter. Er zog die hellen Vorhänge vor und zählte gelassen.
»Ja«, sagte er mit boshafter Ruhe und legte so, daß Malwine es ganz deutlich sehen konnte, fünftausend Mark auf die Seite. »Ja, *ich* werde nämlich jetzt einmal auf einen längeren Urlaub gehen ... Da ist's mir zu langweilig ... Ich will mich einmal auskurieren und richtig erholen.«
Sie staunte. Er tat, als sei gar nichts dabei, holte seine Brieftasche heraus und steckte fünftausend Mark zu sich.
»Tjaaa, hm ...«, machte sie und konnte nicht weiter.
»Was, tja, hm?« fragte er hämisch zurück, und kein Wimpernzucken verriet ihn.
»Jaaa«, wurde ihr Gesicht lang. »Jaa, aber – und ich? ... Wenn Herbert ...« Ihr Kinn erbebte leicht, und wieder brach sie ab in ihrem Stottern.
»Du? ... Sei doch froh, wenn ich dich mit ihnen allein lasse!

Ich brauch eine Kur«, sagte er unverändert. »Und außerdem triffst du ja jetzt deinen Busenfreund Eibenthaler wieder. Den kannst du dir dann dazu einladen. Gute Unterhaltung allerseits.«
»Anton!« weinte sie auf und glaubte ihn zu verstehen. »Anton, ich geh nicht in die Versammlung! Ich schwör es dir bei deiner und meiner Gesundheit! Ich lasse mich nicht sehen!« Flehend sah sie ihn an und beugte sich auf ihn zu. Er rückte weg.
»Das ist mir jetzt vollkommen gleichgültig ... Ich bin einfach krank und brauche eine gründliche Kur, basta!« herrschte er sie noch kälter an und, indem er jedes Wort nachdrücklich betonte, setzte er dazu: »Und ich fahre natürlich allein! ... Allein, verstehst du!«
Sie wurde gänzlich verdattert und stammelte wehrlos: »Ja, und – ja, und da brauchst du soviel Geld?«
»Vorläufig ja!« antwortete er zynisch. »Meine Gesundheit ist mir mehr wert als die paar lumpigen Tausender ... Ich hab einen Spezialisten ... Teuer ist er, jaja, aber eine Weltberühmtheit in seinem Fach.« Sie zweifelte nicht mehr, er meinte es ernst, und merkwürdig, er, der bis jetzt gar nicht an die Ausführung seiner Drohung gedacht hatte, er, der noch nicht einmal wußte, wo aus und wohin er denn nun eigentlich fahren sollte – er glaubte nun auf einmal selber daran. Das behagte ihm keinesfalls, im Gegenteil, er ärgerte sich darüber und gab ihr die Schuld an allem. Sie, nur sie hatte ihn in diese mißliebige Entscheidung hineingejagt. Wich er davon ab, machte er sie rückgängig, so war er der Blamierte. Ob er wollte oder nicht, er mußte den Kranken spielen, er mußte reisen!
Richtig, ihre erste verfängliche Frage kam schon: »Wohin reist du denn?«
»Nach Reichenhall«, erwiderte er knapp.
»Wegen deiner Nieren?« wendete sie ein. »Da wär doch Kissingen besser.«

»Nieren? ... Vorläufig kommt mein Herz und mein Asthma dran«, widersprach er. »Ich bitt dich, mach mir keine Vorschriften, ja!«
Geduldig fragte sie weiter: »Wann willst du denn fahren?«
Er zögerte kurz, dann sagte er giftig: »Am liebsten morgen ... Heut noch, wenn's ging! Jedenfalls noch vor dem Sonntag!« Starrköpfig saß er da.
»Dann wird's gut sein, ich packe gleich ... Wie lang willst du denn wegbleiben?« ergab sie sich traurig.
»Wie lang? ... Das wird der Arzt wissen. Ich mach mich auf ein oder zwei Monate gefaßt ... Wie ich zuletzt bei unserm Hausarzt in München war, der hat gemeint, ein halbes Jahr müßt ich mich mindestens einmal gründlich kurieren ... Zuerst Reichenhall, dann womöglich noch Kissingen ... Wenn Sie's sich materiell leisten können, Herr Inspektor, sagte er, ich würde Ihnen absolut dazu raten, absolut, bevor's zu spät ist«, log er.
»Aber damals, wie du heimgekommen bist, hast du doch gar nichts von alldem gesagt? ... Bloß deine Nerven sind's, hast du gemeint.« Sie blieb an der Türe stehen und sah ihn an. Dieses fortwährende Fragen wurde ihm nachgerade lästig.
»Nerven? ... Natürlich sind die auch ganz 'runtergewirtschaftet! Wär kein Wunder! ... Rein aus Rücksicht auf dich hab ich dazumal nichts verlauten lassen, aber jetzt geht das einfach nicht mehr so weiter! ... Laß mich endlich in Ruh mit deiner Ausspionierer ei! Geh und pack und fertig!« schnitt er alle ihre weiteren Einwände ab. Sie folgte seufzend. Droben im Schlafzimmer setzte sie sich auf das Bett und weinte leise. Mitten in ihren Schmerz rann die Sorge wegen der fünftausend Mark.
Wie sollte das bloß werden, wenn er gleich immer solche Summen mitnahm? Der letzte Notgroschen verrann ja dabei wie nichts, und der sichere Ruin begann. Und nichts

konnte sie gegen seinen starren Eigensinn machen! Eines Tages war man vielleicht arm und – ach, sie mochte gar nicht weiterdenken!
Lahm und verstört begann sie zwei Koffer zu packen. Bei jedem Stück, das sie hineinlegte, gab es ihr einen Stich in der Brust.
Unten in der Stube hockte Sittinger und war grämlicher als je. Nun saß er richtig in der Patsche und mußte drinnen bleiben! Die Politik, der Eibenthaler, Malwine und Schlicht – alles war wie weggelöscht. Er dachte im Augenblick nur an sich und die nächsten Unbehaglichkeiten. Beim Gschwendtner mußte ein Fuhrwerk bestellt werden, um ihn nach Amreiten zur Bahn zu bringen. Die Nachbarn würden glotzen und fragen, wenn er aus dem Haus ginge, dann die langweilige Bahnfahrt bei dieser Gluthitze und ausgerechnet in die Berge, die er zeitlebens haßte, dann Logis in irgendeinem ungastlichen Hotel, Tag für Tag saftlose Wirtshausverpflegung, die Langeweile und die fremden Menschen!
Reiner Irrsinn! Irrsinn! bestätigte er sich und wurde immer trübseliger. Er war pudelwohlauf, kein Herz, kein Asthma, keine Nieren und Nerven spürte er. Und nun mußte er so eine saudumme Komödie bis zu Ende treiben: wirklich nach Reichenhall fahren, und er wußte doch gar keinen Spezialisten dort; wirklich Kur nehmen, und es war doch völlig unklar, weswegen; wirklich Geld verpulvern für nichts und wieder nichts. Und verlogene Briefe mußte er schreiben von dort, eine feste Adresse angeben, und dann kamen welche von ihr mit der kindischen Überschrift: »Liebes Dickchen! Guter Anton!« Und nichts stand drinnen als dummes, lächerliches Zeug. Schließlich besuchten ihn Herbert und Anna einmal und natürlich Malwine jede Woche. »Wie geht's dir denn? Ist's schon besser?« wird sie fragen und überströmend zärtlich sein wollen, den Arzt wird sie ausfragen, und ihn

selber wird sie womöglich zu mühevollen Bergspaziergängen drängen.
Vor lauter Wut spuckte er rücksichtslos auf den sauberen Teppich. Eine Fliege setzte sich auf seine feuchte Nase. Er erwischte sie und riß ihr nach und nach sämtliche Füße aus. Er warf den hilflos zuckenden Körper hin, betrachtete ihn und gestand sich verzweifelt: So, ganz genau so bin ich jetzt, pfui Teufel! Er trat auf das winzige schwarze Etwas und spuckte abermals aus.
»Damit du nicht glaubst, ich rede mir was ein ... Damit du mir nicht später mit deinen bekannten Vorwürfen daherkommst«, murrte er die herunterkommende Malwine an. »Ich will morgen oder übermorgen noch mal zu unserm Hausarzt hineinfahren und mich genau erkundigen, ob die Kur unumgänglich notwendig ist.«
»Ja – ja, wie du meinst«, erwiderte sie, schon ganz in ihr Schicksal ergeben.
Der Abend verging, die Nacht verfloß, der andere Tag – er fuhr nicht. Malwine sagte nichts. Auch er blieb wortkarg. Von der kommenden Eibenthaler-Versammlung wurde erst recht nichts mehr erwähnt. Schließlich am Freitag meinte er: »Ich fahr nachmittag, richte mir mein kleines Kofferl her ... Ich komme erst am Montag, ich will von dem ganzen Rummel nichts sehen und hören ... Du kannst dich ja amüsieren, wenn du Lust hast.«
»Ich geh bestimmt nicht hin! Ich versprech es dir, Anton! Ich geh überhaupt nicht aus dem Haus am Sonntag«, versprach sie.
Der Sonntag brach strahlend an. Aus allen Dörfern wanderten die Leute zum Hochamt nach Bibloch. An sämtlichen Alleebäumen, an den Wegweisern und Tennenwänden, am Transformatoren- und Feuerwehrhaus, an den Telegrafenstangen und Gartenpfählen, wohin immer das Auge schaute, entdeckte es mit Teer gemalte kleinere und größere Hakenkreuze. Die Aubichler Burschen lachten

tatenkühn. Sie hatten sogar auf die Straße große Teerhakenkreuze geträufelt, doch die waren formlos und blieben nicht kleben auf dem trockenen Staub. Ein Fuhrwerk rollte darüber und schnitt sie auseinander, die Kinder spielten mit den pechigen Stücken Fußball.
Überhaupt schien es an diesem Sonntag in Aubichl belebter als sonst zu sein. Es lag, wie man so sagt, etwas in der Luft. Der Hauptmann Schlicht hatte auf dem Mast vor seinem Haus eine große Hakenkreuzfahne aufgezogen. Damit nicht genug, an allen seinen Fenstern waren außerdem noch kleine Papierfähnchen angebracht. Festlich bunt und lustig sah das ehemalige Wäscherhäusl aus. Der Hauptmann selber war schon in aller Frühe nach Bibloch gegangen, um im Gasthaus zur Post die letzten Vorbereitungen zu treffen. Rudelweise traten die Burschen beim Kirchgang auf, immer zu viert oder zu acht und manchmal auch mehr. Vielsagend sahen sie einander an. Jeder trug das nationalsozialistische Abzeichen im Knopfloch, und flegelhaft laut gebärdeten sie sich, wenn irgendein Ortsansässiger vorüberging, frech kicherten sie die Betschwestern an und riefen besonders Mißliebigen derbe Bemerkungen nach. Noch vor Beginn des Hochamtes gingen sie ins Gasthaus zur Post, wo der Hauptmann allem Anschein nach im großen Saal einen Appell abhielt. Man hörte das Abzählen und Kommandieren bis auf die Straße hinaus. Die Kinder drückten ihre Gesichter neugierig an die Saalfenster, und immer, wenn sie einen erkannten, riefen sie: »Ah, der Jackl ist auch dabei! Ha, ha, da schau, was der Toni für eine Letschen macht!« Die Bauern standen vor dem Einläuten disputierend auf dem großen Platz, und man hörte die verschiedensten Meinungen. Der eine schimpfte, weil man ihm die neugestrichene Tennenwand verschmiert hatte, der andere wieder spöttelte: »Hoho, die geben's aber groß ... Das reinste Theaterg'spiel ist's!« Der Bürgermeister wiederum sagte laut, daß es jeder hören konnte: »Die

Militärspielerei kann er woanders treiben, der Schlicht ... Wenn das dem Hitler seine ganze Kunst ist, jeden Knecht zu verderben mit der Gaudi, nachher will ihn kein Mensch.« Die Umstehenden nickten. Der Pflöginger von Reitlmoos, einer der größten Bauern, in der Umgegend, rief scharf: »Lang schaut da der Bau'rnstand nicht mehr zu!«

Die große Glocke fing an zu brummen. Die Kirche füllte sich.

»Und es ist nicht alles Gold, was glänzt, meine Lieben in Christum, dem Herrn, versammelten Zuhörer und Zuhörerinnen«, sagte der weißhaarige Pfarrer einmal in seiner Predigt, hob den Zeigefinger und schaute auf die unaufmerksamen, geschäftig flüsternden Burschen hinunter. »Unser lieber Herrgott sieht die Unterschiede genau und weiß, was einem christkatholischen Menschen zusteht und was nicht. Der Höllische geht jetzt überall um in verschiedenster Gestalt. Indem aber geschrieben stehet, du sollst deinem Herrn und Jesus folgen und sonst keinem, darum möchte ich sagen, wir brauchen keine Ausländer, die wo uns weismachen möchten, daß dieses nicht mehr gültig ist!« Etliche Bauern nickten. Sogar der Oberstleutnant Grimmenmoser klappte seine Augendeckel zustimmend auf und zu. Hauptmann Schlicht hingegen zog Stirnfurchen, und die Burschen wußten nicht, wie sie dreinschauen sollten, machten dumme Gesichter.

Das Ärgerliche aber ereignete sich erst nach dem Hochamt. Als nämlich üblicherweise die meisten Bauern und ihre Angehörigen noch etliche Vaterunser vor ihren Familiengräbern verrichteten, schmetterte plötzlich auf dem Platz Marschmusik, das Rattern schwerer Lastautos vermengte sich mit dumpfen Marschtritten und Kommandogebrüll, und die aus dem Friedhof Kommenden sahen gewiß an die hundert blitzblank uniformierte Braunhemden mit Fahnen und Transparenten im Kreis herummarschieren.

An der Spitze schritt ein großer, schlanker Offizier und neben ihm Schlicht. In kurzen Abständen schrien die fremden Radaubrüder immer wieder ein gezacktes: »Heil Hitler! Heil – Hitler! Deutschland er-wache! Heil!«, und die Burschen rundherum erwiderten ebenso und hatten die Arme zum Hitlergruß ausgestreckt. Schließlich schlossen sie sich dem Zug an. Von den mitten auf dem Platz stehenden, rot drapierten Lastkraftwagen herab warfen etliche SA-Männer auseinanderflatternde Stöße Flugblätter.
Die Bauern schauten nicht recht freundlich drein. Das jüngere Weibsvolk und die Kinder freilich, die hatten ihren Spaß daran. Malwine blieb am erhöhten Gottesackertor stehen und sah wie gebannt immer nur auf Franz Eibenthaler, schaute und schaute und spürte ihren Körper kaum noch. »Frau Inspektor, kommen Sie! Wirkliche Frontkämpfer sind das nicht!« schlug es an ihr Ohr, und sie zuckte zusammen. Grimmenmoser stand da. Noch einmal spähte sie nach dem schlanken Offizier neben Schlicht. Der sah sie nicht. Sie schloß sich dem Oberstleutnant an und ging heim. Sehr ungünstig, sehr herabmindernd redeten die Leute, an denen sie vorbeikamen, über den Aufzug. Kein freundliches Wort fiel über Hitler. Ihr Herz war schwer. Nur mit halbem Ohr hörte sie auf das, was Grimmenmoser sagte, nickte immer zu und sagte mechanisch »Jaja« oder »Hmhm« oder »Nein«. Wenn es wahr ist, daß jeder Mensch eine Seele hat, so konnte man sagen, in der ihrigen flammte das Bild Eibenthalers wie ein illuminiertes Monument. Sie kämpfte einen peinigenden Kampf mit sich, ob sie nicht auf und davon nach Bibloch laufen sollte, wild durch die schreienden Burschen, hin zu ihm – – und? Sie zerging fast. Ihre Brust beengte sie und drohte zu zerspringen. Sie aß nichts, tat nichts, konnte nicht sitzen, nicht stehn, nicht denken, gar nichts. Es war furchtbar.
Aber es war doch ihr Glück, daß sie nicht dabeisein konnte,

denn die Versammlung, die am Nachmittag stattfand, nahm ein unerwartetes Ende. Die Burschen und fremden SA-Leute hatten den Saal gefüllt, Bauern kamen aus Neugier, laut ging es bereits her, als Eibenthaler seine Rede vom Stapel lassen wollte. Plötzlich fingen die Bauern am langen linken Tisch zu brummen an, der Reblochner stand auf und schrie: »Macht's daß weiterkommt, landfremde Bande!«, und – eins, zwei, drei! – entstand die wüsteste Rauferei. Dabei wurde der Reblochner erstochen. Furchtbar sahen manche Bauern aus. Von Schlagringhieben geschwollene Köpfe hatten sie, entsetzt kamen blutüberströmte Burschen dahergelaufen und weinten laut auf. Der Postwirt telefonierte in seiner Ratlosigkeit die Amreitener Polizei an, und die Dörfer ringsum wurden rebellisch. Mit Feuerwehrhelmen und Hacken, mit Gabeln und Prügeln versahen sich die Aubichler, die Reitlmooser zogen schon in kriegsmäßigem Zug gegen das Pfarrdorf, und die SA-Hundertschaft samt dem Eibenthaler stürmte auf die Lastautos. Zusammengeduckt, mit eingezogenen Köpfen, aneinandergepreßt und verängstigt sausten sie durch die Dörfer und ließen wehrlos den Steinhagel und das bellende Geschimpf über sich ergehen.
Eine richtige Dorfrevolution war es. Die heimkommenden Knechte und Burschen, meist ziemlich blessiert, hatten es schlecht. Die Polizei nahm den Hauptmann Schlicht und den Wergler-Alois fest und brachte sie auf der Stelle ins Amtsgerichtsgefängnis nach Amreiten. Ungeheuer erbittert war die ganze Bauernschaft.
Die »Hitlerei« in dieser Gegend hatte ein unrühmliches Ende gefunden. Der Schlicht, hieß es, wenn er herauskomme, könne sich nicht mehr halten. Der Greitler hielt es für ratsam, ihm noch am selben Tage durch einen eingeschriebenen Brief zu kündigen. Der Postbote trug das gewichtige Schreiben lange herum, schließlich wurde es ins Gefängnis weitergeleitet.

Der am Montag heimkommende Sittinger, welcher in München eine erschreckende Zunahme der nationalistischen Treibereien miterlebt hatte, jubelte förmlich, als er all das erfuhr. Er lebte neu auf und schimpfte überall massiv über Hitler und sein »Nazigesindel«.
»Na ja, Gott sei Dank!« sagte er bieder zu Malwine und log weiter. »Bei möglichster Ruhe, meint unser Hausarzt, kann ich mir die teure Kur ersparen ... Ich darf eben absolut keine Aufregungen mehr haben, verstehst du? ... Na, jetzt wo die Vernunft gesiegt hat, geht's ja wieder ... Da, leg die fünftausend Mark wieder zurück. Keinen Pfennig hab ich verbraucht davon. Du siehst, leichtsinnig bin ich nicht ... Ich war's noch nie!« Seine Stimme war belegt. Schwere Weinräusche hatte er hinter sich, doch die waren ja auf »seine eigenen Kosten« gegangen.
Malwine hielt die Banknoten in ihren Händen und sah ihn fragend an. »Ja, und jetzt hab' ich natürlich Herbert und Anna abgeschrieben!« meinte sie.
»Na ja – und?« fuhr er sie an. »Und? ... Ganz richtig so! Ich brauch Ruhe, fertig!« Sie schwieg. Er streckte sich wie nach einem wohltuenden Bad. Er griff nach einem Buch und schlug es auf. Malwine, die immer noch ungewiß zögernd dastand, kümmerte ihn nicht. Über sein Gesicht lief ein leichtes, behagliches Lächeln.
»Hm, sehr gut. Ausgezeichnet«, murmelte er und las laut: »Nachdem mich die Erfahrung darüber belehrt hat, daß alles, was das alltägliche Leben darbietet, nur eitel und wertlos sei, und nachdem ich erkannte, daß alles, was mich in Furcht und Unruhe versetzte, nur insofern gut und schlecht sei, als es mein Gemüt erregt, da beschloß ich endlich doch noch einmal nachzuforschen, ob es denn nicht ein wahres und dauerndes Gut gäbe, das man sich aneignen und dem sich unsere Seele ausschließlich hingeben könne, ja, das mir beständige und innige Seelenheiterkeit gewähre ...« Er hielt inne und fragte sie: »Seelenheiter-

keit? ... Verstehst du denn das überhaupt? Nein! Nichts, gar nichts begreift ein Weib! ... Bleib bei deinem Kochtopf! ... Hoffentlich hast du's endlich begriffen, daß dich alles andere nichts angeht ... Hast's ja gesehen an dem sauberen Eibenthaler ...«

Sie biß schmerzlich auf ihre Lippen und ging ohne ein Wort aus der Stube. Er rieb sich belustigt die Hände und murmelte in einem fort: »Jajaha, Seelenheiterkeit! Seelenheiterkeit! ... Hahaha, ein Fuchs, ein schlauer Fuchs, dieser Spinoza! ... Und war ein Jud, ein waschechter Jud ...«

XIV

Jetzt waren die Burschen kleinlaut. Keiner trug mehr das nationalsozialistische Abzeichen. Die Kinder spielten damit, und wenn ein Bauer das sah, nahm er ihnen die Blechdinger und zertrat sie wütend. Schüchtern und beschämt gingen die verwundeten Knechte ihrer Arbeit nach, und kein Mensch hatte Mitleid mit ihnen. Viele wußten auch gar nicht, wer sie so zugerichtet hatte, ob die eigenen Freunde und SA-Leute oder die feindlichen Bauern. Niemand von ihnen hatte sich vorgestellt, daß die »Politikspielerei« derartig gefährlich, so blutig, ja schon fast mordbrennerisch werden könne. Die Aubichler rissen die große Hakenkreuzfahne herunter, zerfetzten sie und sägten den Fahnenmast ab. Etliche Fenster des verlassenen Wäscherhäusls wurden eingeworfen, und sein Besitzer, der Greitler, beeilte sich, die kleinen Zierfähnchen herunterzunehmen. Er warf sie auf einen Haufen und verbrannte sie. Aus Angst, es könne noch Ärgeres geschehen, brachte er sofort im Vorgarten eine große, weithin sichtbare Tafel an:

»Zu vermieten – Näheres Hausnummer 18, bei Greitler.«

Mannhaft ging er nach dieser Arbeit durch das Dorf und sagte zu jedem: »Der Hetzer kommt mir nicht mehr herein! Der kann bleiben, wo er will!«

Allgemein wandte sich die Teilnahme den verletzten Bauern zu. Jedermann war empört über das schandmäßige Treiben der Hitlerleute, die nicht einmal davon zurückgeschreckt waren, mit Schlagringen, Gummiknüppeln und Messern gegen rechtschaffene, angesehene Bürger vorzugehen. Den größeren Schaden hatte der Postwirt von Bibloch. Sein Saal sah aus wie ein Trümmerhaufen, und die Instandsetzung bezahlte niemand. Die Polizei fahndete noch immer nach dem Mörder vom Reblochner und nahm

noch etliche Verhaftungen vor. Der Knecht vom Eigelberger in Aubichl und der Rattlinger-Älteste mußten daran glauben.
Das Begräbnis des allgeachteten Reblochner gestaltete sich zu einer verbitterten Demonstration der Bauern in der ganzen Umgegend. Weltkrieger mit dem Eisernen Kreuz Zweiter Klasse und der bayerischen Tapferkeitsmedaille war der Tote gewesen. Vier unmündige Kinder und eine schwangere Frau hinterließ er. Der Gottesacker war voll bis auf den letzten Platz. Viele Weiber und Männer weinten. Der »Veteranen- und Kriegerverein« erwies seinem toten Mitglied alle Ehren. Dreimal senkte der Daiser von Bibloch, auch noch ein Mitkämpfer aus dem Kriege 1870/71, welcher bei Sedan verwundet worden war, die Fahne in das offene Grab. Draußen, vor dem Pfarrdorf, krachten die Böller, und die Vereinskapelle spielte »Ich hatt' einen Kameraden«. Zuletzt sangen alle mit, der zahnlose Austragsbauer und die verhutzelte Greisin, Männer, Weiber und Kinder. Die Luft erbrauste. Die ernste Feierlichkeit ergriff jeden. Sogar dem alten Pfarrer kamen die Tränen. Und wenn sich's auch komisch anhörte, als jetzt der Ehrenvorsitzende, Oberstleutnant Grimmenmoser, der in voller Felduniform erschienen war, den blanken Helm schwenkte und laut ausrief: »Unser toter Kriegskamerad, der tapfere Frontsoldat Joseph Reblochner, – er lebe hoch! hoch! hoch!« Es stimmten alle hingerissen mit ein, und es klang wie ein drohender Schwur. Prachtvolle Kränze hatten die Gemeinde und der »Christliche Bauernverein« gestiftet. Auf den breiten, blauseidenen, goldbefransten Schleifen stand: »In Jesu Namen – auf Wiedersehen!« Alsdann trat der Greitler mit gewichtigem Gesicht ans Grab und legte für den »Obstbau- und Bienenzuchtverein« einen großen Kranz nieder. Die ganzen drei Tage vorher hatte er eine schwungvolle Rede aufgeschrieben und einstudiert, nun brachte er vor Erschütterung nur heraus:

»Lebe wohl ...!« Das »wohl« wurde falsch verstanden und abermals schrien alle ein dröhnendes »Hoch«, obgleich die Vornstehenden abwinkten. Die Witwe und ihre Kinder heulten unablässig und laut. Der Pfarrer war bleich, begann seine Totenpredigt und stockte immer wieder. Jedes seiner Worte zitterte. Er machte es kurz. Er warf die üblichen drei kleinen Schaufeln voll Erde in das dunkle Grab und schloß bewegt: »Auch du bist nicht umsonst gestorben, lieber christkatholischer Mitbruder Reblochner Joseph! Gott, der Herr, wird dich sühnen und aufnehmen in seinen ewigen Himmel, Amen.« Die rieselnden Steine klapperten auf den hölzernen Sarg ...
Seither konnte fast keine politische Partei mehr im Biblocher Pfarrgebiet eine Versammlung abhalten. Von den Nationalsozialisten ganz zu schweigen, auch den Sozialdemokraten verweigerten die Wirte jetzt ihre Lokalitäten. Nicht einmal eine von Grimmenmoser lebhaft befürwortete deutschnationale »Mittelstands- und Bauernkundgebung« fand Interesse und Zuspruch. Der Referent und der Oberstleutnant mußten sich damit begnügen, mit den zufällig anwesenden Wirtshausgästen unterhaltungsmäßig zu reden. Nur einmal, als die katholische Volkspartei und der Bauernverein aufriefen, füllte sich der inzwischen renovierte Postwirts-Saal bis zum Brechen, und ungeheuren Beifall erntete der Redner, als er herausschmetterte: »Der rechtliche Bauernstand, werte Anwesende, der lehnt mit aller Entschiedenheit die braunen und roten Sozi ab, weil das nichts anderes sind als wie höllische Antichristen und unlautere Elemente! Unser alleiniger verantwortlicher Führer ist und bleibt der Herr Reichskanzler Doktor Heinrich Brüning! Sein Wahlspruch ist: ›Bet und arbeit, Gott hilft allzeit.‹ « Der Herr Pfarrer und der spitzbauchige Lehrer, der faßdicke Bürgermeister, Greitler und Muggenthaler klatschten. Grimmenmoser zollte korrekten Respekt.

»Bravo!« machte sich Sittinger bemerkbar und stand in seiner ganzen Breite da. Malwine wollte ihn geniert niederziehen, aber er schlug erst recht seine fleischigen Handflächen aufeinander und lachte aufgefrischt. Er hatte nicht das geringste übrig für diesen muckerischen, asketischen Brüning, der immer nur von Gott und dem Herrn Reichspräsidenten von Hindenburg, von »sparen« und »opfern« sprach und dabei beständig die Renten und Pensionen kürzte. Aber diese so sichtbare Sympathiebezeichnung gefiel den Bauern, und außerdem ging sie gegen Hitler, Malwine und den davongejagten Eibenthaler. Überhaupt gegen alle Menschen, die er nicht leiden konnte!
Nachdem man zu Hause war, sagte er zu seiner Frau: »Ein Bismarck ist dieser Brüning nicht, ein lederner, essigsaurer Beamter ist er ... Ich hab gelesen, er gönnt sich selber nichts und meint, jeder müßt damit zufrieden sein ... Solche Staatsmänner haben keine Popularität in sich ... Bismarck war ein richtiger Esser und Trinker. Unter ihm haben die Leute gern gelebt ...«
»Aber du bist doch so für Brüning?« Malwine staunte ihn an.
»Herrgott, mit euch Weibern soll ein Mensch richtig reden können! Natürlich ist er ein korrekter Mensch, der Brüning ... Das sagt aber doch gar nicht, daß er mir jetzt als Mensch sympathisch sein muß ... Ein fader Kerl ist er!«
Die Zeitung brachte Nachrichten vom Vordringen der Hitlerbewegung in fast allen deutschen Gauen. Ohne Ausfälligkeiten kommentierte sie die zunehmenden Erfolge der Nationalsozialisten. Der Wahlkampf war voll entbrannt.
»Aber dieser Landstrich bleibt rein«, meinte Sittinger unberührt. »Ich dank meinem Schöpfer, daß ich auf dieser Insel hock ... Da kommt kein solcher Pestwind her.«
Während sich in allen Städten und Flecken die Versammlungen jagten, während das ganze Land von unzähligen

Wahlrednern durchzogen wurde, während schon von überallher Meldungen von blutigen Saalschlachten und Überfällen auf politische Gegner kamen und mitunter die Reden der verschiedenen Parteigrößen aus dem Lautsprecher vom Wagerer in die warme Sommerluft schallten, – in all dieser Zeit blieb es in Aubichl, in Bibloch, Reitlmoos und den umliegenden Dörfern alltäglich ruhig wie immer. Einmal hörte man, daß Schlicht und die anderen verhafteten Burschen nach München übergeführt worden seien. Ein großer Schwurgerichtsprozeß werde es, erzählten sich die Leute.

Der Inspektor ging wie immer spazieren, hin und wieder betrank er sich, wenn er dem Baron nicht mehr ausweichen konnte. Dann wetterte Malwine und war etliche Tage verstimmt, aber das gab sich alles wieder. Mit dem Greitler, der es jetzt besonders notwendig hatte und ständig von Haus zu Haus ging, um den Leuten klarzumachen, was sie wählen sollten, mit diesem wackeren, immer redseligen Biedermann saß Sittinger öfter beisammen. Entweder in seiner abendlichen Stube oder im schattigen Vorgarten der Schlezlwirtschaft bei einer kühlen Maß Bier.

»Man muß die Sache so anschauen, Herr Inspektor – der Brüning hat schon das Rechte. Er tut doch bloß vorm Ausland so, als wie wenn wir glatt am Bankrott sind, damit unsere Gläubiger 'reinfallen drauf, verstehn Sie! Er ist ein guter Diplomat, unser Brüning! ... Einmal sagt sich der Franzos und der Engländer doch, von dem bettelarmen Deutschland ist nichts mehr 'rauszuholen, streichen wir schon die Schulden aus!« versuchte der Fabrikant zu erklären. »Nachher sind wir obenauf! Nachher können wir uns wieder alle was gönnen und lustig leben ... Nur jetzt, nur jetzt recht notig tun!«

»Hm, das ist eigentlich gar nicht dumm, gar nicht dumm!« stimmte Sittinger zu und dachte kurz nach. »Aber warum ist er denn alsdann so hinter den Steuern her? Warum kürzt er mir denn meine Pension ewig?«

»Das muß doch sein! So was muß er doch! Das gehört sich doch so zu einem Staatswesen, aber das muß man nicht so ernst nehmen ... Später wird alles wieder eingerenkt«, tröstete ihn Greitler und blinzelte listig.

»Tja – jetzt das versteh ich nicht recht ... Wie meinen Sie das eigentlich?« erkundigte sich Sittinger interessiert.

»Na, das ist doch sehr einfach, – bei Ihnen natürlich, das weiß man, was Sie zu kriegen haben, Herr Inspektor, aber so! ... Dem Steueramt wird man doch nicht zahlen, was's verlangt. Das wär ja eine Hirnverrücktheit!« sagte Greitler etwas gedämpfter und mehr in den Tisch gebeugt, und sein Gesicht leuchtete auf, als sei ihm das Gescheiteste von der Welt eingefallen. »Ich glaub sogar, das liegt in der Idee vom Brüning! Er verlangt soviel, weil er weiß, er kriegt sowieso nichts ... Nachher sagt er zum Ausland: ›Da schaut's her, aus keinem Deutschen bring ich mehr einen roten Heller 'raus, wo soll ich das Geld zum Schuldenzahlen hernehmen.‹ « Er wurde eindringlicher und gestikulierte heftig. »Sie müssen doch bedenken, Herr Inspektor, die Kassenbücher von den Steuerämtern kann man ja kontrollieren! Da kommt sicher öfter so ein Herr oder eine Kommission vom Ausland und schaut nach ... Unser Brüning weiß, wie er's machen muß! *Die* Bücher, wenn die Herren anschauen, da graust ihnen ... Sehn Sie, das ist die wahre Staatskunst – nur den andern täuschen! Nur keinen 'reinschauen lassen!« Er freute sich sichtlich, daß er es so gut herausgebracht hatte, und voll Begeisterung darüber drückte er Sittingers Arm. »Ich sag Ihnen, Herr Inspektor, ich garantier Ihnen, wenn die Feindmächte einmal sagen, gut, wir wollen nichts mehr – da wird Ihre Pension glatt verdoppelt!«

»Na ja, na ja, da hab ich ja noch die besten Aussichten, wenn ich's noch erleb«, lächelte Sittinger ironisch.

»Ah, leicht! ... Ein Mann in den besten Jahren, wie Sie! Und so gesund!« rief Greitler.
Im großen und ganzen leuchteten dem Inspektor die Finessen der Brüningschen Taktik halbwegs ein, und er fand sogar, daß der Reichskanzler gar kein dummer Mensch sei. Vielleicht frißt und säuft er auch heimlich, dachte er und vergegenwärtigte sich das raubvogelartige Kanzlergesicht. Vielleicht ist er schlauer und durchtriebener als wir alle.
»Jedenfalls ist er ein ehrenhafter Mensch, der Brüning«, sagte er zu Greitler, und dieser sprang ihn sofort wieder an: »Eben! Eben darum müssen wir ihn halten! Darum wählt man seine Partei!«
So machte er es überall. Jeder hörte von ihm über Brüning nur das, was er hören wollte.
»Ja, ja, glauben Sie vielleicht, Frau Inspektor«, belehrte er zum Beispiel Malwine einmal, »glauben Sie vielleicht, der Brüning mag die Juden? Der kann keinen Juden riechen! Er sagt's bloß nicht. Er ist nicht so dumm wie der Hitler.«
»Er ist eben ein Staatsmann, ein absoluter Staatsmann«, pflichtete ihm Sittinger bei. Für ihn und seinesgleichen nämlich war die Politik wie alles andere eine völlig private Angelegenheit: Ist der führende Mann sympathisch, so schlägt man sich auf seine Seite. Allerdings bloß solange, wie dieser Mann Erfolg zu haben scheint.
Dem Greitler brauchte das niemand zu sagen. Er wußte es, und sein eifervolles Werben überzeugte selbst den Dümmsten und Verstocktesten.
So verging der Sommer, und die Laubbäume verfärbten sich schon leicht; so kam jener Septembersonntag heran, an dem die Leute im Gasthaus zur Post in Bibloch wählten. Sie besorgten das gleich nach dem Hochamt und vollkommen unerregt. Unschwer war es jedem vom Gesicht abzulesen, wem er seine Stimme gegeben hatte. Außer

Sittinger war auch kein Mensch sonderlich gespannt. Zuversichtlich meinte der Greitler: »Wenn ganz Deutschland so wählt wie wir, dann bleibt der Brüning ewig.«
Mit einem schnellen Seitenblick fixierte ihn Malwine. Ihr deutsches Herz hatte allen Einflüsterungen widerstanden. Sie hatte Hitler die Treue nicht gebrochen, trotz alledem! Sie kam sich insgeheim erhaben und mutig vor, fast so wie eine leidende Heldin.
Der Tag war still und klarblau. Auf den Kartoffeläckern welkten schon die grünen Stauden ein wenig. Die hängenden Brachfelder sahen aus wie schief an die Sonne gestellte riesige Nudelbretter.
Nach dem Mittagessen wurde dem Inspektor die Zeit zu lang. Er machte mit seiner Frau einen Spaziergang. Malwine blieb seltsam wortkarg und würdig heute. Hin und wieder warf sie den Kopf in den Nacken und sah träumerisch in den Himmel. Dabei wurde ihre Miene sonderbarerweise stolz. Sittinger beachtete sie nicht. Er ging nachdenklich dahin und wußte nichts Rechtes zu reden. Ein Schwarm dicker Raben schwirrte einmal daher und ließ sich auf einem abgemähten Weizenfeld nieder. Sie pickten die ausgefallenen Körner auf.
»Das hat eine schlechte Bedeutung«, meinte der Inspektor.
»Schlecht? ... Warum?« fragte sie interessiert und hoffte im stillen, er würde das auf die Politik beziehen und womöglich der Hitlerpartei Chancen geben.
»Wenn diese ekelhaften Viecher so früh über die Felder kommen, sagt der Gschwendtner, dann gibt's einen harten, langen Winter«, erwiderte er, und das enttäuschte sie.
»So, hm ... So, so«, gab sie nur zurück. Sie sah sinnend durch die glasige Luft.
»Da wird's gut sein, wir decken uns mit Kraut und Kartoffeln gut ein«, redete er weiter.
So verlief der ganze Spaziergang. Über die Wahl und die

Politik sagten sie nichts. Hübsche Partien Selchfleisch und Dauerwürste, haltbares Obst und Eingemachtes, meinte er, an das müßte man jetzt denken. Erst als sie wieder ins Dorf zurückgekehrt waren, sagte er: »Ich geh heute zum Wagerer hinüber nach dem Nachtessen. Ich hör mir am Radio die Wahlergebnisse an.«

»So? ... Könnte ich da vielleicht mitkommen?« fragte sie.

»Du?« Er staunte und ärgerte sich zugleich. Er überwand sich aber schnell und sagte gleichgültig: »Meinetwegen, wenn du durchaus willst.«

»O ja, gern.« Sie nickte dankbar lächelnd. Nicht nur ihr Interesse für derartige Dinge war ihm zuwider, er ahnte im voraus: Hinsetzen wird man sich, der Krämer wird Schnaps bringen. »Keinen Kognak heute, Herr Inspektor?« wird er spöttisch fragen und vielleicht vom Baron anfangen, am Ende ist der sogar schon in der Küche, und sie natürlich wird recht zugeknöpft tun und ihn immer so vorwurfsvoll anschauen, schließlich wird sie beim vierten oder fünften Glas an seinem Arm zupfen, der Baron fängt zu rülpsen und zu zoten an – scheußlich!

»Ich sag dir's aber gleich, daß du mir morgen nicht wieder anfängst, du hast Augen- und Kopfweh«, fing er zu nörgeln an. »Beim Wagerer dampft's wie in einem Schützengraben. Er raucht wie ein Schlot, ich rauch, womöglich sind noch Nachbarn da, die genauso rauchen ... Wie gesagt, mitkommen kannst, aber klag mir morgen nicht.«

»Na, Anton, dieses eine Mal!« beruhigte sie ihn.

»Und selbstredend wird's spät werden, sehr spät«, meinte er weiter, doch sie wiederum zerstreute auch diese Bedenken, indem sie sagte, sie könne ja jederzeit heimgehen. Er schwieg und dachte nur: Lästiges Frauenzimmer!

Es ließ sich besser an, als er erwartet hatte. Im dunklen Laden konnte er dem Krämer noch schnell sagen: »Kein Wort vom Baron, Herr Wagerer ... Und natürlicherweise wenig Schnaps! Heut hab ich meinen Gendarm dabei,

Vorsicht!« Er lächelte, und der Krämer lächelte ebenso: »Jaja, ich versteh, ich versteh vollkommen, Herr Inspektor!« Laut sagte er: »Das ist aber eine besondere Ehre! Ganz ein freudiges Ereignis, Frau Inspektor! Nehmen S' nur Platz, bitte, bitte!« Die geizige Krämerin deckte sogar den Tisch und trug Tee auf. Malwine fühlte sich geschmeichelt und mischte sich mit freundlichster Herablassung in die Unterhaltung.

Die ersten Meldungen waren noch unklar. In der Schnelligkeit konnte niemand die Zahlen auseinanderhalten, allmählich aber wurde es deutlicher, erschreckend deutlich – die Nationalsozialisten hatten überall einen ungeheuren Stimmenzuwachs bekommen. Die Krämersleute blieben ziemlich gleichmütig. Malwine aber wurde von Meldung zu Meldung belebter und Sittinger immer düsterer.

»Ja, das ist ja einfach unglaublich! Das ist ja unmöglich!« stieß er plötzlich heraus.

»Aber das sind doch amtliche Nachrichten«, erwiderte Malwine kühner.

»Amtlich oder nicht! Entweder ist's Irrtum oder Schwindel!« keifte er sie an. Der Wagerer und seine Frau verzogen das Gesicht. Um ihre Mundwinkel zuckte es leicht. Die Elis und die Alte waren zu Bett gegangen.

»Jaja, der Hitler, der hat halt am meisten geschrien«, meinte der Krämer. »Der ist eben jetzt modern.«

»Das ganze Volk kann doch nicht verrückt sein!« warf Sittinger hin und bekam einen dunkelroten Kopf. »Da, da! ... Hören S' doch, die Sozi halten sich halbweg ... Zehn Sitze haben sie bloß verloren, aber – ja, ja, was ist denn das? – die Kommunisten, dieses rote Räubergesindel nimmt zu und zu ... Vierundfünfzig Sitze, und jetzt haben sie schon sechsundsiebzig! ... Ja, wo kommen denn die Millionen Leute alle her? Wo bleibt denn da der Anhang für Brüning?« Er rang verstört nach Luft.

»Nationalsozialistische Deutsche Arbeiterpartei hundert-

sieben – bei der letzten Wahl zwölf Mandate!« dröhnte der Lautsprecher. Sittinger wurde kalkweiß.
»Deutschland weiß, wer sein Führer ist.« Malwine konnte sich nicht mehr zurückhalten.
»Zentrum einundsechzig Sitze – Kommunistische Partei neunundachtzig Sitze!« hörte man wieder.
Sittinger sprang auf. »Gehn wir! Gehn wir! ... Ich geh!« Giftig maß er seine Frau und wartete nicht, bis sie aufstand.
»Heut hat er gar keinen Humor, der Herr Gemahl, gar keinen«, sagte der Krämer mit zerschlissenem Lächeln.
»Ach ja, er weiß ja oft selbst nicht, was er will«, erwiderte Malwine und ging ebenfalls.
»Die zwei sind einander wert«, murmelte Wagerer.
»Hm! ... Was uns schon der damische Reichstag geniert!«
»Ein nettes Paar – sie ist für 'n Hitler, und er sauft«, schloß die Krämerin.
Malwine ging aufgefrischt durch die kühle Nacht. Alle Kanäle ihrer Adern schienen aufgebrochen. Das Blut strömte zum Herzen, und dieses schlug beseligt. »Ach, Franz«, kam es flüsternd über ihre Lippen.
»Sperr bloß ab! Sperr ja alles ab!« schrie Sittinger von oben herunter. Sie zuckte fast erschrocken zusammen. Doch das dauerte nur eine Sekunde.
»Jaja«, gab sie an und verriegelte die Haustüre. Alle Häßlichkeiten und Bitternisse in ihr zerrannen. Jetzt kam sie sich erst recht als Heldin vor.
Als sie ins dunkle Schlafzimmer kam, knipste sie das Licht an. Sittinger lag schon im Bett und krächzte sie wütend an: »Laß dunkel! Bring mich nicht um!« Er schmiß sich auf die andere Seite.
»Mein Gott!« hauchte sie und machte wirklich das Licht aus. Langsam entkleidete sie sich, und fortwährend rieselte ein unbestimmtes Behagen über ihren ganzen Körper.

Ihm war, als spüre er ihren Triumph, und ein wilder Haß durchflammte ihn.

»Das nächstemal wähl ich pfeilgrad kommunistisch! Soll nur alles zugrund gehn!« kläffte er und schnaubte furchtbar.

XV

Menschen wie Sittinger gibt es in allen Ländern Abertausende. Ihre Zahl ist Legion. Alle Gescheitheit und List, aller Unglaube und alle Erbärmlichkeit einer untergehenden Schicht ist in ihnen vereinigt. In manchen Zeiten heißen sie »du« und »ich«. Dennoch wird niemand glauben, daß er auch zu ihnen gehört. Er würde sich schämen und belächelt sie verächtlich. Er weiß nicht, daß diese Verachtung ihn selber trifft. Sie erscheinen harmlos, und ihr giftiger Egoismus gibt sich stets bieder. Sie sind die plumpsten und verheerendsten Nihilisten unter der Sonne. Man hat politisch mit ihnen zu rechnen, wenn man die Welt verändern will, nur darf man sich nie dem Wahn hingeben, als seien sie für das Erringen einer besseren Zukunft brauchbar. Sie sind nicht einmal gärende Gegenwart, nur Vergangenheit und darum die unangreifbarsten Totengräber jeder gerechten Gesellschaftsordnung. Instinktiv hassen die den sozial Benachteiligten, den Arbeiter und Armen, und ihr tückischer Haß wird sofort zur unversöhnlichsten Feindschaft, sobald sie merken, daß sie bei einer sozialen Umwälzung etwas einzubüßen hätten. Deswegen ist ihnen die wirkliche Demokratie ein Greuel. Darum sind sie so schrullig konservativ, so stockreaktionär und meist monarchistisch. Sie leisten der Diktatur nur Gefolgschaft, wenn sie meinen, daß ihre Gewohnheiten und ihr Besitz dabei unangetastet bleiben. Weitschichtige Kämpfer, die mit ihren Ideen, mit ihrer Überzeugung und ihren Leiden schon in der Zukunft stehen, müssen alles Erbarmen für sie verlieren. Denn diese Menschenschicht ist im besten Falle Dünger für die Übergangszeit, weiter nichts.

Der Schrecken über die Ergebnisse der Wahl verwich in Sittinger lange nicht. Er behinderte ihn im Nachdenken und im Plänefassen. Der verwirrte Inspektor blieb tagelang schweigsam und scheu. Er erwartete böse Ereignisse und belauerte vorläufig nur den Feind im eigenen Hause: Malwine.

Wie es seiner Art entsprach, so rechnete er: Sie hat Beziehungen zu Eibenthaler, das kann nützen und schützen. Man muß vorsichtig mit ihr umgehen. Sie kann sich noch einmal als sehr brauchbar erweisen. Er vermied jeden Streit und überlegte jedes Wort. Der kleinste unbedachte Satz konnte Schaden bringen. Nun war dieses scheinbar so nachgiebige Weib obenauf, und er mußte, ob er wollte oder nicht, sich mit ihm verhalten. Ohne Scheu machte sie jetzt manchmal eine günstige Bemerkung über Hitler, und er widersprach nicht. Er lenkte nur sofort ab und sagte: »Ich bin ein unpolitischer Mensch. Ich versteh nichts davon ... Ich bin Pensionist, weiter nichts.«

Er bereute längst, daß er in der kritischen Wahlnacht mit seinem »Kommunistisch-wählen« gedroht hatte. Aus purer Rache war er darauf gekommen und nahm es nicht einmal im Traum ernst. Er versuchte, es vergessen zu machen, und erwähnte nichts mehr davon. Mitunter jedoch beängstigte ihn die bloße Erinnerung daran, denn ein Weib kann nicht schweigen, und Malwine war dazu schon gar nicht mehr imstande seit der Wahl. Jetzt schien sie wie umgewandelt, unterhielt sich oft mit dem nächstbesten Menschen in leutseliger Weise und gab ihre politischen Weisheiten von sich. Auch die Burschen wurden wieder kecker.

Um sich nur irgendwie abzulenken, ließ sich der Inspektor den Einkauf der Wintervorräte angelegen sein und entpuppte sich zum erstenmal als rührend besorgter Hausvater. Er bestellte von einer Münchner Firma eine Mischsendung eingemachter Seefische und Essiggurken. Er kaufte Kartoffeln und Kraut und zimmerte im Keller eine umfängliche Obststellage zusammen. Stroh ließ er sich vom Gschwendtner bringen, und die Fächer legte er selber aus. Jeden Apfel wickelte er noch eigens in Zeitungspapier. Zuletzt lagen sie mustergültig in Reih und Glied in der Stellage, und er rieb sich befriedigt die Hände. Malwine mußte billiges Fallobst einkochen. Er schleppte vom Hinteregger aus Buchholzen zwei Zehnpfundgläser mit Honig herüber und brachte aus Amreiten ganze Rucksäcke voll Räucherfleisch und Dauerwürste nach Hause. Als die ungleichmäßigen Stücke vom Kellergewölbe herabhingen, sah es aus wie in einer schwachbeleuchteten Tropfsteingrotte.

»Da können die Mäuse Stielaugen machen ... Da kommt keine hin«, sagte er nach vollendeter Arbeit. Er stellte aber trotzdem noch Mausfallen auf und schloß behaglich: »So, jetzt noch die Kellerfenster richtig verrammelt, dann können Schnee und Frost kommen, soviel sie mögen.«

Schon seit der Wahl tat er, als interessiere ihn die Zeitung kaum noch. Heimlich aber las er sie ganz genau. Hitler hatte als Zeuge beim Prozeß gegen die verhafteten Ulmer nationalsozialistischen Offiziere vor dem Reichsgericht in Leibzig beschworen, daß seine Partei nur legal zur Macht strebe, allerdings würden dann »Köpfe rollen«. Die Öffentlichkeit vernahm die Drohung und blieb ziemlich gleichgültig. Reichspräsident Hindenburg hatte eine ihm nahegelegte Begnadigung der Offiziere abgelehnt und das Urteil von seinem soldatischen Standpunkt aus gutgeheißen. Weiteste Kreise waren darüber befriedigt.

Inzwischen war der Reichstag zusammengetreten. Am Tage seiner Eröffnung hatten die radaulustigen Nationalsozialisten lärmende, gewalttätige Umzüge veranstaltet und etliche Warenhäuser erstürmt. Beim Eingreifen der Polizei war mit vielen anderen auch einer ihrer Abgeordneten festgenommen worden. Hitlers Presse verurteilte diese Exzesse und leugnete sofort, daß irgendwelche Parteimitglieder daran beteiligt gewesen seien. Nichts anderes als

bestellte Arbeit kommunistischer Kreise seien diese Demonstrationen gewesen, wobei Provokateure und »Untermenschen« ihr finsteres Handwerk betrieben hätten. Schließlich verbreiteten auch die bürgerlichen Blätter diese bösartigen, leicht widerlegbaren Behauptungen.
Nach der ersten, ungemein lärmenden Reichstagssitzung mußte der Kanzler zwar eine sozial besonders ungerechte Notverordnung zurücknehmen, aber er hatte sich gegen den Ansturm der Opposition behauptet, und das verschaffte ihm Respekt bei der unschlüssigen Bürgerschaft. Er schickte die Abgeordneten nach Hause und schaltete das Parlament aus. Gestützt auf das alleinige Vertrauen des Reichspräsidenten, regierte er auf Grund des Ausnahmeartikels 48 der Verfassung nach eigenem Gutdünken. Die Sozialdemokraten tolerierten seine Politik, nicht wenige Leute sahen in dem frommen, energischen Kanzler den rechten Mann am rechten Platz, und er konnte nunmehr ungehemmt eine drückende Notverordnung um die andere erlassen. »Sparen und opfern« hieß sein Prinzip, und auf die Ärmsten im Staate wandte er sie an. Rücksichtslos wurden die Unterstützungssätze der Erwerbslosen gekürzt.
Die alte Hauptlehrerswitwe Ödenhuber weinte einmal beim Wagerer im Laden. Erst hatten sie ihre Rente um vier, dann um acht und jetzt noch einmal um zehn Prozent vermindert.
»So was, ja, so was kann doch nicht mehr recht sein«, jammerte sie. »So was ist doch eine Sünd und eine Schand, wie man mit den alten, armen Leuten umgeht ... Wenn das noch katholisch sein soll, dann weiß ich nicht! ... Ich wenn meinen Herrn Baron nicht in der Miete hätt, glatt müßt ich verhungern und verderben.« Malwine stand dabei und machte ein teilnehmendes, aber dennoch siebengescheites Gesicht.
»Jaja, trösten Sie sich, gute Frau Hauptlehrer, uns geht's

genauso«, sagte sie zu der tatterigen Alten. »Wenn heute Hitler ans Ruder kommt, ist's morgen anders ... Der macht alles wieder rückgängig ... Der ist selber ein armer Beamtensohn und weiß, was wohl und wehe tut.«
Auch der Inspektor hatte sich eine neuerliche Pensionskürzung gefallen lassen müssen, und Malwine war empört darüber. Sittinger aber ließ sie ruhig schimpfen.
»Das ist eben die Krise«, meinte er, »da kann keiner was dagegen machen. Uns geht's ja nicht allein so.« Er verhielt sich noch immer abwartend. Es kommt nichts Besseres nach, dachte er und hoffte halbwegs. Vielleicht bringt uns dieser Brüning doch über den Berg. Und wenn es anders kommt, – man kann nie wissen! Er mußte gestehen, der Kanzler war nicht der schlechteste. Trotz ihren Siegen konnten weder die Nationalsozialisten noch die Kommunisten Entscheidendes tun. Ein »Weihnachtsfriede« war von der Reichsregierung verkündet worden, das Leben bekam langsam wieder Stetigkeit, und das soviel verschriene, verhaßte »System« blieb allem Anschein nach unerschüttert.
Der Greitler, welcher den Inspektor einmal auf dem Heimweg von Amreiten traf, sagte mit selbstbewußtem Brustton: »Na, was hab ich Ihnen gesagt, Herr Inspektor? Unser guter Brüning! ... Der braucht überhaupt keinen Reichstag und keine Wahl! Alles macht er allein, und gut macht er's ... Da können sie jetzt wählen, solang sie mögen, er pfeift drauf! Er und unser guter alter Hindenburg wissen schon, was richtig ist.«
»Ja, recht haben Sie, ganz recht, Herr Greitler«, stimmte Sittinger zu, überlegte kurz und setzte hinzu: »Am besten wär's überhaupt, man tät diese ganzen Wahlen und den Reichstag abschaffen.«
»Kommt schon! Kommt noch alles! Nur langsam! So was läßt sich eben nicht übers Knie brechen«, antwortete Greitler, als habe er die besten Informationen.

Sittinger hielt es trotzdem für ratsam, sich in keine politische Diskussion einzulassen, und schloß: »Na, unter uns gesagt, Herr Greitler, mir ist jeder recht, der's besser macht. Heutzutage leben, das ist schon direkt ein Jammertal.«

»Besser wie der Brüning macht's keiner!« gab Greitler heraus. »Ah, nur den Kopf nicht gleich hängen lassen, Herr Inspektor! Wer wird denn so was tun? Ah! ... Übrigens – man sieht Sie gar nicht mehr in der letzten Zeit? Waren Sie vielleicht gar krank oder sind S' am Ende abstinent worden? In der Rüdesheimer fragt jeder nach Ihnen.«

»Abstinent?« lachte Sittinger breit. »Nein-nein! Aber ich war wirklich nie gut beieinander ... Da geht man lieber nicht aus ... Soso, die Herren fragen nach mir? Freut mich, freut mich! Jaja, wenn ich grad einmal wohlauf bin, komm ich natürlich gern ... Ich laß sie schön grüßen, die Herren.«

»Aber wahrmachen, Herr Inspektor! Bald kommen! Das verlangt die Stammtischehre!« rief ihm Greitler nach, als er in seinen Vorgarten ging. Lächelnd nickte der Weitergehende.

Der Winter versickerte langsam. In Aubichl und Bibloch gab es etliche Bälle. Beim Tanzkränzchen des Gesangvereins wurde gerauft. In der Besoffenheit stimmten die Burschen auf einmal ein dröhnendes »Heil Hitler!« an und wollten das »Horst-Wessel-Lied« singen. Der Pfarrer, der Lehrer und besonders Greitler traten scharf dagegen auf. Zuerst gewannen sie auch das Übergewicht, später aber, als Lehrer und Pfarrer heimgegangen waren, wurden die Burschen erneut aufsässig, an den Tischen gab es kleinere Reibereien, und plötzlich flogen Bierkrüge, als Greitler auf die Bühne treten wollte. Zum Glück traf ihn keiner. Er stieß etliche Plärrlaute heraus und verschwand hinter der Bühne. Er lief, so wie er war, in der dunklen, eisigen Nacht vom Pfarrdorf nach Hause und schwur nun erst recht die-

sen »Hitlerlausbuben« Rache. Er ging am anderen Tag nach Amreiten hinüber und wollte Anzeige erstatten, doch der Polizeioberkommissar tat ziemlich gleichgültig.
»Na«, sagte er und musterte den giftig daherredenden Fabrikanten. »Geschehen ist Ihnen ja weiter nichts, oder? ... Wissen Sie, wenn wir wegen jeder Rauferei Recherchen anstellen täten, da kämen wir nicht weit ... Ich rate Ihnen, lassen Sie diese Bagatelle ... Jedenfalls werden wir scharf aufpassen, aber solche Faschingsraufereien kommen jedes Jahr vor.«
»Bagatellen?« warf Greitler hin, »Faschingsraufereien? Das war gemeinste politische Hetzerei! Der anständige Bürger ist schutzlos!«
Der Kommandant beruhigte ihn, versprach, Nachschau zu halten. Es geschah aber weiter nichts.
Der Greitler lief zum Pfarrer und zum Lehrer, er rannte den älteren Gesangvereinsmitgliedern rein das Haus ein und versuchte, sie auf seine Seite zu bringen. Endlich wurde eine außerordentliche Generalversammlung in Bibloch einberufen, und der Greitler redete lange und herzzerreißend.
»Silentium, meine Damen und Herren!« fing er immer wieder an und wurde noch eindringlicher. »Silentium, ich möchte das Wort ergreifen. Mit der Politik, möchte ich sagen, mit der Politik hat der Gesang schon radikal gar nichts zu tun, aber radikal schon gar nichts! ... Silentium, möchte ich weiter sagen, die Sangesfreude unserer Bevölkerung ist Erhebung und Männerlust, aber keine politische Streiterei! Wann so was Kleinliches einreißt in unserem schönen Verein, dann ist das einfach eine Unverschämtheit! Da muß einem ehrenhaften Menschen das Herz zerbrechen, möchte ich nicht vergessen! Das ist ganz einfach eine Rücksichtslosigkeit!« Er weinte fast und drohte mit der Niederlegung seines Schriftführeramtes. »Ich hab als Sänger immer meine Pflicht und Schuldigkeit getan und

bin alt und grau geworden dabei!« schrie er bebend. »Aber wenn man mich so schikaniert, dann trete ich auch aus dem Verein aus. Meine Stimme ist mir zu schad dafür!«
»Du plärrst ja sowieso bloß mit!« machte der Leininger-Xaverl einen groben Zwischenruf, und alle Burschen lachten frech. »Pßt! Pscht-pßt, Ruhe!« verwarnten ihn die besonnenen Versammlungsteilnehmer. Der Greitler redete auf den Pfarrer und Lehrer ein und geriet außer Rand und Band.
»Ist das ein würdiger Versammlungston?« hörte man ihn sagen. »So was sagt man einem altbewährten Sangesbruder!« Blaß und rot wurde er abwechselnd, und zuletzt schwitzte er vor Erregung. Schließlich nahmen der Pfarrer und die älteren Mitglieder Partei für ihn. Es wurde lange hin und her gestritten, und nichts kam dabei heraus, denn einfach alle Burschen auszuschließen, ging auch wieder nicht. Der Verein wäre zu einem elenden Häuflein zusammengeschmolzen, zu den Proben hätten die nötigen Stimmen gefehlt, und Neueinstudierungen wären überhaupt unmöglich gewesen. Unter stürmischem Beifall der Burschen beantragte endlich der Lehrer eine Vertagung der Beschlußfassung, und zufrieden damit ging man auseinander. Der Greitler war tief verstimmt und ließ sich tagelang nicht mehr sehen. In ganz Aubichl spöttelte man über ihn. Er verwand seine Niederlage nicht, und gerade das freute die Leute. »Wenn ein alter Mensch wegen so einer Kleinigkeit so kindisch wird, da lacht doch jeder!« sagten selbst die friedlichsten Dörfler. Der Fabrikant mußte erleben, daß man trotzdem und ohne ihn Proben ansetzte, und schrieb an Pfarrer und Lehrer einen erregten Brief. Er schickte seine Magd mit allen Schriftstücken nach Bibloch ins Schulhaus.
»Der Herr Greitler läßt ausrichten, wenn man so auf ihm rumtritt, dann mag er überhaupt nichts mehr wissen!« sagte die Magd blechern und unbeteiligt. »Gerechtigkeit,

hat er gesagt, kennt man, scheint's, gar nicht mehr ... Er pfeift auf alles.«
»Soso! Auch gut«, meinte der Lehrer. »Wegen ihm allein können wir doch unsern Verein nicht auflösen.«
Malwine brachte die Kunde von diesen Begebnissen nach Hause, und es war ihr anzusehen, daß sie darüber befriedigt war.
»Er kann doch gar nicht mehr singen ... Die Burschen haben die schönsten Stimmen«, sagte sie. »Überhaupt, der möchte auch überall der Erste sein. Das hört sich jetzt auf.«
Sittinger schnüffelte sie an. Die letzten Worte kamen ihm verdächtig vor. Mit gelindem Schaudern hatte er in der letzten Zeit das zunehmende Frecherwerden der Burschen beobachtet. Gott sei Dank, dachte er, ich hab mich nicht mehr eingelassen mit ihm. In die Rüdesheimer bin ich auch nie hinüber, Gott sei Dank.
Er richtete sich nur noch nach seinem Feind, nach Malwine. Die hatte sich schon so beliebt gemacht und eingelebt, daß sie jede Woche mit der Frau Muggenthaler und der Oberstleutnantin Grimmenmoser bei der Lehrersfrau in Bibloch zu einem Kaffeekränzchen zusammenkam. Als streng nationale Frau führte sie dort oft das alleinige Wort und warb für Hitler, den sie als den tugendhaftesten, ehrlichsten, gescheitesten Menschen hinstellte.
Wer weiß, für was das gut ist, laß sie, laß sie nur, sagte sich Sittinger schlau und betrachtete sie gewissermaßen als Barometer für die politische Witterung. Mit Unruhe verfolgte er die Zeitung, und er verstand jetzt, warum hauptsächlich Frau Oberstleutnant Grimmenmoser und Malwine so gut übereinstimmten. Die Nationalsozialisten und die Deutschnationalen waren aus Protest gegen Brüning aus dem Reichstag ausgezogen. In Braunschweig errang die Hitlerpartei bei einer Landtagswahl wiederum einen solchen Sieg, daß sie mit ihren Männern die meisten

Ministerien besetzen konnte, und die Deutschnationalen vom Schlage Grimmenmosers unterstützten sie.
Schau, schau! Dieses Frauenzimmer kennt die Windrichtung! beurteilte er Malwine und riet sich selber: Es wird gut sein, man streicht wieder, wie im Krieg, den nationalen Mann heraus. Im ganzen weiten Gau erzählte man sich empört und erschreckt vom Zusammenbruch zweier kleiner Banken in Amreiten. Viele kleine Einleger hatten dabei ihre letzten Spargroschen verloren. Auch die Speditionsfirma Haslinger und das kleine Warenhaus Tutscheck & Co. im Bezirksort drüben stellten ihre Zahlungen ein und mußten schließen. Man munkelte, daß der Biblocher Postwirt in Schwierigkeiten geraten sei. In der Zeitung standen die schlimmsten Nachrichten über Konkurse bester Münchner Firmen. Niemand konnte sich erklären, wie das alles kam. Die unsichtbare Krise griff um sich und wurde nun schon auf dem Lande bemerkbar. Wie ein unaufhaltsam fressendes Geschwür zernagte sie Handel und Wandel, Wirtschaft und Staat.
»Dieser Brüning ist auch nichts«, sagte Sittinger vorsichtig. »Vorwärts bringt er absolut nichts. Ewig tanzt er auf dem alten Fleck herum.«
»Er wirtschaftet sich selber zugrunde, weil er Hitler nicht heranläßt«, meinte Malwine kühn.
»Ich glaub's schon bald selber«, tastete er weiter. »Jedenfalls, man muß sagen, in der Hitlerbewegung ist Zug.«
»Anton? Wenn du das schon sagst!« Malwine sah ihn glücklich an. »Jaja, ich hab's ja gewußt, du warst immer so klug ... Du hast zuletzt immer die richtige Einsicht gehabt.« Er verzog seinen Mund ein wenig und brummte: »Na ja, ein Mann denkt eben langsam, dafür aber gründlicher.« Sie war zufrieden und erzählte beim nächsten Kaffeekränzchen, daß auch ihr Mann für Hitler sei.
»Der Herr Inspektor war immer hochgebildet«, plapperte die Frau Oberstleutnant.

Malwine vergaß nicht, das Lob der hohen Dame ihrem Manne zu erzählen. Offenbar befriedigt davon, meinte Sittinger: »Tja, man besinnt sich schließlich immer wieder auf seine Bildung. Man lernt nie aus. Immer gibt's noch was, das man nicht weiß.«

Er las wieder in seinen Philosophen. Einmal, als er allein war, stand er auf und schnalzte erheitert mit der Zunge. »Hmhm, was ich immer gesagt habe – Politik ist nichts wie Übertölpelung ... Charakter, Überzeugung, alles Humbug«, brümmelte er vor sich hin, und ein böses Lächeln umspielte seinen Mund. »Machiavelli hat den ganzen Schwindel am besten erkannt ... Sich immer als Freund geben, immer täuschen, den Gegner aushorchen und ihn in dem Glauben lassen, als wär man auf seiner Seite, aber ihn natürlich sofort verraten oder umbringen, wenn's das Interesse verlangt, und – hm, wunderbar! – Sehr gut! – wenn man seine ganzen Schwächen ausgeforscht hat ...« Er machte etliche Schritte, hob den Zeigefinger und sagte lauter: »Also Anton, genau beachten – sich nach allen Seiten sichern, jedem recht geben, und nur da stehen, wo die Macht ist!« Er war zufrieden wie nie.

So verrann das pralle Frühjahr, und der Mai verblühte. Auf einmal war der Sommer wieder da. In den abgemähten Feldern standen hohe Heufuhren, und die Rosse oder Ochsen davor wehrten sich gegen die quälenden Bremsen. Peitschend schlugen sie den langen Schwanz auf ihre Rippen und die Beine bauchwärts, schüttelten den Kopf und prusteten unruhig. »Hüa!« schrie der Knecht, und sie zogen an, um beim anderen Heuhaufen wieder stehenzubleiben. Auf allen Sträßlein und Straßen ächzten die schwankenden, schweren Fuhren ins Dorf und in die Tennen. Bis tief ins Dunkelwerden hinein rackerten die Leute, um alles trocken unter Dach und Fach zu bringen.

An einem Morgen war es dem Inspektor doch zuwider, daß er sich schon öfter abfällig über den Kanzler Brüning geäußert hatte. In dicken Lettern stand auf dem vordersten Blatt der Zeitung: »Riesenerfolg des Kabinetts Brüning. Amerikas Präsident Hoover schlägt einjährigen Aufschub aller Reparationszahlungen und politischen Schulden Deutschlands vor! Moratorium tritt in einer Woche in Kraft.«

»Hm«, machte er und legte die Zeitung weg. »Man kennt sich schon gar nicht mehr aus.« Er ging zum Krämer hinüber und traf Greitler im Laden. Der jubelte fast: »Na, Herr Inspektor, was sagen *Sie?* ... Glauben Sie's mir, ich hab's vorausgesehen! Vorläufig *ein* Jahr sagen sie, aber kriegen tun sie nie mehr was! Wer hat wieder recht gehabt mit seiner Politik? Unser guter Brüning!« Er trank seinen Kornschnaps aus und freute sich wie über einen eigenen Triumph.

»No, wenn's nur auf uns auch abfärbt«, meinte der Wagerer.

»Das? ... Das spüren wir gleich! Hauptsächlich die kleinen Geschäfte spüren das! Da passen Sie auf, wie schnell alles jetzt aufwärts geht«, belehrte ihn der Fabrikant.

»Tjaja, wenn man so was liest, schnauft man auf«, brummte Sittinger. »Sicher wirkt sich das bald aus.«

Hingegen, was war denn das? Die Anleiherückziehungen aus Deutschland setzten jetzt erst recht ein. Das Geld wurde entsetzlich knapp, und kaum eine Woche nach der frohen amerikanischen Botschaft schlossen plötzlich im ganzen Reich die Banken und Sparkassen ihre Schalter!

Nun wurde auch das Landvolk unruhig. Mitten am Tag radelten die Bauern nach Amreiten hinüber und sammelten sich rebellisch vor der Kasse der »Landwirtschaftlichen Genossenschaft«. Gefährlich sah der Haufe aus. Wilde Drohungen stiegen in die sommerheiße Luft. Die Gendarmerie mußte ausrücken und das verschlossene Gebäude schützen. Das brachte die Bauern erst recht auf. Minutenlang standen sie unschlüssig da, dann fing ein grollendes

Brummen an und verbreitete sich zu einem Schimpfen. Sicher würde Schlimmeres passiert sein, wenn in diesem Augenblick nicht der allbeliebte Bezirksamtmann Heiselinger im offenen Auto dahergefahren wäre und eine beruhigende Rede gehalten hätte.
»So wahr ich da stehe, Landsleute!« schrie er und schlug auf seine breite Brust. »Ich weiß, daß keiner einen Pfennig verliert von euch! Die Reichsregierung wird sich das überlegen, unsere Bauernschaft zu ruinieren! Es kann sich bloß um ein, zwei Tage handeln, bis wieder alles in Ordnung kommt!«
Bedrückt fuhren schließlich die Bauern wieder in die Dörfer zurück. Lustlos gingen sie an die unterbrochene Arbeit und ärgerten sich auf einmal wieder, daß sie so nachgiebig gewesen waren. Früh am Feierabend standen Gruppen vor den Haustüren, diskutierten heftig und verwünschten die Beamten, den Staat und Brüning. Malwine ging sonderbarerweise gerade jetzt überall herum und redete geschäftig mit.
»Das sind bloß die Juden! Nur die Juden!« hetzte sie, und das hatte eine unerwartete Wirkung.
»Ja! Jaja, ganz recht! Die Saubagage hat uns ruiniert! Die Juden haben alles verschoben!« stimmten die erbitterten Bauern ihr zu. »Der Hitler hat ganz recht!« Sie strahlte, und so kam sie heim. Sittinger ging sonderbar aufgefrischt in der Stube hin und her. Ihn schienen all diese Ereignisse zu freuen. Baff sah sie ihn an.
»Ja!« sagte er mit vorgestrecktem Kopf und grinste. »Na? Wer hat jetzt wieder recht gehabt, wer? ... Ich! ... Wer hat unser Geld gerettet? Ich!« Das stimmte. An das hatte sie noch gar nicht gedacht.
»Ja! Ja, Anton!« antwortete sie zufrieden. »Ich weiß ja, du siehst immer weiter wie alle anderen.«
»Und wenn's nach dir und deinem siebengescheiten Herbert gegangen wär, dann hätten wir heute einen Dreck!

Dann wären wir verloren!« vermahnte er sie überlegen. »Hoffentlich ist dir das endlich einmal eine Lehre!« Sie war nicht beleidigt. Ihr Gesicht blieb ruhig und zuversichtlich. Sie deckte den Abendbrottisch im Vorgärtchen unter dem Eschenbaum.

»Hm, ich kann's einfach nicht verstehen! Das geht nicht in meinen Kopf«, murmelte Sittinger einmal. »Jedes Jahr wächst so ziemlich das gleiche, die Natur streikt nie und kennt keine Krise, die Bauern arbeiten ewig und ewig – trotzdem soll's immer und immer schlechter werden? ... Unfaßlich! ... Das ist doch der gemeinste Schwindel!«

»So weit hat uns dieser Herr Brüning gebracht!« rief Malwine gehässig.

Sittinger schüttelte nur den Kopf. »Hm! ... Hmhm!« Er sah nachdenklich in die dunklen Gärten. Um die buntüberspannte Stehlampe flatterten etliche Nachtfalter. Die Vögel zwitscherten nur noch vereinzelt, aber die Stimmen der Leute hallten immer noch durch die Nacht.

»Heut sieht und hört man den Herrn Greitler nicht«, warf Malwine wieder hin. Er hörte nur halb hin und blies den Rauch seiner Pfeife wohlig durch die Lippen.

»Juden! Saujuden!« plärrte der Leimfinger-Knecht einmal, und »Heil Hitler!« antworteten einige Burschenstimmen. Niemand hatte etwas dagegen ...

XVI

Die kurzen Tage der unfreiwilligen Bankferien benützten Herbert und seine Frau, um die Sittingers zu besuchen. Schneidig fuhr das elegante Auto vor das Inspektorhäuschen, und kühn flatterte ein rotes Hakenkreuzwimpelchen auf seinem Kühler. Beim Gschwendtner blieben Bauer und Bäuerin kurz stehen und gafften; auch der Wagerer und seine Frau tauchten hinter der Fensterscheibe des Ladens auf und sahen hinüber. Einige Kinder sammelten sich neugierig vor dem anhaltenden Auto und musterten die fremden Leute fast ehrfürchtig. Freudig lachend, mit ausgebreiteten Armen kam Malwine aus der Türe, und hinter ihr tauchte der massige Sittinger auf.

»Das ist aber schön! Das ist reizend!« rief sie, umschlang Herbert und Anna und küßte sie geschwind. Die beiden machten gar keinen bedrückten Eindruck, im Gegenteil, sie lachten und waren fröhlich. Sittinger bemerkte die nationalsozialistischen Anstecknadeln, stutzte ganz kurz und lachte schnell darüber hinweg.

»Nur herein! Herein mit dem Glanz in meine Hütte!« spaßte er, und der elastisch daherschreitende Herbert sagte ebenso: »Tja, sehr schön das, wenn die Kassen leer sind!« Sie verschwanden im Haus.

Die Kinder draußen waren mehr geworden und betasteten interessiert das staubige Auto. Zögernd drückten sie ihre kleinen Finger auf das glatte Blech, der Glanz der Lackierung kam zum Vorschein, und sie lachten verwundert: »Ah, das ist schön! Ganz neu! ... Ah, da vorn, da mußt herlangen! Da ist's ganz heiß!«

»Ad-ler-w-wer-ke, vorm-m-m«, las der Pleninger-Peperl das kleine, glänzende Firmenschild an der Kühlerspitze und konnte sich absolut nicht erklären, was es mit diesem abgekürzten »vormals« für eine Bewandtnis hatte.

»Vorm – Punkt«, buchstabierte er, »vorm. Heinrich Kleyer ... Kle-yer – Frrr-ank-furt – a. M. ... Frankfurt a. M. ... a. M.« Er tupfte auf die Buchstaben und begriff einfach nicht. Schließlich wandte sich die ganze Aufmerksamkeit dem roten Wimpel zu. Hart und zackig prangte in seiner Mitte, auf einem weißen, runden Feld, das schwarze Hakenkreuz, und der Peperl sagte wie ein Erwachsener: »Das ist vom Hitler ... Die Herrschaften sind Hitler ...« Mit großen, verständnislosen Augen sahen ihn die anderen Kinder an. Dieses Anstaunen gab ihm eine Überlegenheit, und er wurde noch gesprächiger. »Der Leimfinger-Knecht hat gesagt, da macht man's so und sagt ›Heil Hitler‹, weil man das recht plärren kann«, belehrte der Knirps die kleine Schar und hob die gestreckte Hand. »Der Hitler hat hundert solcherne Auto, aber viel größere! Da gehn in eins oft gleich zwanzig oder hundert 'nein.«

»Heil Hüt-la!« schrien die Kleinen auf einmal und reckten ihre Arme.

Wohlgefällig sah jetzt der feine, fremde Herr zum offenen Fenster heraus, lachte und wollte etwas sagen, aber die Kinder schraken zusammen und jagten jäh davon. Der Pleninger-Peperl stolperte dabei und fiel gestreckterlängs auf die staubige Straße. Er weinte laut auf, richtete sich schnell in die Höhe und rannte zum Gschwendtner ins Haus.

»So nette Kinder! So gesund und unverdorben!« Herbert wandte sich vom Fenster weg und mischte sich wieder ins Gespräch: »Jaja, die Tage des Herrn Brüning sind gezählt. Der Staatsbankrott ist da ... Natürlich muß das Reich die Banken stützen, selbstverständlich, da gäb's ja glatt eine Revolution, aber das Vertrauen ist weg ... Der kleine Mann, der Großunternehmer und das Ausland haben die Nase voll. Ein neuer Mann muß her! Nur Hitler kann's sein.«

»Da haben wir also dann doch recht gehabt damals, als wir unser Geld ...« wollte Malwine einwerfen.
»Hm, ja und nein, wie man's nimmt«, meinte Herbert. »Jedenfalls unsere Bank ist ja absolut solvent. Sie hat eigentlich mehr aus Solidarität geschlossen. Immerhin, wer *dem* System das Wasser abgräbt, handelt richtig.«
»Ist ja eine ganz windige Bagage«, warf Anna in die Debatte. »Nette Mischung – Rote, Pfaffen und Juden, pfui Teufel!«
Die Frauen gingen voraus und deckten den Gartentisch. Heiter plapperten sie miteinander.
»Im übrigen, du brauchst natürlich nicht aktives Parteimitglied werden. Im Gegenteil, kein Mensch braucht so was zu wissen«, sagte Herbert in der Stube zu Sittinger. »Grad so unauffällig kannst du der Bewegung als Privatmann am meisten helfen ... Du wirst in die Liste eingetragen, zahlst deinen Ehrenbeitrag und orientierst die örtlichen Parteiinstanzen insgeheim, was alles vorgeht da heraußen ... Du ahnst nicht, wieviel so unsichtbare Mitglieder wir schon haben ...«
»Jajaja, das ist ein guter Gedanke!« stimmte der Inspektor zu. »Das will ich mir überlegen. Du weißt ja, ich bin ein unpolitischer Mensch, und da, auf dem Land ...«
»Ich versteh dich vollkommen, Schwager. Überleg dir's nur mal«, unterbrach ihn Herbert. Sie redeten, als rieten sie einander die nützlichsten Dinge, so ungefähr wie: »Mit dieser Aktie mußt du spekulieren, das rentiert sich«, oder »bei dem Warenhaus mußt du einkaufen, das gibt Prozente und liefert prompt.«
»Herbert, mit dir ist gut reden. Du siehst die Sachen nüchtern an«, lobte Sittinger. »Du bist eben ein Mensch der praktischen Vernunft.«
»Und außerdem habe ich meine feste nationale Überzeugung«, fiel ihm der Schwager abermals ins Wort.
Gelogen! Blödsinn! dachte der Inspektor flugs, nickte aber

unverdächtig und sagte laut: »Jaja, natürlich, wie die Malwine.«

»Hallo, zum Kaffee!« rief Anna und klatschte in die Hände. Sie gingen in den Garten und verplauderten eine angeregte Stunde. Dann lud Herbert zu einer Spazierfahrt ein, und das begeisterte die Sittingers geradezu. Hügelauf und hügelab lief der federnde Wagen, rechts und links dehnten sich die Erntewiesen und wogenden Getreideäcker, an Fuhrwerken glitt man vorüber, Staubwolken wirbelten hinten, und der blasse, ruhige Himmel stand vorne; kühle, dunkle Wälder durchschnitt die Straße, und das verschwommene Gebirge rückte näher und näher.

»Also wunderbar! Da sieht man erst, wie schön unser Land ist«, sagte Sittinger, der unbequem zusammengezwängt vorne neben dem steuernden Herbert saß. Der Motor hatte sich erhitzt, die Füße in den Schuhen kochten schier, und der Schweiß troff dem Inspektor aus allen Poren. Auch nicht das rechte ...

Die Weiber natürlich, die hocken schön kühl hinten, muffte er im stillen und spielte dennoch den Vergnügten. Sein Mund war trocken, seine Kehle wie ausgedörrt, und die Augen schmerzten von dem Zug und der stechenden Sonne, Durst bekam er, immer mehr Durst, aber dieser verrückte Schwager fuhr zu und zu.

»Ist das nicht herrlich, Anton?« flötete Malwine laut von hinten her und rüttelte an seinem Arm.

»Ausgezeichnet!« gab er an und dachte: Wär ich daheim und könnte allein meinen Spaziergang machen. Ewig dieses Geschnatter dahinten und diese Hitze! Wenn's noch lang geht, trifft mich der Schlag! Er schaute nicht mehr in die Gegend. Er preßte die Lippen aufeinander und knirschte. So sind diese verrückten Hitlerleute schon! Sport und Sport, und nichts im Kopf. Alles übertreiben sie! Eine irrsinnige Gesellschaft! giftete er sich und sah grämlich

auf das stolz zuckende Wimpelchen. Nein, jetzt mag ich grad nicht! Nie tret ich diesem Idiotenklub bei. Unser Geldabheben hat er uns dazumal auch abgeraten, dieser saudumme Schwager, und dann war's doch richtig.
»Eibenthaler«, hörte er auf einmal Anna hinten sagen und wachte etwas auf.
»Ja, der Franz? Was ist mit ihm?« fragte Malwine fliegend.
»Hm, ja, das ist doch euer Freund, nicht?« sagte in diesem Augenblick Herbert laut und drehte seinen Kopf ein wenig. »Der hat eine tolle Karriere gemacht! Reichstagsabgeordneter und Chef aller Gauzeugmeistereien der Partei! Verdient ein Riesengeld!«
»So? ... Soso«, murmelte Sittinger und dachte gepreßt: Jetzt wird's am allerschönsten! Das hat noch gefehlt!
»Hörst du, Anton: Einen Benz-Mercedes-Wagen hat er jetzt! Das freut mich«, rief Malwine wieder nach vorne, und weiter plapperte sie mit Anna: »Ach Gott, er hat's ja solange unverdient schlecht gehabt! ... Ein sehr tüchtiger Mensch! Das freut mich wirklich sehr!«
»Steht ihr denn noch immer in Verbindung mit ihm?« fragte die Schwägerin, und man hörte gleichsam den Respekt aus den Worten.
»A-ach, eigentlich nicht mehr, seit wir in Aubichl sind«, erwiderte Malwine etwas zögernd, und dann glaubte Sittinger irgendein verdächtiges Wispern zu vernehmen.
»Jaja, natürlich!! Gern! Gern!!« meinte Anna halblaut, und sie redeten von etwas anderem.
Mir bleibt auch wirklich nichts erspart! Gar nichts! wurmte sich der Inspektor und wartete nur noch darauf, daß ihn der Schlag wirklich treffe. Als man nach einigen Stunden endlich wieder in Aubichl ausstieg, wand er sich wie gerädert aus dem engen Sitz und spürte seine Glieder kaum mehr. Er prustete erschöpft, sagte aber dennoch: »Schön war's, sehr schön!« Kühl umstrich die weiche Abendluft

sein schweißtriefendes Gesicht, das er fortwährend mit dem großen Sacktuch abwischte.
Es war schon geschlagene Nacht, als sich die Schwagersleute verabschiedeten. Der hohe Himmel war sternübersät, und bleich warf der Mond sein Licht über die Hausdächer und fruchtschweren Obstbäume. Da und dort leuchtete noch ein gelbes Feuer, die Hunde schlugen an, als der Motor zu surren begann, und »Auf Wiedersehen! Wiedersehen recht bald!« sagte Malwine. Fahr hin! Fahr in die Hölle! schoß es durch Sittinger, als der gespenstisch leuchtende Wagen drunten um die Ecke des Mesnerhauses bog, und er wünschte nichts sehnlicher, als daß diese »lieben Verwandten« an einen Baum sausen und maustot liegenbleiben möchten.
»Ach, war das ein herrlicher Tag!« sagte Malwine.
»So schön, daß ich meine Nieren nicht mehr spüre!« nörgelte er. »Nie steig ich mehr in einen solchen Höllenwagen. Mir brummt der Kopf jetzt noch! Das ist ja reiner Wahnsinn bei dieser Hitze ... Es wundert mich, daß ich noch lebe.« Er klagte und klagte, bis er einschlief.
»Hurenweib!« schrie er einmal im Traum.
»Was ist denn?« schreckte Malwine auf. Er schnarchte sägend weiter. Die Wände erzitterten gleichsam davon.
Am andern Tag war er verschlossener denn je und beobachtete sie noch argwöhnischer. Herbert hatte einen »Völkischen Beobachter« dagelassen, der folgende Überschrift trug: »Bankenkrach – jüdische Weltmache!! Brüning am Ende!«
Er nahm seine Zeitung und las: »Das Reich greift ein! Großzügige Fusionierungen der Geldinstitute. Genügend Reichsmittel für die Einleger. Voraussichtlich normaler Geld- und Schalterverkehr in einigen Tagen.«
Er studierte den Leitartikel, welcher sich mit den Maßnahmen der Reichsregierung befaßte und unter anderem die Mitteilung brachte, daß der deutsche Staat alle Aktien-

pakete der gefährdeten Banken gekauft habe und diese Institute gewissermaßen in eigene Regie nehme. Emphatisch verkündete der Artikelschreiber: In vollem Umfange betrachtet, ist die Brüningsche Stützungsaktion eigentlich eine sozialistische Aktion. Die Verstaatlichung der Geldinstitute in einem solchen Ausmaße ergibt ungewöhnlich kühne Perspektiven.

Der Inspektor war wieder vollkommen für den Kanzler. Nichts Hitler, nichts damit, schwor er sich. Vorläufig nicht, basta!

Er schaute durchs Fenster. Drüben beim Gschwendtner fuhr der Knecht mit der frischgewichsten, wackelnden Chaise vor. Der Oberstleutnant Grimmenmoser in voller Uniform, der Greitler und der Muggenthaler mit Gürtel um den Bauch und dem Stahlhelmabzeichen stiegen ein. Die Koffer schwang der Knecht hinten drauf. Geschwind rannte Sittinger auf die Straße. Das sah ja fast kriegerisch aus.

»Guten Morgen, die Herren! Wo aus und wohin denn?« erkundigte er sich.

»Nach Rom! Stahlhelmbesuch bei Mussolini!« antwortete Grimmenmoser knapp.

»Und natürlicherweise auch zu seiner Heiligkeit, dem Papst«, ergänzte der sich herausbeugende Greitler und winkte. »Auf Wiedersehn, Herr Inspektor! Sie kriegen eine Karte vom schönen Süden!«

»Hm, ha«, machte der und sah dem davonwackelnden Fuhrwerk sinnend nach. Dieser seltsame »Stahlhelm« rührte sich auch immer wieder. Jetzt meldeten die Zeitungen schon tagelang und Wochen hindurch, daß er ein Volksbegehren gegen die derzeitige rote preußische Regierung einleiten wolle. »Mehr Recht dem Reichspräsidenten!« verlangten diese Frontkämpfer, und Hindenburg selber, als ihr Ehrenvorsitzender, förderte alle ihre Unternehmungen gnädig.

Hm, wer spielt eigentlich die erste Geige im Staat? fragte sich Sittinger beiläufig. Der Brüning? Der Hitler? Oder der Stahlhelm? Der Teufel kennt sich aus! Er ging ins Haus zurück und las weiter in seiner Zeitung. Malwine deckte den Frühstückstisch ab. Sie war heiter und bewegt und summte mitunter einige singende Laute vor sich hin. Auf ihrem braunen, noch sehr wenig faltigen Gesicht stand immerzu ein erweckter Glanz. Wie umgewechselt war sie seit dem Besuch der Schwagersleute. Das paßte ihm nicht im geringsten.

»Hm, du wirst auch dick und häßlich jetzt«, brummte er sie plötzlich übellaunig an.

»Wieso? Warum ... Mein Gott, jünger werde ich freilich nicht«, erwiderte sie ungeschmerzt und sah an sich herab. »Findest du vielleicht, daß mir das Leinenkleid nicht steht?«

»Hm, steht? ... Sieht aus, als wie wenn du dich mit Gewalt jung machen willst!« rügte er, sie mißgünstig betrachtend. »Machst dich schon beinah lächerlich.«

»Ach, ich find's sehr praktisch ... Jeder Mensch sagt, ich seh noch ganz gut aus«, meinte sie leichthin. »Wer mich nicht anschauen will, soll's bleiben lassen.« Sie lächelte gutmütig und ging in die Küche. Er sah sekundenlang gradaus, und seine Unterlippe schob sich nach vorne.

Hatte sie nicht die Herberts für den August auf vierzehn Tage eingeladen? Wahrscheinlich machte Anna indessen Zwischenträgerdienste von ihr zum Eibenthaler. Vielleicht genierte sich dieser Kerl nicht einmal, einen unerwarteten Besuch zu machen, wenn die Schwagersleute da waren!

In ihm fing es langsam zu brodeln an. Er dachte und dachte. Am Nachmittag begann er so ganz ungefähr ein Gespräch über Anna.

»Das muß man ihr übrigens lassen, sie hat sich sehr zu ihrem Vorteil verändert«, lobte er die Schwägerin. »Sie ist eine fesche Frau ... Direkt seriös ist sie geworden.«

»Jaja«, gab Malwine unbestimmt an.
»Hm, eigentlich interessant, wie sich der Mensch wandelt, wenn er in die rechte Umgebung kommt ... Sehr interessant«, stichelte er weiter.
»Na, die Ladenmadam sieht man ihr eben doch immer wieder an«, fing sie nun schon Feuer. Das war ihm recht.
»Ladenmadam? ... Wieso Ladenmadam? ... Ha, hm«, hetzte er grober. »Ihrer Vergangenheit braucht sie sich nicht zu schämen! Selbständig einen Schokoladenladen, ein eigenes Geschäft zu führen, dazu gehört immerhin was ... Du warst deiner Lebtag gute Haustochter und nachher wohlversorgte Inspektorin.«
»Das macht's nicht«, widersprach sie kleinlauter.
»Na ja, aber du tust ja ewig, als wie wenn sie ganz tief unter dir stehn würde!« warf er ihr vor.
»Ich hab nie etwas gesagt, wenn ein Mensch sich rechtschaffen fortgebracht hat«, meinte sie jetzt schon beleidigt.
»So? Hahaha! Das ist mir neu!« rief er lebhafter. »Und da kommst du mit deiner Ladenmadam? ... Solang der Herbert sie hat, schimpfst du auf sie und magst sie nicht!«
»Du magst sie doch auch nicht!«
»Ich? ... Ja, solang ich sie nicht näher gekannt habe! Das hast du ja lang genug verhindert!« benzte er hinterhältig und spielte den Empörten. »Was hast du gesagt? Rechtschaffen fortbringt? ... Das hört sich ja grad an, als wie wenn du sie verdächtigen willst!«
»Verdreh doch nicht alles!« wurde sie ärgerlich. »Ich habe gar nichts gegen sie!«
»Ein fesches Weib!« sagte er wie für sich. »Und sie versteht was aus sich zu machen, wirklich! Die macht überall gute Figur! ... Benehmen hat sie gelernt, ganz Dame! Das glaub ich, daß sich mit der der Herbert in jeder Gesellschaft sehen lassen kann!«

»Und du mit mir? ... Versuch's doch einmal! Du schämst dich wohl mit mir?« giftete sie sich und stand auf. »Pfui Teufel!« Sie war dem Weinen nahe.
Da brach er ab und machte eine abweisende Handbewegung. »Mit dir kann man schon radikal kein vernünftiges Wort reden! ... Ich sag lieber gar nichts mehr!«
Tag für Tag kam er jetzt auf Anna zu sprechen. Der winzigste Zufall war ihm Anlaß genug, um sie zu rühmen. Einmal stand er sinnend vor dem Bild an der Wand, das Herbert und sie als Brautpaar zeigte.
»Hahaha«, lächelte er hämisch. »Ich glaub, da muß er aufpassen, der Herbert ... So eine Frau verdreht allen Männern den Kopf ... Hm, die Rothaarigen haben's in sich. Und hast du gesehen, eine alabasterweiße Haut hat sie, und diese dunklen, großen Augen – ein Bild! Die tät sogar mir altem Krauterer noch gefallen.« Es machte wirklich den Eindruck, als beschäftigte ihn diese Frau ungemein lebhaft. Er quälte Malwine mit seinen raffiniert gleichgültig klingenden Betrachtungen über die schöne Schwägerin in einem fort. Er verekelte sie ihr derart, daß sie schon beim bloßen Aussprechen des Wortes »Anna« alle Beherrschung verlor, und dann tat er baß verwundert. Mit großen Augen schaute er sie an und fragte unschuldig: »Ja, was in Gottes Namen hast du denn bloß? Ich versteh dich nicht mehr! ... Ich denke, du bist so speziell mit ihr? Du freust dich doch so, daß die zwei bald kommen?«
»Herbert, ja! Aber die nicht!« verriet sie sich. Das klang wie Musik in seinen Ohren.
»Ha! Hm! Du bist wohl nicht mehr ganz recht im Hirn? Mach dich doch nicht lächerlich! Das geht doch nicht!« rief er mit noch besser gespielter Verblüffung. Sie wußte nicht mehr aus noch ein.
»Dann fahre einfach ich weg!« stieß sie heraus.
»Ja, freilich! Ja, freilich ... Was fang' denn ich mit den Leuten an?« schimpfte er. »Jetzt wird's noch schöner!«

Bangend wartete sie geradezu, daß er sagen würde, er fahre mit ihr, aber nein, nein!
»Mir ist schon alles gleich! Tu, was du magst ... Ich erzähl ihnen glatt, daß du aus reiner Kinderei, aus ganz blöder Eifersucht davon bist!« drohte er abgebrüht.
»Gut, dann schreibe ich ihnen einfach diesmal wieder ab«, sagte sie entwaffnet und dachte flüchtig an den vorigen Sommer, wo er durch seinen plötzlichen Entschluß, eine Badereise zu machen, einen solchen Besuch vereitelt hatte.
»Hm, schon zum zweiten Male! Das sieht nett aus!« warf er hin und zuckte die Achseln. »Na ja, meinetwegen! Aber laß mich, bitte, aus dem Spiel! Lüg, was du magst!«
Sie preßte die Lippen aufeinander und sah zerstoßen und ratlos drein. Es verging ein Tag, der nächste und der übernächste – sie schrieb nicht. Sie war zerrieben und schien alles laufen zu lassen, wie es eben lief.
Da geschah etwas Unerwartetes. In einer sonnigen Frühe, noch ehe Malwine den Kaffee hereingebracht hatte, sprang Sittinger von der Zeitung auf und schrie laut lachend wie ein Verrückter. Sie stürzte erschrocken in die Stube und blieb verwirrt stehen. »Ha! Hahaha!« stieß er heraus und tänzelte förmlich. »Hahaha, Defraudant Eibenthaler, hahaha, dein süßer Franz!« Und er schwang die knisternde Zeitung wie eine Fahne. »Hahahaha, Mercedes-Benz-Wagen und Liebschaften! ... Jajajaja, selbstredend, das kostet Geld! Das verschlingt vier- und fünfstellige Summen, hahaha!«
»Was denn? Was?« schrie sie und erbleichte. Es wurde ihr schwarz vor Augen, ihre Knie zitterten, als er ihr das Zeitungsblatt unter die Nase schob und flackernd grinste: »Da! Da! *Das* hab ich immer kommen sehen! Das sind so deine Liebhaber, deine Ideale!« Sein ganzer massiger Körper schlotterte vor Lust, die letzte Bauchfalte schien zu lachen. Malwine las mit starren Blicken: »Große Unterschlagungen beim Chefamt der nationalsozialistischen

Gauzeugmeistereien – ›Oberleutnant‹ Eibenthaler verhaftet – Das Prasser- und Liebesleben eines Hochstaplers – Hitlerpartei verliert Hunderttausende.« Das Zeitungsblatt entglitt ihr, sie griff matt an ihre Stirn, wankte und sank an die Wand. Gerade noch konnte sie Sittinger halten. Er umspannte ihren Körper und zog sie zum Kanapee. Steif brach sie nieder.

»Ja, ja! Um Gottes willen, ja, ja, was ist's denn? Du? ... Herrgott, was denn?« stotterte er hilflos. »Malwine! Malwine, Malwine-Malwine?!« Er glotzte in ihr kalkweißes, regloses Gesicht. »Malwine, so red doch! Sag doch was, du! Du!?« Er strich mit seinen fleischigen, zitternden Händen über ihre Stirn, über ihren Kopf, hob ihr Kinn und suchte ihre Augen. Da schluckte sie und verlangte Wasser. Er jagte ungeschlacht in die Küche und kam mit einem nassen Handtuch und einem Glas Wasser zurück. Sie rührte sich schon wieder und trank das Glas in einem Zuge aus. Er preßte ihr das Handtuch um die Stirne und stammelte immer noch so wirr: »Das wenn ich gewußt hätt – du wirst doch nicht, du? – Ist's besser, ja? Ja?«

Sie nickte stumm.

»Streck dich doch aus! Leg dich doch hin!« flehte er fast, und sie ließ sich umfallen. Tief atmete sie und sah immerzu blicklos ins Leere.

Nachdem sie die Augen geschlossen hatte, hob er ganz leise das Zeitungsblatt auf. Er konnte nicht anders, er mußte diese für ihn so triumphale Nachricht bis auf den letzten Buchstaben auskosten. Seine Augen sprangen wie muntere Bienen von Wort zu Wort, von Punkt zu Komma, und ein prickelnder Rausch erfüllte nach und nach seinen Körper. »Wie die Blätter der Sozialdemokratie melden«, hieß es, und dann fuhr der Bericht beinahe bedauernd fort, daß die Glaubhaftigkeit dieser hitlergegnerischen Partei leider durch das Eingreifen der Staatsanwaltschaft nicht mehr angezweifelt werden könne.

Auch den Titel Oberleutnant habe sich Eibenthaler nach den Wirrsalen des Ruhrkampfes eigenmächtig zugelegt, auch sei nicht erwiesen, ob er wirklich Inhaber des Eisernen Kreuzes I. Klasse sei.

»Eibenthaler verstand es mit ungemeinem Geschick, die Spitzen der nationalsozialistischen Partei irrezuführen, so daß ihm der Führer Adolf Hitler selber ein so hohes Amt anvertraute. Dieses Vertrauen mißbrauchte der fälschliche Herr ›Oberleutnant‹, um sich in kürzester Zeit durch Unsummen persönlich zu bereichern. Wie verlautet, soll sich der Defraudant selbst dem Untersuchungsrichter gestellt haben, um ›eventuellen Feme-Attentaten zu entgehen‹, wie er reizenderweise angab. Seine Wohnung in der Brienner Straße ist auf das luxuriöseste eingerichtet.« Sittinger verschlang jedes Wort und schrak zusammen.

Malwine hatte sich aufgerichtet und saß vernichtet da. Ehe er etwas sagen konnte, hauchte sie gleichsam aus sich heraus: »Du hast recht, Anton ... Immer hast du recht gehabt.« Nach und nach kam wieder Farbe auf ihr Gesicht. Ihre Augen belebten sich.

»Ist dir besser?« fragte er besorgt.

»Ja, ist schon vorbei«, antwortete sie matt und erhob sich. Er wollte ihr zu Hilfe kommen, aber sie ging ruhig an ihm vorüber, hinaus in die Küche. Er blieb eine Weile gespannt stehen und lauschte. Erst als er Tellergeklapper hörte, wurde ihm leichter. Er legte die Zeitung zusammen und kam zu ihr in die Küche. »Soll ich dir was helfen? Wie geht's dir?«

»Nein-nein, geh nur, gleich bring ich den Kaffee«, sagte sie und schien wieder ganz bei Kräften zu sein. Als sie beisammensaßen, sagte sie schmerzvoll abwehrend: »Ich will gar nichts wissen, gar nichts.« Er nahm diesmal Rücksicht und sprach kein Wort, wenngleich es in ihm knisterte und flammte wie in einem frisch gefüllten Ofen. Nach dem

Mittagessen legte sich die angegriffene Malwine hin, und das war ihm sehr recht.

»Jaja, ruh dich nur richtig aus! Erhol dich! ... Ich bin gar nicht müd. Ich war auch noch nicht an der Luft heute und geh ein bissel«, redete er ihr gut zu und streichelte sie wiederum. Kaum war er aus dem Dorf, beschleunigte er seine Schritte.

»Der Verhaftete unterhielt intime Beziehungen zur Frau eines höheren Bankbeamten und schädigte diese Dame um nicht weniger als zwanzigtausend Reichsmark«, hatte in dem Zeitungsbericht gestanden. Das trieb ihn so an. Er kam in den Distriktsforst, durch welchen die Straße führt, und hüpfte mitunter wie ein vergnügter Tanzbär. Dabei plärrte er abgerissen: »Hähähaha, wenn das stimmt, dann hurra! ... Hahaha, wunderbar! Ausgezeichnet!« Sein Auflachen klang wie ein hartes, tonloses Bläken in der Stille. Schweißtriefend erreichte er den Bezirksort Amreiten und kaufte auf dem Bahnhof eine sozialdemokratische Zeitung. Er steckte sie rasch zu sich, wie einer, der Angst hat, bei etwas Verbotenem entdeckt zu werden, und machte sich sofort wieder auf den Heimweg. Wieder im Forst angelangt, wanderte er seitab und hockte sich unter eine schattende Buche auf einer Lichtung. Fiebrig faltete er die Zeitung auf. »Aus dem braunen Sumpf« war der Titel des ganzseitigen, mit fettletterigen Worten gespickten Artikels auf der ersten Seite.

»Herr Bankdirektor Gozzinger, Sie wackerer Teutone, wie wird Ihnen denn jetzt?« fiel in seine Augen. »Sie haben doch neulich eine Verleumdungsklage gegen uns eingereicht? Sind Sie vielleicht nunmehr schwankend geworden? Es ist ja auch keine Kleinigkeit zu wissen, in welch nahen Beziehungen Ihre schöne, elegante Frau zu der Nazileuchte, dem Herrn ›Oberleutnant‹ Eibenthaler, stand. Wir bedauern Sie ehrlich, Herr Bankdirektor Gozzinger! Sie scheinen in Ihrem Pech nicht nur bei Hitler, sondern

auch bei Ihrer schönen, großzügigen Frau Anna aufs falsche Pferd gesetzt zu haben! Und wir sagen es Ihnen heute schon: Es ist uns ein besonderes Vergnügen, demnächst unsere sogenannten Verleumdungen vor Ihrem hehren Angesicht beeiden zu können, aber vielleicht besinnen Sie sich inzwischen doch auf etwas anderes!«
Das war – ja, lieber Leser, kannst du dir einen Menschen vorstellen, der sich eine Million wünscht und im selben Augenblick erlebt, wie die Goldstücke gleich einem märchenhaften Regen auf ihn herunterfallen?
Das war das Gewaltigste, was Sittinger jemals erlebt hatte. Er wurde im Augenblick ganz konfus davon. Er kannte sich selbst nicht mehr. Er schrie, lachte, fuchtelte, sprang herum, daß er ganz außer Atem kam.
»Hoch die Roten! Hoch die Sozi!« jauchzte er wie ein Besessener und vergaß alle Vorsicht. »Hoch – ho-höhöhöhö ...« Er brach in ein prasselndes Husten. Die Lunge riß es ihm schier herauf, der Herzschlag kam nicht mehr mit, und seine Augen traten aus den Höhlen. Er riß sich zusammen und verschnaufte erschöpft. Auf einmal wurde er ganz still.
»Ah, da schau! Ein Genosse!« rief ein Mann, der zwischen den Bäumen auftauchte. Fassungslos stierte ihn Sittinger an. Das bebrillte, fremde Gesicht lächelte aufleuchtend, doch der entsetzte Inspektor machte einen jähen Satz und rumpelte atemlos und linkisch von dannen. Das Laub raschelte, dürres Gezweig knackte, im Nu war er außer Sicht. Nur seine mächtigen Schritte dumpften noch eine Weile, und Boden zitterte leise.
Der erstaunte Fremde trat unter die Buche und beugte sich nieder auf die liegengelassene Zeitung, ergriff sie und lächelte wiederum. »Hmhm, wie man doch manchem Unrecht tun kann! ... Bei dem hätt' ich das am wenigsten erwartet.« Er sann ein wenig nach und ging geruhig weiter. Er kam nach längerer Zeit aus dem Wald, durchmaß

die Wiesenwege und steuerte auf das Wäscherhäusl zu. Jener schmächtige, stille, unbeachtete Kunstmaler Köstler war es, der vor etlichen Wochen die ehemalige Schlichtsche Wohnung bezogen hatte. Er lebte völlig zurückgezogen, da er nicht hoffen konnte, Menschen seiner Gesinnung hier anzutreffen. Auch fühlte er sich in Gesellschaft sehr behindert durch eine Steifheit des linken Armes, die er von einer Kriegsverletzung zurückbehalten hatte. Er war Junggeselle und hauste allein.

Sittinger kam ziemlich fahrig zu Hause an. Malwine erfuhr von allem nichts. Er war nur auffallend liebenswürdig zu ihr, und das rührte sie.

XVII

Sehr früh an einem strahlenden Morgen herrschte im Inspektorhaus das bewegteste Leben. Die Küchenmöbel standen vor der Tür, und ihre ausgeräumten Schubladen lehnten daneben, alle Fenster waren ausgehängt, und die Betten lagen in der Sonne. Unablässig stiegen dicke Dampfwolken aus der offenen Küche und verbreiteten einen Geruch von Soda und Seife. Das heiße Waschwasser brodelte auf dem Herd. Malwine stöberte mit der Mesnerin. Kreuznotwendig hatten es die zwei Weiber. Flink hantierten sie und plapperten lustig dabei. Das ganze Geschirr wurde abgespült und die Teppiche geklopft, jeden Schrank, die Spiegel und Bilder, die Kästchen und Schubladen wuschen sie von unten bis oben, von innen und außen, blitzblank trocknete zuletzt alles in der Sonne, und nun begann das Schrubben der Böden und Stiegen. Nichts übersah die rührige Inspektorin.

Es waren nur mehr vier Tage bis zum ersten August. Zwar hatten Herbert und Anna seit ihrem letzten Besuch nichts mehr hören lassen, aber ihr Kommen war ja abgemacht, und Sittinger schwieg sich aus. Er murrte über diesen »besessenen Reinlichkeitsfimmel« und machte sich aus dem Staube. Gern wäre er wieder nach Amreiten gegangen, um sich die betreffende Nummer der sozialdemokratischen Zeitung erneut zu kaufen, aber er wagte es nicht. Der Bahnhofskolporteur kannte ihn. Es konnte auffallen, daß sich der Inspektor auf einmal so für diese »roten Schandblätter« interessierte. Außerdem hatte er seit der unerwarteten Begegnung mit dem Maler Köstler eine fast panische Angst, dieser Mann könnte ihn wieder treffen und womöglich anreden, vielleicht abermals »Genosse« sagen und ihn als seinesgleichen in eine gefährliche politische Unterhaltung verwickeln. Nach und nach würde das im

Dorf ruchbar werden, und auf einmal steht man in der Öffentlichkeit als »Roter« da.

Unbehaglich stapfte Sittinger durch die taufeuchten Grummetwiesen und spähte in einem fort herum. Er ging nicht in den Wald, obgleich ihm die wärmer werdende Sonne lästig war. Er lugte immer wieder auf das still daliegende, ferne Wäscherhäusl, ob der Maler nicht herauskäme. Er sah hin auf dieses Haus wie auf sein gestaltgewordenes schlechtes Gewissen. Er verfluchte diesen erzwungenen Spaziergang und verwünschte Malwine, die ihn durch ihr ungemütliches Putzen aus dem Haus getrieben hatte. Er hörte kaum hin, wenn ihn ab und zu ein Mäher tief aus dem Feld heraus grüßte. Der Leimfinger fuhr mit seiner Mähmaschine über den hängenden Haferacker, schirmte die flache Hand vors Auge und schaute nach ihm. Sittinger tat, als sehe er ihn nicht.

»Hm, zuerst der Schlicht und jetzt dieses rote Reptil!« knurrte er in sich hinein und brachte den Maler nicht aus dem Kopf. Er haßte diesen fremden Menschen, der etwas von ihm wußte, was nie und nimmer seine Meinung war. Wegen dieses unbedachten »Hoch die Roten! Hoch die Sozi!« hätte er sich am liebsten heute noch die Zunge abgebissen. Er war auf dem Biblocher Hügelkamm angelangt und sah hinunter auf die taublinkenden, gelben Getreideäcker und die grünen Wiesen. Nur spärlich schatteten die Apfelbäume, die rechts und links das Sträßlein einsäumten, auf dem er dahinschritt. Die Pfarrkirchenglocke fing jetzt zu läuten an, und die Schulkinder, welche drunten von der Talstraße heraufkamen, beeilten sich mehr. Ganz dünn drangen ihre Stimmen durch die heiße Luft. Der Milchfuhrmann hielt seine Rosse an, stieg vom Bock und warf etliche leere Kübel vor das Leimfinger-Haus, schwang sich wieder auf den Wagen und fuhr weiter. Die Kinder hängten sich hinten dran und kletterten hinauf. Der letzte Glockenschlag des »Erstläutens« ver-

stummte. Heiß und heißer wurde es. Bremsen und Schnaken umschwirrten Sittingers Kopf. Schmetterlinge glitten über die Blumen, die Grillen zirpten, und die Vögel sangen wie immer.
Wo du hinkommst und hintrittst, überall lauert die Politik, grämte Sittinger in sich hinein. Überhaupt, was wollen diese Roten? Revolution machen, aufteilen! Dummes Zeug! Keiner soll mehr sein als der andere, jeder soll gleich viel haben! Ha, und wenn alles verteilt ist, tut überhaupt kein Mensch mehr was! Dann verkommt alles, weil natürlich keiner mehr arbeiten will ... Reiner Irrsinn, pure Narretei! Zum Schluß, wenn's nicht mehr geht, bringen sie alle einander um, und das heißen sie alsdann »die Menschheit befreien« ... Die sind schlimmer als der Hitler!
Er erreichte das Biblocher Pfarrhaus. Der Milchwagen mit den lustig lärmenden Kindern darauf ratterte an ihm vorüber. Der Lehrer trat aus dem Schulhausgarten und ging in die Kirche hinüber. Es läutete die Messe ein. Sittinger wischte sein schweißtriefendes Gesicht ab und sah auf seine Taschenuhr. Es war erst halb acht. Wieder fielen ihm die putzenden Weiber zu Hause ein, und er wußte nicht recht, was er anfangen sollte. Schrubb nur! Schrubb dich meinetwegen zutod, dumme Gans! dachte er über Malwine schadenfroh. Diese sauberen Schwagersleute werden sich hüten zu kommen! Dieser siebengescheite Herbert! Jetzt kann er seine lederne Korrektheit beweisen, der Tölpel! Das Dreckmensch, seine rote Anna, hat ihn sauber hineingelegt, ihn und meine mannstolle – Malwine! Ha, die reinste Schmierenkomödie! Wahrscheinlich hat die liebe Schwägerin grad damals, als sie von ihr mit Grüßen zum Eibenthaler geschickt worden ist, mit dem Kerl angebandelt ... Hm-hm, neckisch so was! ... Putz nur, putz nur, Malwinchen, das Beste kommt erst! Das belebte ihn leicht. Er trottete am Schulhausgarten vorüber und

vernahm Lärm. Weiter vorne, auf dem Platz, wurde die breite Vorderfront des Gasthauses zur Post sichtbar, und unter der Tür standen der faßdicke Wirt, die Wirtin und Gesinde. Alle lachten gemütlich. Mitten auf dem Platz halfen der verrußte Schmied und der baumstarke Metzgergeselle einem verschmierten, schwankenden, heftig schimpfenden Menschen auf die Beine und lachten auch immerzu. Sittinger sah genauer hin.

»Laßt los, Idioten! loslassen, krumme Hunde! ... Unerhörte Schweinerei!« kläffte die heisere, wohlbekannte Säuferstimme des Barons. Mit der allen Betrunkenen eigentümlichen Störrigkeit versuchte er fortgesetzt, sich seiner Helfer zu entledigen, sackte aber stets, wenn sie ihn losließen, haltlos nach vorne und brüllte noch mehr.

»Herr Baron? Aber Herr Baron, sind S' doch gescheit!!« wollte ihm der Schmied gut zureden und stellte ihn erneut auf die Beine wie einen Zinnsoldaten.

»Loslassen, Pack verdammtes! ... Wat jehn euch Biester meine Privatanjelegenheiten an!« bellte der Berauschte herrisch und riß und zerrte an den umklammernden Armen seiner Begleiter. Einen Augenblick hielt er inne, drehte den Kopf nach allen Seiten, glotzte stur und plärrte: »Übahaupt, wat machen Se denn da hell? Ick seh auch ohne Licht janz jut! Miserable Schweinebande das!« Offenbar merkte er gar nicht, daß es Tag war, und empfand das Sonnenlicht als lästige Helle. Kraftlos schlenkerten seine Beine nach vorne und gerieten übereinander. Stolpernd rülpste er: »Zum Kotzen, diese Be-beleuchtung u-und keen vanünftjer Mensch me-mehr uff weita-weita Flu-flur!« Die lachenden Helfer hatten ihn endlich gerade aufgerichtet und hielten ihn abwartenderweise. Er stierte vor sich hin wie ein abgestochenes Kalb, wieder stieß es ihm auf, er umhalste plötzlich den Schmied, lächelte teigig und schleckte küssend dessen rußige Backe ab. »Höhöhö-hähä! Na, bring man noch 'ne Pulle Kognak, Mä-mä'chen!« Die

vor der Wirtshaustür brachen in ein schallendes Gelächter aus, und der Schmied drängte den Berauschten ein bißchen weg.
»Hahaha, der kennt Manndl und Weiberl nicht mehr auseinand. Schütt's ihm doch einen Kübel Wasser übern Kopf, daß er weiß, wo er ist!« rief der Postwirt.
»Wat? Wat? Wat will det doofe Aas. Wa-Wasser? Wass-sser?! Is' wohl vom wild'n Aff'n jebiss'n, der Idiot ... Skandal so wat! Be-beleidjung!« stammelte der Betrunkene, und seine zerlaufene, verschrammte Miene verdüsterte sich. Weit sperrte er seine verglasten Augen auf. Verschwommen erkannte er den unschlüssig dastehenden Inspektor und riß seine zwei Helfer torkelnd mit sich. Sittinger wollte abwehren, aber schon lehnte der Baron an seinem Bauch und schrie aus Leibeskräften: »Anton, du bist 'n Verräter! 'n janz dolles Schwein bist du! ... 'n Verräter! Verräter!« Schmied und Metzgergeselle sagten gleicherzeit halblaut zueinander: »Gott sei Dank, jetzt hat er einen!« und ließen ihn los. Ohne Sittinger zu beachten, gingen sie ins Wirtshaus zurück.
Furchtbar sah der Baron aus. Da und dort zeigte sein Gesicht blutige Kratzer, der verschwitzte Kragen war aufgerissen, und die Krawatte hing lang herab, zerfetzt und bespien war der Anzug, und auf den feuchten Stellen klebte dicker Straßenstaub. Er roch säuerlich nach Alkohol, zerrte in einem fort am Jackett Sittingers und taumelte hin und her. Krächzend schimpfte er. Seine heisere Stimme überschlug sich: »Ausjewichen bist du mir! 'n feiger Klappkopp bist du! ... 'n janz widerwärt'jer Gauch!«
Der hilflose Inspektor wollte fortwährend etwas sagen, aber er kam nicht zu Wort. Ein Gesicht machte er, als habe er Essig gesoffen. Er wurde langsam wütend.
»So benimm dich doch, besoffnes Schwein!« knurrte er und umspannte die beiden Handgelenke des Barons. »Himmelherrgott, ich bin doch nicht dein Dienstmann!«

Er drückte ihn an den Gartenzaun, ließ ihn stehen und ging zum Heinz hinein, um ein Fuhrwerk zu bestellen. Als er mit dem Bauern daherfuhr, saß der Betrunkene mit ausgestreckten Beinen auf der Straße, den Rücken an den Zaun gelehnt, fuchtelte immerzu lahm mit seinem Zeigefinger und plapperte fast kleinlaut: »Anton? A-anton, das war schlecht! ... Da-das war ni-nicht recht von-von dir!« Wie ein Stück Vieh schutzten Sittinger und der Bauer ihn auf den Wagen und fuhren nach Aubichl hinunter. Als sie vor dem Hause der Frau Oberlehrer Ödenhuber anhielten, schlief der Baron schnarchend. Die alte Ödenhuberin machte die Tür auf und wackelte mit dem Kopf. »Jaaajaaa, das bin ich schon gewöhnt! Er hat halt immer soviel Durst, der Herr Baron, jaaa-jaaa, aber schuldig bleiben tut er nichts! ... Jaaa-jaaa, vergelt's Gott, die Herren, besten Dank! ... Bloß die Tür oben aufsperren und ihn hinlegen, weiter nichts ... Jaaajaaa, er hilft sich nachher schon selber!« Die zwei Männer befolgten ihren Rat. Die Ödenhuberin gab dem Heinzbauern zwanzig Mark und meinte, 'rauszugeben braucht er nichts, das sei dem splendiden Herrn Baron seine gewöhnliche Taxe.
»No, für *das* Trinkgeld fahr ich ihn jedesmal heim«, lächelte der rothaarige Bauer und bedankte sich auch bei Sittinger, indem er leicht spöttelnd sagte: »Da kann ich bloß noch sagen, Herr Inspektor – ferners die Ehr!« Er schnalzte mit der Geißel und fuhr davon.
Nicht wenig ergrimmt kam Sittinger nach Hause. Es war nur gut, daß die zwei Weiber weitsichtigerweise das Wohnzimmer schon fertiggemacht hatten. Es sah allerdings nicht danach aus, als ob es heute ein befriedigendes Mittagessen gäbe. Immer, wenn Malwine eine Zugehfrau beschäftigte, kochte sie irgend etwas Billiges, und dies derart haufenweise, daß einem schon der Appetit beim Ansehen verging. Und dann mußte man auch noch sagen, es schmeckt, es schmeckt ausgezeichnet. Er saß da in dieser

Sauberkeit wie in einem ungewohnten, ungastlichen, fremden Raum, und das Gerumpel, das Plappern und Werkeln der Weiber störte ihn immer mehr. »Warum putzt du eigentlich?« zischte er Malwine an, als sie einmal hereinkam. »Warum kehrst du das ganze Haus um?«
»Aber – ich muß mich doch genieren, wenn Herbert und Anna kommen«, erwiderte sie.
»Die kommen überhaupt nicht!« stieß er plötzlich heraus.
»Die kommen nicht? Wieso? Warst du auf der Post? Haben sie geschrieben?« fragte Malwine enttäuscht.
»Da hat's was gegeben. Das erzähl ich dir später, wenn du wieder normal bist! Mach bloß, daß du endlich mit diesem verdammten Putzen fertig wirst«, warf er hin, und sie wurde unruhig.
»Was gegeben? Um Gottes willen! Mit dem Auto? Einen Unfall oder ...«
»Nichts, gar nichts Schlimmes! Keinen Unfall, und krank ist auch kein's!« unterbrach er sie resolut. »Jedenfalls kommen sie nicht, das ist sicher.«
»So sag mir doch, was! Ich bin voller Angst!« flehte sie.
»Später! Später! ... Genier dich doch vor der Mesnerin!« sagte er halblaut, und sie ging viel lustloser an die Arbeit. Jetzt nahm sie es nur mehr halb so genau und hatte eine gewisse gleichgültige Eiligkeit in ihren Bewegungen. Währenddessen tüftelte er aus, wie er ihr nun diese Hiobsbotschaft wieder beibringen sollte. Es war ihm gerade nicht wohl dabei, denn die Ohnmacht Malwines neulich war sehr unangenehm gewesen. Er bastelte hartnäckig an dem Plan seines weiteren Vorgehens herum und kam zu keinem rechten Resultat. So nebenher lief durch seinen Kopf das Denken an den Baron. Es reute ihn aufrichtig, daß er durch den heutigen Zwischenfall mit diesem Menschen auseinandergekommen war. Zweifellos mußte es doch so sein, wenn er an den Ausspruch Gustav Heinrichs dachte: »Anton, das war nicht recht.« Auch sinnlos Betrunkene

haben zwischenhinein lichte Momente, in denen ihnen manches viel klarer wird als jemals im nüchternen Zustande. Und das bleibt dann kleben, das wirkt über den Rausch hinaus. Der Betrunkene ist wie der Träumer. Er kann sich hinter nichts mehr verstecken und verrät ungehemmt seine geheimsten Regungen. Das wußte der Inspektor nur zu genau aus eigener Erfahrung.

Natürlich war an allem nur wieder Malwine schuld! Sie – ja, und dieser rote Lump, der Maler Köstler! Nur seinetwegen war er nicht in den Wald, sondern nach Bibloch gegangen.

Die Weiber und diese irrsinnigen Roten! glitt es durch ihn, und ganz von ferne erinnerte er sich an das große Unverschmerzbare in seinem Leben, nämlich daß damals, als er in Pension ging, auch so ein Roter Reichskanzler gewesen war.

»Müller!« brummte er verächtlich. Von dieser taktlosen Regierung hatte er kein Anerkennungsschreiben bekommen, wahrscheinlich, weil den Oberpostdirektionen solche selbstverständlichen Ehrungen untersagt worden waren. Seine tiefeingewurzelte Abneigung gegen alles Sozialistische erwachte wieder vollends. Unleugbar, diese rüpelhaften Konsorten wollen alles zum großen Haufen werfen und jeden Menschen gleichsetzen, ob er nun Verdienste hat oder nicht.

»Revolution machen – ja, Pfeifendeckel!« murmelte er abermals. Wie sagte Kant? »Durch eine Revolution wird vielleicht ein Abfall von persönlichem Despotismus und gewinnsüchtiger und herrschsüchtiger Bedrückung, aber niemals die wahre Reform der Denkungsart zustande kommen, sondern neue Vorurteile werden so gut als die alten zum Leitband des gedankenlosen großen Haufens werden.«

»Gedankenloser, großer Haufen, sehr richtig! Das stimmt vollauf!« bekräftigte er sich selber.

Zum Mittagessen gab es Gemüsesuppe, Reisauflauf und so eine undefinierbare Tunke aus gekochten, unreifen, sauren Äpfeln. Er nahm nur einen Teller Suppe zu sich und klagte über Sodbrennen. Malwine war zwar in Anbetracht der zu erwartenden Nachrichten gehemmt, doch sie zwang sich zu einem heiteren Appetit und warf der langsam kauenden Mesnerin immer wieder auf.
»Ha, das gibt Kraft! Das ist nahrhaft! Mir schmeckt's ausgezeichnet!« ermunterte sie diese und bekam zur Antwort: »Jaja, das stopft ... Da wird der Magen ausgefüllt, jaja.«
Das klang wie ein Rühmen, indessen sie überhörte es und redete von dem, was noch alles zu tun sei.
Am Abend endlich, als die Mesnerin fortgegangen war und das ganze Haus frisch gewaschen roch, begann Sittinger zu erzählen. Vorsichtig und schonend setzte er seine Worte nebeneinander und sah dabei beständig unverwandt auf Malwine. Deren Gesicht wurde traurig und trauriger, doch sie blieb beherrscht. Man merkte ihr an, viele Illusionen zerfielen in ihr.
»Der arme, arme Herbert!« seufzte sie einmal und sah in die Luft.
»Die hat ihn natürlich ruiniert«, meinte Sittinger in bezug auf Anna.
»Und du hast sie rein über den grünen Klee gelobt!« erinnerte sie ihn leicht angebittert.
»Hab ich nicht ewig gesagt, so Rothaarige, die haben's in sich? Die verdrehen jedem Mann den Kopf?« redete er dagegen. Das gab ihr einen Stich.
»Ja, ja, das schon, jaja ... Du kennst eben die Menschen besser«, gab sie zu und nickte schwer. Müde stützte sie ihren Kopf auf die Hand: »Hmhm, was wird Herbert tun? Sich scheiden lassen?«
»Wenn er ein Mann ist, jagt er sie natürlich davon«, meinte er. »Aber sein Ruf hat doch drunter gelitten.«

Das sickerte in ihr Herz wie brennende Tropfen. Widersprechende Gefühle rumorten in ihr. Wie Sittinger kalkuliert hatte, so witterte auch sie in ihrer Eifersucht: Sicher hatte Anna, als sie die Grüße überbrachte, den umschwärmten Franz schändlich verführt und ihn ihr abspenstig gemacht. Sie gönnte dieser »ordinären Ladenmadam« den Skandal. Sie verdiente davongejagt zu werden wie ein räudiger Hund. Doch Herbert?

Malwine litt mit ihm. Sie kam sich gleichsam selber befleckt vor. Und immer und immer, über alles Häßliche und Niederschmetternde hinweg, das sie von ihm und seinem Lebenswandel erfahren hatte, dachte sie an Eibenthaler. So stark und ausschließlich beherrschte dieser abenteuerliche Mann ihr Inneres, daß Anton wie weggelöscht war. Sie bedauerte vieles, was sie unterlassen hatte. Wie jede verliebte, enttäuschte Frau sagte sie sich im stillen mit einem gewissen schuldhaften Stolz: Wenn *ich* ihn beschützt und beschirmt hätte, wäre er nie so tief gesunken. Und dann erschien ihr Anna noch verwerflicher und lasterhafter. Augenblicke lang empfand sie, daß sie und ihr Bruder durch diese niedrige, gemeine Person gleicherweise betrogen worden waren, daß sie ein und dasselbe Schicksal hatten.

»Vielleicht kommt jetzt Herbert wirklich allein«, sagte sie wiederum.

»Hm, ich glaub's nicht ... Nein, nein, das tut er sicher nicht. Auch bei uns wird mancher die ganzen Sachen wissen«, zweifelte Sittinger und bekam einen etwas härteren Ton in seiner Stimme. »Jaja, was ich dir schon tausendmal gesagt habe – wer sich in die Politik einläßt, kommt unter die Räder. Dreck, nichts als Dreck ist das, und zuletzt wird man selber beschmiert davon.«

»Wir sind doch alle nicht politisch! Herbert und ich und – wir sind alle nur national«, meinte sie und spürte, wie sie rot wurde. Sie hatte gestockt bei dem »und«.

»Und Eibenthaler wollt'st du sagen, was?« warf er hämisch hin und verzog seinen Mund. Sie antwortete nicht. Er stand auf und ging ein paarmal um den Baum herum. Die Stehlampe auf dem Tisch leuchtete warm und rot ins Dunkel. Das Mondlicht fiel strichweise durch die Äste.

»Ich mag da nicht mehr weiterreden«, brummte Sittinger, »aber mir scheint, der Hitler macht auch nichts besser ... Einen seltsamen, einen recht sonderbaren Anhang hat er.« Die Worte zergingen langsam in der lauen Luft. Ein Käuzchen wimmerte klagend durch die Nacht.

Malwine wartete eine ganze Woche lang vergeblich auf irgendeine Botschaft. Endlich kam eine Postkarte: »Lieber Anton und liebe Malwine! Leider, leider – es wird nichts aus unserem Besuch! Entschuldigt, daß ich so spät schreibe. Ich muß nämlich unerwarteterweise im Auftrag der Bank wahrscheinlich für den ganzen August nach Norddeutschland reisen. Vielleicht später. In aller Eile herzlichst – Herbert.«

»Hm, *unseren Besuch?* ... Unseren?« murmelte Malwine und bekam eine fast beleidigte, harte Miene.

»Na ja, er macht sich eben eine Ausrede, weiter nichts«, schloß Sittinger. »Ich weiß nicht, du begreifst schon oft das Einfachste nicht.« Er war heilfroh, daß alles so gekommen war. Nur wenn ihn keiner in seinen Gewohnheiten störte, fühlte er sich einigermaßen wohl. Im übrigen – die Politik schien auch eingeschlafen zu sein! Und was gingen ihn die Angelegenheiten anderer an? Herbert und Anna und alles Drumherum interessierten ihn nicht mehr. Er schob alles weit weg.

Der Hochsommer verbrannte inzwischen gleichsam an sich selber, so unerträglich war seine Hitze. Die Erde der Kartoffelfelder wurde grau, die Wiesenböden und Fußwege bekamen breite, lange Risse und an manchem freistehenden Laubbaum zeigten sich schon vorzeitig dürre Blätter. Da war ein Spaziergang untertags wahrhaft eine

Qual. Bis zum Wald ging man immerhin eine gute Viertelstunde, und Sittinger brauchte sogar eine halbe. Es war ihm auch ganz recht so. Malwine freilich, die suchte oft stundenlang Beeren und kam dann verschwitzt, zerstochen und aufgebrannt heim. Scheinbar gleichgültig fragte er sie meistens, ob sie irgendwelche Bekannten getroffen habe und erfuhr zu seiner Beruhigung, daß nur fremde arme, alte Weiber die Himbeer- und Brombeerplätze absuchten.

Erst wenn die Nacht ganz herabgefallen war, ging er manchmal allein oder mit ihr in den Wiesen vor dem Dorf spazieren und machte stets einen großen, unauffälligen Bogen um das Wäscherhäusl. Den Maler sah er nie. Offenbar wollte auch dieser unsichtbar bleiben. Der Teufel mochte wissen, welchen verschwörerischen Dingen er nachging ...

Das Obst reifte viel zu früh, und die Baumkronen bogen sich unter ihrer Last. Die herabhängenden Äste waren mit Stangen gestützt. Immerzu dumpfte es auf den grünen Boden der Gärten. Zeitige, wurmstichige Äpfel und Birnen fielen haufenweise herab, und auf den geplatzten oder von Vögeln angepickten Stellen ihrer Schale sammelten sich geschäftig summende Bienen und saugten daran.

Endlich regnete es einmal etliche Tage spärlich, und Malwine brachte Schwämme nach Hause. Doch der durstige Boden bekam viel zuwenig. Aus dem starren Tannengrün der Waldwand hob sich da und dort eine gelb ausgebleichte Birke, und die Buchenkronen wurden rot. Der tägliche wolkenlose Himmel schien höher gestiegen zu sein. In der tauigen Frühe zeigten sich zwischen den Obstbäumen die tropfenbehangenen langen Spinnwebfäden, und die Getreideernte war zu Ende. Die Hitze ließ nach. Bauern pflügten die ausgedörrten Brachäcker zum erstenmal um. Hin und wieder fing man schon mit dem Einheimsen der Kartoffeln an, und die Kühe wurden auf die Weide getrieben.

Bedächtig grasten sie auf den abgemähten Wiesen, und ihre Halsglocken erklangen bei jeder Bewegung ein wenig. Die Kinder, welche sie hüteten, lagen um ein kleines, qualmendes Feuer am Hang, und der zottelhaarige Hund rannte ab und zu bellend um die zu weit auseinandergelaufene Herde. Die Grillenrufe waren verstummt, und hoch durch die klare Luft rauschten dichte Schwärme südwärts ziehender Singvögel. Ein kreischender Habicht tauchte manchmal über den Feldern auf, kreiste und kreiste und schoß auf einmal blitzschnell in die Tiefe. Jene träumerisch-herbstliche Stille, die bei jedem sanften Lufthauch an das heitergelassene Altern erinnert, breitete sich über das Aubichl-Bibloch-Reitlmooser Gebiet ...
Der Pfarrer, der Mesner, der Greitler und auch der Gschwendtner schleuderten bereits den neuen Honig, und Malwine begann das Einkochen. Um diese Zeit pflegte der Inspektor seine großen, behaglichen Wanderungen in der Umgebung wiederaufzunehmen. Einmal aber sah er den Maler Köstler vor dem Wald. droben auf dem Bibloch-Reitlmoser Hügelkamm, das andere Mal entdeckte er ihn knapp vor dem Einschnitt der Distriktsstraße in den Forst und ein drittes Mal auf der Buchholzener Waldlichtung. Er hatte seine Feldstellage aufgestellt und die Leinwand darauf. Er schaute prüfend auf sein Motiv, rieb den Pinsel auf der farbenbekleckssten Palette und tupfte oder strichelte alsdann auf dem angefangenen Bild herum. Zum Glück war er immer so in seine Arbeit vertieft, daß der Inspektor unbemerkt in eine andere Richtung abbiegen konnte.
Der verscheuchte, wütende Sittinger ging von jetzt ab nur mehr über die flachen Felder, wo er weithin sehen konnte. Sein Grimm gegen diesen unheimlichen Maler wuchs und wuchs. Der Bursche verekelte ihm die ganze Gegend. Nirgends war man vor einer unerwarteten Begegnung mit ihm sicher.

Der Inspektor kam wieder öfter zum Wagerer in den Laden. Der Baron, erfuhr er vom Krämer, komme jetzt nur noch ganz selten und habe sich wahrscheinlich ein anderes »Saufnest« ausgesucht.

»Und wissen Sie das auch, der Hauptmann Schlicht wohnt jetzt in Amreiten drüben. Er ist ja schon lang frei, und auch die ganzen Burschen sind wieder daheim ... Geheißen hat's, der wo den Reblochner erstochen hat, das ist einer aus München gewesen ... Nichts hat sich nachweisen lassen«, erzählte der Wagerer außerdem. »Der Schlicht agitiert auch schon wieder überall.«

»Soso? ... Hm, und einen Sozi haben wir jetzt auch da«, meinte Sittinger und nannte den Maler Köstler.

»Der? ... Das ist ein Roter? fragte der Krämer ein wenig zweiflerisch. »Hm, das ist doch ein ganz ruhiger Mensch, und invalid ist er auch noch! ... Vom Krieg hat er einen steifen Arm! ... Ah, das ist doch kein Roter! Der kümmert sich doch überhaupt um nichts.«

»Jaja, eben! Das ist ein richtiger Duckmäuser! Überall schleicht er herum und forscht alles aus!« denunzierte der Inspektor. »Und Sie werden's sehen, wenn er alles weiß und kennt, fängt er das Hetzen an ...«

»Hm, jetzt, ich muß sagen, er ist ein recht netter, ordentlicher, ruhiger Mensch. Was er kauft, zahlt er, und keinem legt er was in den Weg«, verteidigte Wagerer seine neue Kundschaft.

»Warten wir ab! Warten wir, wenn die Politik wieder einmal anfängt«, schloß Sittinger und war zufrieden. Er sah, der Krämer war nachdenklich geworden, und er wußte ebenso, daß von diesem Laden aus alsbald die Kunde weiterging. Nicht jedem waren die Menschen mit politischer Gesinnung so gleichgültig wie dem freundlichen Wagerer, der nichts für sich behalten konnte.

XVIII

Die Politik »kam schneller«, als sich's der Inspektor vorgestellt hatte. Zwar wirkte sie draußen in der großen Welt immerfort, nur in der Aubichler Gegend glaubten die meisten Leute, sie sei überhaupt nur für Wahlzeiten bereitgehalten und im Gebrauch, ansonsten aber nicht vorhanden. Nach dem »unparteiischen Tagblatt« zu urteilen, das in jedes Haus kam, sah es auch aus, als fließe der Strom des staatlichen Lebens geruhig in seinem sicheren Bette dahin. Wie eh und je gab es die bewährte Regierung Brüning und den alten, ehrwürdigen Reichspräsidenten Hindenburg. Der Kanzler war inzwischen zu einer Reparationskonferenz nach Lausanne gefahren und hatte verschiedene Wochenendbesuche bei den französischen und englischen Ministern gemacht. Darüber brachte die Zeitung spaltenlange, wortreiche Artikel, welche die Ergebnislosigkeit all dieser Anstrengungen verschleiern sollten. Das war aber für das Landvolk ganz und gar unnötig, denn kein Mensch las diese langweiligen, unverständlichen Ergüsse.

Der Kanzler erließ auch immer wieder einmal eine Notverordnung, und die Landesregierungen gaben die Ausführungsbestimmungen dazu an die Bezirks- und Bürgermeisterämter weiter. Diese Maßnahmen interessierten natürlich auch nur, wenn sie unmittelbar in das bäuerliche Leben eingriffen, wie zum Beispiel der Erlaß gegen die bedrohlich zunehmenden sogenannten Not- und Hausschlachtungen auf dem Lande. Unter der Regierung Brüning nämlich waren die Preise für Schlachtvieh unwahrscheinlich tief gesunken, so tief, daß bei einem Verkauf kaum noch die Ausgaben für Aufzucht und Futter hereinkamen. Das verbitterte die Bauern zusehends, und sie griffen zur Selbsthilfe.

Sie trieben ihr Vieh nicht mehr zum Metzger oder auf die Märkte, kein Aufkäufer bekam mehr ein Stück von ihnen, sie schlachteten selber und verkauften das Fleisch.
Die mächtigen Metzgerinnungen und Viehhändlerverbände waren darüber verstimmt und verfaßten geharnischte Eingaben an die Behörden. Diese machten ihren Weg und drangen hinauf bis zur Reichsregierung. Dort empfand man das Vorgehen der Bauern als ungemein wirtschaftsschädigend und schritt dagegen ein. Ohne triftigen Grund, wie etwa plötzlich eintretende, lebensgefährliche Kolik oder Beinbruch und so weiter, durfte kein Bauer mehr eigenhändig sein Vieh schlachten.
Jetzt streiften die Gendarmen auffallend oft und zu jeder Tages- und Nachtzeit durch die Dörfer und um die einsamen Gehöfte. Die Metzger taten ein übriges und dingten eigene bezahlte Aufpasser, von denen niemand etwas wußte. Wehe, wenn ein Bauer in dunkler Nacht einer Kuh das Bein abschlug oder sonst einen Notschlachtungsgrund ausfindig machte! Der Metzger erfuhr alles. Das Vieh wurde polizeilicherseits beschlagnahmt, kam auf die »Freibank« nach Amreiten und wurde an Erwerbslose und andere Arme verkauft. Nichts bekam der Bauer, er mußte sogar noch eine erhebliche Geldstrafe entrichten. Kein Wunder, die Landleute mochten den Kanzler Brüning samt seiner großen Frömmigkeit nicht mehr, und der Hitlersche Kriegsruf: »Bloß der Jud ist an allem schuld!« leuchtete ein wie nichts anderes. Der Schlicht konnte sich wieder überall sehen lassen und sammelte die Burschen wieder. Jetzt hörten ihm auch die Bauern gern zu, wenn er wie zufällig in eine Stube kam und Zeitungen und Flugblätter brachte. Der erstochene Reblochner war längst vergessen.
Hatte der redselige Hauptmann vielleicht so unrecht, wenn er in bezug auf die harten Notschlachtungsbestimmungen sagte: »Das ist schon reiner Bolschewismus! Genauso wie

die roten Russen macht es dieser sanfte Herr Brüning! ... Der Bauer ist nicht mehr Herr über seinen eigenen Besitz, alles, aber auch alles, stiehlt ihm der Staat ... Die Roten und die Juden dirigieren hinten, und der Herr Reichskanzler folgt aufs Wort!« Die aufgewiegelten Bauern zollten ihm Beifall. »Saubande! Judensippschaft! Davong'jagt gehört die ganze Schwindelgesellschaft! Eher wird's nicht besser!«

Der Schlicht gewann auch woanders Ansehen. An einem regnerischen Oktobertag kam der Inspektor nach langer Zeit wieder einmal nach Amreiten und suchte die Rüdesheimer Weinstube auf. Wer saß da wohlbeachtet am Stammtisch neben Grimmenmoser, Greitler und Muggenthaler? Kein anderer als der stramme Hauptmann!

Mit unterdrücktem Mißvergnügen setzte sich Sittinger dazu. Es ging nicht anders. Er wurde auch allerseits herzlich begrüßt, sogar von Schlicht. Man trank sich langsam warm, und im Handumdrehen begann der heftigste politische Diskurs. Der Oberstleutnant hatte gar nichts mehr gegen Hitler einzuwenden, im Gegenteil, er stimmte vollkommen mit dem Hauptmann, der devot militärisch dienerte, überein.

»Absolut meine Meinung! Die Jugend muß von der Straße weg und militärisch ertüchtigt werden ... Wer das will, handelt deutsch!« So lobte Grimmenmoser Hitler und erzählte über seine Eindrücke in Bad Harzburg. Dort waren er und der Hauptmann gewesen und hatten der pompösen Verbrüderungsfeier aller nationalen Parteien und militanten Verbände beigewohnt. Über die Reden Hitlers und des deutschnationalen Parteivorsitzenden Hugenberg, über diejenigen der »Stahlhelm«-Führer Seldte und Duesterberg sprachen sie höchst befriedigt.

»Eine mustergültige Parade«, erwähnte Schlicht, und Grimmenmoser nickte. »Ja, erhebend! Sehr erhebend! Beim Vorbeimarsch der ruhmreichen kaiserlichen Fahnen und der Hakenkreuzflaggen, da hat uns alten Militärs das Herz höher geschlagen ... Das war Zug und Zucht ... Auf Ihr Wohl, Herr Hauptmann, die jungen SA- und SS-Leute machen einen tadellosen Stechschritt! Die können sich neben jeder aktiven Truppe sehen lassen.«

»Außerordentlich schmeichelhaft, Herr Oberstleutnant! Gestatte mir ergebenst, auf das Wohl der deutschen Zukunft mein Glas zu erheben!« dankte Schlicht untertänig, und man hörte, wie er die Hacken unter dem Tisch zusammenschlug. Es sah aus, als seien die Zivilisten am Tisch überflüssig. Nur die beiden Militärs führten noch das Wort. Vom Programm der »Harzburger Front« erzählte Grimmenmoser.

»Schlicht und deutlich! Weg mit Brüning und der roten Preußenregierung! Kein Schutz für unnationale Elemente!« erläuterte er, und frech-verschwiegen lächelte Schlicht den Inspektor und den Greitler an. »Ich hoffe, die Herren sind unserer Meinung?« Bekniffen antwortete der Fabrikant: »Ein unebener Mensch ist der Hitler überhaupt ganz und gar nicht! Das zeigt sich jetzt immer deutlicher ... Was er sagt und tut, hat Hand und Fuß.« Sicher bereute er die damalige überstürzte Auslogierung Schlichts.

»Deutschland braucht einen neuen Bismarck«, log Sittinger ausweichend. »Verschiedenes hat der Hitler davon.«

»Wir wollen ja alle bloß das gleiche, meine Herren – die Monarchie und sonst nichts«, plapperte Muggenthaler und zog seine herabfallenden Augendeckel hinauf. Der Inspektor, in dem Unbehagen und furchtsame Bedrängnis kämpften, trank das volle Glas in einem Zug aus und überlegte einen rettenden Satz. Er hatte schon ziemlich viel Wein getrunken und war gelassener. Jener gleichgültige Mut, welcher die erste Berauschtheit ankündigt, prickelte in ihm. Er lächelte freier und sagte aus irgendeiner Gedankenflucht heraus: »Hmhm, ich muß sagen, in der konkreten Beurteilung der nächstliegenden Situatio-

nen ist uns Männern die Damenwelt überlegen, Herr Hauptmann ... Meine Frau nämlich, die war immer für Hitler! .. Mich hat sie auch schon bekehrt ... Schon lang! Hahaha, jaja, das sogenannte schwache Geschlecht! ... Wenn ich so nachdenk, um bare fünfunddreißig Prozent hat man mir jetzt nacheinander die Pension gekürzt! Für den kleinen Mann hat die Brüning-Regierung kein Verständnis ...«
»Um so mehr für die Juden!« warf Schlicht hin. Er schien vollauf versöhnt zu sein und prostete hinüber: »Gestatte mir ganz ergebenst – auf die Frau Gemahlin, Inspektor! ... Eine Empfehlung für die gnädige Frau!«
»Danke, danke! Sehr angenehm!« Sittinger fühlte sich erleichtert. »Jaja, die Damen! Die deutsche Frau!«
»Ein Bravo!« schmetterte Greitler, und »heißt nicht umsonst, deutsche Frauen, deutsche Treue, ha-haha!« schwätzte Muggenthaler darein. Die Gläser klirrten aneinander. Je mehr Wein konsumiert wurde, um so höher stieg die patriotische Stimmung. Zuletzt waren alle eines Sinnes, und in bester Freundschaft ging man auseinander.
Es regnete nicht mehr. Ein brummender Sturmwind trieb über die dunklen Felder, als die vier wankenden Aubichler Zecher aus dem Bezirksort herauskamen. Die hin und her gepeitschten Alleeapfelbäume rieben sich quietschend an den Stangen, die Telegrafendrähte summten in der Luft, und am schwarzen Himmel trieben zerfetzte Wolken, ballten sich von Zeit zu Zeit zusammen und zerrissen wieder. Dann fiel das fahle Licht des schwebenden Mondes spukhaft hernieder und hob flüchtige, überscharfe Konturen aus der Finsternis: einen krummen Hügel, einen gebogenen Baum, den schiefen Wegweiser, den Streifen eines auftauchenden Gartenzaunes und die vier torkelnden Gestalten.
Sittinger dachte scharf und klar in eine Richtung. Ma-

chiavelli – sehr gut, das mit Malwine – Schlicht ist für mich – alle übertölpelt, sehr gut! Der kalte Wind strich ernüchternd über sein Gesicht. Er grinste boshaft. Tief und befreit schnaubte er. So übermütig war er auf einmal, daß er abermals sagte: »Tja – ja, deutsche Frauen! ...«

»Dei-eitsche Tre-iie, dei-deit ...« versuchte der tatterige Muggenthaler zu singen, aber der Wind riß Wort und Ton davon ...

Nicht nur unerwartet schnell gekommen war die Politik, sie rumpelte jetzt gleichsam in einem ungekannten fanatischen Tempo über alles hinweg. Das ging Schub um Schub, Krach für Krach, etwa wie eine riesige, mittelalterliche Festungssturmmaschine, die immer und immer wieder mit unverdrossener Sturheit gegen ein schwach verrammeltes Einfallstor rannte. Das war wie ein unsichtbarer, übermächtiger Tank, der unaufhaltsam durch das friedliche Land ratterte und alles, was sich ihm in den Weg stellte, unbarmherzig zermalmte, oder – um mit Sittinger zu reden – »wie ein Pesthauch, der die Gesündesten ansteckte«. Die giftige Gischt brauste auch über das Aubichl-Bibloch-Reitlmooser Viertel. So hitzig ging es auf einmal zu, daß man darüber sogar die Langeweile des Winters vergaß. Die Verwirrung der einfachen Bauernhirne fing an. Rebellisch sagte jeder: »Ganz gleich, was kommt, aber so kann's einfach nicht mehr weitergehen!« Für Brüning war niemand mehr. Über das, was eigentlich kommen sollte, machten sich die wenigsten Gedanken, und weil die Nationalsozialisten, gestützt und gefördert von vielen dunklen Geldgebern, auf dem früher politisch wenig bearbeiteten Land am meisten Propaganda entfalteten, darum fing man auch allerorten an, von Hitler viel zu halten.

Jetzt war das Frühjahr da. Hindenburgs Amtszeit war abgelaufen, und plötzlich, nachdem man fortgesetzt gelesen hatte, diese werde durch Parlamentsbeschluß vertagt, hieß es: »Reichspräsidentenwahl!« Und nicht nur das! Gleich

vier Kandidaten standen auf der Wählerliste! Doch Ernst Thälmann, das war ja ein ganz Roter; und wer, außer den paar Anhängern Grimmenmosers, kannte den »Stahlhelmer« Duesterberg überhaupt? Nur die Namen Hindenburg und Hitler waren jedem geläufig.
Der Hauptmann Schlicht organisierte alsgleich die ersten Versammlungen, und diesmal freuten sich Bauern und Burschen, Männer und Weiber über die kräftig auftrumpfenden städtischen Redner der Hitlerpartei. Spontaner Beifall unterbrach sie oft, und massenhaft Bier wurde getrunken. Keine Unruhe gab es, und der Postwirt war über den Verlauf so zufrieden, daß er nur noch die Hitlerplakate in seinen Lokalitäten aushängen ließ.
Vergeblich predigte der Biblocher Pfarrer gegen den »landfremden Antichrist«. Braun sei er und schaue aus wie ein biederer Soldat, meinte er in seinen Predigten und hob warnend den Zeigefinger. Mit zornrotem Gesicht schrie er von der Kanzel herab: »Aber, meine lieben, in Christum, dem Herrn, versammelten Zuhörer und Zuhörerinnen, der Satan erscheint uns nicht immer in leibhaftiger Gestalt! Der Höllische hat auch schon allerhand gelernt und macht sich jetzt ganz unverdächtig auf, schier so wie ein ganz handsamer Mensch! Indem daß das aber so ist, möchte ich euch, meine lieben Pfarrkinder, warnen, wie es meine Pflicht und Schuldigkeit gegenüber unserm Herrgott, dem Allmächtigen, ist! Schaut solchen Fremden auf das Maul und in die sündhaften Augen, und schon beim ersten Worte und beim ersten bösen Blicke werdet ihr es spannen, daß dahinter nichts steckt wie die höllische Unreinlichkeit und ewige Verdammnis!«
In der Kirche, ja, da glaubten es ihm die Leute noch halbwegs, kaum aber waren sie draußen, in den Wirtshäusern, daheim und im täglichen Leben, so war alles wie weggeweht. Sogar eine großangekündigte Versammlung des »Christlichen Bauernvereins«, bei welcher der Pfarrer prä-

sidierte, lockte nur wenige Dörfler nach Bibloch, und bei einer »Stahlhelm«-Kundgebung Grimmenmosers kamen nur die alten Veteranen.
Auch die Roten rührten sich jetzt. In der Frühe fanden die Aubichler manchmal seltsame Flugblätter vor ihren Türen, und niemand konnte sich erklären, wie sie dahin gekommen waren. Schreckliches meldeten sie über die Nationalsozialisten: Hitler sei ein reiner Landesverräter und habe zugunsten Italiens auf das deutsche Südtirol verzichtet; seine Partei werde von in- und ausländischen Industrieherren, die nichts weiter wollten als Verelendung des Bauern und Lohnraub am Arbeiter mit Unsummen unterstützt; diese Millionen aber verbrauchten zum großen Teil die Naziführer für ihr ausschweifendes Luxusleben; alles, was dieser Klüngel von Fememördern, sexuell entarteten Lüstlingen und gemeinen Kriminalverbrechern verspreche, stehe nur auf dem geduldigen Papier und sei Lüge und Betrug.
»Brüning ist der Steigbügelhalter Hitlers! Unter seinem Regime bist du, Bauer, ruiniert worden, bist du Arbeiter, zum Bettler geworden! Noch viel Schlimmeres bringt Hitler, wenn er an die Macht kommt, nämlich noch größeres Elend, Massennot und Krieg! Nur Bauern und Arbeiter vereint können ein besseres Deutschland aufrichten!« lauteten die letzten Sätze und forderten: »Darum mit der Kommunistischen Partei für Ernst Thälmann!«
Wohl rieten die Bauern herum, wer denn diese Flugblätter verteilt hätte, und es kam auch ein Gemunkel über den Maler Köstler in Umlauf, aber der blieb still, und keiner sah ihn jemals verdächtig zur Nachtzeit im Dorf herumgehen. Im Geprassel der Ereignisse vergaß man auch, genauer nachzuforschen. Jetzt nämlich kamen fast an jedem Sonntag sozialdemokratische und kommunistische Radfahrerkolonnen in die Dörfer und auf die verstecktesten Höfe, nahmen Aufstellung und stimmten einen Sprech-

chor an. Dann verteilten sie sich – jeder einen Packen Zeitungen, Broschüren und Flugblätter unterm Arm – und gingen von Haustür zu Haustür. Es waren junge, kräftige, wenn auch vielfach hungermagere Burschen, die reden konnten wie ein Wasserfall und sich nicht so leicht abweisen ließen. Wenn auch nach einiger Zeit Gendarmen auftauchten, diese Jungarbeiter kannten alle gesetzlichen Bestimmungen genau, wichen nicht so schnell, und das imponierte. Wurde es alsdann, dennoch brenzlich für sie, zu erwischen war keiner von ihnen – eins, zwei, drei schutzten sie sich auf die Räder, und weg waren sie wie ein davongeflogener Vogelschwarm. Auch das gefiel den Bauern, denn wenn der hohen Obrigkeit ein Schnippchen geschlagen wird, das erheitert immer. Sie fanden beim ersten und zweiten Male diese roten Werber eigentlich ganz unterhaltsam. Die Dorfburschen dagegen schrien wohl »Heil Hitler!« und stellten sich da und dort drohend vor die Türen, doch auch das schreckte die Sozialisten nicht.

»Seid ihr gegen den Brüning?« fragte der Kommunist und sah sie fest an.

»Ja, warum?« fragten die Burschen.

»Wir auch!« war die Antwort, und sofort kam die nächste Frage: »Wollt ihr vielleicht, daß der jetzige Zustand ewig so weitergeht?«

»Nein, der Brüning muß weg!« gestanden die leicht verblüfften Burschen abermals.

»Na also, dann sind wir ja einig! Wir sind Arbeiter wie ihr!« überredete sie der findige Redner. »Bauern und Arbeiter müssen zusammenhalten.«

»Dann ist's was anderes«, brummten die Burschen und machten den Weg frei. Solange sie ohne Führung waren, blieb es so.

Der Schlicht tobte, als er dies erfuhr, und schimpfte sie zusammen wie untaugliche Rekruten. Am dritten Sonntag kam er aus Amreiten herüber und sammelte sie zur Abwehr. Und da passierte etwas sehr Sonderbares. Sittinger erspähte zufällig, daß ein Mann die aus dem Staatsforst herausradelnden Arbeiter aufhielt. Die stiegen ab, und der Mensch redete gestikulierend auf sie ein. Die ganze Kolonne machte kehrt und verschwand wieder im Wald. Der Inspektor holte flugs seinen Feldstecher und bekam den auf das Dorf zugehenden Mann ins Blickfeld.

»Ah! Hm, da schau! Herr Köstler!« brümmelte er vor sich hin, aber er sagte niemandem etwas. Er wollte in nichts hineingezogen werden. Er hob sich die Sache für später auf.

Kurz darauf kam die Radfahrerkolonne, gut um das Doppelte verstärkt, abermals auf der Amreitener Distriktsstraße daher und fuhr kühn ins Dorf. Die ersten Vorposten empfingen sie mit einem kläffenden »Heil Hitler!« und drohten mit den Fäusten. Quer über die Straße, beim Mesnerhaus, bewaffnet mit Prügeln, Ochsenziemern, Gummiknüppeln und Messern, standen die Burschen in einer Front, und neugierig schauten die Bauern zu. Ehe aber der Hauptmann ein richtiges Kommando geben konnte, waren die Radfahrer abgesprungen, warfen ihre Räder auf einen Haufen, sechs Mann blieben dabei als Wache, und die anderen gingen ungeahnt zielsicher los. »Rot-Front!«- und »Freiheit!« Rufe erschollen und, genauso mit Gummiknüppeln und Schlagringen bewaffnet, sprangen die sozialdemokratischen und kommunistischen Jungarbeiter die verblüffte, kurz wankende Front der Bauernburschen an. Ein wüster Lärm zerriß die Luft, niemand verstand das »'ran an den Feind!« Schlichts, und schon klatschten die ersten Hiebe, schon begann das erbitterte Handgemenge. Die alten Bauern bekamen Respekt vor den flinken Jui-Jitsu-Sportlern, die den feindlichen Messerhelden ihre blitzenden Waffen mit frappierendem Geschick aus der Hand wanden. Das flog und knackte

bloß so. Der seitab am Mesnerhaus postierte Hauptmann machte eine sehr schlechte Figur, bellte krächzend, fuchtelte wie ein Verrückter und pirschte sich immer mehr an die Hauswand heran. Ein Stein surrte an ihm vorbei, und er duckte sich. Einige Burschen lagen bereits blutüberströmt im Straßendreck und schrien gottsjämmerlich, andere wieder flüchteten heulend in die nächstliegenden Vorgärten der Häuser, ließen die Hunde von den Ketten und hetzten sie auf die fanatisch kämpfenden Roten. Auch diese hatten schon drei Verletzte, die von den Fahrradwächtern weggeholt und eilig verbunden wurden. Der baumlange Leimfinger-Knecht zückte ein Seitengewehr und stürzte auf einen gedrungenen Arbeiter. Der bückte sich, vergrub seinen Kopf im Bauch des Knechtes, schlang seine sehnigen Arme um dessen gebogenen Rücken, ein furchtbarer Schrei gellte auf und gestreckterlängs, mit aller Wucht, sauste der schlenkernde Körper des Angreifers über den Rücken des Gedrungenen auf die kotige Straße. Dieses Bravourstück erschreckte die Burschen so, daß sie auseinanderliefen. Ihre Front zerbröckelte, und die Roten triumphierten; da aber wurde es den Bauern zu dumm, und nun griffen auch sie ein, holten Dreschflegel, Gabeln und Hämmer aus Stall oder Scheune und kamen den bedrängten Burschen zu Hilfe. Dieser Übermacht waren die Jungarbeiter nicht gewachsen. Mit Ach und Krach konnten sie gerade noch flüchten und sich ihrer Verfolger erwehren. Die Dorfehre war gerettet.
Der Hauptmann Schlicht war, als der Kampf schon halbwegs verloren schien, eilig zum Krämer Wagerer hinaufgelaufen und hatte die Amreitener Polizei angerufen. Diese verstellte den roten Radfahrern kurz vor dem Bezirksort den Weg und konnte zwei Verletzte festnehmen. Zwei Tage darauf brachte der Postbote Hitlers Hauptblatt, den »Völkischen Beobachter«, in jedes Bauernhaus der Biblocher Pfarrei. Ein ausführlicher Artikel über die Au-

bichler Schlacht stand darinnen, namentlich waren alle verwundeten Burschen aufgeführt, und überschrieben war das Ganze mit »Rotmord überfällt Bauerndörfer«. Ein eigenes Flugblatt lag der Zeitung bei, das noch einmal den »kühnen Heldenmut der nationalgesinnten Aubichler Burschen- und Bauernschaft« rühmte, sie nun erst recht zur energischen Abwehr aufforderte und also schloß: »Darum gibt jeder, der will, daß den roten Mordbrennern das Handwerk gründlich gelegt wird, seine Stimme bei der Reichspräsidentenwahl dem Retter Deutschlands, Adolf Hitler!«

Es ist immer so: Derartig privat gehaltene Texte verfehlen ihre Wirkung nie. Eifrig wurde das Flugblatt herumgereicht und beredet. Die Aubichler kamen sich außerordentlich geehrt vor; um die verwundeten »Helden« rissen sich die Mädchen, und Hitler bekam beim ersten und zweiten Wahlgang in der Pfarrei die überwiegende Stimmenmehrheit. Offen bedauerten die Leute, daß dennoch Hindenburg siegte. »Ha, hm, er ist doch schon ein uralter Mensch und könnt endlich genug haben«, meinte man. »Der Hitler ist erst ein Vierziger und steht im besten Saft. Der tät einen anderen Schwung hineinbringen in dieses Geschäft.« Und man tröstete sich, daß der Feldmarschall ja doch schon in allernächster Zeit ins Ewige müßte. Die Burschen hatte der Schlicht während des ersten und zweiten Wahltages streng militärisch im Nebenzimmer der Postwirtschaft kassiert gehabt. Gesagt war ihnen worden, wenn Hitler siege, müßten sie augenblicklich in »Aktion« treten.

Jetzt war ihnen das gewöhnliche Zivilistenleben schier lästig. Alles schien beim alten geblieben zu sein. »Gott sei Dank, daß endlich wieder eine Ruh ist«, raunzte Sittinger wie erlöst. »Hm, jetzt wird wenigstens die Zeitung wieder normal. Nicht mehr lesen hat man sie können vor lauter Wahl und Geschrei und Geschimpf.« Die Regentropfen trommelten eintönig auf die Fensterscheiben. Er sah nach-

denklich vor sich hin. Ganz so, wie Malwine und die meisten Leute es hinstellten, war es doch noch nicht. Brüning regierte weiter, Hindenburg blieb, na, und Hitler? Herr im Staat war er eben doch noch nicht, wenngleich es oft ganz danach aussah!
Der Inspektor war mit seiner bisherigen Haltung ganz zufrieden. Jedem hatte er beigebracht, als sei er nur seiner Meinung und habe sich nirgends zuviel eingelassen. Sogar das gefiel ihm, daß er den Maler Köstler noch nicht verraten hatte. Er spielte gewissermaßen damit wie die Katze mit der gefangenen Maus. Weiß der Teufel, hätte er es damals in der Aufregung des Kampfes getan, die Leute würden das Wäscherhäusl und den Kerl nicht ganz gelassen haben. Womöglich wäre Polizei gekommen, einen Prozeß hätte es gegeben, mit ihm als Hauptzeugen. Nein, nein, nur nichts mit Gerichten zu tun haben! Kommt Zeit, kommt Rat, dachte Sittinger und rieb sich die Hände. Er trat ans Fenster und machte einen Wischer über die angelaufene Scheibe. Was war denn nun schon wieder los? Vor der Schlezlwirtschaft stand der Schlicht und packte in einem fort größere und kleinere Pakete in den Beiwagen seines Motorrades. Die Burschen trugen sie aus dem Haus, und auffallend geheimnisvoll und überstürzt taten sie das alles. Den ganzen Tag ging das so. Immer fuhr der Hauptmann mit einer schweren Ladung weg und kam leer zurück. In der nächsten Frühe lief eine ziemliche Unruhe durch das Dorf, denn vier Amreitener Gendarmen machten beim Leimfinger Haussuchung und begaben sich alsdann nach Bibloch.
»Hm, was ist denn da schon wieder passiert?« fragte der Inspektor den Wagerer, der auch den abziehenden Polizeileuten nachschaute.
»Ja, ich weiß auch nichts ... Heißen tut's, die Hitlerei ist verboten worden!« antwortete der Krämer.
»So? ... So! Warum denn jetzt das?« staunte Sittinger.

»Da kennt sich der Teufel aus!« gab der Wagerer an und ging wieder in seinen Laden zurück. Am anderen Tag las der Inspektor in der Zeitung, daß die Reichsregierung alle militanten Verbände der Nationalsozialisten, SA und SS wegen drohender Putschgefahr verboten und aufgelöst habe. Hindenburg selber hatte den denkwürdigen Erlaß unterschrieben.

»Nicht hört's auf, diese Malefizpolitik! Keine Ruh wird mehr!« ärgerte sich Sittinger. Doch als er sich von seiner Benommenheit erholt hatte, konnte er doch nicht umhin und sagte zu Malwine: »Sogar der Hindenburg ist gegen so was ... Ich weiß nicht, ich glaub fast, man mag den Hitler gar nicht.«

»Hm, so eine Schande! So vorgehen gegen deutsche Männer!« schimpfte sie über diese Maßnahme. »Putsch machen? Kein Mensch will das! Sie brauchen ihn bloß 'ranlassen!«

»'ranlassen, hm? Wenn ihn doch keiner will?!« redete er dagegen und wurde kühner. »Ich versteh nicht, daß grad *du* dich immer so zerreibst, wer uns regiert!«

»Das ganze deutsche Volk will Hitler!« fuhr sie dazwischen.

»So? Ha! Merken tut man grad das Gegenteil!« höhnte er und raunzte resoluter: »Der Hindenburg ist ein ganzer Mann. Der wird wissen, was er will. Der hat den ganzen Weltkrieg gemacht, und wie sie alle davongelaufen sind, ist er auf seinem Posten geblieben und hat die Truppen ordnungsgemäß heimgeführt. Ewig hat er sich bewährt, und jetzt auf einmal soll er gar nichts mehr sein! Ha, hm, eine saubere Patriotin bist du! Daherreden tust du faktisch wie die Roten! Auf einmal bist du fürs Volk! Immer dieses Volk! Was ist denn das schon? Ein dummer, undankbarer Haufen, weiter nichts.«

»Ich meine eben das *reindeutsche* Volk, nicht die Juden!« wehrte sie sich, aber er war heute sehr schlecht aufgelegt.

»Die Juden? Wer spricht denn von den Juden!« widersprach er. »Das Volk weiß nie, was es will! Tausend Köpfe und tausend Meinungen! Da kämen wir weit, ich danke schön! ... Hast du vielleicht schon einmal einen Nutzen gehabt durchs Volk? Ich nicht ...! Seitdem's modern ist, daß dieser Haufen überall mitreden darf, ist in einem fort so eine Unruhe und so ein Wirbel. Ein Mensch mag den anderen nicht mehr. Und warum? Weil lauter so fixe Ideen in den unreifen Köpfen 'rumgeistern! Lauter so Narreteien! ... Früher hat's das alles nicht gegeben, und besser war's, weit besser! Aber jetzt? Jetzt wählen auch die Weiber und reden mit, und jede windige Köchin führt das große Wort, pfui Teufel!«
Seitdem fast dreizehn und eine halbe Million Deutsche bei der Präsidentenwahl für Hitler gestimmt hatten, witterte Malwine sozusagen Morgenluft. Sie abonnierte den »Völkischen Beobachter« und studierte ihn jeden Tag eifrig, während Sittinger nur ab und zu flüchtig das erste Blatt ansah und bei seinem »unabhängigen Tagblatt« verblieb. Die Politik war ins Inspektorhaus gezogen und teilte die Ehegatten in zwei feindliche Lager. Man konnte ihr nicht mehr ausweichen. Jeden und jeden Tag gab es so widerwärtige Debatten. Sittinger war todunglücklich darüber. Er haßte Malwine mehr denn je. Irgendwo möchte der Mensch sich doch manchmal verstecken können, und wo denn anders, als zwischen seinen vier häuslichen Wänden. Nun ging das auch nicht mehr. Unablässig umlauerte einen der sichtbar gewordene, ruckweise vordringende Feind. Immer und immer mußte man vor ihm auf der Hut sein.
Und während es hier im kleinen hart auf hart ging, berannten draußen in der großen politischen Arena die gegnerischen Kräfte einander im heftigsten Endkampf um die Macht.
Der verblühende Mai lachte über allem Land. In jeder

tauigen Frühe jubelten die hohen Lerchen in der Luft, und auf den saftprallen Wiesen standen die Mäher. Die Bienen und Schmetterlinge summten und huschten von Blume zu Blume. In den Bäumen und Hecken die Vögel, im Boden die Grillen, sie sangen das ewige Lied der wiedererweckten Fruchtbarkeit ...

XIX

Sittinger erhob sich ächzend vom Frühstückstisch in der durchsonnten Wohnstube, tappte hin und her, schüttelte seinen heißen Kopf und wimmerte in einem fort: »Ich bin nervenkrank! Todkrank! ... Ich halt das nicht mehr aus! Ich geh ein wie ein totgehetztes Stück Wild! Einen schnellen Schlag wünsch ich mir! Sterben, auf der Stelle sterben möcht ich!«

»Aber Anton? Rede doch nicht so garstig, Anton!« rief ihm Malwine zu und sah auf von ihrer Zeitung. Rote Bäckchen und glänzende Augen hatte sie.

»Leg bloß die Zeitung weg! Ich will überhaupt keine mehr sehn!« schrie er sie an.

»Gut! Gut, wenn's nur das ist ... Ich geh ja schon!« erwiderte sie und ging in die Küche.

Was hatte sich nicht alles in diesen kurzen Wochen ereignet! Kein Mensch kam mehr mit.

Unerwartet war das Kabinett Brüning zurückgetreten, und nach etlichen Tagen erfuhr man von einer Regierung Papen. Niemand wahrscheinlich hätte das im stillen Aubichl-Biblocher Viertel sonderlich bemerkt, wenn nicht seit dieser Zeit die Gendarmen bedeutend wachsamer herumgegangen wären. Der neue Reichskanzler hatte sofort das Verbot der hitlerischen SA und SS aufgehoben, die bayerische Regierung hingegen stützte sich auf eine weit früher erlassene Verfügung, welche das Tragen von Parteiuniformen in ihrem Hoheitsbereich untersagte, und blieb diesmal energisch dabei. Stets wenn die Gendarmen vorüberkamen, traten die Burschen vor die Tür und zeigten sich in ihrer Hitleruniform. »Grüß Gott, Herr Kommandant!« spöttelten sie frech und winkten. »Im eigenen Haus ist's ja nicht verboten! Da kann jeder gehn, wie er mag!« Und dann lachten sie hämisch. Dagegen konnten die Gendarmen nichts machen. Sie bekamen nur verschlossene Gesichter und stolzierten weiter. Die Burschen trieben es aber noch viel ärger. Mit den nächstbesten ruhigen Dörflern fingen sie Streitereien an, wurden sofort aufsässig und stießen die unflätigsten Drohungen aus. Dem Greitler spielten sie besonders übel mit. Vor dessen Haus zogen sie eines Nachts, machten einen Höllenlärm und hörten nicht auf, wenn auch der eingeschüchterte Fabrikant noch so besänftigend auf sie einredete. Erst als er seine Hand stramm aus dem hellen, offenen Fenster streckte und »Heil Hitler!« rief, zogen sie ab. Beim Maler Köstler wurden zwei Fenster eingeworfen. Die Anzeige nützte nichts. Die Gendarmen fanden die Täter nicht. Jede Hauswand, jedes Tennentor, Gartenpfähle und Türen – alles war mit Hakenkreuzen und antisemitischen Klebezetteln übersät. Plakate gegnerischer Parteien konnten in keinem Lokal, an keiner Wand angebracht werden. Sofort gab es Reibereien. Der Mesner, welcher im Auftrag des Pfarrers weißblaue »Volkspartei«-Aufrufe austrug, holte sich einen zerschundenen Kopf dabei. Einmal krachte sogar mitten in der Nacht ein Schuß, daß die Fensterscheiben klirrten und die Schläfer aufschreckten. Kleine kommunistische Klebezettel sah man da und dort, und einige Hitlerplakate waren mit einem großen Sowjetstern übermalt.

Überhaupt die Nächte! Vor jedem Schlafengehen hatte Sittinger Angst. Der reinste Hohn auf die vielgerühmte ländliche Stille war's! Kaum dunkel geworden, lebten die Felder auf. Der Spektakel ging los. Schlicht hielt mit seinen Burschen Felddienstübungen ab, und seine bellenden Kommandorufe zerhackten die Luft förmlich. Dann wieder ein allgemeines Geschrei, klapperndes Laufen über die Straßen, Marschtritte und, wenn es auf die Frühe zuging, schmetternder Gesang. Auch Oberstleutnant Grimmenmoser brachte es zweimal fertig, einige Dutzend Bauern

zu einer »Stahlhelm«-Übung zu überreden, und die Reitlmooser gründeten mit den Biblochern eine starke Formation der sogenannten »Bayernwacht«, eine von der landesüblichen Regierungspartei ins Leben gerufene Wehr gegen die überhandnehmenden Hitlerverbände. Auch diese Scharen geisterten weit in den Feldern herum, wenn der vernünftige Mensch schlief. Die Politik hatte ein bürgerkriegerisches Gesicht bekommen. Der Tag reichte ihr nicht mehr, auch die Nacht erfüllt sie mit ihrem Lärm. Schon kam es da und dort zu Zusammenstößen und Raufereien. Die Polizei mußte unausgesetzt auf dem Posten sein.
Der Schlicht raste mit seinem Motorrad durch den weiten Gau, brachte den örtlichen nationalsozialistischen Gruppen bergeweise Propagandamaterial und Befehle, inspizierte und fanatisierte. Und so wie er taten Hunderte und Tausende seinesgleichen nichts anderes. Der neue Kanzler war ein besonders scharfkantiger Herr. Eines Tages hatte er mit zwei Mann und einem Leutnant die Preußenregierung abgesetzt und sich selber zum Reichskommissar über dieses Land ernannt. Das hinwiederum brachte alle anderen und insonderheit die bayerische gewaltig in Harnisch, und die wurde jetzt gänzlich reichsfeindlich. Bei der Aufhebung des SA- und SS-Verbotes hatte sie schließlich nachgeben müssen, doch nun appellierte sie an den uralten Preußenhaß der eingesessenen Bevölkerung und hatte nicht wenig Erfolg. Die Bauern erinnerten sich urplötzlich wieder an die »bayerischen Belange« und an die »süddeutsche Stammeseigenheit«. Sie wüteten kampflustig gegen Papen und Hitler. Der Pfarrer hielt bissigere Predigten, und sogar die Sozialisten und Kommunisten wurden wieder halbwegs geduldet. Doch die Hitlerbanden beherrschten bereits jedes Dorf, und kein Gegner war mehr vor ihrem Terror sicher. Wo sie zu schwach waren, warfen sie aus der Stadt ganze Lastwagen voll geheim bewaffneter SA-Truppen hin, und gemeiner Mord und Totschlag geschah.

Und dann kam die Sommerwahl. Von hundertsieben Reichstagssitzen stiegen die Nationalsozialisten auf zweihundertunddreißig. Zum ersten Male hieß es, Hitler werde Reichskanzler. Von sechshundertundsieben Mandaten hatte seine Partei fast zwei Fünftel!

Malwine jubelte, Sittinger war zerdrückt und wurde ganz kleinlaut. Jetzt war es an der Zeit, sich schnell, sehr schnell umzustellen!

»Hmhm«, versuchte er seine Frau unaufdringlich zu loben, »hmhm, wo du bloß deine feine politische Nase herhast! ... Hmhm, seltsam, seltsam, ich bin da viel ahnungsloser.«

»Weil du eben unsere Zeitung nie liest«, sagte sie emporgewachsen.

»Ja, ich glaub, ich bestell überhaupt die andere ab! Was brauchen wir zwei, wenn in der einen alles drinnensteht«, gab er nach.

»Und außerdem, Anton!« rief sie emphatisch und deutete auf ihre Brust, »ich habe immer, auch in der härtesten Zeit, an Hitler geglaubt! Glauben muß man, das ist's!«

»Soso, hm! Jaja, du magst recht haben, jaja ...«

Er zerbrach sich den Kopf darüber, was denn das sei: Glauben? Ihm war das völlig rätselhaft und fremd. Er glaubte an nichts und niemanden. Mißmutig und zynisch überlegte er. Hm, als wir jung waren, hat sie an mich geglaubt, weil ihr das behagt hat. Im Krieg an den deutschen Sieg, weil sie gemeint hat, ihre Kriegsanleihen seien gut angelegt und würden später steigen. Dann hat sie sich in den Eibenthaler vergafft, und seitdem glaubt sie an Hitler ... Hmhm, durch mich ist sie bei diesem Hochstapler zu nichts gekommen, und jetzt, weil sie alt ist und keinen Mann mehr lockt, wurmt sie sich darüber! Bloß eine verborgene Verliebtheit ist ihr Glaube, weiter nichts. Nur Hohlköpfe und mannstolle Weiber verfallen auf so was! ... Heißt doch, auch alte Huren werden zuletzt Betschwestern!

Jaja, Betschwestern oder Hakenkreuzlerinnen, das werden so verrückte alte Weiber!

Doch Malwine erntete alsbald noch einen größeren Triumph. Allerdings einen, der sie im nächsten Augenblick in höchstes Erstaunen versetzte. Nämlich kurz darauf kamen Herbert und Anna zu Besuch. Schon ein Jahr lang hatten sie nichts mehr hören lassen, und Malwine glaubte sie längst geschieden. Jetzt stiegen sie aus dem Auto, als ob nie etwas geschehen wäre.

Sittinger blieb das Herz stehen. Malwine brachte kein Wort heraus.

»Na, aber jetzt, jetzt machen wir ernst, jetzt bleiben wir da, wenn's euch paßt!« sagte Anna lachend, und Herbert drückte seiner Schwester die Hand. »Ja, der Überfall ist etwas frech, was?«

»Ah wo, ah wo!« Der Inspektor ermannte sich, und auch Malwine faßte sich schnell, indem sie hausmütterlichbesorgt herausplapperte: »Aber ich hab gar nichts vorbereitet ... Gott, ja, ist das nett! Reizend von euch! Also endlich, endlich!« Sie rannte sofort ins Fremdenzimmer hinauf, richtete die Betten und staubte ab, werkelte flink herum und hielt immer wieder sekundenlang inne. Sie begriff nichts, gar nichts.

Drunten plauderte der Inspektor und die Angekommenen aufgeheitert, und vor dem Haus hatten sich schon wieder die Kinder gesammelt, um das Auto zu beschnüffeln.

Ein jäher Verdacht stieg in Malwine auf. Anton hatte ihr doch nie schwarz auf weiß die üblen Nachrichten über Anna gezeigt. Lug und Trug war alles gewesen! Aber warum? Und woher hatte er überhaupt die Nachrichten?

Sie wurde immer verwirrter.

Aus dem offenen Fenster des Krämerhauses schmetterte der Lautsprecher Fetzen irgendeiner Rundfunkrede. Sorgfältig gesetzt und scharf betont klangen manche Worte durch die summende Sommerluft. Der Inspektor, Anna und Herbert traten eben in den Vorgarten.

»Diese Gewaltmethoden sind am wenigsten einer Partei würdig, die dauernd beteuert, national und staatsaufbauend zu sein. Mit Bombenwürfen und blutigen Terrorakten an politischen Gegnern überzeugt man nicht, und den Überfall in Potempa empfindet die gesamte, gesittete deutsche Öffentlichkeit als eine tiefe Schmach; sie verlangt nach strengster und gerechter Sühne. Darum haben der Herr Reichspräsident und die Mitglieder des Kabinetts sich einhellig dazu entschlossen ...«, hörten sie die metallische Stimme Papens aus dem Lautsprecher.

»Was ist denn das schon wieder?« fragte Sittinger.

»Ah, drunten in Schlesien haben sie irgendeinen roten Polacken erstochen, und natürlich wälzt man's wieder auf die Hitlerbewegung!« meinte Herbert.

»Noch viel zuwenig! Alle gehören sie ausgepeitscht und aufgehängt!« sekundierte ihm Anna. In Potempa waren fünf Nationalsozialisten in die Wohnung des Arbeiters Pietrzuch eingedrungen und hatten den wehrlosen Mann bestialisch abgeschlachtet. Solche Morde und Überfälle ereigneten sich in letzter Zeit fast täglich. Die Reichsregierung mußte sich zu einer Notverordnung gegen den Terror entschließen. Der Kanzler begründete eben diese drakonische Maßnahme am Rundfunk.

»Wenn der Führer der Nationalsozialistischen Deutschen Arbeiterpartei, dem wir das Verantwortungsbewußtsein nie abgesprochen ....«, rief Papen.

»Frechheit! Dieser windige Baron macht sich mausig!« schimpfte Anna. Aus der Ladentür trat der Maler Köstler. Einen großen Schäferhund hatte er bei sich. »Jaja«, nickte er dem Wagerer zu, »jaja, bald wird's bei uns auch so sein.« Er zog die Türe zu und ging auf der Straße weiter. Sittinger lugte ihm unvermerkt nach und furchte ganz kurz die Stirne. Schnell dachte er etwas, da aber kam Malwine an den beschatteten Gartentisch und sah ihn sonderbar fragend an. Der Tag verlief mit einem längeren Spaziergang, und am Abend fuhr man nach einem entfernten Ausflugsort, um dort in einem Gartenrestaurant zu speisen.

Erst als sie sich in der ehelichen Schlafkammer entkleideten, stellte Malwine Anton zur Rede. Den ganzen Tag war er ihr ausgewichen.

»Sag mal ...«, begann sie, aber sofort fuhr ihr Sittinger ins Wort und rief hastig: »Ich weiß, ich weiß! ... Laß mich reden! Hör mich erst an, bitte! ... Also, es ist doch nicht zu sagen, nicht auszudenken, was das für ein raffiniertes Gesindel ist, diese Roten!«

»Die Roten? Was hast denn *du* ...« staunte Malwine, doch wiederum wehrte er heftig ab: »Laß, laß! ... Hör zu, hör mich an! Laß mich ausreden!« Sie mußten ihre Stimmen dämpfen, denn die Wand zum nebenanliegenden Fremdenzimmer war nicht allzu dick.

Gewichtig und aufgeregt erzählte er ihr, daß er damals, als die Geschichte vom Eibenthaler in der Zeitung stand, einmal ganz unauffällig im Wald spazierengegangen sei und dem Maler Köstler begegnet wäre.

»Wohlgemerkt, ich habe ihn nicht gekannt«, flocht er ein, und so eine Frechheit! – da sei der Kerl freundlich auf ihn zugegangen und habe ihm eine Zeitung zustecken wollen. Unglaubhaft erschien Malwine das alles, doch Sittinger fabulierte eindringlich und mit größter Findigkeit weiter: »Auf den ersten Blick hab ich gewußt, aha! Aha, ein roter Schwindelfetzen! ... Und natürlich dankend abgelehnt, aber was sagt mir der aufdringliche, widerwärtige Kerl nicht? ... Übrigens ein merkwürdiges Zeichen, ein sehr auffälliges Zeichen, wie weitverbreitet und wohlinformiert diese rote Verschwörergesellschaft ist! ... Was sagt der Kerl und lacht dabei? ... ›Nehmen Sie's nur, Herr Inspektor, das wird Sie interessieren. Es handelt sich um Ihre eh-

renwerten Schwagersleute!‹ Das sagt er! ... Und da natürlich – mein Gott, wir waren doch beide damals so niedergedrückt! –, natürlich hab ich ihm die Zeitung aus der Hand gerissen und bin weitergegangen ... Jetzt seh ich, alles von vorn bis hinten war erstunken und erlogen! Einfach erfunden!« Er war die Entrüstung selber und wetterte gegen die roten Verleumder wie ein Berserker.
»Allmächtiger! ... Und ich hab schon beinah mit Herbert darüber reden wollen!« rief Malwine. »Und auf so was fällst du, kluger Mensch, herein?!« Ein klein wenig mitleidig musterte sie ihn.
»Na ja, ich bin eben politisch vollkommen ahnungslos!« stellte er sich unschuldig und schlug sich auf die Brust. »Aber so wahr ich ein deutsches Herz hab – seitdem schau ich diesem Burschen auf die Finger wie kein anderer! Verlaß dich drauf, ich kenn meine nationale Pflicht!« Gerührt streichelte Malwine über seinen runden Kopf. Zärtlich küßte sie ihn. »Du guter Mensch! ... Keiner weiß, wie du wirklich bist, bloß ich!«
»Ja, ich diene der Sache eben im stillen«, nickte er, und tief in ihm gluckste eine teuflische Freude.
Politik, was ist das wirklich? Eine Ehe ist sie! Nur der hartgesottenste, abgebrühteste Ehemann kann mit ihr umgehen. Er weiß alle Finten und Finessen, die dazu nötig sind, richtig auszunützen, glomm es einmal in Sittinger auf, als er im Bett lag und ins Dunkel schaute. Er war stolz auf diese überraschende Definition und bedauerte nur, daß er sie nicht aufschreiben konnte.
Immerhin, zehn oder vierzehn Tage wollten Herbert und Anna bleiben! Da konnte noch allerhand Unangenehmes herauskommen. Er war voll banger Spannung. Schau, schau! Einen Hund hat sich der Köstler angeschafft! fiel ihm nebenher ein. Bösartig sieht das große Vieh aus ... Jetzt kann ich überhaupt nicht mehr in den Wald gehen. Sicher stellt der Köter jeden schon auf einen halben Kilo-

meter Entfernung ... Einen Hund hat er! Ei-nen H-u-n-d-? Dann schlief er ein.

Die ersten Tage verliefen, wie sie gewöhnlich bei solchen Besuchen zu verlaufen pflegen: Man war ungemein redselig und von einer ausgesuchten Zuvorkommenheit auf beiden Seiten. Malwine hatte allerdings viel zu tun, und Anna erbot sich beständig, ihr behilflich zu sein, doch sie zeigte sich so wenig anstellig, daß die erstere stets mit der größten Liebenswürdigkeit ablehnte und die Arbeit bagatellisierte, was hinwiederum der Schwägerin ganz recht zu sein schien. Sie trug jeden Tag ein anderes Kleid und sah reizend aus. Stets war sie gepudert, schminkte ihre Lippen und duftete immerzu. Sittinger kam ausgezeichnet mit ihr aus. Oft sah er unvermerkt mit glänzenden Stielaugen auf sie, und eine verborgene Haltlosigkeit überhuschte seine Züge. Er entwickelte mitunter einen staunenswerten Witz, und die Schwägerin fand ihn sehr unterhaltlich. Herbert war sehr hoffnungsfroh und politisierte in einem fort. Er taxierte die Regierungszeit Papens höchstens noch auf zwei oder drei Monate. Seine Gespräche waren die reinsten Leitartikel aus dem »Völkischen Beobachter« und langweilten den Inspektor. Doch er heuchelte stets das regste Interesse. Hitler war telefonisch nach Berlin berufen und zweimal von Hindenburg empfangen worden. Man bot ihm den Vizekanzlerposten an, und er verlangte »drei Tage die Straße frei für die SA«. Das verstimmte den alten Feldmarschall. Beim zweiten Besuch Hitlers verlangte er mehr Ritterlichkeit im politischen Kampf und brach alle Verhandlungen ab. Der beleidigte nationalsozialistische Führer fuhr nach Berchtesgaden zurück, und seither schimpfte seine Presse in bösartiger Weise über das Papensche Adelskabinett. Auch Hindenburg wurde nicht mehr geschont.

»Alles in Ehren! Gewiß ist Hindenburg der Führer im Weltkrieg gewesen, aber jetzt ist er doch ein alter Mann!

... Selbstverständlich hat er seine Meriten! Aber er gehört ja fast schon zum vorigen Jahrhundert!« mäkelte Herbert über den Präsidenten, und Sittinger sagte kein Wort dagegen. Malwine merkte es sich.

»Hahaha, die Alten sind oft recht zäh!« lächelte Anna und warf einen geschwinden, verfänglichen Blick auf den Inspektor.

Malwine kochte, spülte ab, räumte auf und war meist abgespannt, wenn sie in die Stube oder in den Garten kam, wo die drei lustig lachten und plauderten. Eine leichte Mißstimmung erfaßte sie beim Anblick ihres quicklebendigen Mannes, der sich nur wenig um sie kümmerte. Doch die schönen Autofahrten ins weite, erntefreie Land hinein entschädigten sie für vieles.

Reichskanzler von Papen fuhr nach Lausanne und nahm die unterbrochenen Reparationsverhandlungen wieder auf. Er erreichte, was sein Vorgänger Brüning vor Jahresfrist vergeblich versucht hatte, nämlich – wenigstens las man zuerst so – die Streichung aller Reparationszahlungen. Dieser Erfolg hingegen erregte bei den Nationalsozialisten im gegenwärtigen Augenblick höchstes Mißbehagen. Sie verschworen sich insgeheim mit dem Reichswehrministerium und verlangten, daß der Kanzler auch zugleich die militärische Gleichberechtigung Deutschlands zu fordern habe. Papen folgte, und das verstimmte die anderen Mächte auf das heftigste. Jetzt verweigerten sie die Streichung der Schulden und setzten eine endgültige deutsche Zahlungssumme in einer Höhe von drei Milliarden fest.

»Hahaha, der feine Herr von Papen! Der Geck! Nichts, gar nichts hat er durchgeführt. Weiterzahlen müssen wir!« spöttelte Herbert und legte den »Völkischen Beobachter« auf den Tisch. »Stundung? ... Das kennt man schon! Alles Schwindel! Wenn wir die drei Milliarden zahlen sollen, sind wir ausgehungert wie nach dem Dreißigjährigen Krieg! Schwindel, alles reiner Bluff! ... Unser Führer hat's

immer gesagt, die Franzosen sind die allergemeinsten, verniggerten, verjudeten Betrüger! Solang wir sie nicht am Boden haben, bleiben sie unsere Todfeinde.«
O du juchtenlederner Rekordschwätzer! dachte Sittinger und sagte bieder: »Jaja, trau, schau wem! Das hab ich immer gesagt ... Was ein Feind ist, der bleibt ein Feind.«
Ein paar Tage wäre so was ja notgedrungen zu ertragen gewesen, nun aber dauerte es schon über eine ganze Woche! Sittinger wünschte seinen Schwager auf die Pfefferinseln oder sonstwohin. Überhaupt – ständig diese lauten besserwisserischen Leute um sich! Nie allein! Immer gestört! Zu keinem Gedanken und Entschluß mehr fähig zu sein und sich obendrein beständig verstellen zu müssen! Und jede Nacht brummte ihm Malwine wegen ihrer vielen Plage die Ohren voll, dann wieder hielt sie sich auf über Annas ordinäres Benehmen, und man hörte aus jedem Wort die Eifersucht heraus. Und auch diese oft gewaltsam burschikos tuende Schwägerin, mit ihrem fortwährenden dummen Geschnatter und Gekicher, wie satt hatte er sie schon! Einmal spielte sie die unnahbare Dame, dann wieder benahm sie sich wie eine Kokotte, und wenn er wirklich einen derben, anzüglichen Witz riskierte, tat sie pikiert und wurde hochnäsig. Man war sein eigener Herr nicht mehr. Heute wurde das, morgen jenes beschlossen, und stets war es etwas Ungemütliches: eine rüttelnde, heiße Autofahrt oder ein sinnlos verplapperter Spaziergang und einmal sogar eine widerwärtige, halsbrecherische Bergbesteigung in der Sonnenglut. »Aber, Alterle! Schwagerchen!? Ich mach's doch sogar mit meinen Stöckelschuhen!« spöttelte dieses Frauenzimmer, die Anna, und alle lachten den keuchenden, dampfenden Inspektor aus, der kaum noch Luft bekam. Er sah grimmig auf ihren ausladenden Hintern. »Da verlierst du etwas überflüssiges Fett, Anton! Das ist gesund!« meinte Malwine, die wiederum ihren Mann von hinten betrachtete.

»Mein Fett ist wohlerworben!« fuhr er sie an, und wieder lachten alle. Er hatte das Gefühl, als zergehe sein ganzer Körper. Alles klebte an ihm, und der Schweiß rann in seine Schuhe, daß es ihm vorkam, als trete er bei jedem Schritt in eine rutschige, pappige Masse.
»Nein! Nein, das ist zuviel!« knirschte er plötzlich und kehrte um. Kein Einreden half mehr.
»Ich bin drunten in der Wirtschaft!« rief er zurück und wünschte nur, daß sie alle drei abstürzen und zerfetzt werden möchten. Drunten im kühlen Biergarten überlegte er erbost, wie er am besten diese ganze Bande loswerden könnte. Nicht stürzten sie ab, heiter kamen sie wieder und verspotteten ihn noch mehr! Auf der Heimfahrt durfte er wenigstens hinten sitzen. Neben ihm saß Anna. Er hatte ziemlich viel Bier getrunken, und eine lahme Gleichgültigkeit schwamm in seinem Hirn. Einmal legte er wie zufällig seine fleischige Hand auf Annas prallen Oberschenkel, spürte unter dem dünnen Stoff des gespannten Rockes die Schnalle des Strumpfhalters und griff ein wenig bestimmter zu. Da klatschte sie ihm auf die Hand, schob sie weg und drohte kokett mit dem Zeigefinger. »Du! du! Wart, wart.« Das hatte Malwine erspäht, und im Umdrehen war ihr Gesicht puterrot. Jetzt war er endgültig verärgert.
Am andern Tag, beim Frühstück, fragte er ganz von ungefähr: »Jaaa, hm, das wollt ich euch doch schon lange fragen ... Ihr wißt doch da sicher was davon ... Da hat man doch vom Eibenthaler einmal ganz was Sonderbares in der Zeitung gelesen, er soll Unterschlagungen gemacht haben ...?« Er schaute drein wie der schlichteste, argloseste Mensch auf der Welt.
Augenblicke lang trat ein Stocken in die Runde. Malwine senkte betreten ihre Augenlider, Anna hatte überhaupt keinen Blick mehr und wurde hochrot, und Herbert sagte endlich, peinlich berührt: »Ja, hm, natürlich schleichen sich

allerhand unsaubere Elemente in die nationale Bewegung ein.«

»Soso? ... Ich hab's nicht geglaubt! ... Soso, dann stimmt das also?« redete Sittinger verkniffen ruhig weiter und sah die Schwagersleute unverdächtig an. »Soso? Ja, da hat man ja allerhand gelesen. Wie gesagt, ich hab's nicht glauben können.«

Anna atmete hörbar und stand auf. Sie ging ans Fenster und trommelte mit den Fingern auf die Scheiben.

»Oh, wie die heiß sind«, sagte sie.

»Jaja, die Sonne ist in der Früh schon kaum mehr auszuhalten«, meinte Malwine ebenso, fragte, ob noch jemand etwas essen wolle, und deckte ab.

»Hmhmhm ... Er war eigentlich, solang wir ihn gekannt haben, ein sehr ordentlicher, recht netter Mensch, der Eibenthaler«, log Sittinger und schloß, wie tief nachdenklich, in einem fast bedauernden Ton: »Schade! Schade! ... In dieser heutigen Zeit kommt oft der Beste unter die Räder ...«

»Na, seid froh, daß ihr ihn später nicht mehr gekannt habt! Ein richtig verkommenes Subjekt war er zuletzt!« warf Herbert scharf hin und erhob sich ebenfalls. Man sprach zwar kein Wort mehr über diese Angelegenheit, aber eine eigentümliche Stimmung beherrschte den ganzen Tag. Nur Sittinger war um viele Grade aufgeweckter.

Am Abend meinten die Herberts, sehr, sehr schön sei's hier, aber weit und breit kein Badewasser, sie hätten eigentlich von Anfang an nur etliche Tage bleiben wollen, um den Rest der Urlaubszeit an einem stillen Gebirgssee zu verbringen. Sonderbar gehemmt kam das aus ihnen heraus.

»Aber schau, bloß noch ein paar Tage! ... Mit eurem Auto seid ihr doch immer gleich wo an einem Wasser!« versuchte Malwine sie zu nötigen.

»Ja, hmhm, das ist der einzige Nachteil unserer Gegend«, meinte Sittinger. »Richtig baden kann man nirgends. Das ist schad ... Ich hab's auch schon manchmal entbehrt.« Dabei verabscheute er sogar das Duschen. Eine gute Weile log man einander die zärtlichsten Freundlichkeiten vor, und am Ende beschlossen die Schwagersleute doch, am nächsten Morgen abzufahren.
»Jetzt mach mir aber ja keinen Strich mehr durch die Rechnung, hörst du?« flüsterte der Inspektor Malwine vor dem Schlafengehen zu. »Stimm sie nicht wieder um! Laß sie bloß fahren! Fort mit ihnen! Fort mit Schaden!« Und, fragte er sie, ob sie jetzt endlich glaube, wie widerwärtig ihm diese »blöde Gans«, die Anna, sei?
»Ich bin auch froh, wenn wir wieder allein sind«, stimmte sie zu und nickte. Er maß sie kurz und raunte abermals: »Ich glaub schon fast, daß sie's doch mit dem Eibenthaler gehabt hat! ... Ich hab bloß nicht weiterreden wollen.«
»Hm, ja, es sieht fast so aus«, gab sie zu. In ihrem Haß und ihrer Eifersucht waren ihr auch die verpönten Behauptungen der Roten recht.
Beschauliche Ruhe zog wieder ins Inspektorenhaus. Sittinger genoß sie in vollen Zügen.
»Laß mich aus! Laß mich bloß mit dieser vermaledeiten Politik in Ruh«, schimpfte er schon beim Frühstück. »Ich will überhaupt keine Zeitung mehr sehen! Faktisch einen Brechreiz hab ich, seitdem dein ›lieber‹ Bruder mich Tag für Tag dumm und lahm geschwätzt hat mit dem Unsinn!« Er hatte gesiegt und war wieder der Alte.
Zwei, drei Ansichtskarten schickten Herbert und Anna aus dem Gebirge. Die letzte kam schon aus München.
Lautlos und gemächlich vergingen die ersten Septembertage. Die Bauern fuhren das letzte Grummet heim. Überall wurden die Wiesen und Getreideäcker stoppelig und leer. Auch der Vogelgesang bekam von Mal zu Mal einen matteren Klang. Sittinger fand sogar wieder Muße zum

Lesen. Dieser Herbst schien wohltuend zu werden. Er las ausnahmsweise Nietzsche. Als jungverheirateter Mensch hatte er sich einmal seine Werke gekauft, aber dieser Philosoph gefiel ihm nicht. Er war ihm zu aphoristisch, stellte viel zu abrupte Behauptungen auf und erbrachte nicht immer den Nachweis dafür. Schopenhauer war weit gelehrter, gründlicher und reeller. Er schöpfte aus einem stupenden Wissen und aus der nüchternen Erfahrung. Nietzsche hatte auch in seiner Schreibweise oft so etwas unnatürlich Kraftmeierisches, Herausgeschmettertes und blieb dabei doch dunkel und verworren. Jeder konnte aus seinen Büchern herauslesen, was ihm gerade in den Kram paßte. »Ein polnischer Preußenschädel!« nörgelte Sittinger über ihn. »Die verpreußten Polen sind die schlimmsten! Es sind wilhelminische Überrekruten!« Doch eine Stelle aus »Jenseits von Gut und Böse« gefiel ihm so sehr, daß er sie der verständnislosen Malwine immer wieder laut vorlas. Laut und mit Nachdruck zitierte er: »Die demokratische Bewegung macht die Erbschaft der christlichen. Daß aber deren Tempo für die Ungeduldigen, für die Kranken und Süchtigen des genannten Instinkts noch viel zu langsam und schläfrig ist, dafür spricht das immer rasender werdende Geheul, das immer unverhülltere Zähnefletschen der Anarchistenhunde, welche jetzt durch die Gassen der europäischen Kultur schweifen: anscheinend im Gegensatz zu den friedlich-arbeitsamen Demokraten und Revolutionsideologen, noch mehr zu den tölpelhaften Philosophastern und Brüderschaftsschwärmern, welche sich Sozialisten nennen und die ›Freie Gewerkschaft‹ wollen, in Wahrheit aber eins mit ihnen in der gründlichen und instinktiven Feindseligkeit gegen jede andere Gesellschaftsform, als die der autonomen Herde ...«
Vielleicht dachte Sittinger, als er das las, an den Maler Köstler. Jedenfalls – dieser milde September ließ sich an wie ein rechter Denkerherbst.

Plötzlich aber schmetterte es wie unheilverkündende Posaunenstöße über das geruhige, müde Land: »Neue Reichstagswahl!«

»Und für was? Für was eigentlich? Daß alles in Grund und Boden gewirtschaftet wird und sich kein Mensch mehr auskennt!« brummten mit dem verärgerten Inspektor alle Landleute. Das ganze Volk war aufgewühlt wie ein tausendmal umgepflügter Acker, aus dem nichts mehr herauszuholen ist. Nicht einzusehen, weswegen man immer wieder die unmutig werdenden Wählermassen aufrief, die sowieso zu nichts mehr Vertrauen und die ganze Zeit erlebt hatten, daß trotz aller zahlenmäßigen Verschiebung der Parteimächte im Grund genommen alles beim alten geblieben war. Ja, nur noch schlechter und miserabler war es für den Bauern, den kleinen Mann und den Arbeiter geworden!

»Wir mögen jetzt überhaupt nicht mehr! Gar nicht mehr wählen wir!« sagten viele Bauern zum Hauptmann Schlicht, der seltsamerweise jetzt viel kleinlauter war. Die Hitlerpartei hatte Schulden über Schulden, und ihre Plakate sahen lang nicht mehr so »reich« aus. Die Geschäftsleute mißtrauten diesem Scheinaufstieg und wollten vor allem einmal ihre Rechnungen bezahlt haben. Der Amreiter Buchdrucker ließ den Hauptmann gar nicht mehr zur Türe herein.

Andere Landleute wieder faßten die ganze Wählerei schon mehr und mehr als Jux auf und meinten justament: »Jetzt ist uns alles Wurscht! Diesmal wählen wir alle durcheinander, daß die Herren da droben auch nicht recht kriegen! Grad mit Fleiß!« Nicht mehr wie ehemals kamen die Nachbarn zum Krämer Wagerer, um die Rundfunkreden der vielversprechenden Parteigrößen anzuhören.

»Ah! Ist ja ein Schwindel wie der andere!« sagte jeder von ihnen. »Jeder will bloß an die Futterkrippe, und wir können's zahlen!«

Der Biblocher Postwirt verlangte vom Schlicht die rückständigen Saalmieten, doch der vertröstete ihn. Der Wirt machte ein saures Gesicht. Sozialdemokraten kamen mit starker Saalschutzwache, zahlten sofort und konnten eine große Versammlung abhalten. Sogar ein Kommunist wagte es, in Biblodh zu sprechen, und die starke polizeiliche Bedeckung schützte ihn. Die Hitlerburschen wollten stören, aber nicht nur die Polizei, auch die Bauern legten sich ins Mittel, denn sie fanden den Roten gar nicht so uneben und spendeten viel Beifall. Überfälle und Raufereien zwischen Roten und Braunen gab es wohl, die Gendarmen jedoch schienen gar nicht mehr so hitlerfreundlich zu sein und griffen jedesmal energisch ein. Und überdies – was war denn das mit diesem Hitler? Seine Leute, erfuhr man, streikten ja sogar mit den Kommunisten Schulter an Schulter in Berlin!

Und so kam es, daß in jenem trüben, verregneten November hundert statt neunundachtzig Kommunisten in den Reichstag einzogen und daß die Hitlerpartei nicht weniger als dreiunddreißig Mandate verlor.

»Hochmut kommt zum Fall!« sagte Sittinger an einem solchen Tag und meinte Hitler und seine Partei. Er trat ans Fenster und sah auf die aufgeweichte Straße. Die ersten großen, nassen Schneeflocken fegten ins verschlafene Dorf. Still und grau und dreckig war wieder alles rundherum. Drüben, von der Breitseite des Transformatorenhauses hingen die Fetzen der aufgeweichten Wahlplakate herab. Der Maler Köstler, in eine hellbraune Regenpelerine gehüllt, ging vorüber. Sein nasser Schäferhund tappte mit hängendem Kopf hinter ihm drein.

»Jaja, Hochmut kommt zum Fall«, wiederholte der Inspektor sonor. »Der Herr trägt auch den Kopf so hoch jetzt ... Die ganzen Hetzer sollt man aufhängen ... Hmhm, so war's in der Revolution auch. Da hat man gemeint, es gibt überhaupt bloß noch lauter Rote ... Mehr wie's jetzt

Braune gibt, waren sie! ... Und was ist's dann gewesen? Auf einmal ist den Vernünftigen der Wirbel zu dumm geworden, und man hat den Herrschaften das Handwerk gelegt, aus! ... Hochmut kommt zum Fall!«
»Anton? Wenn dich manchmal jemand so reden hört ...« rief Malwine und hatte fragende Blicke.
»Warum? ... Ich mein bloß den Hochmut«, gab er zurück und wurde ironischer. »Was ist jetzt schon groß geschehen? Gewählt haben wir wieder einmal, aber der Kanzler will seine neuen Abgeordneten gar nicht mehr sehen ... Nicht einmal den Reichstag hat er einberufen ... Die Politik ist wieder vorüber, und die Katz springt auf die alten Füß ...«
Wenn Malwine sich auch noch so dagegen stemmte, er bestellte den »Völkischen Beobachter« ab und abonnierte sein »unabhängiges Tagblatt« wieder. Er verbauerte zusehends und hockte jetzt oft und oft in den Wirtshäusern von Aubichl oder Bibloch. Auch den Greitler traf er dort oder beim Wagerer im Laden. Die Amreitener Rüdesheimer Weinstube war gewissermaßen ganz und gar das Standquartier des Hauptmanns Schlicht und seiner Leute geworden. Grimmenmoser und Muggenthaler schienen sich völlig zurückgezogen zu haben. Der Baron soff bald da und bald dort. Seine neueste Marotte war die, daß er nun manchmal ganze Tischrunden freihielt.

XX

An einem Abend, spät im November, nach einer Gemeinderatssitzung, saßen noch der zweieinhalb Zentner schwere Bürgermeister Schmauß, der Beigeordnete Gschwendtner, der Leimfinger, der Lehrer und der Leitlmooser von Bibloch, der Krämer Wagerer, der Greitler und der Inspektor in der Schlezlwirtsstube in Aubichl beisammen.

»Ich kann's einfach nicht verstehen, warum unser guter alter Hindenburg dem Papen auf einmal den Laufpaß gegeben hat«, sagte der Greitler. Halbwegs hörte man hin.

»Tja, Sie sind aber gut! ... Lesen denn Sie keine Zeitungen, Herr Fabrikant?« meinte der Lehrer. »Wenn einmal das ganze Volk nicht mehr mag, alsdann kann doch der Hindenburg auch nichts mehr machen ... Den Papen hat doch überhaupt gar kein Mensch mögen.«

»Hm, mögen?« lächelte der Greitler ein wenig trüb. »Haben denn Sie schon einmal erlebt, daß man bei uns einen Reichskanzler mögen hat, Herr Lehrer? ... Ich nicht! Das ist ein ganz elendiger Beruf heutzutag ...«

»Beruf, ha!« rief der Schlezlwirt von der Schenke her. »Der Papen ist doch von Beruf gar kein Reichskanzler g'wesen ... Das war ja ein Herrenreiter! ... Was versteht denn ein solch feiner Herr von einem Millionenvolk?«

Da mischte sich der Wagerer ein.

»Jaja, eben, eben ... Weil wir eben keine gelernten Reichskanzler mehr haben seit dem Bismarck, drum ist ewig die Sauerei!« sagte er.

Einige nickten gleichgültig. Eine kurze Pause entstand. Der Wirt stellte die vollen Krüge hin.

»Reden hat er können, der Papen, da gibt's nichts«, lobte Sittinger vorsichtig.

»Naja, und er hätt' sich halt erst eingewöhnen müssen! Ein jeder braucht seine Zeit«, warf der Bürgermeister hin. Der Gschwendtner schob seine Pfeife in den anderen Mundwinkel, zog seine Augendeckel hinauf und redete in die träge Luft hinein: »Der Hindenburg wird jetzt mit seinen fünfundachtzig Jahr auch recht aufsässig ... Kein Mensch macht's ihm mehr recht ... Mein Vater selig, wie er ins neunzigste gegangen ist, der ist genauso g'wesen ... Nichts hat man ihm mehr recht machen können!«
»Jetzt kommt ganz einfach der Hitler!« rief der Leimfinger laut. »Der sagt ganz einfach zu allem ja beim Hindenburg und tut doch, was er mag ... Der wird gleich Ordnung machen, da paßt's auf!«
»Sehr richtig!« stimmte der Lehrer bei.
»Das geht auch nicht!« widersprach Greitler. »Das erste und das letzte Wort hat immer noch der Hindenburg.«
»Ja, und was will er denn nachher schon anders machen, der Hitler?« fragte der Wagerer. »Im Dreck sind wir jetzt schon drinnen.«
»Der Hitler?« Der immer schweigsame Leitlmooser drehte den Kopf nach ihm und verzog seine Lippen ein wenig.
»Das ist ein notiger Kunstmaler g'wesen«, fiel ihm der Bürgermeister ins Wort und meinte noch herabmindernder: »Wie wird denn der was zusammenbringen? Geh!«
»Das ist ganz gleich!« gab der Leimfinger hitzig heraus. »Es muß ganz einfach ein anderer Kanzler her ... Den Hitler kennt wenigstens jeder. Der ist überall beliebt ...«
Der Wagerer schaute ihn hämisch an und fragte: »Magst ihn denn du?«
»Jawohl, das ist mein Liebling!« erwiderte der Leimfinger wie ein exaltierter Schulbub. Verschiedene am Tisch kicherten dünn in sich hinein. Wieder stockte es kurz.
»Mögen ihn Sie, Herr Fabrikant, den Hitler?« fragte der Wagerer verkniffen.
»Nein! ... Mir ist er zu laut!« antwortete der Befragte.

»Oder magst ihn vielleicht du, Xaverl?« fragte der pfiffige Krämer nun den Wirt. »Nein-nein, absolut nicht ... Für die Geschäftsleut ist der gar nichts!« Er schüttelte den Kopf und fragte zurück: »Hast ihn etwa du gern, ha?«

»Ich richt mich ganz nach der Mehrheit«, lächelte der Wagerer abgebrüht. »Ich mag ihn nämlich auch nicht.« Die meisten Bauern lachten, doch der Greitler rief sofort gewichtig: »Na also! Warum läßt man denn dann den Papen nicht bleiben?«

»Wegen dem Hitler!« meinte schmunzelnd der Krämer. Außer Sittinger und dem Lehrer sahen alle ein wenig baff auf ihn, und gleich giftete sich Greitler wieder: »Ja, warum denn ausgerechnet wegen dem?«

»Weil das Politik ist!« spöttelte der Wagerer verborgen. »Jeder will einmal drankommen ... Jetzt ist eben der Hitler an der Reih ...«

»Und nachher ...?« fragten verschiedene von den Bauern.

»Nachher? ... Nachher kommt wieder ein anderer«, erwiderte der saukalte Krämer, und seine kleinen Äuglein glänzten lustig.

Der Leitlmooser brümmelte gemütlich: »Na ja, wenn das Politik ist, nachher freilich ...«

»Jaja, wenn's so ist, laßt sich nichts dagegen sagen«, meinte der Gschwendtner ebenso, und man ging zu einem anderen Thema über. Beruhigt qualmte der Rauch über den Tisch. Man trank gemächlich aus.

»Sie sind ein Fuchs! Ein ganz durchtriebener Fuchs!« flüsterte der grinsende Sittinger dem Krämer beim Heimgehen zu.

»Fuchs? ... Warum das?« stellte sich dieser unschuldig. »Es ist doch so, wie ich gesagt hab!« Der Inspektor nickte und nickte, kicherte in sich hinein und ging in sein Vorgärtchen.

So wie es der Leimfinger, der Lehrer und vor allem Schlicht mit seinen Burschen erwartet hatten, kam es aber doch nicht. Statt Hitler hieß der neue Reichskanzler General von Schleicher. In der Aubichler und Reitlmooser Gemeinde verlor fast niemand ein Wort über den Regierungswechsel. Es wurde nur allgemein als gut ausgelegt, daß der neue Mann bei seinem Amtsantritt nicht gleich wieder den Reichstag auflöste und seine Wahl machte. Vom Papen redete niemand mehr, und vom Hitler hörte man bloß, daß er in einem fort im Norddeutschen herumfuhr und große Reden hielt. »Na ja, sonst kann er ja auch nichts«, sagten die Bauern.

Die Gartenpfähle hatten wieder weiße Kapuzen, und der Schnee lag weit und breit. Die hungrigen Spatzen kamen vor die Fenster und Türen und pickten die hingestreuten Körner und Brosamen auf.

Daß der Hauptmann Schlicht ab und zu an einem Sonntag mit seinen Burschen eine Felddienstübung veranstaltete, wurde nicht weiter beachtet. Man war das jetzt schon gewohnt und meinte, nun ja, wer an so einer kindischen Militärspielerei Gefallen habe, der sollte sich nur schurigeln und drillen lassen. Die »Bayernwacht« der Bauern übte bei so einem kalten Sauwetter nicht mehr, und der Grimmenmoser, materiell äußerst splendid unterstützt vom Muggenthaler, hielt mit dem »Veteranen- und Kriegerverein« einmal eine schöne »Stahlhelm«-Christbaumfeier ab, wobei arme Kinder der Pfarrei beschenkt wurden. Das wurde allerseits belobigt.

In der Silvesternacht, als die Burschen unter großem Spektakel und Geschrei das neue Jahr »anschossen«, klirrten beim Maler Köstler einige Fensterscheiben. Der Hund bellte wütend. Dann blitzten Funken auf im ersten Stock, es krachte drei-, viermal hintereinander. Dem baumlangen Leimfinger-Knecht surrte eine Kugel am Kopf vorbei. »Oha, der Sauhund hat uns gesehen«, knurrte er, und eilsam verflüchtigten sich die Burschen. Der Maler hatte zurückgeschossen. Das hatten sie nicht erwartet.

»Wart! Wart! Dem elendigen roten Hund wird's zeigt!« murmelten einige Fliehende. Am anderen Tag, als die Leute zum Hochamt gingen, sahen sie zwei Amreitener Gendarmen in das Malerhäusl mit den zwei durchschossenen Fenstern gehen.

»Aha«, meinten die Ahnungslosen. »Der hat alles angezeigt.« Grad umgekehrt aber war es, die Burschen hatten Anzeige erstattet, und die Polizisten hielten eine gründliche Haussuchung beim Köstler. Sie fanden aber weder eine Waffe noch leere Patronenhülsen. Der Maler zeigte ihnen nur die Einschüsse in der Wand, die von den Burschen herrührten. »Wenn die getroffen hätten, könnt mich heute der Herr Bezirksrat schon sezieren ... Grad am Neujahrstag! Das würde ihn auch ärgern«, spöttelte er und sah den beleibten Kommandanten ironisch an. »Geschossen? Aus dem Haus? ... O ja, aber nicht von mir ... Ich war vier Jahr an der Front und mag das Schießzeug nicht mehr. Wissen Sie, wenn man Tag für Tag im Auftrag feiner, reicher Herren genauso arme, unschuldige Muschkoten totschießen, erstechen, vergiften und umbringen muß ...«

»Wer hat denn dann geschossen?« unterbrach ihn der Polizist.

»Wer? ... Tajahaha, Sie werden's nicht glauben, aber das weiß ich nicht«, lächelte Köstler kaltblütig.

»Lügen Sie nicht! 'raus mit der Wahrheit!« Der gewichtige Kommandant wurde barsch.

»Ich will Ihnen was sagen, Herr Kommandant! So können Sie mit Rekruten reden, aber nicht mit mir ... Sie können ja mich statt der Burschen verhaften, bitte! Aber wenn Sie einen solchen Ton anschlagen, kann ich ja auch schweigen«, erwiderte der Maler bestimmt.

»Na, also, dann geben Sie an, was war«, mäßigte sich der ergrimmte Polizist. Wieder setzte der Köstler sein uneingeschüchtertes Lächeln auf und erzählte fast behaglich: »Hm, wissen Sie, ich nehm's mit dem Bibelspruch ›Liebe deinen Nächsten, wie dich selbst!‹ ernst ... Das ist vielleicht ein Fehler ... Ich weiß ja nicht, ob die Herren gute Katholiken sind, ich meine bloß ... Ich bin zwar keiner, aber ...«

»Also, was soll denn das bedeuten?« muckte der Kommandant wieder auf.

»Das? ... Gar nichts weiter, aber es gehört zum Verhör ... Ich kann Ihnen nicht helfen«, fuhr der kecke Maler fort. »Sehn Sie, wir haben doch jetzt durch die glorreiche Regierungskunst der verschiedenen Kanzler schon über acht Millionen Arbeitslose ... In der Zeitung stehn zwar ein paar Millionen weniger, aber es sind mehr! Das sind doch auch Menschen wie wir, nicht wahr, Herr Kommandant?«

»Politisieren Sie nicht! Politik geht uns gar nichts an!« Der Kommandant ergrimmte aufs neue.

»Das ist doch keine Politik! ... Politik, wissen Sie, das ist bloß das!« höhnte Köstler unerschrocken und deutete auf die Einschüsse. »Politik – das ist im heutigen Deutschland blaue Bohnen für Mißliebige.«

»Herrgott! Wenn Sie so weiterreden, muß ich Sie mitnehmen«, drohte der Wachtmeister und räkelte sich ungeduldig. Doch der Maler verlor die Ruhe nicht.

»Bitte! Es bleibt Ihnen unbenommen ... Vielleicht nehmen Sie dann die Burschen auch gleich mit«, sagte er.

»Also, wer hat aus Ihrem Haus geschossen, wer?« fragte der Polizist resolut.

»Ja, sehn Sie, da laufen doch jetzt bei dem eiskalten Wetter im ganzen Land Tag und Nacht Millionen herum, haben nichts im Magen, kaum was auf dem Leib und keine Bleibe«, erzählte Köstler weiter und wehrte ab, als ihn der Wachtmeister unterbrechen wollte. »Einen Moment! Gleich, gleich! ... Ja, und sehn Sie, so ein paar arme Teufel hab ich in der Silvesternacht eingeladen. Wir haben gesessen, getrunken und sind schlafen gegangen, auf einmal kracht's ... Und da hat einer von den zweien geschossen ... Wer, das weiß ich wirklich nicht ... Jedenfalls, die zwei sind dann in der Früh um vier oder fünf aufgebrochen und davon ... Ich weiß nicht einmal ihre Namen ... Es waren eben Menschen wie ich und wie Sie!«

»Das wollen Sie uns weismachen?« zweifelten ihn die zwei Gendarmen gleichzeitig an und maßen ihn hämisch.

»Weismachen? Das kann ich sogar beschwören, wenn's verlangt wird«, bekräftigte Köstler, und kurz und gut, die zwei Hüter der staatlichen Ordnung mußten unverrichteterdinge abziehen. Der Maler sah ihnen nach, bis sie auf der schneeverwehten Straße im Staatsforst verschwanden. Ein leichtes Lächeln überhuschte sein Gesicht. Er ging in die kalte Küche, drückte die erstarrte Fettschicht der stehengelassenen Suppe ein und holte seinen Browning aus dem Topf. Er reinigte ihn, nahm dem Hund das dicke, runde Halsband ab, schüttelte Patronen daraus und lud von neuem. Dann steckte er die Waffe zu sich.

Die Buchenscheite im hohen Kachelofen knisterten munter. Von Bibloch her erklang das »Ausläuten«. Köstler ordnete die durchwühlte Bücherstellage und pfiff irgendeine Schlagermelodie dabei. Von der Anhöhe des Pfarrdorfes, auf der hochüberschneiten, von vielen Schlittenkufen durchpflügten Straße wateten die Leute heimwärts. Über die leeren Felder schwirrten dicke Raben und krähten langgedehnt. Farblos hing der Himmel über dem Geviert. Dann fing es lautlos zu schneien an. Ganz dunkel wurde es, so dicht war das weiße Gewimmel vor den Fenstern.

Nach wieder einer Weile ging der Maler in die Küche, erwärmte die Suppe, schüttete sie in eine große Blechschüssel, trug sie in die Stube und setzte sie dem Hund vor. Gierig schmatzend fraß das schlanke Tier. Von Zeit zu Zeit hob es den Kopf, und seine breiten, gezackten, dunkelroten Lefzen troffen. Die klug gespannten Augen richtete es auf seinen die Zeitung lesenden Herrn. Der nickte, klatschte streichelnd auf den zottligen Körper und schmeichelte: »Jaja, Moraxl, nur fressen! Schön fressen!

Wer weiß, was noch alles kommt! ... Da-da, schön auffressen, so-so brav!« Der Hund wedelte mit dem Schwanz, und das Schmatzen wurde wieder heftiger.
Behaglich an seiner Pfeife schnullend, las Köstler die Zeitungen, welche ihm insgeheim in der Woche einmal Amreitener Genossen brachten. »Arbeiter, seid auf der Hut! Militärdiktatur droht!« stand über einer. Die Lage war verwirrt wie noch nie. Jeden Tag konnten Generalität oder Hitler einen Staatsstreich machen. Die einzige Macht, die imstande war, dies zu vereiteln, war die Arbeiterschaft. Doch diese war immer noch in zwei feindliche Parteien aufgespalten und uneiniger denn je. »Deutschland hängt nur noch an einem dünnen Seil! Wer es auffängt, hat die Macht!« hatte neulich auf einer vielbesprochenen Versammlung im Bezirksort Amreiten ein kommunistischer Redner gesagt. »Bis jetzt haben die Adeligen, die Schlotbarone und Großgrundbesitzer diese Macht mit aller Schamlosigkeit ausgeübt, und es ist nur immer schlechter geworden. Die Arbeitslosigkeit ist gestiegen und gestiegen, und die Löhne sind fortwährend abgebaut worden, die Steuerschraube wurde grad bei der Landbevölkerung, beim Mittel- und Kleinbauern angesetzt! Der Mittelstand ist ruiniert! Hunger, Not, Elend und Sorgen – das ist fürs Volk. Die Herren, die Deutschland zugrunde gewirtschaftet haben, lassen sich deswegen kein graues Haar wachsen. Keiner von ihnen hat je von der schweren Arbeit eine schwielige Hand bekommen! Keiner hat je Sorgen gehabt, ob sein Verdienst zum Leben ausreicht! Jetzt auf einmal schreien diese Herrschaften nach der Diktatur, weil sie merken, daß das werktätige Volk in Stadt und Land die Geduld verliert! Weil sie Angst um ihre Geldsäcke haben, diese Herren! Diese Diktatur aber ist nichts anderes als die Verewigung des jetzigen Zustands. Sie verschlimmert die Lage der Arbeiter und Bauern nur noch mehr. Die Massen sollen wieder einmal die Zeche bezahlen für die Herren! ...

Es gibt nur einen Ausweg aus diesem Chaos: Die werktätige Bevölkerung in Stadt und Land, der Arbeiter in der Fabrik und der Bauer auf dem Feld, – sie müssen vereint die Macht erkämpfen!«
Diese Rede war allgemein gut aufgenommen worden, sie war auch einleuchtend, aber nicht für alle. Der Hinweis auf die »schwielige Hand« hatte den Bauern besonders gut gefallen, denn jeder von ihnen arbeitete viel, und sie hörten es stets gern, wenn man ihre Mühen und Plagen würdigte. Im fruchtbaren Bezirksgebiet Amreiten aber lebten zum größten Teil wohlhabende Bauern mit fast schuldenfreien Höfen, die kaum etwas von der Krise verspürt hatten. Weniger als acht oder zehn Stück Vieh standen in keinem Stall, und der dazugehörige Grundbesitz war ansehnlich und ertragreich. Ein solcher Bauer fühlte sich noch immer als eigener Herr und ließ sich nicht dreinreden. Er war ungemein standesbewußt und wollte mit Leuten wie Arbeitern, die ganz andere Interessen zu haben schienen und nicht zu ihm gehörten, nichts zu tun haben. Die Arbeiter waren ihm nicht ebenbürtig, zum mindesten fremd.
Dagegen gab es in der reichen Gegend nur ganz wenige sogenannte »Notschnapper«, kleine, arme Häusler, die schrecklich unter der Krise und Besteuerung litten. Ihr Elend war den Wohlhäbigen gleichgültig. Man achtete sie nicht. Diese Armen redeten noch tagelang von der Amreitener Rede des Kommunisten und fanden es richtig, mit den ebenso bedrängten Arbeitern zusammenzugehen. Sie hofften, daß es dadurch endlich besser für sie werde. Aber wer hörte schon auf sie. Es geschah ja auch weiter nichts Besonderes, und sozialistische oder kommunistische Versammlungen gab es sehr wenige. Allmählich wurde alles vergessen, was der Kommunist gesagt hatte ...
Ende Januar trat das Kabinett Schleicher zurück. Hindenburg hatte dem Kanzler die Genehmigung zu einer aber-

maligen Reichstagsauflösung nicht gegeben. Alles blieb ungewiß.

»Papen und Hitler sind zu Hindenburg gegangen!« sagte Malwine in einer Frühe und hatte hoffnungsvoll glänzende Augen.

Sittinger überflog die Zeitung. Es gab ihm einen Stich.

»Endlich bekommt Deutschland die richtigen Führer«, haspelte Malwine aus sich heraus. Der Kaffee in der Küche lief über, brenzlich riechende Dampfwolken zogen durch den schmalen Gang.

»Ich tät überhaupt gleich alles liegen- und stehenlassen und auf die Straße laufen!« knurrte sie der Inspektor an. Die Buchstaben verschwammen vor seinen Augen. Nur die beinahe drohenden Worte blieben stehen: »Vor einem Kabinett Hitler!«

Herrgott, Herrgott, hätt ich! – Herrgott, wär ich – Herrgott, was tu' ich? flog es immer wieder in kurzen Intervallen durch sein aufgeschrecktes Hirn. Er war so verwirrt, daß er nicht einmal bemerkte, wie Malwine das Frühstück hinstellte.

»Soll ich dir eingießen, ja?« fragte sie munter.

»Ja! Jaja!« stieß er abwesend heraus und riß sich zusammen. »Ja ... Entschuldige!«

Obgleich er diese eisigen Januartage haßte und nur selten aus der Stube ging, heute trieb es ihn schon am frühen Vormittag fort. Die Sonne kam nur langsam heraus. Die Kälte biß in die Ohrläppchen. Der glitzernde Schnee blendete. Die Augen schmerzten und fingen zu rinnen an. Die Nase tropfte. Er stapfte sinn- und ziellos über die weißen Flächen und kam – er wußte selber nicht wie – alsbald in den tiefvermummten Wald. Ab und zu streifte er mit der Schulter einen schwer herabhängenden Fichtenast, und die Schneemassen sackten auf ihn nieder. Er knurrte fluchend und stampfte fester auf den rutschigen Boden. Er schwitzte allmählich und kam ins Keuchen. Er überdachte alles, was er im Laufe der Jahre gegen Hitler und die Nationalsozialisten gesagt hatte, und eine jagende Furcht beschlich ihn. Er erinnerte sich, daß ihm Herbert bei seinem Besuch einmal gesagt hatte, er könne als unauffälliges »passives Mitglied« in die Hitlerbewegung eintreten, und er bereute bitter, daß er das nie getan hatte. Mit dem Hauptmann Schlicht hatte er sich immerhin ausgesöhnt und stand seither ganz gut mit ihm! Ich geh einfach nach Amreiten – heute noch! Ich melde mich beim Schlicht an! Ich lasse mich eintragen und stifte einen Betrag, beschloß er in seiner Not. Dann aber kamen ihm wieder Zweifel. »Wie, haha, so spät! Jetzt auf einmal, Inspektor?« würde vielleicht der Hauptmann sagen. »Nein-nein, jetzt verzichten wir auf Mitglieder. Wer vorher nicht mit uns gegangen ist, hat sich den Schaden selber zuzuschreiben ... Tut mir leid, Inspektor, tut mir leid!«

Er wurde immer verzweifelter. Seine wirren Gedanken hatten sich im spitzen, quälenden Gestrüpp der Unmöglichkeiten verfangen. Er rang nach Luft wie ein Ertrinkender. Er schüttelte seinen kochenden Kopf. In Aubichl und Bibloch läuteten die Elfuhrglocken. Herrgott, es ist doch eigentlich reiner Unsinn! Mir will doch kein Mensch was! Ich bin doch Privatmann – Pensionist – ganz unpolitisch – und ich habe immer jedem recht gegeben – mich nie in etwas hineingemischt! besann er sich und stutzte plötzlich wie von einem Schlag getroffen. Ein Eisschauer überrieselte seinen schweißdampfenden Körper. Vor ihm stand der Hund Köstlers, schob den langen Kopf in die Luft und bellte scharf auf. Er konnte nicht mehr weiter, wenn er's auch gewollt hätte. Seine Glieder waren mit einem Male starr geworden, starr, leblos und bleischwer. Die Därme drehten sich in seinem Bauch. Sein Gesicht zerfiel zu einer hilflosen Maske. Seine tränenden Augen glotzten leer. Da stand auch schon der lächelnde Maler und schaute ihn ruhig an. »Guten Morgen, Herr Inspektor! ... Hat Sie am Ende gar die Politik so früh aus dem Haus getrieben? ... Sie auch?«

Das letzte klang schon wieder so verfänglich. »Daher, Morax! Fuß!« rief der Maler den Hund. »Marsch! Fuß!« Knurrend zog sich das Tier hinter seinen Herrn zurück. Diese wenigen Augenblicke hatten genügt, um Sittinger einigermaßen gefaßter zu machen. Giftig und mißtrauisch maß er den Maler. »Mich auch? ... Mich hat die Politik nie geniert.«

»Soso? Hmhm, ich hab gemeint, damals die Zeitung und wie Sie ›Hoch die Roten!‹ geschrien haben?« erinnerte ihn Köstler und bekam eine leicht verächtliche Miene. »Sie haben wohl Angst, was? ... Jetzt, wo der Hitler kommt?«

»Ich kenn Sie überhaupt nicht! Was wollen Sie von mir?« stieß Sittinger vollkommen dumm und plump heraus.

»So? Hm! ... Ich will Ihnen auch gar nichts! Gar nichts! Gar nichts!« machte der Maler den Weg frei und rief dem Davongehenden nach: »Machen Sie nur! Laufen Sie, daß Sie sich noch schnell eine gute Nummer beim Hitler schaffen! Viel Glück!«

Jedes dieser Worte peitschte dem ergrimmten, verstörten Sittinger gleichsam ins Blut. Er spürte, wie eine Hitze in seinen erkalteten Kopf stieg, dann wieder wurde ihm frostig. Er ging immer eilsamer und schaute sich nicht mehr um.

»Wart nur! Du rote Kanaille!« knirschte er kurz vor dem Dorf und ballte seine Fäuste in den tiefen Manteltaschen.

Malwine saß in der warmgeheizten Stube, hatte ein viereckiges Stück roten Stoff in den Händen und nähte und nähte dran. Als der Inspektor näher hinsah, bemerkte er ein rundes, weißes Feld im Rot und sah schwarze Streifen auf dem Tische liegen.

»Das Essen ist fertig ... Hast du schon Hunger?« fragte sie geschwind und sah nicht von ihrer Arbeit auf.

»Nein, nein, ist ja erst zwölf Uhr«, erwiderte er, und jetzt

steckte sie die Streifen zu einem Hakenkreuz zusammen, trat an die Nähmaschine und nähte diesen wohlbekannten Zierat in das weiße Feld.
»Wenn Hitler wirklich Kanzler wird – bei uns kommt die erste Fahne hinaus!« sagte sie freudig, und er trat hinter sie, streichelte ihren Kopf und stimmte mit ein: »Jaja, der verdient's!« Glücklich sah sie ihn an.
Der Tag verging, die Nacht verrann, und die Zeitung brachte immer noch keine bestimmte Nachricht. Im Dorf blieb es ruhig. Der Schlicht fuhr einmal ratternd mit dem schwerbeladenen Motorrad daher. Malwine rannte vor die Türe. Sittinger folgte. Die Räder des krachendfauchenden Vehikels verhemmten sich im Schnee. Spritzend staubten weiße Wolken nach hinten, aus dem Auspuff qualmten helle Schwaden.
»Heil! Heil Hitler!« schrie Malwine und hob den Arm. Lachend grüßte der Hauptmann und gab mehr Gas.
Sittinger besann sich kurz, legte schnell die Handschalen um seinen Mund und rief ungewohnt laut ins Geknatter: »Wir sind zwischen Hoffen und Bangen, Herr Hauptmann!«
»Klappt schon!« nickte dieser, und man konnte nicht unterscheiden, meinte er es nun in bezug auf Hitler oder auf sein steckengebliebenes Motorrad, dessen leer laufende Räder endlich wieder eingriffen.
»Hast du gehört? Der weiß es ... Hitler wird's!« sagte Malwine und sah ihren Mann strahlend an. Sie gingen ins Haus zurück. Der Greitler und der Wagerer, die drüben im Laden durch die Fensterscheiben gelugt hatten, drehten sich wieder um.
»Hm, auf einmal ist der Inspektor auch für'n Hitler! Der hat doch ewig über ihn geschimpft und das wie! Hmhm«, brümmelte der Krämer.
»Mein Gott!« seufzte Greitler halbwegs. »Vielleicht – wer weiß? – vielleicht macht's der wirklich besser ... Wenn

ihn der Hindenburg nimmt, kann man nichts mehr machen.«

»Mir kann's gleich bleiben. Ich hab von dem einen und von dem anderen nichts«, schloß der Wagerer.

Vor der Schlezlwirtschaft hielt der Hauptmann an und trug große Plakate hinein. Es waren ganze Bündel kleiner Hakenkreuzfähnchen, welche die Burschen für die allgemeine Häuserbeflaggung nach der Ernennung Hitlers austeilen sollten.

»Soso?« staunte der Wirt ein wenig. »Soso, wird das gleich so eine große Feierlichkeit? Geht's da so hoch her?«

»Das? ... Das wird der größte nationale Feiertag!« meinte der Hauptmann fest und fuhr wieder ab. Alle Dörfer und Einöden versorgte er mit seinem Flaggenschmuck.

Beim Postwirt in Bibloch tarockten der Schmied, der Leitlmooser und der Leimfinger in jener Nacht. Später kam noch der Lehrer dazu, trank aber bloß etliche Halbe Bier und ging wieder. Er wollte politisieren, fand aber keine Ansprache. Es ging auf Mitternacht zu, als die Spieler endlich ihre Karten hinlegten und sich noch ein wenig unterhielten. Die Kellnerin Zenzi schlief schon über ihrer Romanfortsetzung.

»Jetzt gibt's, scheint's, wieder eine Wahl«, warf der Schmied gleichgültig hin.

»Soso, eine Wahl gibt's wieder? Ja, wir haben doch erst gewählt?« fragte der ruhige Leitlmooser. »Warum jetzt das?«

»Ha, das hat doch noch nie einer gewußt!« brummte der Wirt. »Wird schon wieder was nicht stimmen!« Und übellauniger setzte er hinzu: »Ich kann jedenfalls wieder mein Nebenzimmer einen ganzen Sonntag heizen, wenn's soweit ist. Die Leut kommen und gehn oder stehn den ganzen Tag im Haus 'rum und verzehren nichts! Haufenweis Dreck tragen sie mir 'rein, und bezahlt macht sich die Sach nicht.«

Da wachte der laute Leimfinger auf und rief halb schadenfroh: »Jaja, jetzt kommt der Hitler! Der räumt aus!«
»Laß mich bloß mit deinem Hitler aus!« fiel ihm der Schmied ins Wort, und der Leitlmooser nickte: »Hm, jaja, der hat uns noch gefehlt ...«
»Warum?« fragte der Leimfinger kampflustig. Der Wirt stand auf und ging hinter den Schanktisch.
»Warum? ... Kein anderer als wie der Hitler macht den ganzen Wirbel in einem fort!« knurrte der Schmied ein wenig kritischer. »Bloß der, der Herr Österreicher!«
»Und wir Bayern lassen uns den ganzen Saustall gefallen«, rief der Postwirt von der Schenke her. »Anno siebzehnhundertfünf hat die Österreicherei angefangen bei uns ...« Niemand fragte, wieso gerade siebzehnhundertfünf, als der österreichische Kaiser Bayern durch die Panduren besetzen ließ.
Der Leitlmooser meinte nur: »Ich sag eben, mit dieser ewigen Politik! ... Früher hat's das nicht 'geben.«
Hingegen der Leimfinger wölbte sich mehr in die Höhe und blitzte den Schmied an. »Soso, der Hitler ist schuld an dem Wirbel, sagst du? ... Der? ... Wenn der heut an die Regierung kommt, sofort ist Ordnung und Ruh ... Der räumt richtig aus!«
»Ha, der räumt aus?« höhnte der Schmied, der jahrelang aufs beste mit jüdischen Eisen- und Kohlenfirmen auskam. »Ich mag gar nicht mehr weiterreden ... Was hat er gemacht, der Hitler? Mit lauter Hetzen und Krawallmachen hat er die ganzen Juden verscheucht. Fort sind s' ins Ausland und haben das ganze Geld mitgenommen ... Der kleine Geschäftsmann ist ruiniert ...«
Wiederum meinte der Leitlmooser versöhnlich: »Sie sollten nicht politisieren ...«
»Jaja, wir haben jedesmal den Schaden davon!« stimmte ihm der Schmied zu.
»Schaden? ... Den ganzen Wirbel und das Durcheinander

machen bloß diese Saujuden!« rief der Leimfinger. Seit wann war er eigentlich so ein giftiger Judenfeind und so ein besessener Hitlerfreund? Seit ihm der langmütige jüdische Viehhändler Schlesinger voriges Jahr nicht mehr borgte und die zwei kaum anbezahlten Kühe aus dem Stall geholt hatte. Das wußte jeder.
»Soso, hmhm«, lächelte darum der Schmied spöttisch. »Jetzt sind's die Juden? Ich hab gemeint, der Hitler!«
»Der Hitler weiß eben, warum er Krawall macht!« parierte der Leimfinger. »Aber morgen, wenn er regiert, hört sich das auf ... Der weiß warum!«
»Und wir wissen, warum wir eine Ruhe haben wollen«, redete der Wirt dazwischen.
»Keinen Dunst von einem kleinen Geschäftsmann hat er, der Hitler!« bestätigte der Schmied und rief: »Zahlen, Zenzi ... Vier Halbe hab ich!« Er zog seine Geldbörse und legte die Münzen auf den Tisch. Die Kellnerin kam gähnend herbei. Auch der Leitlmooser zahlte. Es kam die Reihe an Leimfinger. Die Zenzi rechnete zusammen.
»Bloß der Hitler kann uns retten!« plärrte der Bauer und sagte gedämpfter zur Kellnerin: »Schreib's auf, Zenzi, am Sonntag zahl ich's ...«
»Auweh!« höhnte der Wirt, und Schmied und Leitlmooser lächelten den schuldenmacherischen Bauern fast mitleidig an. Den packte plötzlich ein Trotz, vielleicht aber war es auch so etwas wie beleidigte Scham.
»Und grad mit Fleiß trink ich noch eine Maß!« rief der den Davongehenden nach und blieb sitzen. Der schläfrige Wirt machte ein griesgrämiges Gesicht. Eine Weile blieb es stumm. Draußen ratterte dumpf ein Motorrad. Gleich darauf wurde die Türe weit aufgerissen, und Schlicht mit einem schwarz uniformierten SS-Mann trat herein. Sie waren schneeüberrauht und stampften fest auf.
»Na, jetzt ist's geschafft!« sagte Schlicht und lachte.
»Was geschafft?« fragte der Wirt.

»Hitler ist Reichskanzler!« rief der Hauptmann wie auf einer Rednertribüne.
»Heil!« antwortete der Leimfinger heiter. »Hurra! Heil!« Die zwei Männer setzten sich und bestellten zwei Kognak.
»Gibt's denn alsdann auch eine Wahl?« erkundigte sich der Wirt.
»Natürlich! Jetzt erst recht! Die letzte!« meinte Schlicht, und der Wirt sagte gar nichts mehr. Die Neuangekommenen kamen vom nächsten Bezirksort Walpertshofen. Dort hatten sie es erfahren. Die kleine Tischrunde wurde immer lebhafter. Schlicht und sein Begleiter erzählten, was für eine Begeisterung überall sei, und was nun alles komme.
»Heil! Heil Hitler!« brüllte der Leimfinger immer wieder auf und hob den Krug. Er trank und trank. Da wurde es im Gang draußen schon wieder laut. Trappen und abgehacktes Krächzen vernahm man, und im nächsten Augenblick torkelte der Baron zur Türe herein, fuchtelte und schimpfte und sackte auf die Ofenbank nieder. »'ne Pulle Kognak! Mal los! Los! ... Schauerliches Gesöff da in – in Rei - eit - tel - tel - moos, pwu - pwwwu!« Er schüttelte sich, rülpste und stierte leer geradeaus. Allem Anschein nach sah er die Leute gar nicht.
»Heil! Heil Hitler!« schrie der Leimfinger wieder.
»Halt die Fresse, dummes Aas!« krähte ihn der Baron an und fing zu poltern an: »Unerhört, was sie mit dem Idiot'n anjeb'n! ... 'n dußliger Quatschkopp ist det! ... 'n ...«
»Was?! Wasss erlauben Sie sich?!« donnerte da plötzlich der SS-Mann und richtete sich steil auf. Der Baron sah nur das Schwarze seiner Montur und griff tastend danach.
»Na, nu komm schon ... Ko-mm man, Mä-ächen – –«
»Schwein!« bellte nun auch der erkühnte Hauptmann, und – zack – ratsch! – tat es. Die Faust des SS-Mannes saß am Kinnrand des Betrunkenen. Dickes Blut quoll aus seinen Lippen. Gurgelnd schluckte er »Ä-ö-öch!« machte

er, und etliche Zähne rutschten im schleimigen Blut mit. Der Baron brach zusammen, sein Kopf schlug auf die Tischplatte, und der Körper glitt unter den Tisch. Klappernd fiel die Flasche um.
»Was ist denn jetzt das?« fragte der Wirt fassungslos. Schlicht und sein Begleiter waren aufgesprungen und zogen ihre ledernen Gürtel gerade. Die Zenzi stand wortlos mit offenem Mund da. Der Leimfinger hatte ein gefrorenes Lächeln im Gesicht.
»Was das ist? Gar nichts! Jetzt heißt's Maul halten und parieren!« sagte der SS-Mann scharf und drohend. Er und Schlicht verließen die Stube. Der Leimfinger ging schwankend hinter ihnen drein. Gleich darauf begann das Motorrad zu rattern.
»Hm-hm! Gegen einen Besoffenen ...« brummte der Postwirt und war kalkweiß.
»Herr Baron?« wimmerte die Zenzi und beugte sich unter den Tisch. »Um Gottes willen, der schwimmt ja im Blut!« Der Niedergeschlagene rührte sich nicht mehr.
»U-und so wollen sie den Hitler einführen!« stammelte der Wirt erschüttert ...

XXI

Bei den alten Bauern und ruhigen Eingesessenen in der weiten Pfarrei rief der Überfall auf den Baron, den man noch in derselben Nacht ins Krankenhaus nach Amreiten bringen mußte, eine deutliche Verärgerung hervor. In den wenigen Jahren seines Hierseins nämlich war Gustav Heinrich von Ravél ungemein beliebt geworden. Wo immer er auftauchte, da freuten sich die Leute, und – so komisch das auch klingen mag – niemandem wäre es jemals eingefallen, diesen geradezu heftigen Stockpreußen wirklich für einen Preußen zu halten und das Preußische an ihm, nach alter bayerischer Gewohnheit, zu hassen. Man kam gar nie auf einen solchen Gedanken! Man mochte ihn einfach, er belebte das täglich gleichartige ländliche Bild und hatte menschlich gewinnende Eigenschaften. Gewiß war er ein höchst schrulliger Patron, er soff abscheulich, und man wunderte sich nur immer wieder, wo er denn sein vieles Geld her habe. Aber all diese Sonderbarkeiten taten keinem Menschen weh, im Gegenteil, sie waren mitunter sehr einträglich und belustigten fast jeden. Wo gab es denn einen reichen Mann, welcher derartig splendid, der trotz seiner zur Schau getragenen Steifheit so wenig überheblich, überhaupt nicht streitsüchtig, übelnehmerisch und nachtragend war?

»Pfui Teufel!« sagten die Leute genau wie der Postwirt von Bibloch. »Einen Besoffenen schlagen sie nieder, die traurigen Helden!« Rühmend wurde erzählt, daß der Baron trotzdem in Aubichl zu bleiben gedenke und der alten Ödenhuberin sogar schon wieder für ein ganzes Jahr die Miete vorausbezahlt habe.

»Der hat ein Herz und ein Einsehen ... Die Hauptlehrerin tät glatt verhungern sonst«, hieß es allgemein.

Es ist schon so, ein fühlendes Herz erringt sich allemal die

Sympathien der anderen Menschen. Auch von noch einem Aubichler »Herrn« ging ein gutes Reden herum. Beim Maler Köstler hatte noch nie ein Bettler vergeblich an die Türe geklopft. Er streckte nicht bloß die Hand heraus und gab teilnahmslos ein paar Pfennige, nein, er ließ sie stets eintreten, gab ihnen in der warmen Stube zu essen, behielt sie sogar nicht selten über Nacht und malte manchmal den einen oder anderen von ihnen.

»Und seine Gutheit wird oft bloß recht ausgenützt!« erzählte die alte Weberin, die seinen Haushalt besorgte. »Die mehreren kennen ihn schon und kommen immer wieder. Er hat deswegen noch keinem ein unrechtes Wort gesagt.« Andere wieder meinen, wie er sich nur nicht fürchte, der gutmütige Maler, so ein landfremder Mensch könnt in der Nachtzeit doch einmal aufstehen, ihn umbringen und ausrauben.

»Was will er schon dagegen machen mit seinem steifen Arm ... Höchstens der Hund kann ihm 's Leben retten«, sagte der Wagerer.

Doch es passierte nie etwas Ähnliches. Niemand ahnte, daß die »Bettler«, welche öfter kamen, unbekannte, unauffällige Amreitener oder Münchner Genossen waren. Sie brachten Zeitungen und Flugblätter, sie hielten die Verbindung aufrecht und berieten im Malerhaus oft eine ganze Nacht. Droben im schmalen, nordseitigen Atelierraum war das Fenster dicht verhangen, und kein Lichtschein verriet die geheime Arbeit.

»Wir sind viel zu allgemein, zu schwer verständlich, viel zu wenig örtlich und privat, Genossen«, sagte Köstler und durchlas einige Flugblätter. »Das begreift der Bauer nicht ...«

»Ja, aber wir haben nichts anderes ... Wir haben kein Geld für andere Flugblätter!« erwiderte der gedrungene Dreher Zinzenberger aus Amreiten ein wenig verdrossen. »Die Münchner Bezirksleitung hat uns bloß das Material geschickt ... Von meiner Ortsgruppe bring ich keinen roten Heller mehr 'raus ... Alle sind arbeitslos, und das ganze Geld muß in die ›Rote Hilfe‹ wegen der vielen Verhaftungen ...«

Sein Begleiter, ein ausgedörrter Arbeitsloser aus München, stimmte zu.

»Jaja, schon, schon ... Aber schaut doch mal, was das für ein Fressen für uns wäre, der Überfall auf den besoffenen Baron!« fiel Köstler ein. »Die ganze Gegend ist aufgeregt darüber ... Ein solches Flugblatt muß her und unter die hiesigen Leute! Das wirkt!«

»Hast du denn Geld?« fragte Zinzenberger.

»Hm, ja, meinetwegen, aber es muß her! Es muß sofort gemacht werden! Heut noch!« antwortete der Maler und reichte ihm einen Zettel. »Da! Ich hab alles aufnotiert und halbwegs skizziert ... Nimm's mit ... Zieht's womöglich heut noch ab, und morgen muß ich die Flugblätter haben.«

»Wo willst du sie denn bei dem Schnee verteilen? Sieht ja jeder Mensch die Spur?« fragte Heinrich, der Münchner.

»Das laß nur meine Sache sein«, gab der Maler zurück und legte eine Fünfzigmarkbanknote auf den Tisch.

»Gut, morgen gegen elf Uhr bringt sie dir der Genosse Hansl«, versprach Zinzenberger und faltete das Zettelchen zusammen. Die Uhr tickte gemächlich. Im Kachelofen war das Feuer ausgegangen. Rauchschwaden überwölkten die Köpfe der drei. Durch die Nacht draußen summten die Schläge der fernen Biblocher Kirchenuhr. Der Hund drunten knurrte etliche Male, bellte dann kurz auf und verstummte wieder. Die Versammelten hielten den Atem an und lauschten.

»Ich will nachschauen«, flüsterte Köstler, tappte über die Stiege hinunter, trat vor das Haus und lugte herum. Er schlug sein Wasser ab, und der Hund kam auf ihn zu. Er hob in einem fort die frierenden Pfoten und betappte das Bein seines Herrn. Er wedelte mit dem Schwanz und schnaubte lechzend.

»Jaja, Moraxl! Ja, was ist denn?« Köstler streichelte ihn und ging um das Haus herum. Weit und breit war es dunkel und still. Die Schneeflächen gaben ein ungewisses Licht. Der Hund blieb ruhig. Köstler ging wieder in die offengelassene Türe. Kurz darauf traten Zinzenberger und Heinrich aus dem Haus und marschierten vorsichtig auf dem ausgetretenen Fußweg dahin. Bald erreichten sie die Straße.

Am anderen Sonntag lagen sowohl bei der Frühmesse als auch beim Hochamt kleine, einmal gefaltete Zettelchen auf jedem Betplatz des Kirchengestühls. Der Mesner nahm sie nicht weg, als er die Lichter anzündete. Ein frommes Kreuz mit einem blutenden Herzen zeigte die erste Seite und darunter stand: »In Jesu Christi Namen ...« Jeder Kirchgänger steckte so ein Blättchen in sein Meßbuch, nachdem er die ersten zwei oder drei Bibelsprüche flüchtig überlesen hatte. Keiner wäre wahrscheinlich auf den sonstigen Inhalt aufmerksam geworden, wenn nicht, als die Leute aus der Kirche kamen, auf jedem Grab auch noch so ein Zettel und auf demjenigen vom Reblochner Joseph ein ganzer Haufen solcher Flugzettel gelegen hätte. Vereinzelte Windstöße trieben die unschuldigen, weißen Papierchen im Gottesacker herum, und die Kinder haschten danach, die Beter an den Gräbern beugten sich nieder und lasen genauer.

»Habt ihr, Bauern von Aubichl, Bibloch, Reitlmoos und Buchholzen, vergessen, wer euren Mitbruder Joseph Reblochner feig erstochen hat?« stand in Fettschrift mitten im sanften Text. »Sonst findet die Polizei jeden kleinen Dieb, der aus Hunger ein Stück Brot stiehlt! Sind etwa die Verantwortlichen an diesem Mord ermittelt worden, bestraft worden? Nein!

Kennt man sie? Ja!
Wer hat die Schuld an dieser gemeinen Bluttat? Erinnert euch, Bauern!
Der Nazihauptmann Schlicht, der heute wieder das große Wort redet!
Euer Mitbruder Joseph Reblochner hat eine Witwe und fünf unmündige Kinder in Not und Elend auf der Welt zurücklassen müssen! Niemand hat ihr geholfen! Nichts ist an ihr gutgemacht worden! Und ihr, Bauern, habt dem allen zugesehen! Ihr laßt weiter die blutgierigen Wölfe des Hakenkreuzes heulen, zähnefletschen und Mord und Gewalttaten begehen!
Oder ist es nicht so?
Wer hat den wehrlosen Baron von Ravél niedergeschlagen?
Ein Hakenkreuzler – und Herr Schlicht half mit! Das Unterkinn hat man dem Baron ausgeschlagen, Zähne hat er verschluckt. Er muß lebensgefährlich operiert werden! Verstümmelt ist er für sein Leben! Und warum?
Weil er *ein* Wort gegen Hitler gesagt hat! Wegen einer Bemerkung, von der er nicht einmal was wußte, hat man ihn so zugerichtet!
Und wen trifft es morgen?
Dich vielleicht, Greitler, dich, Herr Pfarrer, dich Bürgermeister, dich, Postwirt, dich, Bauer in der Umgegend, weil ihr alle nicht mit Hitler einverstanden seid! Wer bedroht den ruhigen Bürger? Wer führt ein Gewaltregiment wie Räuber und Mordbrenner? Wer verhetzt die Jugend? Wer lügt und betrügt und verspricht das Himmelreich auf Erden und hält nicht das kleinste Versprechen? Wer wird für seine Untat bestraft? Wer kann verleumden und verraten? Wen findet die Polizei nie?
Die Nazis, ihre bezahlten Hakenkreuzbanden, die Mörder und ihre Blutknechte!
Besinnt euch, Bauern! Wacht auf und wehrt euch, ehe es

zu spät ist! Jagt den Schlicht und alle anderen Naziwerber aus den Dörfern! Ins Gefängnis mit den Mördern Reblochners! Sühne für den überfallenen Baron! Nieder mit den Nazis! Wehrt euch! Wehrt euch in letzter Stunde!«

Diese direkten Wahrheiten wirkten ungeheuer. Es machte den Eindruck, als hätten sie jedem einen Stich oder Hieb versetzt. Die betroffenen Bauern schienen sich ihrer bisherigen Unschlüssigkeit und Feigheit zu schämen. Es war, als begriffen sie nun erst den ganzen Schrecken der hereingebrochenen Hitlerherrschaft. So kam es, daß vorerst niemand danach fragte, wer die Zettel verteilt haben mochte. Gefährlich glomm die allgemeine Empörung auf. Mitten auf dem Friedhof wurde ein Brummen und Schimpfen laut. Wohin man hörte, überall hieß es: »Jaja, ganz so ist's! Eine Räuberbande sind sie, die Nazis! Weg müssen sie! Hinaus aus unserem Gau!« Der Mesner, der im Auftrag des Pfarrers die Zettel einsammeln wollte, mußte sich die ärgsten Grobheiten gefallen lassen, und kein Bauer, keine Bäuerin gab ihm ein Flugblatt zurück. Jeder behielt es für sich. Der Leimfinger und der Lehrer gingen davon. Sie hatten noch immer den Schlichtschen Fähnchenschmuck vor ihren Fenstern. Besser, man nahm ihn weg. Die Burschen mit ihren Hakenkreuzabzeichen verschwanden ebenso unauffällig. Keiner war da, der sie führte und anfeuerte.

Beim Postwirt und auf dem Heimweg diskutierte alles erregt.

Jetzt war die Reblochnerin wieder geehrt, und viele erinnerten sich beim Anblick ihrer Kinder nicht nur an den feigen Mord, allen fiel ein, daß man der Witwe wenig geholfen und nie etwas von einer Festnahme, geschweige denn von einer Verurteilung des damaligen Messerhelden gehört hatte.

»Operiert muß er werden, der Baron! Hm, sterben kann

er!« rief der Bürgermeister in der dichtgefüllten Postwirtsstube über den Tisch. »Ein Saustall ist das! Eine Schand und ein Spott! Rein für nichts und wieder nichts sind die Gendarmen da!«

»Ja, die! ... Die lassen ja jeden Nazi laufen!« schrie der Schmied. »Nett! Nett sind wir dran!«

Malwine war auch mit den ersten Zetteln sofort heimgelaufen und stand jetzt mit hochrotem Gesicht in der Stube. Ihre füllige Brust ging auf und nieder.

»So eine gemeine Verhetzung!« stieß sie heraus und zeigte ihrem Mann das Flugblatt. »Solche Lügen! Jetzt, wo Hitler Reichskanzler ist?! ... Beim Reblochner weiß man doch gar nicht, wer ihn erstochen hat! ... Und der Baron? Dieser Saufaus, dieser Taugenichts! Auf einmal machen sie einen Märtyrer aus ihm! Ausgerechnet aus *dem!* Er hat doch so ordinär auf unseren Führer geschimpft! Zuchthaus hat er verdient! ... Hm, wer bloß wieder das alles angezettelt hat! So was Schmutziges!«

Sittinger las den Text sehr aufmerksam und begriff im Nu. Grell blitzte der Verdacht in ihm auf. Das geht nur vom Köstler aus! Von keinem andern! Und sein Herz und Hirn funkelten weiter: Jetzt zum Schlicht gehen? Sich einen guten Ruf machen, wenn man's als erster meldet?! Während er überlegend las, wurde es auf der Straße draußen laut, doch er achtete nicht gleich darauf. Hm, ja, der arme Baron! dachte er mit leichter, geschwinder Rührung: *Den* unschuldigen Kerl haben sie ...

Da schrie jemand grob: »He! Weg mit eurem Schandfetzen! Weg damit!« und er brach jäh ab. Malwine erschauerte und stieß einen kurzen Schrei aus. Gesichter tauchten vor den Fenstern auf, Fäuste reckten sich.

»Weg mit der Hitlerfahne!« plärrten die Menschen abermals. »Weg, sonst passiert was!«

»O Gott, Anton!« rief Malwine erbleichend, und Sittinger war aufgesprungen. Drohende Dörfler standen vor dem Fenster, der Rattelberger, der Gschwendtner und sein Weib, der Schlezl und der Bürgermeister Schmauß waren zu erkennen. Drüben beim Wagerer standen sie vor der Ladentür und schauten gespannt zu. Furchtdurchzittert, mit einem gewissen mechanischen Mut ging Sittinger näher an die Fensterscheiben.

»Ich rat Ihnen, tun S' Ihre Fahne weg, Herr Inspektor!« sagte der Schmauß besonnen, und Sittinger nickte benommen. Ohne auf Malwine zu achten, ging er zur Türe. Als er aus dem Haus kam, war der Rattelberger schon im Vorgarten.

»Die Räuberfahne muß verschwinden!« fuhr ihn der hagere, kleine Bauer an und deutete auf das Fenster im ersten Stock. »Weg! Oder ich hol s' 'runter!«

»Also, meine Herren ...« stammelte der Inspektor.

»Nichts Herren! Weg, weg damit! Weg mit dem Fetzen!« schimpften ihm die auf der Straße entgegen, und er drehte sich wortlos um, lief ins Haus, über die Stiege hinauf und gleich darauf sah man, wie er das Fenster öffnete und die Fahne einzog.

»Und traut's euch nimmer!« drohte der Rattelberger. Brummend und murrend zerstreuten sich die aufgeregten Leute.

Malwine saß wie zu Tode getroffen auf einem Stuhl in der Stube, als Sittinger herunterkam. In seine ratlose Miene stieg der Ärger. Sein Plan, zum Schlicht zu gehen, war verwichen.

»Man soll sich eben überhaupt nicht in die Politik mischen!« brummte er. »Bloß in Kalamitäten kommt man damit.«

»Das ganze dumme Volk ist verhetzt!« meinte Malwine endlich und schüttelte sich. »P-ww! Schauderhaft! ... Das waren sicher die Roten! Man müßte es sofort dem Hauptmann Schlicht melden ... Nationale Menschen terrorisiert man!«

»Der Schlicht wird's sicher schon wissen«, sagte Sittinger. Schon wollte er den Namen »Köstler« aussprechen, doch irgendeine Angst drückte das Wort auf der Zunge breit. Er verschluckte es. Pech! Ewig Pech hab ich! Das Pech verfolgt mich mein Leben lang! dachte er verdrießlich. Und durch wen hab ich immer wieder Pech? ... Wem verdank ich es, daß ich nunmehr weder von den Dorfleuten noch von den Hakenkreuzlern als einer der ihrigen genommen werde?

Er schielte auf Malwine. Es grauste ihm vor der nächsten Zukunft. Er malte sich die düstersten Perspektiven aus.

Kommt's, wie es will, für mich ist alles verpfuscht! wurmte er sich. Nach mir wenn es immer gegangen wäre, kein Mensch würde mich anfeinden, überall könnte ich mich ohne Gefahr anschließen ... Allein, wenn ich geblieben wäre ...?! Er bereute seine Ehe.

»Anton?« sagte Malwine jetzt zärtlich und wie aus einer melancholischen Gedankenreihe heraus. »So schwere Prüfungen müssen wir wegen unserer Überzeugung durchmachen! ... Es ist bloß gut, daß wir zu zweit sind ... Und ...«, sie hielt inne und ihr Ton bekam noch etwas Schwärmerisches, »Millionen deutsche Männer und Frauen fühlen mit uns. Das war immer mein Trost ...«

»Tja, aber in dieser Gegend – da rundum, da merkt man nichts!« warf er hin.

»Das kommt auch noch! Es *muß* kommen!« erwiderte sie zuversichtlicher. Er war ans Fenster an der linken Wand getreten und konnte von da aus bis ans Dorfende, über die hängenden, weißen Flächen bis zum Wald sehen. Ein Bub watete durch die Schneefelder dem Wäscherhäusl zu. Er trug einen kleinen Korb unterm Arm. Er kam von Reitlmoos herüber und brachte dem Maler Köstler Eier und Butter. Der elfjährige Reblochner Hans war es. Er pfiff lustig vor sich hin, und ab und zu machte er einige schnellere Schritte, so, als freue er sich über etwas. Ein pfiffiges Grinsen flog alsdann über sein rundes Spitzbubengesicht. Mit der Reblochnerfamilie hatte sich Köstler schon lange angefreundet, den Hans aber mochte er besonders gern, und auch der Bub hing sehr an ihm. Wie das immer ist, wenn Ältere sich ohne Überhebung und mit liebendem Interesse um so lebhafte, heranwachsende Jungen kümmern, alsbald herrschte zwischen Köstler und dem Hansl das beste Einvernehmen. Der aufgeweckte Bub sah bewundernd zum Älteren auf, und dieser wiederum sah so gar nicht auf ihn herab. Das gab das rechte Vertrauen zueinander. Öfter malte Köstler den Hansl, zeigte ihm andere Bilder und fragte nach seiner Meinung, erzählte ihm Geschichten, lieh ihm geeignete Bücher und erklärte ihm auf einfache Weise die rätselhaft scheinenden Weltereignisse. Wie Brüder – ein Herz und eine Seele – waren die zwei. Der Mann freute sich über die jugendlich-hingegebene Aufmerksamkeit und unerschöpfliche Neugier, über den Lerneifer und die gesunde Keckheit des Knaben. Dieser wieder sah mit schier ungeduldigem, kindlichem Neid auf den gereiften Erwachsenen, welcher in alle Geheimnisse des großen Lebens eingeweiht war. Ja, noch mehr, der Maler erschien ihm fast als wirklicher Held, dem keine Gefahren und Abenteuer fremd waren, der alles wußte und konnte und wagte. Den ganzen Krieg hatte er mitgemacht, die Revolution und die Räterepublik, den Kapp- und Hitlerputsch, und weit in der Welt war er herumgewesen. Neues, immer wieder Neues wußte er, und hier stand er ganz allein furchtlos gegen eine bösartige Bande Übelwollender. Das alles, und der unvergessene Mord an seinem Vater stachelte den Reblochner Hansl auf, es dem Älteren gleichzutun. So war aus ihm ein kleiner roter Kämpfer geworden, der mit bübisch schlauem Instinkt und frappierender Geriebenheit seine wahre Gesinnung zu verbergen verstand und die waghalsigsten Aufträge ausführte. »Wieder ein Trumm Rache wegen meinem Vater«, sagte er alsdann zu Köstler, hatte ein hartes Gesicht und bekam rote Backen. Er war Ministrant und vom Pfarrer sehr geschätzt. Keiner vermutete hinter ihm den mysteriösen Flugblattverteiler. Nicht einmal die Reblochners selber wußten etwas davon. Der Hansl machte hurtige Sprünge und lief die letzte Strecke querfeldein. »Hurraxdax-dax!« rief er dem Morax zu, der erwartungsfreudig im kleinen Vorgarten herumsprang und aufbellte ...

Der baumlange Leimfinger-Knecht, der in jenen unruhigen Wochen einmal das Pferd beim Schmied in Bibloch beschlagen ließ, unterhielt sich gedämpft mit dem Metzgergesellen vom Postwirt.

»Da, ich hab's schon ... Mach nur die Wurst hübsch groß ... Drei Mark kriegst«, sagte der grinsende Knecht und gab dem andern drei zusammengedrückte Stücke eines gewöhnlichen Schwammes.

»Ausgeschlossen, ausgeschlossen! Fünf Mark ist ausgemacht!« widersprach der Geselle. »Fünf Mark müssen her!«

Der Knecht zögerte und nickte endlich. »Also gut, Jud, verreckter! Da! ... Aber mach die Schwämm nicht mehr kleiner, verstehst? ... Übermorgen hol ich die Wurst, ja?«

»Jaja, stimmt schon!« versprach der Metzgerbursch.

»Auf den ersten Hieb muß's ihm den Magen z'reißen!«

»Heil!« rief ihm der Knecht nach, schwang sich auf den Gaul und trabte davon. Seine langen, dürren Beine schlenkerten hin und her.

In einer der nächsten Nächte hörte der Maler, ungefähr eine Stunde nachdem er zu Bett gegangen war, den Hund kurz anschlagen. Das Tier knurrte noch etliche Male und verstummte. Wahrscheinlich hatte es in der Ferne einen späten Wirsthausheimkehrer gesichtet. Dem Lauschenden

war zwar, als vernähme er schlurfende Schritte über den Schnee weg, aber das konnte der Hund selber sein.
Viel später – es dämmerte schon leicht – schreckte der Schlafende plötzlich von einem klagenden Geheul auf. Er sprang aus dem Bett, warf sich in einen Mantel und steckte den Browning zu sich. Der Hund heulte immer gräßlicher drunten. Der Mond leuchtete spärlich auf die dicken Dunstschwaden des Rauhreifes, als der Maler vor die Türe kam.
»Morax? Moraxl!« rief er den Hund, doch der kam nicht. Nur sein Geheul drang durch die Stille.
Der Maler tappte in den starren Schnee hinaus und sah scharf umher. Vorne, an der Hausecke, entdeckte er etwas Dunkles, das krampfhaft um sich schlug, und lief darauf zu. Morax lag im Schnee, wimmerte und keuchte, wälzte sich und zuckte mit den Beinen. Schaum stand ihm vor den haltlosen Lefzen, und sein Bauch schien aufgeblasen wie ein Luftballon.
»Morax? Moraxl!« Köstler beugte sich nieder und griff das Tier an. Das aber schnappte nach ihm und hatte schmerzwilde Augen. Mit letzter Kraft versuchte es sich aufzurichten, brach aber sogleich wieder um, heulte noch zwei- oder dreimal gurgelnd, streckte die sehnigen, dünnen Beine, schnaubte röchelnd, zuckte und blieb reglos liegen. Das gelbliche Weiß der verdrehten, starr gewordenen Augen glänzte unheimlich im fahlen Mondlicht.
Köstler sah bestürzt und ergrimmt ins weite Grau. Ein leiser Schmerz rieselte durch ihn, als jetzt sein Fuß den erkalteten Kadaver berührte. Eine kurze Weile betrachtete er sinnend den toten Hund. »Hm, verflucht!« brummte er. »Verfluchte Bande!« Er biß die Zähne hart aufeinander, und unwillkürlich umspannte er den Griff seines Brownings in der Tasche: »Feige Hunde, feige!« Scharf hob sich seine hagere Gestalt vom Schnee ab, und es war, als straffe sie sich ein wenig.

Er ging wieder ins Haus zurück, machte Feuer in der Stube und wartete auf den Tag. Der Tierarzt, den er im Laufe des Vormittags in Amreiten aufsuchte, wollte absolut nicht kommen. Offenbar war ihm das Wetter zu kalt. Er hob immer wieder sein mensurzerhauenes Mopsgesicht mit der fleischigen, burgunderroten Säufernase und meinte beinahe unfreundlich: »Was wollen Sie schon noch ausrichten damit? ... Das Vieh ist nun mal krepiert, basta! Macht Ihnen doch bloß unnötige Kosten!«

Das Telefon schrillte. Er hob den Hörer ab und legte die Muschel an sein Ohr: »Ja? ... Selbst am Apparat! ... Ah, guten Tag, Herr Hauptmann ... Ja? ... Soso! Heil! ... Gut, ausgezeichnet, selbstverständlich stift ich ... Sie fahren nach Aubichl? Sehr gut! Hören Sie, Herr Hauptmann, könnten Sie mich mitnehmen? Ich muß ein totes Vieh sezieren ... Ja? ... Ausgezeichnet! Danke schön! Heil!«

Mit leicht verdutztem Gesicht stand Köstler da.

»Jaja, ich komm also ... Bitte«, meinte der Tierarzt. Gegen drei Uhr stieg er vor dem Dorfeingang aus dem Beiwagen des Schlichtschen Motorrades und kam ins Wäscherhäusl. Lange metzgerte er in der Waschküche am toten Moraxl herum.

»Tjaja, total zerplatzter Magen ... Da, sehn Sie ... Diese Ladung Schwämme zerreißt auch einen Elefantenmagen!« sagte er und zog die gesprengte Magenhülle aus dem blutendschleimigen Gedärm. »Hm, wahrscheinlich war's in einer Wurst ...« Er tupfte und stocherte mit seinen dick besudelten Fingern interessiert auf der gerillten Magenhaut herum. »Jaja, irgendeine Fleischwurst war's ... Den Hund hat Ihnen irgendein feiger Feind beiseite geräumt ...«

Er wusch sich die Hände und stieg mit dem schweigsam gewordenen Maler nach oben. Später wartete er in der Schlezlwirtschaft auf Schlicht. Es verging eine ganze, lange Weile. Malwine hatte den Hauptmann zu sich hereingerufen und erzählte ihm empört den Vorfall mit ihrer Fahne. Auch Sittinger ergänzte da und dort eifrig. Jetzt, sagte er sich, jetzt muß ich mich dranhalten, ganz gleich, wie es ausgeht. Hitler ist immerhin schon Reichskanzler ...

»Soso, hmhm ... Rattelberger, die Gschwendtners, der Bürgermeister und sogar der Schlezl? Na, man wird sich das merken. Nach der Wahl wird das ganz gehörig anders«, meinte der Schlicht und schaute drein, als überlege er jetzt schon eine geeignete Strafexpedition gegen diese Unbelehrbaren.

»Jaja, das kenne ich schon, danke! Ist schon gemeldet!« sagte er wiederum, als ihm Malwine die Flugblätter aus dem sonntäglichen Hochamt zeigen wollte. »Man kommt den Burschen schon auf die Spur, gnädige Frau! Denen blüht allerhand, seien Sie ganz beruhigt ... Na ja, lassen Sie sich nur nicht ins Bockshorn jagen von den paar verhetzten Bauernschädeln, die werden bald kirre gemacht ... Ich empfehle mich, gnädige Frau! Heil Hitler!« Er drückte ihr herzlich die Hand und lächelte kulant. Sittinger ließ es sich diesmal nicht nehmen, er brachte den Herrn Hauptmann persönlich bis zur Haustüre.

»Einen Moment, Herr Hauptmann, ich hab auch noch eine sehr wichtige Meldung«, raunte er ihm im Gang gewichtig ins Ohr. »Alles geht von diesem Maler Köstler aus ... Der hat seinerzeit schon die Dorfschlacht inszeniert, ich kann es beschwören ...« Und geschwind erzählte er, wie er damals den Maler mit seinem Feldstecher am Ausgang des Forstes erspäht hatte, als dieser die Roten warnte.

»So, hm ... Interessant! Danke! ... Wir wissen schon lange Bescheid über den Kerl ... Na, sein Hund hat schon dran glauben müssen«, lächelte Schlicht wieder so freundlich und ging. Gott sei Dank, ich hab meine gute Nummer. Wir sind auf alle Fälle gesichert, dachte der Inspektor flugs.

»Hm, Hund? Sein Hund?« brummte er nicht begreifend.

»Sein Hund? ...« In der Stube sagte er zu Malwine: »Ein reizender Mensch ist dieser Hauptmann! Wirklich ein patenter Mensch!«

»Der schützt uns!« sagte sie ebenso.

Schlicht hatte vom Leimfinger-Knecht alles erfahren, sogar das über den getöteten Hund Köstlers.

»Wissen Sie, bei wem Sie heut waren, Herr Doktor?« sagte er heiter zum Tierarzt, als er, in viele Decken gewikkelt, sich im Beiwagen zurechtsetzte, »beim roten Häuptling von Aubichl und Umgebung!«

»So? Hahaha, das wenn Sie mir vorher gsagt hätten, der hätte noch zehn Mark drauflegen müssen für unsere Bewegung. Hahahaha!«

Ratternd fuhr das Motorrad an.

XXII

Diesmal fielen Fasching und Wahlzeit zusammen, und es war kein Wunder, daß man allerorten politische Witze darüber machte. Hitler wurde der »Faschingskanzler« genannt, und das überlaute, besessene Treiben der Nationalsozialisten verglichen die friedlichen, unbeteiligten Leute mit einem Narrentanz, der vielleicht schneller, als man glaube, ein sehr nüchternes Ende finden werde. Die Bauern überhaupt, die hielten die ganze Politik für eine läppische Maskerade und nahmen rein gar nichts mehr ernst.

Seit Jahrzehnten war es in der Biblocher Pfarrei Brauch, daß am Faschingsdienstag irgendein Dorf, das gerade an der Reihe war, einen großen Maskenzug aufstellte und mit lustigem Spektakel in das nächstgelegene zog, um die lieben Nachbarn wegen ihrer Dummheiten während des verflossenen Jahres auf sichtbarliche Weise zu verspotten. Heuer zogen die Reitlmooser über das Zehnhäuserdorf Bibloch nach Aubichl. Es war nur zu naheliegend, daß dabei auch die Politik eine Rolle spielte. In Reitlmoos nämlich hatte Hitler nur ganz wenige und sehr schwankende Anhänger, Aubichl hingegen galt wegen seiner vielen Hitlerburschen schon fast als reine »Naziburg«.

Am Nachmittag jenes Tages sichteten die Aubichler den ersten Vortrupp der Reitlmooser. Vier Reiter, davon zwei auf Ochsen, waren es. Ihre Kostümierung war noch nicht zu unterscheiden, aber sie trugen rote, blaue, weiße und schwarze Fahnen an langen Lanzenstangen und hatten etwas gelblich Blinkendes umgehängt, es mochten Trompeten sein. Hinter ihnen quoll dicht und bunt und laut der Haufe mit Planwagen und vielen Fußgängern aus dem Pfarrdorf; er wälzte sich langsam auf der schneeigen Straße gen Tal. Oft und oft stockte er, dann sah man andere Reiter an den Flanken des Zuges auf und ab galoppieren. Die Aubichler warteten schon gespannt vor ihren Türen, viele von ihnen und die meisten Kinder waren ans Dorfende gelaufen und standen mit neugierig heiteren Gesichtern da.

Nach etlicher Zeit erreichten die Reitlmooser Vorreiter das Leimfingerhaus und nahmen quer über die Straße hinweg Aufstellung. Sie sahen wirklich komisch aus, und die zwei störrischen Ochsen, die absolut nicht stehenbleiben wollten, erhöhten diese Komik noch. Alles lachte und spöttelte. Die Kinder hüpften schreiend hin und her. Feuerwehrhelme mit mächtigen Roßhaarbüschen, uralte, ausgebleichte, hellblaue Militärlitewken, breite Ledergurte und vorsintflutliche Säbel, hohe Schaftstiefel und verrostete Sporen trugen die Pferdereiter. Schwarze Zipfelmützen hatten die Männer auf den Ochsen sich über die Ohren gezogen, und kurze Kalbshörner ragten aus ihren Stirnen. Ihre wilden, bärtigen Gesichter waren mit roter Farbe bespritzt, und die Hände schienen von Blut zu triefen. Hosen und Jacken waren umgedreht, das zerfetzte Futter angesengt und beschmiert, an einer Schulterbinde baumelten Waffen aller Art und sogar ein kleiner Galgen; hinten hing ihnen ein langer Kuhschwanz heraus. Der eine hatte ein Stück braune Leinwand auf dem Rücken, drauf stand »Naziteufel«, der andere war der »Soziteufel«. Von Zeit zu Zeit, wenn die Ochsen – scheu geworden von dem Lärm – mit gebogenem Rücken in die Höhe sprangen, brüllten ihre Reiter wie wilde Tiere. Und erst die Fahnen, die sie trugen: Die mit dem Feuerwehrhelm hatten eine weißblaue und eine schwarze mit einem Kreuz in der Mitte, der »Naziteufel« schwenkte immerzu eine schwarzweißrote mit einem Hakenkreuz und der »Soziteufel« eine durchlöcherte rote.

Jetzt war auch der Zug herangekommen. Zwei Musikkapellen schmetterten unablässig durcheinander, die eine war zu Fuß, die andere auf einem offenen Leiterwagen.

Hörner und Blechkübel, klangloses, eisernes Schlagzeug und riesige Trommeln, Trompeten und dünne Klarinetten machten einen ohrenbetäubenden Lärm. Dabei schrie alles durcheinander. Auf einmal krachten vier, fünf Terzerolschüsse, und es wurde still. Der Berberger stieg aus der buntgezierten Chaise in der Mitte und lief nach vorne. Kugeldick war er, und sein Kostüm sah aus wie das eines Zirkusdirektors. Sein allzu kleiner Zylinder wackelte auf dem runden Kopf, der hohe Stehkragen war schon ganz zerschwitzt, eine große Krawatte flatterte an seiner Brust, und einen blauweißen Bratenrock hatte er an. Gravitätisch stellte er sich vor die zusammengeströmten Aubichler und schrie mit lauter, fetter Stimme:

Wir möchten dich, du liebe Nachbarschaft
schon grüßen gleich
mit aller Kraft und echtem Saft!
Bevor ich mich von dannen schleich,
schaut an das ganze höllisch Narrenreich!

Bum-Bum! krachten wieder Schüsse in die Luft, und unter Bravorufen setzte sich der Zug wieder in Bewegung. Jetzt erst konnte jeder alles sehen und sich seinen Vers darauf machen.

Nach dem Musikwagen kam eine wirbelige Schar übel verschlampter Fußgänger mit prallen Rucksäcken und vollgestopften Handkörben. »Schieberware« oder »Stehlen ist keine Sünde« war hin und wieder darauf zu entziffern. Die meisten hatten ihre Gesichter mit Ruß beschmiert, und mit Beilen, Sensen, Messern, alten Flinten und Säbeln war diese gefährlich scheinende Räuberbande bewaffnet. Immer wieder johlte sie, alle zeigten ihre fletschenden Zähne, stampften wie besessen auf dem Schneeboden und plärrten fürchterlich: »Revalution! Revalution muß her!« In ihrer Mitte fuhr langsam eine offene, wackelnde Chaise, darinnen saßen der täuschend nachgemachte ehemalige bayerische Ministerpräsident Kurt Eisner mit seinem Zwicker, dem langen grauen Haar und Vollbart und neben ihm ein dickes, zigeunermäßig aufgemachtes Frauenzimmer. Hinter der Eisnermaske steckte der Schuster Bunzlinger, und das Weibsbild war der Ampletzer Alois. Diesem Fuhrwerk folgte ein Handschlitten, den einige Burschen schoben. Auf ihm war ein aus Latten zusammengezimmerter Käfig, in welchem ein Mensch in einer Löwenhaut lag. Eine lädierte bayerische Königskrone aus Goldpapier saß schief auf seinem Kopf, und eine Tafel war ihm umgehängt mit der Inschrift: »Bayern ade – Juden juchhee!«

Immer wenn diese »Räuberbande« einen besonders heftigen Krach machte, stand der »Eisner« von seinem Sitz auf, schwang eine Kuhglocke, und der ganze Zug hielt an.

»He, Revalution möchten wir! Revalution muß her!« schrien die wilden Konsorten und fuchtelten mit ihren Waffen. »Eisner« nickte, gab ein Zeichen, und es wurde halbwegs ruhig. Noch einmal läutete der ehemalige Revolutionsminister mit seiner Kuhglocke und schmetterte mit seiner fetten Stimme:

Ja, ja, ja, rote Lumpen allesamt,
morgen geht das Plündern an!
Jeder kann sich alles rauben
und braucht nichts mehr glauben!

Die Schar jauchzte und hüpfte und antwortete im Chor:

Bravo! Bravo! uns g'hört alles miteinand!
Wer nicht stiehlt, hat kein'n Verstand!
Wer nicht mitmacht, wird erschossen!
Gendarm, mach dich eilsam auf die Hosen!

»Und ich meeechte sagen, auch die Weibsbilder gehören jeden! Schaut's her!« schloß der »Eisner« lachend und umschlang unter allgemeinem Beifall seine wabblige Zigeu-

nerin. Die Aubichler klatschten massig und freuten sich ungemein. Die Musik krakeelte wieder und weiter ging es.
Jetzt kam ein Schleipfschlitten mit lauter Hakenkreuzfähnchen verziert und einem breiten Transparent darüber: »Die Aubichler Lieblinge oder – Bauer, was beißt dich?« Auf dem flachen Schlitten standen vorne und hinten je drei als SA-Männer kostümierte Bauernburschen mit Gummiknüppeln oder Ochsenziemern, die sie in einem fort drohend schwangen. Hinter einem Rednerpult hatte sich der Lergler Michel in Hitlermaske postiert, neben ihm stand der als »Hauptmann Schlicht« fungierende Benzenberger Toni. Der erstere warf unablässig die Arme und bellte abgehackte, unverständliche Worte aus sich heraus. Man verstand nur manchmal unflätige Bemerkungen über Juden und Rote, und »Schlicht« daneben trommelte kurz, dann brüllte er: »Her zu uns! Wir machen's jedem recht jedem recht!« – Vor dem Rednerpult aber lag ein schwarz umflorter Sarg und darauf stand: »Reblochner Josef ruhe sanft!« Wiederum vor dieser handgreiflich schaurigen Mahnung rekelte und wälzte sich ein über und über mit roter Farbe begossener Mensch und stöhnte gottesjämmerlich. Umgeworfene Flaschen lagen um ihn herum und eine Tafel verkündete: »Ich bin der Baron von Ravél, Herr Jesus schütz vor Hitler meine arme Seel'.«
Diese groben Deutlichkeiten machten stutzig. Malwine zog Sittinger empört weiter. »Abgeschmackt! Schamlos!« sagte sie. »Unverschämt! Das gehört angezeigt!« Der Sarg gefiel den meisten Aubichlern nicht. Mit Toten, meinten welche, treibt man keinen Spott, aber im allgemeinen Spektakel ging dies unter. Die Burschen hatten ärgerliche Gesichter und blinzelten einander zu. Der Leimfinger-Knecht und noch etliche gingen davon. Das Widerliche der Szenerie auf dem Schlitten wurde noch verstärkt durch die hinterherziehenden Reitlmooser Burschen und Jung-

frauen, die einen wahren Veitstanz vollführten und unentwegt plärrten: »Heil Hitler! Heil Hitler – drei Liter! Heil, heil, heil, wir bringen euch das Beil – das Beil – das Beil!« Auch sie fletschten genauso wie die »Roten« mit den Zähnen, und einmal zerteilten sie sich. In ihrer Mitte wurden zwei weißgekleidete Jungfrauen sichtbar, die einen mächtigen Kranz aus Tannenzweigen und einer hakenkreuzverzierten Schleife trugen: »Unserm Hitler und dem Schlicht, die Aubichler Burschen.«

Das verstimmte verschiedentlich, doch viel Zeit zum Murren blieb nicht, denn schon bekam der Zug ein anderes, lichtvolleres Gesicht. Schmucke Schützen in landesüblicher Tracht marschierten stramm vor einem prachtvoll drapierten, mit weißblauen Fahnen umflatterten Schlitten, auf dem vier Soldaten mit historischen Raupenhelmen aus dem Kriege 1870/71 wehrhaft um einen reich geschmückten Thron Aufstellung genommen hatten. Blumen und Zweige bedeckten die Sitzfläche des leeren Prunksessels, eine blauseidene Schleife mit »Gott schütze unser Königshaus« war um die Lehne gelegt, und auf dem Girlandenbogen, der sich von einem zum anderen Ende des schönen Schlittens spannte, schwebte ein mannshoher, weißer Engel mit ausgebreiteten Armen. Den Zug beschloß die geruhig daherschreitende Kapelle der »Bayernwacht«, abwechselnd spielte sie die Königshymne und den bayerischen Defiliermarsch.

Das versöhnte wieder. »So ist's!« ließ sich der Bürgermeister von Aubichl vernehmen. »Ganz genauso – vorn die Höllischen, und hinterher kommt doch wieder unser König!« Die Bauern jubelten begeistert: »Hoch! Hoch, Rupprecht! Bayern heil! Hoch!« Die Burschen blieben nach wie vor stockig und finster. Malwine ließ ihren Mann stehen und ging brummend ins Haus. Viele sahen mit leiser Rührung zum verwaisten Königsthron empor und nun, als der Zug auf dem Dorfplatz anhielt und die Kapelle

»Gott mit dir, du Land der Bayern« spielte, wurde es feierlich. Alle stimmten mit ein. Sittinger hatte den Hut abgenommen und machte eine gute, würdige Miene. Auch er ging heim und schaute durch das Fenster. Malwine benzte in einem fort. Er hörte sie nicht. In der Tiefe fand er den symbolischen Maskenzug richtig.
Es dämmerte schon und wurde dunkel und dunkler. An den Schlitten glommen Stallaternen auf. Bei der dritten Strophe des Liedes störte ein dumpfes Fauchen, das langsam über das Mesnerbergl heraufkam. Gespenstisch tauchten die massigen Silhouetten zweier Lastautos auf. Die Scheinwerfer schossen ihr Licht grell über den Maskenhaufen, und jäh brach der Gesang ab. Die Autos blieben verprustend stehen, und – geisterhaft sah es aus – mit affenartiger Geschwindigkeit sprangen gewiß an die hundert SA-Männer mit Gummiknüppeln herab.
»Da, was ist denn das! Da!« rief Sittinger. Malwine trat ans Fenster.
Kommandorufe gellten kurz, und mit überrumpelnder Hast, geführt von Schlicht, nahm die drohende Hakenkreuzlerfront vor dem erstarrten Maskenzug Aufstellung. Es wurde totenstill. Undeutlich bemerkten die Sittingers, wie Aubichler Burschen, gleich huschenden Schatten, sich den SA-Männern zugesellten.
»Mach die Läden zu! Schnell! Da gibt's was!« hastete Sittinger heraus, und da Malwine nicht zu hören schien, tat er's selber.
»Was ist das für eine Frechheit!« fragte Schlicht scharf in den Maskenhaufen hinein. »Wer erlaubt sich Spott mit unserm Führer zu treiben?« Eine Hundepeitsche baumelte an seinem Handgelenk.
Einige Weiber- und Kinderschreie zischten auf. Man hörte Laufschritte im Schnee.
»Antwort!« befahl Schlicht abermals. »Gestern haben die Roten in Berlin den Reichstag angezündet! Jede Lustbar-

keit ist verboten, und hier treibt man Schindluder mit unserm Führer! Marsch, Antwort! Was waren das für Lümmels?«

»Hoho!« stießen nun endlich einige Reitlmooser heraus.

»Was hoho!? 'raus mit der Hitlermaske! Vortreten die Bande!« bellte der Hauptmann von neuem und fuchtelte mit seiner Peitsche.

»Ja, Herrgott ...« hörte man irgendwen im Maskenhaufen rufen.

»'raus! Marsch!« zerschnitt Schlichts Schrei das Wort.

»Ist doch bloß alles Spaß!« rief der Lergler Michl kleinlaut.

»Spaß? Das hat aufgehört! 'raus! Marsch!« herrschte Schlicht. »Eins – zwei –«

Da krachte ein Schuß, und »Au-hu-au!« schrie eine erstickte Männerstimme unter den Reitlmoosern.

Hauptmann Schlichts Doppelgänger, der Benzenberger Toni, sank vom Schlitten herab in den Schnee. Ein stampfendes, schreiendes Durcheinander entstand. Die Rosse scheuten und wieherten, die Ochsen brüllten, hüpften und warfen ihre Reiter ab. Fern hörte man verrollende Schüsse.

»Himmelherrgott! Sauhund! – Das ist – um Gottes willen! Au! Auweh, au!« schrie es bei den Reitlmoosern ineinander, und die Bauern griffen zu ihren Waffen. »'ran! Los!« kommandierte Schlicht. Mehrere Schüsse krachten, und schon stürzten sich die SA-Männer auf den Maskenzug. Eine furchtbare Panik folgte. Die Pferde hatten sich losgerissen und galoppierten samt ihren Schlitten durch das Gewühl, die Ochsen überrannten alles und flohen. Nur noch die Lastautos standen auf dem Platz, und ihre vier Scheinwerfer blendeten die Reitlmooser. Weibergeplärr, klatschende Hiebe, Flüche, Stampfen, Aufschreie und Brüllen vermengten sich. Im grellen Licht tauchten immer wieder balgende Menschenknäuel auf, gereckte Arme, blitzende Messer und Gummiknüppel. Die Aubichler hatten sich längst in ihren Häusern verkrochen, hatten die Läden zugezogen wie Sittinger und warteten bang. »Bauern! Nicht auslassen! Die Hund ...« schrie ein Reitlmooser. »Die Hurenhund! Die Mordbren ...« Es brach ab. Wieder schoß es, und auch in der Ferne hörte man eine neue Salve krachen. Eine furchtbare Schlacht entbrannte. Das Blut spritzte, herzzerreißende Jammerlaute Verwundeter, Zertrampelter erschollen. Die feindlichen Haufen hatten sich besinnungslos ineinander verbissen. Jeden schien ein wahrer Blutrausch ergriffen zu haben. Auf nichts achtete er mehr, schlug, stach und würgte, wen er unter die Finger bekam.

Und immer hörte man von Zeit zu Zeit Schüsse, die von irgendwo außerhalb des Dorfes herkamen.

»Polizei, Hauptmann! Polizei!« verstanden die Reitlmooser einmal, die schon das Übergewicht gewannen. Die Braunen rangen sich unauffällig aus dem hitzigen Gemeng, den einen und anderen Verwundeten warfen sie auf die Lastautos und schwangen sich selber drauf. Wenn die verbitterten Bauern auch noch so gegen sie stürmten, die unförmigen, ratternden Kästen bahnten sich trotzdem den Weg durch sie und surrten holperig aus dem Dorf, in die eiskalte, brauende Nacht hinein. Es wurde langsam ein wenig stiller, und jetzt trauten sich die nächsten Aubichler wieder aus den Häusern. Jammernd und angstschlotternd kamen sie mit Taschen- und Stallaternen daher, und die zerstreuten Reitlmooser fanden sich fluchend und schimpfend auf dem Dorfplatz ein. Sie suchten miteinander die schaurige Runde ab. Gräßlich sah es überall aus. Der zerstampfte Schnee war bluturtermischt, und da und dort glänzten dunkle Lachen. Abgerissene Prügel, verlorene Messer und Schlagringe, abgeschlagene alte Vorderlader und Säbel, Kleider- und Girlandenfetzen, zertretene Fähnchen, der zerbrochene Sarg und der heruntergefallene Königsthron, Narrenkappen, verbogene Trompeten und

allerhand anderes Maskenwageninventar lagen herum. Der Ampletzer richtete sich halb vom Boden auf und sackte wieder um, die Lergler Gretl schrie wie am Messer, weil man ihr die Hand zertreten hatte, der Schuster Bunzlinger und der Heinzhammer Wiggl wälzten sich blutüberströmt auf dem Boden. Der eine hatte ein großes Loch im Kopf, und dem anderen war der Arm ausgedreht. »Ich hab einen Stich!« wimmerte der Ampletzer. Jeder von ihnen war noch halb maskiert, jedem hingen die Fetzen vom Leib. Ein grausiger Anblick. Die Leute kümmerten sich um sie, schleppten sie weg und verbanden sie notdürftig. Vor dem Benzenberger Toni blieben alle stehen. Der rührte sich nicht mehr, die Arme starr ausgestreckt.
»Der ist mausetot! Ganz kalt ist er schon«, sagte der Kergler, der ihn untersuchte, und alle verstummten sekundenlang. Den erstochenen SA-Mann, der in der Nähe lag, schaute niemand an. Ihm steckte noch das rostige Seitengewehr im Rücken.
»Und das sollen keine Mordbrenner sein!« schrie der Berberger. Auch er war um und um abgerissen und voller Blutspritzer. Viele Bauern hatten zerschundene, zerhauene Gesichter und schienen jetzt erst zu merken, daß sie Hieb- und Stichwunden hatten. »Räuberlumpen! Zuchthäusler sind's!« hörte man in der Runde, und der Kergler fragte höhnisch: »Na, wo ist sie denn jetzt, die Polizei? Wo bleibt sie denn? Da ist sie nicht auf dem Posten, wenn diese braune Saubande was macht!«
Man hörte und sah keinen Gendarmen.
»Vielleicht haben's diese Lumpen bloß angezeigt, weil sie gemeint haben, wir fürchten uns vor der Polizei!« sagte der hünenhafte Lackner und zuzzelte seinen stark blutenden, zerschnittenen Zeigefinger aus.
»Ja, oder gar, damit ihr feiges Davonlaufen besser ausgeschaut hat! ... Die Brüder, die staubigen!« warf der Kergler weiter hin. »Die Scheißkerl, die windigen!«

Die Bauern machten nicht den Eindruck eines besiegten Haufens.
Einige suchten im Dorf und auf den Schneewiesen nach den durchgegangenen Rossen und Ochsen. Etliche Burschen brachten die Fuhrwerke zurück. Man lud die Verwundeten drauf, und auf den einen Schleipfschlitten legten die Burschen den toten Benzenberger Toni.
»Was soll denn mit dem geschehen?« fragte der Rattelberger, auf den erstochenen SA-Mann deutend. »Den kann man doch nicht einfach liegenlassen?«
»Der! ... Der geht uns gar nichts an!« erwiderten die ergrimmten Reitlmooser. »Wir rühren keinen Finger für so einen Hund!« Ratlos und starr sahen die Aubichler drein. Die Pferde zogen an. Langsam und ernst tappten die seltsam aussehenden Reitlmooser hinter den Fuhrwerken drein und beteten stumpf ein Vaterunser nach dem anderen, bis sie in Bibloch ankamen. Sie weckten den Mesner. Der mußte das Leichenhaus aufsperren, und man bahrte den erschossenen Toni auf, so gut das eben ging. Die Weiber weinten. Die Bauern aber murrten trotzig: »Für das wird garantiert, der Hitler wird nie der unsrige! Eher gehen wir selber zugrund ...«
Der milchige Morgen rann schon über die gefrorenen Breiten, als der sonderbare Zug heimkam nach Reitlmoos. Jeder war angefüllt mit Rache ...
Die Aubichler berieten noch lange, was sie mit der Leiche des SA-Mannes tun sollten. Endlich fuhr sie der Rattelberger nach Amreiten hinüber. Auf halbem Wege traf er die Gendarmen. Sie schienen schon alles zu wissen, waren aber auffallenderweise gar nicht sonderlich erregt. Sie sahen die Leiche an, und ihre Fragen klangen gleichgültig. In Aubichl vernahmen sie verschiedene Augenzeugen. Die aber verwiesen sie nach Reitlmoos, doch es sah nicht danach aus, als hätten es die Gendarmen so eilig, dort hinüberzukommen. Obgleich die schreckliche Kunde schon in

den frühen Morgenstunden durch den ganzen Gau lief, die Polizei zeigte sich äußerst uninteressiert. Niemand begriff ihr sonderbares Verhalten. Seit dem Reichstagsbrand jedoch hatte sich die Lage völlig verändert.
Jetzt suchten die Gendarmen nur noch »verbrecherische Marxisten und Kommunisten«, und so kam es, daß sie nicht etwa nach Reitlmoos gingen, sondern vor allem einmal das Wäscherhäusl aufsuchten, um den Maler Köstler zu verhaften. Sie staunten aber nicht wenig, als sie dort die Türe eingeschlagen vorfanden. Seltsame Dinge mußten sich hier während der Kampfnacht zugetragen haben. Der Schnee um das Haus war von vielen Männertritten zertrampelt, überall sah man Blutspritzer und Patronenhülsen. Die Fenster waren eingeworfen, und im Innern sah es wüst aus. Alle Möbel waren demoliert, und jeder Raum glich einem Trümmerhaufen. Den Maler fanden die Suchenden nirgends. Im Schlafzimmer lagen auch wieder etliche Patronenhülsen, im unteren Gang ebenso, und das Kellerfenster war ausgehängt. Der Abdruck eines menschlichen Körpers zeigte sich im Schnee, und Blutspuren liefen bis zur Gartentüre. Dort verloren sie sich.
»Hm, der muß ihnen ausgerissen sein«, meinte der Kommandant siebengescheit. »Tot ist er nicht, sonst müßte doch die Leich' da sein ...«
»Geschossen muß da allerhand worden sein«, sagte der eine Gendarm und hob eine Patronenhülse vom Boden auf. »Also hat er doch Waffen gehabt, der Lump?«
Während sie so redeten und unschlüssig herumsuchten, kam der Reblochner Hansl daher und pfiff, als ob gar nichts sei. Als er die eingeschlagene Tür sah, hielt er inne, machte große, verwunderte Augen und brummte: »Hoho, was ist denn da passiert?« Er ging mit ungewissem Zögern auf das demolierte Haus zu, trat in den Gang und erschrak beim Anblick der Gendarmen. Er lief aber nicht davon.

»Wo kommst denn du her?« fragte der Kommandant. »Woher bist du denn?«
»Ich? ... Vom Reblochner von Reitlmoos. Butter und Eier bring ich«, erwiderte der kecke Hansl arglos. »Was ist's denn? Wo ist denn der Herr Kunstmaler?« Er stellte sein Körbchen hin und glotzte dumm.
»Die kannst wieder heimbringen, der Kunstmaler wird sie nicht mehr brauchen«, sagte der Kommandant ironisch und wurde ein wenig barsch, als er merkte, daß der Bub neugierig umhersah. »Geh nur wieder, wir können dich nicht brauchen. Marsch, weiter!«
Der Hansl vertrollte sich, da aber schulfreier Aschermittwoch war, ging er nicht gleich wieder nach Hause. Er kam zum Krämer Wagerer in den Laden und stieß dort auf die Inspektorin, die heftig und empört über die Dorfschlacht disputierte. Sie ließ kein gutes Haar an den »abgeschmackten« Reitlmoosern, wenngleich der vorsichtige Krämer in einem fort auswich und gar kein zustimmendes Gesicht machte.
»Ah, da kommt ja ein Reitlmooser!« rief er. »Grüß dich Gott, Hansl ...«
Der Inspektorin gab es einen Ruck. »So!« sagte sie und musterte im Davongehen mit deutlicher Verachtung den Buben. Der stellte sein Eierkörbchen hin, kaufte für zehn Pfennig Malzzucker und erzählte, was er im Wäscherhäusl gesehen hatte. Das schienen die meisten Aubichler noch nicht zu wissen. Der Wagerer war baff darüber.
»Hmhmhmhm«, brummte er kopfschüttelnd. »Hmhmhmhm, so eine Saubande, so eine niederträchtige! ... Soso? Und den Köstler haben sie nicht?«
»Gesehn hab ich ihn nicht«, meinte der Bub und jammerte leicht. »Jetzt kann ich wieder alles heimschleppen!« Der Wagerer hatte Mitleid und nahm ihm Eier und Butter ab.
Der Hansl streunte durch Aubichl und traf alsbald Schulkameraden, die mit ihm spielten. Überallhin liefen sie

und suchten die Fetzen und Reste aus der Schlacht zusammen. Der Pleninger Peperl fand sogar ein feststehendes Messer und tat sehr gewichtig damit. Von ihm erfuhr der Hansl auch, daß der Eigelberger Adam einen Streifschuß am Bein und der Leimfinger-Knecht einen Armschuß habe.

»Die haben ganz woanders kämpft ... Gegen den Roten«, berichtete der Peperl geheimnisvoll und nannte den Köstler. »Heißen tut's, er ist durch'gangen ... Aufpassen müssen wir, daß er nicht mit einer Räuberbande daherkommt.«

»Soso! Ah, schad! Das möcht ich gesehen haben.«

Der Hansl tat, als wüßte er von nichts, und nach einer Weile machte er sich auf den Heimweg. Als er gleichgültig beim Wäscherhäusl vorbeikam, sah er, daß die Tür zugenagelt und versiegelt war. Erst auf der Hügelkuppe, von der man durch die kahlen Bäume nach Reitlmoos sehen konnte, fing er zu laufen an. Am übernächsten Tag kamen die Gendarmen in dieses Dorf und wurden von jedem Bauern brummig und abweisend empfangen. Grob höhnten die Reitlmooser: »Soso, jetzt!? Jetzt hat die hohe Polizei auch schon was erfahren davon, daß die Hitlerbande ruhige Menschen um'bracht hat, soso!«

Der Kommandant machte ein blamiertes Gesicht und versuchte es mit allerhand Ausflüchten. Ganz behutsam deutete er an, daß sich ja jetzt kein Mensch mehr auskenne, wer eigentlich regiere. Die bayerische Regierung ziehe »hott« (hin) und das Hitlerkabinett »wüßt« (her), da sei's doch den Beamten nicht zu verdenken, daß sie nicht mit der »richtigen Ordnung« vorgehen könnten. Und ebenso oberflächlich und vorsichtig führten sie die Vernehmungen. Eine Mordkommission fand sich in Bibloch ein, untersuchte und sezierte den toten Benzenberger Toni, machte Protokolle und zog wieder ab. Über das, was weiter geschah, erfuhr niemand etwas.

Beim Begräbnis des Toni füllte sich der ganze Friedhof. Grimmig schauten die Bauern drein. Laut weinten Weiber und Kinder, und viele Kränze wurden auf das Grab gelegt. Alle Ehren wurden dem Toten erwiesen, doch diesmal klang die Predigt des Pfarrers auffallend wehleidig. Der Grimmenmoser hatte eine Grippe vorgeschützt und war nicht zu sehen.

Hernach, in der Postwirtsstube, schimpften die Reitlmooser über diese »braune Sauwirtschaft«. Immer wieder hieß es, der Hitler sei nichts für einen Reichskanzler.

»Und überhaupt – Bayern bleibt Bayern! Was wir machen, geht keinen Preußen was an!« schloß der Pflögl.

Eine mißgünstige Bedrückung machte sich breit.

»Unsere Minister sind auch Hosenscheißer! Wenn's Männer wären, täten s' einfach vom Reich weggehen und die ganze Hakenkreuzlersippschaft 'nausjagen ... Meinetwegen alle zu den Preußen! Alsdann wär gleich eine Ordnung!« murrte der Kergler. »Aber, mein Gott, wenn nirgends Männer sind!«

Alle nickten und schauten trüb geradeaus.

XXIII

Sittinger stand in der Wahlzelle im Nebenzimmer des Gasthauses zur Post in Bibloch. Furchtsam zögerte er, hielt den Atem an, schielte nach rechts und links, lauschte – dann wählte er die katholische »Bayerische Volkspartei«. Doch schon im nächsten Augenblick bereute er es. Am liebsten wäre er aus dem Verschlag gerannt, um sich einen neuen Wahlschein geben zu lassen und für Hitler zu stimmen. Aber das Unglück war schon geschehen und konnte nicht mehr rückgängig gemacht werden. Jeder hätte ihn ausgelacht und wäre neugierig geworden. Er hätte sich selber verraten. Und das Blatt zerreißen, unauffällig verschwinden lassen? Einfach ein leeres Kuvert abgeben? Das war auch unmöglich in der Schnelligkeit.

So furchtbar war diese Sekunde für den Postinspektor, daß ihm jäh ein zerrüttender Schwindel in den Kopf stieg, daß sein Herzschlag kurz aussetzte. Mit aller Kraft riß er sich zusammen und steckte den Wahlschein ins Kuvert. Er war blaß, als er sich aus der Zelle schob. Er plagte sich, ein unverfängliches Gesicht zu machen, und blickte auf den Leimfinger, den Lehrer und den Greitler, die als Wahlhelfer hinter dem langen Tisch saßen. Sie grüßten, und er grüßte ebenso. Der Bauer nahm ihm das Kuvert und die Ausweiskarte aus der zitternden Hand. Der Lehrer sah in der Kartothek nach und sagte gleichgültig laut: »Jaja, stimmt ... Sittinger Anton, Postinspektor a. D., Aubichl ...« Der Inspektor hatte bei diesem Anruf das schreckliche Gefühl, als schauten alle Wähler, die in langer Reihe vor der Zelle standen, schnüffelnd auf ihn. Er sah nur, wie der Leimfinger das Kuvert in den breiten Schlitz der Urne fallen ließ. Der und der Lehrer sind Nazi, dachte er, und sein Blut erstarrte. Er ging steif auf die an der Türe wartende Malwine zu.

»Ah! Guten Morgen, Herr Inspektor! ... Nichts mehr wie Hitler, was?« rief ihm der Wagerer zu und grinste nikkend. Sittinger schaute fast mißgünstig auf ihn und erwiderte humorlos: »Pflicht ist Pflicht!« Schnell ging er mit Malwine davon. »Das war die richtige Antwort für diesen vorwitzigen Kerl«, sagte sie.

Die Wahl ging diesmal stumpf und stumm vonstatten. Niemand sagte mehr seine wahre Meinung. Selbst in Bibloch standen nur noch die Burschen in ihrer SA-Uniform vor dem Wirtshauseingang und agitierten aufreizend laut für Hitler. Nur bei den finster dreinschauenden, verbissen stummen Reitlmoosern hielten sie sich zurück. Zu jedem anderen aber sagten sie überheblich drohend: »Hitler wählen, verstehst? ... Wir bringen jeden 'raus, der dagegen stimmt! Dem geht's schlecht!« Und die paar Gendarmen gingen wie unbeteiligt hin und her und stellten sich taub.

»Ob er doch noch so frech ist und zum Vorschein kommt?« sagte der lange Leimfinger-Knecht einmal zum Metzgergesellen. Jeder verstand, daß es sich um den Köstler handelte. »Den roten Saulumpen haben S' doch nicht erwischt, Herr Kommandant«, wandte er sich an den Gendarmen und setzte dazu: »Vielleicht brennt er morgen unsere Pfarrkirch' an, der Krüppel, der windige!« Es sah aus, als warteten alle auf den Roten. Der aber kam nicht. Niemand hatte ihn seit der Kampfnacht gesehen.

Es gab keine Zwischenfälle. Langsam zerrannen die Stunden.

Sittinger tappte in einem fort in der Stube hin und her und schnaufte mitunter vernehmbar.

»Was hast du denn?« erkundigte sich Malwine und tröstete ihn. »Sei beruhigt, diesmal wählt das ganze Volk Hitler ... Ich kann mir nichts anderes vorstellen.«

»Jedenfalls der vernünftige Teil«, log er und schwieg wieder. Ihm war wahrhaft katzenjämmerlich zumute. Die düstersten Ängste peinigten ihn. Seit der Dorfschlacht war er tief verschreckt und eingeschüchtert, zugleich aber empört. Er war gewiß alles andere als ein Revolutionär. Er war stets nur der bedrängte Biedermann. Das alles erinnerte ihn seltsamerweise an die Tage der blutigen Niederschlagung der Münchener Räterepublik Anno 1919, an den maßlosen Terror der damaligen weißen Truppen. War's denn nicht genauso? Jetzt wieder dieser Hauptmann Schlicht, der nun schon schrankenlos kommandierte, und die blind dreinhauenden, schießenden SA-Leute.

Wenn das so weiterging, gute Nacht, da mußte sich ja bald der harmlose Bürger dienernd und scheinheilig dukken, um nicht verprügelt oder verhaftet zu werden.

»Der gedankenlose Haufe!« murmelte er immer wieder vor sich hin, und mit Schaudern erinnerte er sich, wie oft und offen er in all den Jahren schon Herabminderndes über Hitler gesagt hatte. Der Krämer, der Greitler, viele Leute wußten davon. Die kleinste Reiberei mit ihnen, und man war verloren, ausgeliefert. Der Köstler konnte ihn, Gott sei Dank, nicht mehr gefährden. Der war verschwunden. Aber die anderen alle? Wenn da auf einmal einer herumschreien würde: »Was, der? Der saubere Inspektor? Früher hat er auf Hitler geschimpft wie ein Rohrspatz, jetzt tut er, als wär er seit eh und je ein Nazi! Jetzt lobt er, wo er früher geschimpft hat, der feige Heuchler! Jetzt verstellt er sich, der Schuft, weil's ihm sonst an den Kragen gehen könnte!?«

Und während Sittinger diese schrecklichen Möglichkeiten zusammenrechnete, fing ein stechendes Mißtrauen in ihm zu bohren an.

Was hatten die Burschen zu jedem Wähler gesagt? Und die Gendarmen waren stockruhig dabei geblieben! Und im Wahllokal der Leimfinger und der Lehrer! Und – die Nationalsozialisten waren an der Macht, Hitler regierte Deutschland!?

»Eingeheizt hast du, als wenn's Heizmaterial überhaupt nichts kostet!« brummte der verängstigte Inspektor Malwine an. »Nicht mehr zum Aushalten ist's!« Er wischte sich das schweißnasse Gesicht ab und fiel erschöpft in den hohen Polsterstuhl. Er schnaubte noch vernehmbarer.
»Ich weiß nicht, was du hast! Das Feuer ist doch längst ausgegangen!« rief sie, riß die Kachelofentür auf und zeigte auf die zerfallene, graue Asche.
»Dann muß ich krank sein! Ich schwitz, daß mein ganzer Körper naß ist«, sagte er und schüttelte seinen schweren Kopf. »Dieses verdammte Frühjahrswetter war immer Gift für mich.«
»Hmhm«, machte sie und bekam ein besorgtes Gesicht. Sie ging zu ihm, legte ihre eine Hand auf seine heiße Stirn und befühlte mit der anderen seinen Puls. »Sonderbar, wirklich ganz naß bist du, aber dein Puls ist normal«, meinte sie. »Du wirst mir doch um Gottes willen nicht gerade jetzt krank werden! Jetzt?«
»Ich weiß auch nicht«, jammerte er. »Ich hab immer gemeint, ich kann mir eine so teure Kur ersparen, aber es wird nichts anderes mehr übrigbleiben ... Ich werde eben doch in den sauren Apfel beißen müssen ...«
»Anton?« seufzte sie noch bekümmerter und sah ihn mitleidig an.
»Ich merk's, ich bin ein sterbenskranker Mensch! Schon lang, lang spür' ich's«, keuchte er abermals, und sie wurde ganz traurig.
»Ach Gott, grade jetzt! Jetzt, wo wir uns endlich durchgekämpft haben? Jetzt, wo wirklich eine neue, bessere Zeit anfängt! Allmächtiger!« klagte sie schmerzlich und fragte beflissen nach seinen Wünschen. Ob er vielleicht Grog oder heißen Tee wolle, ob sie ihm einen Brustumschlag machen sollte? Am Ende wäre es bloß eine Verkältung oder die beginnende Grippe?
Er lehnte ab und brummte: »Jedenfalls leg ich mich nie-

der, und wenn's morgen nicht besser ist, muß eben vorläufig von Amreiten so ein Roßarzt kommen.«
Ächzend erhob er sich. Malwine wollte ihm behilflich sein, doch er kam allein vom Fleck. An der Türe murrte er noch einmal: »Bloß diese elendige, aufregende Zeit hat mich aufgerieben ... Ich bin erledigt, vollständig erledigt.« Sie wich nicht von seiner Seite und bedauerte ihn zärtlich: »Mein Gott! Armer, armer Anton! ... Der Kampf war ja wirklich schwer!«
Kampf? Kampf? ... Hab ich vielleicht jemals so was Irrsinniges gewollt? ... Ich? ... Nie! fiel es wie ein eisiger Schatten in sein Hirn, und eine ohnmächtige Wut erfaßte ihn. Du, ja, nur du hast das betrieben und mich dabei zugrunde gerichtet! Jetzt ist's soweit, du Schandweib! Im Dunkeln fäusteten sich seine Hände. So maßlos war sein Zorn, daß er sich beherrschen mußte, sie nicht anzugreifen. Niederschlagen, zerstampfen, ausrotten, dieses Schlangengezücht! schoß es ihm durch den Kopf. Seine aufeinandergebissenen Zahnstumpen knirschten.
»Ich glaub, du hast Schüttelfrost! Frierst du denn? Klapperst ja mit den Zähnen?« rief sie, aber er gab nicht an. Schnell deckte sie das Plumeau auf und bettete ihn in die flaumweichen Kissen. Sie fragte und fragte, was sie noch für ihn tun könne, doch er schüttelte beharrlich den Kopf und schloß die Augen. Sie schlich auf Zehenspitzen aus dem verdunkelten Zimmer. Die quälenden Gedanken fingen wieder an und zerbissen sein Inneres: Seit dem Eibenthaler hab ich diesen Hitler nicht mögen ... Nur *sie* war immer und immer für ihn ... Verhaßt waren mir alle, der Schlicht, die saudummen Burschen und die niederträchtigen SA-Leute ... Und jetzt ist diese Brut an der Macht! ... Warum, warum hab ich überhaupt gewählt? ... Weil sie und Schlicht mich bewacht haben, sie, meine eigene Frau! ... Und hab *nicht* für Hitler gestimmt, grad erst recht nicht! ... Und jetzt? ... Herrgott, Herrgott, warum hab ich

mich so gefährdet! Ist doch vollkommen wurscht, *wen* man wählt! Ist mir doch gleichgültig, wer uns regiert ... Herrgott, sie haben alles in der Hand – Kontrolle, Polizei, Beamte, den Staat – und bringen jeden Gegenwähler 'raus ... Verloren, aus!

Er starrte blicklos in die undurchsichtige Dunkelheit. Malwine kam ein paarmal. Er stellte sich stets schlafend. Sie beugte sich behutsam über ihn, und er hatte die grimmigste Lust, ihr ins Gesicht zu spucken. Immer erneut brodelte der Haß in ihm auf.

Dann rumorte es weiter in ihm: Seit unserer Hakenkreuzfahne mag uns kein Nachbar mehr ... Der Wagerer weicht mir aus und spöttelt, der Greitler hat sich zurückgezogen ... Und der Baron, der wenn aus dem Krankenhaus kommt und erfährt, ich steh bei denen, die ihn niedergeschlagen haben? ... Bei allen sympathischen Leuten bin ich der Nazi! Und hab doch Volkspartei gewählt, wie sie! Und kann's ihnen nicht einmal sagen, darf nicht, a-aachch!

Er wälzte sich schwerfällig auf die andere Seite. »Wer ist schuld an der Vereinsamung der Männer? ... Das Weib!« brümmelte er schmerzlich und pustete die Luft aus sich heraus. »Die Weiber«, wiederholte er. Gleich darauf kam Malwine und fragte flüsternd: »Anton?«

Er rührte sich nicht, und sie zog die Türe wieder zu. Nun schien sein Kopf leer zu sein. Eine eisige Kälte überwehte ihn. Er glaubte, langsam zu erstarren.

Fort, einfach weit, weit fort ... Weg von ihr und heraus aus dieser Hölle. Dieser Gedanke lahmte durch sein mattes Hirn. Dann wußte er nichts mehr. Er schlief.

Er hörte Malwine nicht zu Bett gehen. Tief in der Finsternis schrak er plötzlich auf und schnellte aus den Kissen empor. »Wa-was ist denn das? Was denn?«

»Ja? ... Anton?« Malwine knipste das Licht an.

Ein ungeheurer Lärm fegte durch das nachtstille Dorf. Vereinzelt krachten Schüsse, es trampelte, pfiff und johlte.

»Heil – Heil Hitler!« verstanden die Sittingers jetzt deutlich. Übers Mesnerbergl herauf kamen dumpfe Marschtritte, und immer, immer wieder wurde der Gesang von Heilrufen unterbrochen.
»Fenster auf! Fahnen 'raus!« plärrten die Stimmen der Burschen. »Hurra – Sieg! Heil Hitler! Heil ...«
»Die unsrigen! ... Wir haben gesiegt! Alles hat Hitler gewählt!« hastete Malwine aus sich heraus, sprang auf und warf sich das Kleid über. Alles vergaß sie, rannte ans Fenster und riß es auf. Sittinger ließ sich ins Kissen fallen und ergriff mit beiden Händen die Plumeauzipfel, preßte sie fest zusammen, ganz fest.
»Heil Hitler! Heil!« schrie Malwine hingerissen in die laute Nacht hinunter, und der Haufe antwortete ebenso. Es dröhnte in den Raum. Die Wände schienen zu erzittern.
»Wo ist denn der Inspektor? ... Heil!« vernahm man eine Stimme.
»Ach Gott ja«, murmelte Malwine und antwortete laut: »Leider krank ... Heil! Heil Hitler ...« Sie winkte und winkte.
»So? Krank? ... Gute Besserung!« kamen Stimmen von unten herauf, und Malwine dankte. Der Lärm rann über Sittinger und schien ihn plattzudrücken. Fort, weit fort! tropfte es ätzend in sein stockendes Herz.
»Jetzt zum Greitler! Er muß aufmachen!« rief jemand. »*Dem* roten Hund wird nichts geschenkt!« Zermürbt dachte der Inspektor: *Den* halten sie also auch schon für einen Roten, *den!*
Der Lärm floß weiter ins Dorf und wurde vor dem Greitlerhaus höllenmäßig. Malwine schloß das Fenster und kam ans Bett.
»Anton? Wie geht's dir denn? ... Gesiegt haben wir, gesiegt!« Sie lächelte ihn an und küßte seine feuchte Stirne. Er murmelte tonlos: »Wenn's nur Deutschland gut geht ... Ich bin nicht wichtig.« Sie fühlte den Vorwurf nicht. Ge-

rührt sah sie auf ihn nieder und rief bewegt: »Nein! Jetzt – jetzt mußt du ganz gesund werden, du lieber, guter Mensch!«

»Leg dich nur wieder nieder«, antwortete er stumpf, und sie folgte. Der Schlaf war aus ihr gewichen. Sie lag da und lauschte beseligt. Durch die verschlossenen Fenster drangen Schreie und abgehackte Kommandorufe, dann wieder plärrte ein wüstes Heilgebrüll auf. Nach einiger Zeit rumpelte der Haufe im Sturmschritt vorüber. Die Sittingers vermeinten, den jammernden Greitler zu vernehmen, aber sie verstanden kein Wort. Das Dorf war aufgewacht. Da und dort hörte man Brummen und Fensterzuschlagen. Weit weg krachten Schüsse.

Die Burschen hatten den Fabrikanten gezwungen, sie zum Wäscherhäusl zu führen. Dort zertrümmerten sie die Habschaften Köstlers völlig.

»Aber, aber ich hab doch für den letzten Monat meinen Mietzins noch gar nicht! Laßt mir doch ein bißl was!« bettelte Greitler händeringend, doch die wildgewordene Meute kläffte ihn drohend an: »Was? Was?! Von einem Roten nimmst du was? Pfui Teufel, du Judenknecht!« Der Fabrikant wurde stockstumm und schlotterte nur noch. Der Leimfinger-Knecht, der seinen durchschossenen Arm noch immer in der Binde trug, kam sich wie ein echter Held vor und führte das Kommando. Nichts übersah er. Zuletzt schüttete er die ganzen Farbtuben auf den Boden und zertrat jede einzeln.

»Halt! ... Wer ist denn das? ... Wen hat er denn da so oft gemalt, der Lump?« fragte er den Biblocher Metzgergesellen, der mit einem langen Messer alle Bilder zerschnitt. »Was ist denn das für ein Bub? ... Ah, der Reblochner Hansl! ... Mit dem muß er, scheint's, recht gut Freund gewesen sein, holla!« Er überlegte kurz, und ein abgebrühtes, schadenfrohes Grinsen lief über sein knochig-langes Pferdegesicht. »Aha, holla!« Dann stieß der

Metzgergeselle sein Messer in die Leinwand und schnitt quer durch. Kein Stück wurde ganz gelassen. Nur mit Mühe und Not konnte Greitler verhindern, daß sie sein Häusl anzündeten. Der Morgen graute schon, als der Haufe sich endlich zerstreute. Sittinger hatte kein Auge geschlossen. Malwine stand sehr bald auf. Er rekelte sich.
»Wie geht's dir? Soll ich den Arzt bestellen?« fragte sie. Er nickte und lauschte. Es war still draußen. Nur von da und dort hörte man die Kühe brüllen und ein quietschendes Mistkarrenrad. Fahl fiel die Frühe durch die Fenster.
»Ist's schlimmer?« erkundigte sich Malwine wieder.
»Das muß der Arzt wissen«, erwiderte er und drehte sich um. Sie suchte die Hakenkreuzfahne und hängte sie hinaus. Dann ging sie zum Krämer hinüber, um nach Amreiten zu telefonieren. Der Wagerer war ziemlich wortkarg.
Sittinger lag da und sah zum weißen Plafond empor. Er dachte und dachte und kam zu keinem Ende ...

»Ssssst-ssss-schschscht!« machte es tief im Heustock beim Reblochner in der Tenne. Der Hansl hielt im Kriechen inne und zischte abermals: »Sssst-sssst-schscht!« Endlich vernahm er die gleiche Antwort und arbeitete sich schneller durch das dick aufeinanderlagernde Heu. Bald war er in der Höhle unterm Dach, wo der verwundete Köstler seit jener Kampfnacht lag. Die linke Hand hatten sie ihm durchschossen. Nur notdürftig war sie verbunden. Zeitungen lagen herum und knisterten.
»Sie haben gesagt, heut oder morgen kommen Hitlermänner und Polizei«, meldete der Bub. »Der Zinzenberger von Amreiten ist schon verhaftet ... Tot soll er sein ... Der Lechner meint, weg, gleich weg mußt du ...« Er hob den Dachziegel ein wenig auf und schob ihn beiseite. Ein dreieckiger Lichtkegel erhellte die Höhle. Das bleiche, eingefallene, unrasierte Gesicht des Malers wurde ernst.

»Wenn's vor Nacht nicht kommen, geht's ja ... Der Lechner meint, du sollst über Morfelden gehn, da hilft dir der Anzinger weiter. Das zweite Haus ist's, wenn man hineinkommt von der Reitlmooser Straße aus ... Da, das sollst herzeigen«, berichtete der Hansl und gab ihm ein abgerissenes Zeitungsblatt. Er zog eine zerdrückte, bröselige Rohrnudel und zwei Äpfel aus seinen Taschen. Gierig verschlang Köstler das Mitgebrachte.

Der Hansl erzählte, was er in der Schule in Bibloch über die Zerstörung der Einrichtung des Wäscherhäusls erfahren hatte.

»Hm«, fiel dem Maler ein, »Hmhm, da haben sie viel Bilder von dir gesehen ...« Die beiden sahen sich in die Augen und schwiegen kurz. Der Maler wickelte den Verband auf. Seine durchschossene Hand war stark geschwollen und blau unterlaufen. Die Ein- und Ausschußlöcher eiterten. Der Hansl stand auf und kratzte vom Dach etwas Schnee herab. Damit wusch und kühlte Köstler die Wunde.

»Bei uns hinten 'naus kommst du leicht ... Da sieht dich keiner ... Dann geht ja schon das Holz an«, meinte der Hansl wieder. »Oder willst du warten, bis es Nacht ist?«

Köstler sann nach. Er fingerte mit der gesunden, rechten Hand in seiner Westentasche und zählte: »Zwölf, achtzehn, vierundzwanzig ... Soviel Schuß hab ich noch, wenn sie ...«

»Der Kergler fährt heut nach Morfelden. Er mag keinen Nazi«, unterbrach ihn der Hansl und blickte fragend in seine Augen. »Ein Fuder Stroh bringt er aufs Gut vom Baron Teißenbach ...«

»Er mag keinen Nazi? Kennt er mich?« fragte Köstler.

»Er weiß, daß du das Bild gemacht hast, wo ich hab ... Im Holz drinnen läßt er dich ganz gewiß aufsitzen«, sagte der Hansl und setzte hinzu: »Der Kergler ist ein guter Mensch.«

Der Maler faltete das abgerissene Zeitungsblatt zusammen, der Hansl knüpfte ihm den Verband und stülpte die Handschuhe über seine Hände.
»Da vorn, gleich wenn der Heustock ausgeht, kommen wir in die Wagenhütte 'nunter ... Die Leiter hab ich schon hingestellt ... Wir müssen machen, daß's nicht auffällt, wo ich solang bin ... Ich frag beim Kergler umeinander, wann er fortfährt ... Du wart'st, bis ich wiederkomm'«, redete der Bub belebter weiter, half dem Maler in den Mantel, und sie krochen mühevoll durch das Heu. Bald darauf sah man den Hansl aus der Wagenremise gehen. Arglos pfiff er und steuerte auf das Kergleranwesen zu. Frierend und gespannt wartete Köstler. Die Zähne hatte er fest aufeinandergebissen. Die wunde Hand schmerzte. Jede Minute schien eine Ewigkeit. Er drückte seinen Kopf an die rissige Bretterwand: Kaum eine Wurfweite entfernt lag der Wald. Er wußte, der zog sich bis nach Morfelden.
Die klare Märzensonne schien auf die schmutzigen, schneeleeren Felder und Äcker. Nur die Hinterwand des Berbergerhauses ragte neben dem schmalen Sträßlein zwischen Dorf und Wald auf.
Hansls Plan gelang. Ziemlich tief im Wald trat Köstler an das Fuhrwerk vom Kergler heran und brauchte nicht viel zu sagen. Kurz vor Morfelden, ehe man ins freie Feld kam, half der Bauer dem Flüchtenden vom hohen Fuder herab.
»Viel Glück, Herr«, sagte er ein wenig bewegt und drückte Köstler die Hand. Er dankte, tappte tiefer in den Wald und wartete die Dunkelheit ab. Später saß er in der niedrigen Stube vom Kleinhäusler Anzinger, und nachdem die zwei die auseinandergerissenen Hälften des Zeitungsblattes aneinandergelegt hatten, ging alles gut. Der Häusler wurde lebhafter und war zuversichtlich.
»Von Walpertshofen mußt du schon selber schauen, wie du weiterkommst, Genosse ... Morgen in der Früh um vier

fahren sie die Milch vom Gut 'nüber ... Der Chauffeur ist ein unsriger und absolut verläßlich ... Zwischen den Milchkübeln sieht dich keiner«, riet er, und Köstler bekam nach langen Tagen wieder eine warme Kartoffelsuppe in den Magen.

Zwei Tage darauf brachte ihn ein österreichischer Genosse unter vielen Mühen über die Tiroler Grenze. Abenteuerlich und aufreibend war die Flucht gewesen. Völlig erschöpft kam der Maler nach einer stundenlangen Bahnfahrt in Innsbruck an und wurde im Parteilokal Hotel »Zur Sonne« aufgenommen. Es war höchste Zeit, daß er zu einem Arzt kam. Die Wunde eiterte und eiterte. Der ganze Arm war schon gefährlich angeschwollen.

Inzwischen war auch wirklich eine Polizeiabteilung in Reitlmoos gewesen und hatte beim Reblochner gründliche Haussuchung gehalten. SA-Leute waren aber doch nicht dabei. Die Bauern machten feindliche Mienen und standen alle herum, als der Kommandant den Hansl vernahm. Der Bub log, was das Zeug hielt, und weinte zuletzt wie die beleidigte Unschuld. Das Bild Köstlers wurde beschlagnahmt.

Anderntags erfuhr die Landbevölkerung aus der Zeitung, daß die Bayerische Staatsregierung kapituliert habe. Der von Hitler ernannte »Reichsstatthalter« General von Epp berief ein rein nationalsozialistisches Kabinett. Auch zwischen den weiß-blauen Grenzpfählen hörte jede Freiheit auf ...

Der Hauptmann Schlicht stand kotüberspritzt in der Stube des Inspektorenhauses und hieb manchmal mit seiner Reitpeitsche durch die Luft. Dieser Mann hatte Malwine seit langer Zeit entflammt. Seine Ähnlichkeit mit Eibenthaler, die gleiche Gesinnung und draufgängerische Art – das alles zog sie ungemein an.

»Na, nun soll mal noch einer was meckern wegen unserer Fahne, gnädige Frau«, sagte Schlicht aufgefrischt und sah lächelnd in ihre glänzenden Augen. »Jetzt ist diesen Burschen das freche Maul gestopft.« Sie bekam flughaft schnell rote Wangen, und eine wohltuende Wärme durchfloß ihre Adern. Ihre Blicke hingen unablässig an der forschen Gestalt.

Der Hauptmann erzählte, wie seine SA-Leute den Rattelberger, den Gschwendtner und den Schlezlwirt »zur Räson« gebracht hätten.

»So, so ... Jaja, vorlaut genug waren sie«, meinte Malwine bewundernd. Ein göttlicher Mann, ein Held! flog es ihr durch den Kopf, und am liebsten wäre sie dem Hauptmann um den Hals gefallen, so hingerissen war sie. Kognak brachte sie und zitterte, als sie das Gläschen eingoß.

»Naja, der Gschwendtner kann noch von Glück sagen. Seine Frau und Tochter haben geheult wie am Messer ... Die kalte Abreibung wird ihm gut tun«, berichtete Schlicht und fuhr fort: »Rattelberger und Schlezl sind natürlich verhaftet. Sie können sich's in der stillen Zelle überlegen, wie sie sich fernerhin verhalten wollen.« Die zwei Bauern und der Wirt waren von den SA-Leuten viehisch geschlagen worden, und nur dem inständigen Flehen der Gschwendtnerin und ihrer Tochter war es zu verdanken, daß man den Gschwendtner liegenließ. Der Bürgermeister Schmauß mußte auf der Stelle sein Amt niederlegen, und Oberstleutnant Grimmenmoser wurde damit betraut.

»Wollen Sie was Nettes sehen, gnädige Frau, bitte«, sagte Schlicht neckisch, trat ans Fenster und zog die straffgespannten Scheibengardinen beiseite. »Da, sehn Sie mal, wie folgsam die Herrschaften auf einmal beflaggen können.«

»Endlich! Endlich ... Wie erhebend!« murmelte Malwine dankbar. Beim Gschwendtner und beim Wagerer hing eine Hakenkreuzflagge zum Fenster heraus, beim Schlezl und beim Greitler, überall. Rücksichtslos und lärmend brachten die herumziehenden SA-Leute »Ordnung« ins Dorf. Bei jedem, der ihnen nicht gefiel, wüteten sie nach eigenem Gutdünken. Ein düsterer, blutiger Tag war über Aubichl hereingebrochen.

»Hm, schade, sehr schade«, meinte Schlicht, »sehr ungeschickt, daß ihr Herr Gemahl augenblicklich nicht wohlauf ist ... Wir haben ihn nämlich vorläufig dazu ausersehen, die Posthalterei vom Schlezl zu übernehmen. Nur provisorisch natürlich ... Schade, schade! ... Darf man hinauf zum Patienten? Gestatten Sie?«

»Oh, gern ... Er wird sich freuen«, antwortete Malwine. »Bitte, bitte ...«

Sittinger lag seither an einer Grippe darnieder. Während der ganzen Tage hatte er nur an Flucht gedacht. Wirr und zerfoltert von Überlegungen war er. Er hörte den Lärm und das klagende Schreien im Dorf, und das Herz stockte ihm. Er erwartete nichts anderes, als daß plötzlich Schlicht mit etlichen SA-Leuten käme und ihn festnähme. Warum, warum bin ich nicht gleich auf und davon? grämte er fortwährend in sich hinein. Jetzt ist's zu spät. Das ist mein sicherer Tod.

Verschwommen sah er die Türe aufgehen, und alles Blut wich aus seinem Gesicht. Nun war das Ende da. Er erkannte Schlichts Gesicht, und das – lächelte freundlich. Der breite Mund des Inspektors brach schon auf. Er wollte schreien. Da sagte der Hauptmann: »Guten Tag, Inspektor! Heil Hitler! ... Na, wie geht es denn unserem allverehrten Patienten? Sehr, sehr bedauerlich, daß Sie grad jetzt krank sind ...« Sittingers Augen wurden baff und groß. Zweifel und Furcht verrieten sie. Er schluckte wie ein Erstickender.

»Anton? ... Stell dir vor, du solltest die Posthalterei vorläufig übernehmen!« rief Malwine zärtlich und erzählte die Verhaftung Schlezls. Sittinger begriff immer noch nicht. All das kam ihm zu unglaublich, ganz und gar unwirklich vor.

»Jaja, Inspektor! Sie sind der einzige, verläßliche Mann, den wir in Aubichl haben«, bekräftigte Schlicht. »Das Bauerngesindel versucht alles, um die neue Ordnung zu sabotieren.«

»I-ich? ... Tja-a ...« brachte Sittinger endlich heraus, und er ärgerte sich schon, daß er dieses Wörtchen »ich« so verräterisch staunend gesagt hatte.

»Ja, du, Anton!« erwiderte Malwine freudig. »Wie geht's dir denn? Fühlst du dich schon besser? ... Herr Hauptmann war so rührend, sich nach dir zu erkundigen.« Sie schob Schlicht einen Stuhl hin. Der dankte und nahm Platz. Wie sie sprach und wie sie sich dem Hauptmann gegenüber benahm, das erleichterte Sittinger. Seine wehleidige, ungewiß ängstliche Miene entspannte sich langsam.

»Ja, die verdammte Grippe, Herr Hauptmann!« sagte er nunmehr und rührte sich. »So alte Jahrgänge wie mich hat's schnell ...« Warum hatte Schlicht eigentlich so eine vertrauenerweckende Miene? Was verbarg sich hinter seiner lächelnden Herzlichkeit? »Ja, so alte Jahrgänge, Inspektor«, meinte er beinahe gerührt und legte die Hand auf seine Brust, »aber da drinnen immer rein deutsch geblieben, was?« Sittinger blickte unsicher und verständnislos auf ihn, dann auf Malwine. Die strahlte. Ihre Augen glänzten blank und belebt. Ein fast mütterliches Lächeln umschmeichelte ihren Mund.

»Tja – ja, i-immer deutsch«, stotterte Sittinger, nur um irgend etwas Passendes zu sagen. Mit aller Kraft kämpfte er gegen seine verborgene Fassungslosigkeit. Immer und immer wieder fand er Malwines glückliches Gesicht.

»Tja, die gnädige Frau«, sprach der Hauptmann wieder, »Ihre liebe, herzensgute Frau Gemahlin, hat Sie immer erkannt ... Die deutschen Frauen!« Das klang noch rätselhafter. Dumm und wirr sagte Sittinger nur: »Ja ...« Seine Lippen klappten aufeinander. Schlicht stand auf und streckte ihm die Hand hin. Der Kranke legte die seinige in sie und sah unterwürfig zu dem strammen Menschen empor.

»Mein Kompliment, Inspektor, zu so einer Frau gratuliere ich ... Heil Hitler!« rief der Hauptmann, schlug die Hacken zusammen und verbeugte sich leicht. »Gute Besserung ... Wir sind keine Unmenschen ... Es wird sich schon eine andere fähige Kraft für die Posthalterei finden ...« Er hob den Arm, und auch Sittinger plagte sich, es ebenso zu machen. »Heil Hitler! Besten Dank, allerherzlichsten Dank, Herr Hauptmann!« sagte er und mußte husten.

Malwine und Schlicht verließen das Zimmer. Sittinger hörte, wie sie in angeregtem Gespräch die Stiege hinunterstiegen. Er starrte kurz. Er griff an seinen heißen Kopf, er betastete seinen schwitzenden Körper – ja, er war da, er lebte, aber das alles verstand er nicht!

Vielleicht war's nur eine Falle, dachte er unbehaglich und fragte sich weiter: Hat er denn alles Frühere vergessen? Mein Schimpfen auf Hitler? ... Als was sieht er mich eigentlich an? Er weiß doch ganz genau, daß ich kein Nazi bin ... Was bedeutet das? Er schüttelte seinen zerquälten Kopf. Die Unruhe in ihm verebbte nicht.

Nach einer guten Weile hörte er die Haustür zufallen. Dann kam Malwine ins Zimmer und war noch viel zärtlicher. Er wußte nicht, wie er sich verhalten sollte und spielte hüstelnd und ächzend den Schwerkranken. Sie tröstete ihn, streichelte seinen Kopf und küßte ihn. Sie war die leibhaftige Liebe selber. Er wagte nicht zu fragen und belauerte nur unablässig ihr Gesicht, ihre Bewegungen. Endlich hielt er es nicht mehr aus und meinte: »Hm, sehr schön vom Schlicht, wirklich sehr nett ...« Er brach ab.

»Ja, Anton, siehst du, immer hast bloß du gedacht, diesmal hab auch *ich* mal was recht gemacht«, unterbrach sie ihn und lächelte wie ein schämig verliebtes Mädchen. »Ich denk, ich kann dir's ja jetzt sagen – ich hab' dich schon damals, als Herbert zum ersten Male da war, als passives

Mitglied unserer Bewegung eintragen lassen ... Du warst doch immer ein echt deutscher Mann ...« Sie wartete seine Verblüffung nicht ab, drehte sich neckisch um und lief aus dem Zimmer.
»Ich bring gleich das Mittagessen«, hastete sie heraus, und weg war sie.
Sittinger blieb Augenblicke lang starr liegen. Er hörte einen zerhackten Lärm, der von der Dorfstraße heraufdrang. Die SA-Leute trieben den faßdicken Bürgermeister, der die ganzen Gemeindeakten in einem Handwägelchen zum Grimmenmoser fahren mußte, über das Mesnerbergl hinab. Er mußte laufen, und sie schlugen beständig auf ihn ein. »Trab-trab, fette Sau! Marsch, marsch!« plärrten sie, und immer wieder brüllte der blutüberströmte Bürgermeister wild auf. Kein Mensch wagte, zum Fenster hinauszuschauen.
Der Inspektor plagte sich, nichts zu hören. Ganz und gar verschloß er sich. Vorsicht, Vorsicht, Anton! schärfte er sich ein und fand allmählich, daß es Malwine diesmal doch ganz richtig gemacht hatte. Als sie mit dem Tablett daherkam, hatte er ein ausgeglichenes Gesicht. Er lächelte sogar ein wenig und musterte sie zufrieden. Weiß der Teufel, sie macht noch immer eine ganz passable Figur ... Eine ausgezeichnete Festungsmauer gegen Schlicht ... Warum nicht? floß es durch ihn, und laut sagte er: »Hm, ja, du bist gescheiter, als ich immer angenommen hab, Malwinerle! ... Wir Männer sind eben Tölpel in allem ... Hmhmhmhm, jaja – seid klug wie die Schlangen und unschuldig wie die Tauben, heißt's! Sehr gut gesagt, ausgezeichnet!« Und er sah ein wenig erleichtert gradaus. Dann murmelte er wie für sich: »Denn nichts ist dauernd als der Wechsel, nichts beständig als der Tod – und alles ist eitel ... So denkt eben der Mann, verstehst du?«
»Mein lieber, guter Philosoph!« erwiderte sie zärtlich und reichte ihm endlich die Suppe. Er richtete sich mühselig in

den Kissen auf. Kaum aber hatte er den ersten vollen Löffel zu sich genommen, da wurde er wieder mürrisch.
»Natürlich, natürlich, jetzt ist wieder alles eiskalt! Widerwärtig so was! ... Da soll ein kranker Mensch gesund werden!« Er ließ den leeren Löffel in den Teller fallen, legte sich verdrießlich zurück und aß nicht mehr weiter. Ächzend drehte er sich um. Er blieb noch eine ganze Woche liegen, wenngleich er keine Beschwerden und kein Fieber mehr hatte. Das Dorf beruhigte sich nach und nach. Freilich, es schien eine verstockte, haßtiefe, erzwungene Ruhe zu sein. Aber wenn schon, Sittinger spürte es, er stand auf der rechten Seite.
Bloß – wie lang wird das dauern? fragte er sich oft und oft. Wenn ich nur wüßte, was dann kommt ...

NACHWORT
von Jan Hans

Untersuchungen über den deutschen Faschismus der zwanziger und dreißiger Jahre haben ergeben, daß bürgerliche Mittelschichten, gemessen an ihrem Bevölkerungsanteil, als Mitglieder, Anhänger und Wähler der NSDAP deutlich überrepräsentiert waren. Angehörige der freien Berufe, Angestellte, Handwerker, Kaufleute, Beamte waren prozentual in der NSDAP fast doppelt so stark vertreten wie in der Gesamtheit der Bevölkerung. Bei den Wählern der NSDAP fällt dieser Befund gar noch deutlicher aus.

Es ist hier nicht der Raum, die ganze Skala der zwischenzeitlich entwickelten Faschismustheorien vorzustellen. Sieht man jedoch einmal von Erklärungsversuchen ab, die das nationalsozialistische Regime als eine verbrecherische Zusammenrottung Deklassierter und Entwurzelter definieren, seinen Aufstieg auf die rätselhaft dämonische Gewalt Hitlers zurückführen oder die damaligen Verhältnisse in Deutschland als Ausdruck einer moralischen Verfallserscheinung der menschlichen Gesellschaft begreifen, so lassen sich alle vorliegenden Erklärungsversuche – und das speziell unter dem Aspekt einer Beurteilung mittelständischer Schichten – zwei Gruppen zuordnen: solche, die ausgehend von der sozialen Zusammensetzung der NSDAP Kleinbürgertum und Faschismus gleichsetzen, und solche, die im Rahmen einer gesamtgesellschaftlichen Analyse zwischen sozialer Zusammensetzung und gesellschaftlicher Funktion des faschistischen Regimes unterscheiden. Haben Theoretiker der ersten Gruppe den Faschismus als »Aufstand des Kleinbürgertums«, als politische Ausdrucksform des »wildgewordenen Kleinbürgers« oder – distanzierter – als »Radikalismus der Mitte« definiert, so betonten Vertreter der zweiten Gruppe: Zwar sei ein kleinbürgerliches

Mitglieder- und Wählerpotential eine für das Emporkommen des Faschismus notwendige Voraussetzung gewesen, mache jedoch nicht sein Wesen aus. Seine soziale Funktion – im Gegensatz zu seiner sozialen Zusammensetzung – liege vielmehr darin, bestehende Eigentumsverhältnisse und soziale Privilegien auch dann aufrechtzuerhalten, wenn das kapitalistische System in eine Krise geraten sei und die Massen sich dagegen wendeten oder zu wenden drohten.

Innerhalb dieses ideologischen Rahmens ist Oskar Maria Grafs Roman »Anton Sittinger« einer der ersten und in mehrfacher Hinsicht bemerkenswerten Versuche, die Anfälligkeit gerade kleinbürgerlicher Schichten für den Nationalsozialismus zu erklären und zu beurteilen.

Daß dieser Versuch gelungen sei, dafür gab es bei zeitgenössischen Rezensenten überhaupt keine Zweifel. Beim »Sittinger« handele es sich – so Balder Olden 1938 in der Pariser *Neuen Weltbühne* – um die »Geschichte zweier unscheinbarer Spießbürger, von denen sechzig ein Schock und zwanzig Millionen die Klasse der deutschen Bevölkerung machen, der wir heute Führung und Führer verdanken«. Fritz Erpenbeck war schon vorher in der von Moskau aus verlegten *Deutschen Zentralzeitung* deutlicher geworden: »Ohne die Sittingers wäre die Hitlersche Machterschleichung kaum gelungen, ohne die Sittingers ... hätte sich der deutsche Faschismus ... kaum an der Macht halten können.« Kurt Pinthus faßte anläßlich der amerikanischen Erstausgabe im New Yorker *Aufbau* lapidar zusammen: Wer dieses Buch liest, weiß, »wie der Hitler kam«.

Angesichts der – bei allen sonstigen Differenzen: bemerkenswerten – Einhelligkeit des Urteils von Augenzeugen der sogenannten deutschen Katastrophe muß es verwundern, daß dieses Buch in einem Staat, der immer wieder – wenngleich aus unterschiedlichen Motiven und mit unterschiedlicher Intensität – die Notwendigkeit der ›Vergan-

genheitsbewältigung‹ beschworen hat, bisher ein Schattendasein fristen mußte.
Dem Intimkenner des Literaturbetriebs der letzten fünfzig Jahre wird es nicht schwerfallen, diesen Widerspruch – hie das Bedürfnis nach Auf- und Erklärung, dort das Buch, das dieses Bedürfnis weitreichend befriedigen kann – aufzulösen: Graf gehörte zu jener überwältigenden Mehrzahl deutschsprachiger Autoren von Rang, die – gezwungenermaßen, in Erwartung politischer Verfolgung oder aus Gewissens- und Gesinnungsgründen (und nur allzu häufig alles in einem) – dem offen faschistisch gewordenen Deutschland 1933 zumindest vorübergehend den Rücken gekehrt haben. Es gilt mittlerweile fast als Gesetzmäßigkeit, daß ein Autor, der als Jude, Humanist, Demokrat, Sozialist oder Kommunist sich nach 1933 der ›deutschen Volksgemeinschaft‹ nicht zugehörig gefühlt hat, erheblich reduzierte Aussichten besitzt, Aufnahme in die Annalen der deutschen Literaturgeschichte – und damit im Bewußtsein einer literarisch interessierten Öffentlichkeit – zu finden.
So zutreffend eine solche Erklärung für die in der Bundesrepublik unterbliebene Rezeption der Exilliteratur in ihrer Pauschalität ist – zur Erklärung der Tatsache, daß das Werk Oskar Maria Grafs erst jetzt annäherungsweise in seinem ganzen Umfang und mit allen seinen Facetten erkannt und gewürdigt wird, reicht sie nicht hin. Im Gegensatz zu vielen anderen ist Graf der pauschalen Diffamierung und Tabuisierung exilierter Autoren nur bedingt zum Opfer gefallen. Wesentliche Teile seines literarischen Werkes wurden von 1945 bis auf den heutigen Tag nachgedruckt und gelesen. Ein aus den Annalen der Literaturgeschichte Getilgter ist Graf nie – auch in den fünfziger und sechziger Jahren nicht – gewesen.
Man muß sich freilich anschauen, was denn von Graf in diesen Jahren gelesen werden konnte. Nachgedruckt wur-

den neben den – vermeintlich – unpolitischen Erzählungen und Romanen, Bauern- und Dorfgeschichten, Bavarica und Schmankerl, vor allem die autobiographischen Arbeiten Grafs. Die Folge war, daß das literarische Werk nahezu völlig hinter der Figur des von Anekdoten und Legenden umrankten Autors verschwand. Übrig blieb am Ende das Bild eines Autors, den man als weiß-blauen Heimatdichter, als Bäurisch-Bodenständigen mit Bohemeallüren, als bayrisches Original, als ›Gaudibursch‹ der deutschen Literatur meinte apostrophieren – und abtun – zu können.

Aller Wahrscheinlichkeit nach ist dieses Bild noch nicht einmal völlig falsch. Mit der ihm eigenen Bauernschläue hat Graf selbst einiges getan, um dieses Bild zu popularisieren. Mit sicherem Instinkt hatte Graf die Marktlücke im Kulturbetrieb der zwanziger Jahre erkannt, den Typus des proletarischen Heimatschriftstellers kreiert und anschaulich vorgelebt – die Lederhose als Markenzeichen. Daß am Ende im Bewußtsein des Publikums nur das Markenzeichen und wenig von der gesellschaftskritischen Substanz des Werkes übriggeblieben ist – Graf hat das bis zu einem gewissen Grad mitverschuldet.

Wenn er jedoch noch heute von breiten Teilen der literarischen Öffentlichkeit auf dieses Bild festgelegt wird, so liegt das auch daran, daß sein Exilwerk, in dem die das Gesamtwerk tragende Gesellschaftskritik schrillere, unüberhörbare Akzente bekommt, erst in den letzten Jahren wieder zugänglich geworden ist. »Unruhe um einen Friedfertigen« wurde erst 1975, sein politisch brisantester Roman »Die gezählten Jahre« (ursprünglich »Der Abgrund«) gar erst 1977 in der Bundesrepublik verlegt. Die These, daß das Werk Grafs erst über das Exilwerk in seiner ganzen Konsequenz erkannt werden kann, wird auch dadurch nicht widerlegt, daß »Anton Sittinger«, der dritte der bedeutenden Exilromane, in all diesen Jahren auf dem Buch-

markt und in einschlägigen Bibliotheken vorhanden war: zwischen 1947 und 1969 erschienen fünf deutsche Ausgaben, drei in der Bundesrepublik, zwei in der DDR. Daß dieser Roman in diesen Jahren nicht die ihm – literarisch wie gesellschaftspolitisch – gebührende Beachtung gefunden hat, hängt zum einen damit zusammen, daß er nicht in das Bild paßte, das man sich in der Zwischenzeit von seinem Autor gemacht hatte. Es hat aber sicher auch – und möglicherweise vor allem – etwas mit der Aktualität zu tun, die dieses Buch noch heute für die Bundesrepublik besitzt. Wie heißt es doch im »Sittinger«: »Menschen wie Sittinger gibt es in allen Ländern Abertausende ... In manchen Zeiten heißen sie ›du‹ und ›ich‹. Dennoch wird niemand glauben, daß er auch zu ihnen gehört. Er würde sich schämen und belächelt sie verächtlich. Er weiß nicht, daß diese Verachtung ihn selber trifft.«
Dem Mißverständnis, ein völkisch-bodenstämmiges Heimatdichterkonzept zu erfüllen, war Graf bereits an einem für sein weiteres Leben entscheidenden Punkt ausgesetzt gewesen. 1933 setzten ihn die Nationalsozialisten auf die sogenannte »weiße Liste« der unter dem Faschismus erwünschten Autoren. Graf ist dieser Fehleinschätzung mit aller nur wünschbaren Offenheit und Entschiedenheit entgegengetreten. Sein zuerst am 12. Mai 1933 in der *Arbeiterzeitung* in Wien veröffentlichter, dann international nachgedruckter Protest »Verbrennt mich!« hat ihm für kurze Zeit sogar zu Weltruhm verholfen. Es gibt kaum einen Emigranten, der nicht auf den ungeheuren persönlichen Mut und die aufrechte demokratische Gesinnung verwiesen hat, die zu diesem Schritt notwendig waren. Brecht – um nur einen zu nennen – hat diese Haltung in seinem Gedicht »Die Bücherverbrennung« gewürdigt. Die Kehrseite der Medaille: Grafs Bücher wurden in einer Extraveranstaltung in der Aula der Münchner Universität verbrannt. Graf selbst wurde im März 1934 ausgebürgert

und lebte von nun an 25 Jahre als paßloser Emigrant und Staatenloser.
Wien war die erste Exilstation Grafs. Von hier aus betrieb er die Vorarbeiten zur Gründung der *Neuen Deutschen Blätter,* jener bedeutenden Exilzeitschrift, die vom September 1933 bis zum August 1935 in Prag erschien, und für die Graf zusammen mit Wieland Herzfelde, Anna Seghers und dem damals noch illegal in Deutschland arbeitenden Jan Petersen als Herausgeber zeichnete. Nach dem Februaraufstand der österreichischen Arbeiter gegen das Dollfuß-Regime flüchtete Graf im März 1934 weiter nach Brünn in die Tschechoslowakei, die ihm bis zum Frühjahr 1938 Asyl gewähren sollte.
Die Flucht nach Brünn war zunächst mit einer weiteren Verschlechterung der Lebensbedingungen verbunden. Die in der damaligen Tschechoslowakei – im Nachhinein von allen Betroffenen als das groß- und freizügigste Asylland gepriesen – gezahlten Honorare langten kaum hin, um das Lebensnotwendigste zu beschaffen. »Man verdient 20 bis 100 Kronen [100 Kronen = 10 RM] für eine Geschichte und 100 findet man schon viel!«. Hinzu kam, daß Graf für seinen im Sommer 1934 abgeschlossenen Volksfront-Roman »Der Abgrund« aus vielfältigen politischen Gründen zunächst keinen Verleger fand. Lange vor dem mehrfach angekündigten und immer wieder verschobenen Erscheinen des »Abgrund« war dann der »Anton Sittinger« fertiggestellt, dessen Veröffentlichung nun seinerseits – Folgeerscheinung der »Abgrund«-Querelen – immer wieder verschoben werden mußte. Im Juni 1935 heißt es in einem Brief Grafs: »Den (neuen Roman) bot ich nun an, und alle Verleger lobten das Manuskript sehr, leider aber sagten sie: ›Von Ihnen kommt sowieso in diesem Herbst ein Buch raus, zwei Bücher in gleicher Zeit verderben das Geschäft.‹ So sitze ich nun da und habe gearbeitet, weiß aber meine Arbeit nicht anzubringen.«

»Anton Sittinger« erschien schließlich 1937 im Londoner Malik-Verlag. 1939 folgte eine russische Übersetzung. Eine dritte Exilausgabe erschien 1941 in New York – im Selbstverlag in einer Auflage von 1 100 Exemplaren. Den Plan eines Selbstverlags hatte Graf schon in Brünn erwogen. Nachdem nach neuerlicher Vertreibung und Liquidierung der Exilverlage die Aussicht, in oder von New York aus einen Verleger zu finden, auf Null gesunken war, wurde dieser alte Plan wieder akut. Zunächst erschien das »Bayrische Dekameron«. In mühseliger Kleinarbeit gelang es dann, die für einen Nachdruck des »Sittinger« nötigen 450 Vorausbestellungen zu sammeln. Die über die Subskription hinaus gedruckten Exemplare wurden nach und nach vertrieben. Konkret heißt das: Graf ging damit in den Emigrantenvierteln und den deutschsprachigen Lokalen New Yorks hausieren – Exilalltag eines emigrierten Schriftstellers.

Der »Sittinger« ist nicht die erste Arbeit Grafs, in der er sich in exemplarischer Weise mit dem Kleinbürgertum auseinandersetzt. Bereits in seinem zuerst 1931 erschienenen – und parallel zum »Sittinger« 1937 neuaufgelegten – Roman »Bolwieser« hatte er das Thema auf eine nicht minder bezeichnende Weise behandelt. Daß Graf in der Emigration – nun freilich mit den Erfahrungen und Erkenntnissen der letzten Jahre der Republik und der ersten Jahre des Exils – noch einmal auf dieses Thema zurückgriff und mit dem »Sittinger« eine Art verbesserten »Bolwieser« schrieb, ist insofern von einer weit über den Individualfall hinausweisenden Bedeutung, als ein Vergleich der beiden Romane einen Teil der politischen und literarischen Entwicklung aufzudecken vermag, den linksbürgerliche, mit dem Sozialismus sympathisierende Autoren in dieser Zeitspanne durchlaufen haben.

Der »Bolwieser«-Roman spielt in den Jahren der relativen Stabilität Mitte der zwanziger Jahre. Das Problem

des Kleinbürgertums wird primär psychologisch gesehen, die Konflikte laufen im Privaten ab, Zeitereignisse und gesellschaftliche Prozesse spielen keine Rolle. Der versöhnliche Schluß des Romans ist ausgesprochen ahistorisch: der in seinem Selbstverständnis gebrochene Bahnhofsvorsteher Bolwieser entsagt jeglicher gesellschaftlichen Rolle und ist so »in den ewigen Wechsel der Natur [eingegangen], als wäre er ein Stück von ihr selbst geworden. Gewächs oder Kreatur oder letztes Abbild.«
Anders im »Sittinger«, wo Graf ein Darstellungsverfahren anwendet, das er erstmals in dem ein Jahr zuvor erschienenen »Abgrund« erprobt hatte: die Parallelisierung von objektiver historischer Zeit und individuellem Erleben und Reagieren der fiktionalen Romanfiguren auf das jeweilige Zeitereignis. Durch dieses Verfahren erhält das zuvor nur im Privaten behandelte Problem seinen gesellschaftspolitischen Hintergrund. Mehr noch: es erlaubt, den Einfluß gesellschaftlicher Prozesse auf die Privatsphäre, die Bedingtheit des scheinbar Privaten durch Gesellschaftliches am konkreten Beispiel offenzulegen. Indem Graf darüber hinaus das Romangeschehen in einen größeren historischen Kontext einbettet – während die Handlung im »Bolwieser« auf einige wenige Jahre begrenzt ist, umfaßt der »Sittinger« einen Zeitraum von annähernd zwei Jahrzehnten –, wird es möglich, »die Monographie der politischen Gesinnung deutschen Kleinbürgertums zwischen 1918 und 1933« zu schreiben. Anzumerken bleibt, daß stärkere Gewichtung des gesellschaftlichen Hintergrunds und Ausdehnung des historischen Rahmens letztendlich Kehrseiten derselben Medaille sind: sie sind Ausdruck einer vor der Emigration nur wenig ausgeprägten Bewußtheit für die Geschichtlichkeit von Ereignissen und Zuständen, Ausdruck der Einsicht in die Notwendigkeit, Gegenwärtiges als historisch entwickelt und gesellschaftlich bedingt zu begreifen und zu zeigen.

Daß das Exil bei Graf – wie bei vielen anderen linksbürgerlichen Autoren – nicht nur zu einer Sensibilisierung gegenüber gesellschaftlichen Prozessen und einer dementsprechenden Veränderung der literarischen Praxis geführt hat, sondern gelegentlich auch zu einer Radikalisierung gesellschaftspolitischer Überzeugungen, die umrißhaft bereits vor der Emigration ausgebildet waren, verdeutlicht schlaglichtartig ein Vergleich zweier kürzerer Passagen aus den erwähnten Romanen.

In einem der für das Grafsche Fabulieren bezeichnenden, auf Allgemeingültigkeit der Aussage zielenden Erzählereinschübe heißt es im »Bolwieser«: »Der echte Unternehmer trachtet nach der Ausdehnung seines Betriebes und nach Macht. Der Arbeiter kämpft mit seinesgleichen um erträglichere Lebensbedingungen. Der Kleinbürger hingegen will das eine nicht und hat das andere. Er strebt nach intimem Luxus. [...] Spürt er nur im geringsten eine Bedrohung seiner Interessen und Passionen, so wird er ängstlich und gehässig.«

Es ist unschwer zu erkennen, daß hier bereits die Grundidee des »Sittinger« formuliert ist. Und in der Tat findet sich im »Sittinger« eine entsprechende Passage, in der dieser Gedanke auf bezeichnende Weise weitergeführt ist. Zu Beginn des 15. Kapitels heißt es in einem Erzählerkommentar u. a.: »Man hat politisch mit ihnen [den Sittingers = den Kleinbürgern] zu rechnen, wenn man die Welt verändern will, nur darf man sich nie dem Wahn hingeben, als seien sie für das Erringen einer besseren Zukunft brauchbar. Sie sind nicht einmal gärende Gegenwart, nur Vergangenheit [...] Weitsichtige Kämpfer, die mit ihren Ideen, mit ihrer Überzeugung und ihren Leiden schon in der Zukunft stehen, müssen alles Erbarmen für sie verlieren. Denn diese Menschenschicht ist im besten Falle Dünger für die Übergangszeit, weiter nichts.«

Exakt die in dieser Passage zum Ausdruck gebrachte politische Bewertung des Kleinbürgertums ist bei Ersterscheinen des Buches – zu einer Zeit also, als noch Vertreter der verschiedensten politischen Gruppierungen des Exils um die Bildung einer deutschen Volksfront bemüht waren – heftig kritisiert worden. In dem den Einigungsbestrebungen der literarischen Emigration gewidmeten Organ *Das Wort* wurde es im September 1937 zu einer »wichtigen Aufgabe« des antifaschistischen Schriftstellers erklärt, »Menschen, die sich zurückgezogen haben oder gar dem Faschismus erlegen sind, zurückzurufen«. Und weiter: »Auch die vom Faschismus demagogisch betörten Kleinbürger sind solche Menschen, und die spanische Erfahrung beweist, daß es möglich ist, dem Faschismus erfolgreich Widerstand zu leisten dank jener Volksfront, die nicht die Mittelschichten dem Faschismus *überläßt*, sondern *entreißt*.«

In veränderten historischen Konstellationen stellen sich vergleichbare politische Fragen anders. Von heute aus gesehen gibt es gute Gründe, Grafs politische Bewertung des Kleinbürgertums zu verwerfen. Aus historischer Sicht gibt es aber auch nicht minder gute Argumente, die von Graf im »Sittinger« bezogenen Positionen zu akzeptieren.

Auch dies ist ein Zeichen von Aktualität. Und unabhängig davon, wie die jeweilige Entscheidung ausfällt, bleibt der Auftrag an die Literaturgeschichtsschreibung, zu prüfen, ob das, was Oskar Maria Graf mit dem »Anton Sittinger« als literarische Bewältigung der unmittelbaren Vorgeschichte des deutschen Faschismus erbrachte, nicht dem vergleichbar ist, was Heinrich Mann mit den »Romanen der deutschen Geschichte im Zeitalter Wilhelms II.« anerkannterweise geleistet hat.